又吉栄喜 小説コレクション 2

ターナーの耳

コールサック社

又吉栄喜小説コレクション2

ターナーの耳

目次

ターナーの耳

1

金網の中の広大な米軍補給基地には喉から手が出るくらい欲しい品物が数えきれないほどあるが、浩志はどうしても忍び込めなかった。

夏休みに入ったばかりの、ある日の昼下がり、直射日光が強くひどく暑かったが、浩志は痩せた首筋の汗を拭いながらフラフラと、緑が少し錆びた缶詰、ラベルのない缶詰、へこんだ缶詰を求め、崖の下の凹地にある米人ハウスの塵捨て場に向かった。

中学三年生になり、急に伸びた手足とともに羞恥心が強くなった浩志は、先客の小学生たちがいる時はおとなしく引きあげたが、今日はもう一回りした後なのか、珍しく一人もいなかった。

浩志の目に岩陰に横たわった大きい自転車が飛び込んだ。一瞬、夢見心地になった。目を見張った。弾かれたように駆け出した。ダンボール箱や傷んだオレンジ、油紙からはみ出したハムやチーズが挟まれたパン、乾燥肉などを踏み潰しながら走った。チェーンは外れていたが、破損した箇所はなく、ほとんど錆も見当たらなかった。

チェーンが垂れ下った自転車を抱え、農夫に見られる恐れはあったが、近道の畑の脇を通り、何度か休みながら家に急いだ。滅多にお目にかかれない宝物の重みがずっしりと体に伝わった。食事や昼寝をしているのか、誰もいなかった。

母親の「もう寝なさい。自転車は逃げないから」という大きな声と手振りに耳を貸さず、長い間、玄関の壁に立て掛けた自転車に見入った。

翌日は普段より二時間も早く目覚めた。早朝から自転車の修理に取りかかったが、頻繁に手を休め、見つめたり撫でたりしたせいか、完了するまでに三時間かかった。

慌ただしくパンとオレンジジャムの昼食を済ませ、試運転に出かけた。チェーンの嚙み具合は悪くはないが、ハンドルが思うように切れず、サドルもグラグラ動いた。ハンドルを強く握り、まっすぐ走らせているつもりだが、左に逸れた。ベルは鳴るが、ライトはつかなかった。

埃っぽい道の右側には米軍基地の銀色の金網のフェンスが伸び、左側の野原には小さい畑が点在している。

畑を撫でるように吹いている風にうっとりと昼寝をしているのか、ふだん野菜に飛びかう蝶も油虫も見当たらなかった。

砕いた石灰岩を敷いた白い道に開いた穴を避けようと浩志は頻繁にハンドルを切った。ますます自転車は揺れた。

向かいから白い埃を舞い上げながら一台の赤銅色の外車が走ってきた。

浩志は自転車を降り、外車をやりすごそうとしたが、ブレーキが利かなかった。強い日差しが外車のフロントガラスに反射し、目が眩んだ。急ブレーキをかけた外車のタイヤの軋む音が浩志の耳に飛び込んだ。自転車が傾いた。すぐガグッと痩せた体に衝撃が伝わり、自転車もろとも硬い地面を滑った。

眼鏡をかけた大柄な白人の男が外車のドアを開け、駆け寄ってきた。浩志はとっさに起き上がり、逃げようとしたが、身動きできなかった。

男が浩志の肩に手をおいた。浩志はどうしていいのか分からなかった。ふと、車を弁償させられたら大変だと思い、目を閉じ、全身の力を抜き、気絶したふりをした。男は声をかけ、浩志の肩を揺すった。グローブのような大きい手の感触が伝わった。長ズボンをはいていたからか、受け身がうまかったのか、体のどこも痛くなかった。

子分に次は何を盗ませようかと基地の中を物色しながら金網沿いを歩いていた満太郎が事故に気づいた。

駆けてきた満太郎は息をつぎながら男に敬礼をし、浩志の頭の近くに座り、「絶対動くな」と囁いた。浩志は薄目を開けた。腕が見えた。満太郎は背丈は低く、小太りだが、腕の筋肉は盛り上がり黒光りしている。

満太郎は男に何か言っている。ブロークン英語は通じないのか、相手は黙っている。だが、満太郎は話し続けた。

少しも痛くないのに寝続けているのは不自然だと思った浩志は背中を起こした。「寝ておけと言ったのに」と満太郎が舌打ちした。

目の前に屈んでいる男の背後に車が見えた。軍用ではなく、普通の大型外車が金網に接触したまま止まっている。男は軍服ではなく、黄色い開襟シャツを着ている。白い腕にモジャモジャに生えた金色の毛が陽に輝いている。レンズ越しに見える、透き通るような青っぽい、見開いた目はガラス玉のようだと浩志は思った。視線を合わせたが、妙に合わず、浩志は戸惑った。男はユー・アー・オーケーなどと浩志に言っているが、声は大柄な体に似合わず、細く、威圧感がなかった。浩志は曖昧にうなずいた。「浩志、ボーッとしていろ。俺がやりとりする」と満太郎が言った。

自転車のハンドルや車輪が曲がっている。浩志は思わず立ち上がった。男も背中を伸ばした。見上げた。男の身長は一九〇センチ以上ある。

「浩志の中学入学記念に親が買い与えた大事な自転車だ」と満太郎が浩志に言った。えっ、何？　と浩志は聞き返した。満太郎は目配せした。

満太郎は男にまた話しかけた。英語が通じたのか、男はうなずいた。満太郎は浩志と男の手をとり、握手をさせた。やはりグローブのような手だと浩志は思った。

「この少年は浩志、ユーは?……こちらはターナーさんだ」

満太郎はターナーと何やら話した後、浩志に向いた。

「ターナーはたいへん申し訳ないと言っている。また、おまえと友人になりたいと望んでいる。いい思い出のままアメリカに帰りたいから憲兵を呼ぶのは止してくれ。ちゃんと弁償すると言っている。おまえさえよければ憲兵も町の警官も呼ばないが、どうする? 呼んでも少しもおまえのためにはならないし、かえって罰を受けるが、どうする?」

「この男、兵隊かな?」

「たぶんな」

「帰休兵かな?」

「そんなことは後でいい。どうする? 浩志」

「満太郎先輩に任せたいが」

満太郎はターナーを見上げ、少しとちりながら話した。

浩志はこのターナーという長身の白人を前にも見たような気がしたが、思い出せなかった。

酒を飲んでいたわけでも、助手席の女と乳繰り合っていたわけでも、また僕を轢いたわけでもないのに、なぜこの白人は下手に出るのだろうか、と浩志は不思議に思った。米軍人は人を轢いても轢かれた者が悪いと開き直り、罪悪感のカケラも感じないものだが……。憲兵を呼んでも、自転車は曲がっているが、僕はピンピンしているから軍歴に傷がつくとも思えないが……。

「自転車の修理代に十ドル出すと言っているが、いいか、浩志」

浩志はすぐうなずいた。凄い金額だが、何か恐ろしい魂胆があるのではないだろうか、とふと思った。

「ハウスボーイに浩志を雇えと、凄味をきかしたら、オーケーをもらった」

「えっ、何?」

「だから、おまえはターナーのハウスボーイになるんだ」

「ハウスボーイ? 僕が? まもなくアメリカに帰るんだろう?」

「おまえは毎日、塵捨て場をブラブラしているから、地獄から天国に昇るようなもんだ。仕事のやり方は俺が教える」

ターナーは黒革の財布から十枚のドル紙幣を取り出し、浩志に手渡した。

自転車の弁償金なのだが、ハウスボーイの手付金のように思えた。

ターナーは浩志に手を差し出した。大きく厚い手だった。浩志は十分握れなかった。ターナーは車に乗り込み、走り去った。

「あの白人が憲兵を呼ばないか、ヒヤヒヤしたよ。呼ばれたら俺たちは基地の中に連れ込まれて、泣きたくなるくらいしめ上げられていたはずだ」

「めったにいないよな、あんな白人は」

「俺が飛んでこなければ、おまえは今頃どうなっていたか分からんよ。ちゃんとあるか?」

満太郎は浩志の手からドル紙幣を取り、五ドルを返した。

「半分も……」

浩志は口をとがらせた。

「浩志、ものは相談だが、ハウスボーイのアルバイト料の半分を俺にくれないか? その代わり、おまえの身の安全は俺が守る」

「ターナーは危険なのか？」

「軍人は発作的に何をするか分からん。特にターナーみたいにおとなしい軍人は要注意だ。だが、俺がバックについたら、おまえに指一本触れさせないよ」

「……少し考えたいが」

「考える？　何を？　まあ、いいだろう。明日の昼三時にターナーのハウスに行け。行く前に俺が地図を届ける」

ハウス番号さえ教えてくれたらすぐ探せるが、と浩志は思った。

満太郎が自転車のハンドルを持ち、浩志が後部の荷台を押し、金網に沿った道を集落の方に歩いた。

満太郎は二十歳になったばかりだが、日頃から米人をよく丸め込んでいる。毎年夏と冬の二回、基地内のマラソン大会に参加し、毎回、軍事訓練を受けている米兵に惨敗しているが、胸を張り、「結果じゃない。親善だ」とニタニタ笑いながら大きい米国製の品物を持ち帰ってくる。

満太郎の言う「親善」は「丸め込む」あるいは「物を得る」と同じ意味だと浩志は思っている。

夏のマラソン大会が来月に迫っているが、満太郎はいつものように全く練習もせず、基地から子分に盗ませた品物を何度も眺め、今度は何を盗まそうかと舌なめずりしている。

ふと、金を横取りされたように感じ、腹立たしくなった。

中学を卒業していないから基地従業員になれない満太郎の背中に「なぜ満太郎先輩は軍作業員にならなかったんだ。ブロークン英語が話せるのに」と皮肉を込め、聞いた。満太郎は胸を張り、「基地は働く所ではないよ。盗む所だ」と言った。

我々の敵国だったアメリカ人の物を盗むのだから気持ちを大きく持ち、罪悪感を抱かず、むしろ誇りに思え、と子分をいつも激励しているという。

満太郎は盗品を売り捌き、財をなし、近い将来事業を起こすと時々息巻くが、すぐ酒代に消える。

金網の支柱を嗅いでいた黒い犬が身構え、浩志たちを睨みつけた。この辺りをうろつく犬は軍用犬のように気が荒いから、普段子犬を苛めている満太郎も顔を背け、通り過ぎた。

浩志ははっと気づいた。ターナーは感謝状を貰った米兵だ。四人の米兵は時折にこやかに白い歯を見せていたが、一人だけ能面のような顔の米兵がいた。

賞品も賞金もなく感謝状一枚だから怒っているんだと僕は思い、ずっと笑わない米兵を注視したからよく覚えている。

昨年の秋、中学校の運動場の拡張工事が完了した。全校生徒、教職員、ＰＴＡ役員が整列する中、生徒会長が胸を張り、全面無料奉仕をした米軍の五人の代表に感謝状を手渡した。

僕が見つめた米兵は笑わないが、背丈が高く、肌も白く、名門校出身の将校のように見えた。成り上がりの軍曹や、女を見たら囃し立てる戦闘員のＧＩとは明らかに違うとあの時はっきり思った。あの米兵とターナーが同一人物なら自転車にぶつけた時の紳士的な態度も理解できる。

満太郎が振り向いた。

「いいか、浩志、ターナーを誉め殺せ。なんでもかんでも誉めろ」

「なんでもかんでも？」

「返事は必ずイエッサーと元気よくサーをつけろ。ターナーは喜ぶ。また、ターナーが語尾を上げたら質問をしているから、頭を総動員して答えろ」

何もかもちゃんと答えなければいけないのだろうか。

「俺が英語を教えてやろうか」

ハウスボーイの仕事は靴を磨いたり、身の回りの雑用をしたり、わけないが、簡単な英語くらい知らないと主人はイライラすると満太郎は言う。「ただ？・」と浩志は聞いた。授業料は一回一ドルだという。高すぎる、問題にならないと浩志は思った。

「満太郎先輩の英語はブロークンだろう？・」

どうせ授業料を払うならＰＷ（ハワイ捕虜）帰りの英語の上手な公民館の館長から習おうと思った。

「ターナーとおまえのややこしい問題を解決したのは誰だったんだ？　俺の話しっぷりを聞かなかったのか？　まあ、いいだろう。一旦ハウスに勤めたら、教えてくださいと泣きつくから」

満太郎は唇の端を歪め、笑った。

軍作業員のほとんどが英語を話せないが、身振り手振りに一言二言加え、ちゃんと米人と意思が通じている。

僕も全く英語が話せないわけではないんだと呟いた。中学二年の時の英語の先生はろくに話せなかった。数人の米人が視察に来た時、先生の英語は通じず、急遽、普段冴えない米留帰りの理科の先生が呼ばれた。理科の先生は流暢に英語を操った。翌日から英語の授業中は大方の生徒が内職に精を出した。

小さい集落のＴ字路にさしかかった。

満太郎は持っていたハンドルから手を離した。浩志はよろめきながら支えた。全部俺に任せろ、おまえは幸せ者だと言いながら満太郎は、ゴロ石を積んだ垣に挟まれた路地に消えた。

わずかばかりの葉野菜や薩摩芋の畑に囲まれたトタン葺きの家に着いた。

母親はいなかった。村には女ができる仕事はほとんどなく、母親は毎日、金網に囲まれた、芝生の丘に点在する米人ハウスエリアに出かけている。ガードにパスを見せ、ゲートを通り抜け、数軒のハウスに洗濯した物を届け、汚れた物を受け取ってくる。

浩志は玄関の壁に自転車を立て掛け、軒の影が落ちている縁側に座った。米人の洗濯物が薩摩芋畑の向こう側の松とセンダンの枝に渡したロープにズラリとぶら下り、風に揺れている。

ハウスの住人に暴行された隣町の女もいる。耳の聞こえない母親はハウスの住人に襲われたら声も出せないだろう、と急に思った。

預かってきた洗濯物は二日後に届ける約束になっている。毎朝暗いうちに起き出し、十数人分の洗濯をし、乾いたらすぐ取り込み、懸命にアイロンをかけている。

石鹼代、糊代は自分持ちだし、アイロンの電気代もかかる。チップもなく、純益はわずかしかないと浩志は思う。

ふとターナーに、母親に洗濯物を回してくれるように頼もうと思った。だが、これ以上増やすのは酷だと思いなおした。

一度母親の洗濯を手伝った。洗濯板に硬い米人のズボンを力いっぱい擦り付け、汚れを落とした。数枚しか洗わなかったが、背中や腰がひどく痛くなり、エビのように曲がったまま二時間も横たわった。

浩志は夕食の薩摩芋を食べながらハウスボーイの話を筆談した。顔色の悪い母親はいささか心配したが、喜んだ。母親は沖縄戦の終戦一週間前に爆風を受け、耳が聞こえなくなった。戦後まもなく、「身体より心が大事」と求婚した隣村の工員と結婚し、浩志を生んだ。

浩志が二歳の時、父親が肺炎に罹り、母親は昼夜を問わず看病したが甲斐なく、何日もうなされたあげく、死んだ。

食事を終えた浩志は、庭先の野菜畑の虫の音を聞きながら、中学を卒業したら運のない母親を何とか楽にさせよう、まず、ハウスボーイの金を貯め、母親の耳を何とかしてあげようと思った。

2

自転車の修理は浩志の手におえなかった。ターナーから貰った修理代の半分は満太郎にとられてしまった。町の自転車屋に持っていくつもりはなかった。ひとまず鍵のかかる納屋に納めた。

四畳半の自分の部屋に入った。床板がギシギシと軋んだ。母親に事故を知られないように米国製粉ミルクの空き缶に貰ったドルを入れ、隅の床板を一枚外し、床下に隠した。

午後二時前に現われたランニングシャツ姿の満太郎が、洗濯物を干している、耳が聞こえない浩志の母親の後ろ姿を見ながら声をひそめ、言った。

「浩志、ものは相談だが、ターナーのハウスから金目の物をポケットに入れてこられないか？　ゲートもないし、ガードもいないから身体検査をされないよ」

浩志は満太郎のにきびの吹き出た横顔を見つめた。ちゃんとハウスボーイのアルバイトをしたら金が貰えると思った。

「煙草一本も干し葡萄一粒も盗まないよ」

「盗むんじゃない。ポケットに入る物を持ってくるだけだ」

満太郎は目をきつくした。

「満太郎先輩には給料の四分の一をやるよ」

「四分の一？　俺は半分だと言ったはずだがな。言わなかったか？」

満太郎は大きく唇を歪めた。浩志は小さくうなずいた。

「少しずつ盗めば、絶対気づかれないよ。いいか、必ず二つ以上ある物を盗め。一つしかない物は気づかれやすいからな」

ついさっき盗むんじゃないと力んでいたのに、何なんだと浩志は内心言った。

満太郎はカーキー色のダブダブのズボンのポケットから紙を取り出した。浩志はクチャクチャになった紙を受け取り、広げた。英字雑誌の空白部分にターナーのハウスの地図とハウス番号が簡単に書かれている。

「俺が時間をかけて書いたんだ。ただじゃないよ」

満太郎は汚れた手を出し、「十セント」と言った。浩志は渋ったが、十セント硬貨を満太郎の手の平に置いた。

「ハウスの中には欲しくてたまらない物がたくさんある。おまえも思わずポケットに入れてしまうだろう。まあ、この話はまたおまえが実際にハウスボーイを始めてからする」

勤める前から盗む話か、と浩志は妙に腹が立った。僕は今ハウスボーイの仕事をやり通せるかどうか緊張しているんだ。

「ターナーを誉めて、何か貰ったら正直に俺に言えよ。半分はよこせよ、な。誉め殺すという知恵を授けたのは俺だからな」

盗みの次は貰う魂胆かと浩志は思った。曖昧にうなずいたが、正直に話す気は全くなかった。

洗濯用の、空の大きい竹籠を抱えた母親が近づいてきた。満太郎は「ターナーにくれぐれもよろしくな」と唇の端を歪め、立ち去った。

米人と会う時は必ずプレゼントを持って行かなければならないと浩志は考えている。前に母親が洗濯物を届けに行ったハウスから貰ってきたアメリカ煙草がワンカートン食器棚の上にある。母親は時々思い出したように煙草を吸う。浩志は躊躇したが、二個胸ポケットに入れた。

余所行きの白い開襟シャツと紺のズボンを着た浩志は集落から二キロほど離れた、海寄りの崖の上にあるターナーのハウスに向かった。

ハウスにつながる坂道の登り口辺りに米軍基地の厳重なゲートがある。直方体のクリーム色のゲートボックスの脇に立っている、鉄兜をかぶり肩にカービン銃をかけた米兵と、米兵の足元に寝そべった、鎖に繋がれた軍用犬が浩志をじろりと見た。

浩志は坂を上った。ハウスを建造する際に米軍ブルドーザーが大々的にアダン林を切り開いたが、軍用道路ではないからかアスファルトではなく、砕かれた石灰岩が敷き詰められている。

崖の向こう側から幾重にも白い巨大な入道雲が湧き立ち、白いマッチ箱のようなハウスにのっかっている。

崖の上に着いた。金網のフェンスはなく、見回りのガードもいなかった。平たい岩盤が剝出しになり、所々の凹地にたまった土に短い草や細い灌木が生えている。

犬に追われると木に登り難を逃れる浩志は、思わず高い木を探したが、どこにも見当たらなかった。方々のハウスを見回したが、放し飼いの番犬はいなかった。

屋根も外壁も白く塗られたハウスが十軒ほど点在しているが、近隣のつきあいは全くないような冷ややかな雰囲気が漂っている。約束の三時にはまだ間があるが、ターナーのハウスの玄関のノブを回した。

目の前に立ちはだかった、白いバスローブ姿のターナーが、ドアをオープンする時は、ノックしたまえというゼスチャーをした。浩志は「アイムソーリー」と言った。ターナーは手招いた。

シャワーを使ったばかりなのか、ターナーの縮れた金髪が濡れている。バスローブから出た足は毛むくじゃらだが、棒のようにまっすぐに長く伸びている。

白いズックを脱ぎかけた浩志に、靴のまま入るようにとターナーが言った。

レースのカーテン、真っ白いシーツ、大型の冷蔵庫、重厚な調度品が浩志の目に飛び込んだ。浩志はターナーに指し示された通り、大きな黒いソファーに座った。弾力があり、少し体が弾んだが、すぐ沈み込んだ。

ターナーは覗き込むように浩志の目を見つめ、「アイムソーリー。ゴメンナサイ」と繰り返し、言った。軍人が軽い事故をまだ気にしている。浩志は信じられず、少し気味悪くなった。

浩志は胸ポケットから出した二個の煙草を差し出し、「プレゼント」と言った。ターナーは立てた人差し指を横に振り、ノーと言った。

煙草が気にいらないなら次は何とかウィスキーを手に入れ、持ってこようと思った。「ウィスキー、オーケー?」と浩志は手を口元に運び、頭をブラブラ振り、酔っ払った真似をした。ターナーはノーと首を横に振り、隣の部屋に入った。

酒も飲まず煙草も吸わない米兵がいるとは思いもよらなかった。

虫除けの、目の細かい網戸から風が吹き込んできた。大きい家具もあるにはあるが、思ったより閑散としている。床には灰色のタイルが敷かれているが、天井も壁もコンクリートにじかに白いペンキが塗られている。ソファーの周りだけに絨毯が敷かれている。

いつの間にか、キッチンの棚の中の銀色のスプーンや白磁の皿に浩志の目が釘づけになっている。満太郎が言った「金目の物」を探していると気づいた。視線を逸らした。

米兵は壁や棚に戦争の武勲メダル、トロフィー、軍服姿の自分の写真を必ず飾ると満太郎から聞いていた浩志は、周りを見回したが、何一つなかった。

ターナーは青い上着と茶色のズボンに着替え、出てきた。異国の香りのする、色とりどりの飴玉が載った赤とオレンジ色の皿を両手に持っている。

浩志はいささか子供扱いされていると感じたが、ターナーが差し出した紫色の棒状の飴を取り、舐めた。ハッカの香りや味が口の中に広がり、急に気持ちが落ち着いた。

浩志は、斜め向かいに座ったターナーにゼスチャーを交え、リターン・ウエン？　などと単語をくっつけ、「アメリカにはいつ帰るの？」と聞いた。

ターナーは指を三本立て、「スリーウィークスアフター」と言った。

浩志は英単語と手振りを交え、どうにかこうにか会話を交した。ターナーはアメリカの家族は母親だけだという。浩志は「セイム、セイム」と自分の顔を指差し、ターナーと握手をした。

週に二回、火曜日と木曜日に来るように、とターナーは言った。

僕はアイロンをかけたり料理を作ったりするのだろうかと浩志は思った。躊躇したが、聞いてみた。「君はメイドじゃないから必要ないよ」とターナーは言った。僕の仕事は何だろうか。何をさせられるんだろう？　アルバイト料はちゃんと貰えるのか、と浩志は聞いた。もちろん払うとターナーは言った。

とりあえず靴を磨こう、と浩志はソファーから腰を浮かした。

ターナーは急に頭を抱え、テーブルに上半身を伏せた。浩志は驚いた。「気分が悪いの？」と聞いた。ターナーは青ざめた顔を上げ、「今日はもう帰っていい。明後日の九時に来てくれ」と言った。

ターナーは飴玉を鷲摑みにし、浩志の両手に載せた。

3

二日後の木曜日、浩志は余所行きの開襟シャツと灰色の長ズボンに着替え、約束の九時に間に合うように家を出た。

ターナーのハウスのドアをノックした。耳を澄ましたが、静まり返っている。強く叩いた。声がした。「プリーズ」という声のようにも「おおっ」という動物の呻き声のようにも聞こえた。

中に入った瞬間、紫がかった白い煙が顔に迫り、何かの焼けた臭いが鼻をついた。火事だ、と思ったが、空気はひんやりしている。少し目眩がしたが、野焼きや焚火の煙に巻かれた時のように目に沁みたり咽せたりせず、涙は出なかった。

山羊の毛を焼く時の臭いに似ていると思いながら奥に進んだ。

ターナーの顔から蒸気機関車のように煙が噴出している。ソファーに沈み込むように座り、変な形の煙草を盛んにふかしている。浩志の頭は少し朦朧としてきた。眼鏡のレンズがくもっているせいか、ターナーが別人のように見えた。

浩志は窓を開け、外気を入れようとした。

「ノー」とターナーが白い壁に取り付けられた冷房機を指差した。

浩志はターナーに近づいた。オレンジ色のガウンから金色のモジャモジャの胸毛が覗いている。顔は赤らみ、くもりの取れた眼鏡の奥の目は、生気がないのか、法悦に浸っているのか、トロンと半開きになっている。だが、鼻の両穴からはスパッスパッと勢い良く煙が出ている。

たしかターナーは煙草は吸わないと言っていたはずだがと思いながら浩志は目を凝らした。

ドーナツを食べているようにも見えた。乾燥した葉を何枚も丁寧に巻いた煙草はドーナツを半分に切ったような形をしている。

ソファーから立ち上がり、一歩踏みだしたとたん、ターナーの両足はもつれ、コーナーキャビネットに上半身をぶつけた。浩志は思わず大男のターナーを支えようとした。

「酒、飲まないと言っていたのに、飲んだ?」と浩志は酒を飲む真似をし、聞いた。ターナーは首を横に振り、冷蔵庫からコーラを取り出し、浩志に渡した。

玄関のドアを開けた時は臭かったが、いつのまにか何とも言えない芳《かん》ばしい香りに変わっている。頭がどうかしたのか、赤ん坊の時にかいだ匂いのようにも思えた。紫色の煙が非常に美しく見えるようになり、鼻をならし、深く吸い込んだ。体が二、三センチ宙に浮いたような気がする。正面のソファーに座っているターナーの声が背後から聞こえる。よく聞いたら「飴を食べなさい」と言っている。

浩志は色鮮やかな皿から飴玉をつまみ、口に入れた。飴玉の香ばしさも煙の匂いにかき消された。ふと麻薬ではないだろうかと思った。米兵に麻薬を吸わされた、隣町の若い女の話が頭を過った。二年前、麻薬中毒になった女はガソリンを浴び、マッチをすり、火だるまになった。火をつける直前、体中に蛆虫が這っていると泣き喚いていたという。

「何を吸っているの?」と浩志は思わず聞いた。ターナーは黙っている。

ターナーは高い鼻の、両の穴から煙を出した。

「ターナー、軍の仕事は何を?」

一昨日もハウスにいたし今日もいるが、夜勤なのだろうか。

単語やゼスチャーが通じなくなったのか、ターナーは黙っている。

去年の秋、宮城中学校から感謝状を貰った? と聞くには難しい単語が必要だと浩志は思った。

浩志はコーラを飲みほし、「僕はハウスボーイだから、靴を磨くよ」と言いながら玄関に向かった。

ターナーが呼び止め、ついてくるように言った。

左奥の四坪ほどの部屋は物置なのか、一面に敷かれた灰色のビニールシートの上に壊れた椅子や大小のダンボール箱、大工道具などが置かれている。

ガラス戸が開閉できない出窓をターナーが指差した。窓際に鉢が七個並べられている。

浩志はふらりと鉢に近づいた。すらりと伸びた五十センチほどの植物の葉は幾分黄ばんでいる。柔らかい茎にもしなやかな広い葉にも産毛が生えている。

「どんな花が咲く?」と浩志は聞いた。

幾つかの鉢から葉を数枚ちぎり取った跡がある。

ターナーは黙っている。

葉はひまわりに似ていると浩志は感じた。

「アメリカひまわり?」

返事はなかった。

ターナーはこの葉を乾燥させ、煙草にしたのではないだろうか。

「ターナーが吸う煙草は、この草?」

浩志は鉢を指差した。妙に冗舌になっている。ターナーは答えなかった。

とにかく誉めろという満太郎の声が頭の中から聞こえ、「いい草だね」と言った。

「君が育ててくれ」とターナーは言った。

浩志は子供の頃から植物の栽培は好きではなかった。

「僕はベッドを直したり……」

「君はメイドじゃないんだ。前に言っただろう。ベッドは私が自分でやる。君はこれを庭に植えて、ちゃんと生長させたまえ。後は何もしなくていい」

ターナーの忙しいゼスチャーは酔っ払いの踊りに似ている。

「それだけ?」

「絶対枯らしてはいけないよ」

ターナーのトロンとした目がじっと浩志を見つめた。

何かを命じられたら「イエッサー」と元気よくサーを付けろと満太郎に言われたが、浩志は黙っていた。

「……特別な育て方がある?」

「植えて水をかけたら、今日は帰っていい」

ターナーは物置の部屋から出ていった。

葉が少し黄ばんでいるが、ちゃんと育つだろうかと思いながら鉢を二個持ち上げた。ターナーはリビングルームのソファーに座り、浩志に顔を向けているが、目は何も映っていないかのようにぼうっとしている。

アメリカひまわりの葉は柔らかいが、厚みがある。生長した葉を乾燥させたら、ターナーが吸っている煙草のようにグルグル巻ける。浩志は最後の鉢を運び出しながら、ターナーが口にくわえている煙草と鉢のアメリカひまわりを交互に指差し、「セイム? セイム?」と聞いた。ターナーは何も言わず、身動きもしなかった。

七つの鉢を玄関のアプローチに出し終えた浩志は、スコップとジョウロを取りに物置の部屋に戻った。

リビングルームを横切り玄関を出ようとした浩志に、ターナーが近づいてきた。

ターナーは「これは一週間分だ」と十ドル紙幣を浩志に渡した。浩志はあまりの高額に驚いた。

浩志は礼を言いかけた。リビングルームの方に歩いていたターナーは、頭を射抜かれたかのように顔からソファーに倒れこんだ。うつぶせになったまま身動きしないターナーを浩志は見つめていたが、息をしているから安心し、玄関のドアを開けた。

鉢を持ち、庭に回った。枯らすと僕は首になるだろう。週給十ドルの高給を失ってしまう。

露出した白い岩盤は鈍く光っている。ハウスの南壁に沿うように十坪ほどの長方形の庭がある。花壇を枯れかかった縁取りの草が取り囲んでいるが、細かくひび割れた土には雑草しか生えていなかった。

浩志は周りを見回した。数十メートル離れたハウスの庭には百日草やカンナなのか赤や黄色の花が咲いている。

浩志は土にスコップを差し込んだ。思ったほど硬くはなかった。土は三十センチほど客土がされている。雑草を取りのぞいた。陽が当たり、真新しいスコップの刃が鈍く光った。風は弱く、汗が滲んできた。

数十センチ間隔に七本のアメリカひまわりを丁寧に植え、土を寄せた。軒下にある水道の蛇口から何度もジョウロに水を入れ、アメリカひまわりにかけた。

4

翌日の昼食後、浩志はヘチマの花に飛びかう数匹のてんとう虫を見ながら縁側に寝そべっていた。

一頭の蝶が飛び去った。浩志は顔を上げ、視線を蝶に向けた。畑道に満太郎が立っている。満太郎は、雨戸を開け放した居間に座り、アイロンをかけている浩志の母親を気にしているのか、近づいてこなかった。浩志と目が合うとすぐに手招きした。

浩志は縁側にある母親の麦藁帽子を頭に載せ、庭を突っ切り、外に出た。

二人は人参畑の脇に生えている、大きいソウシジュの下に座った。握ったり開いたりする満太郎の手を浩志は不思議そうに見た。

「分け前は？」と満太郎は焦らすなというふうに太い声を出した。

「来週。二週間に一回とターナーは言っていた」

昨日貰った金をすぐ満太郎にやるのは癪だから浩志は嘘をついた。

「たいていは週給なのにな」と満太郎は舌打ちした。「とにかくハウスボーイの仕事を紹介してやったのは俺だからな」

浩志は顔を背けた。硬い地面に落ちたソウシジュの葉の影が揺れ動いている。

「週給で計算したら、額は幾らだ？」

浩志は十ドル貰ったが、二分の一の額を言った。

「少ないな。……おまえ、嘘をついているんじゃないだろうな」

満太郎は浩志を睨んだ。

「案外ケチだよ、ターナーは」

浩志はアルバイト料を貰うために様々な仕事をしていると満太郎に思わさなければならないと考えた。靴磨き、フロア掃除、ベッド直し、部屋の整理整頓、洗車と思いつくままに言った。

「ベッドなんかメイドの仕事なのにな」

満太郎は首を傾げた。

「磨いた靴を指で触って、まだ汚れていると怒ったりするんだ」

浩志は調子にのり、作り話をした。

「帰るたびに何か一つポケットに入れてこないと引き合わないな、浩志」

「コソ泥の真似はできないよ」

満太郎がまた睨んだ。

満太郎は聞かなかったが、出勤日は毎週火曜日と木曜日の二回、時間は朝九時から、と浩志は言った。

金が出たら必ず俺に報告に来いと満太郎が言った。給料日に僕に会いに来るのが筋だろうと浩志は内心文句を言ったが、小さくうなずいた。

「ハウスにピストルはないか？　浩志」

「ない」

ピストルを盗んでこいと言いかねないから、どこに何があるか分からなかったが、断定した。

置かないようにしているんだよ。軍人はすぐ引き金を引きたがるから、と浩志は言いかけたが、止した。

時々、親の畑仕事を手伝っている満太郎に、浩志はアメリカひまわりの栽培方法を聞きかけた。だが、すぐ口をつぐんだ。聞いたら、煙がモウモウ出る半ドーナツ形の煙草の話や、ハウスの唯一の仕事がアメリカひまわりの栽培だけという話もしてしまいそうだった。

「浩志、英語、習わないか？　安くするよ」

「身振り手振りで大丈夫のようだ。言葉はいらないよ」

満太郎のブロークン英語よりしっかりしていると内心言った。

「おまえの母親は耳が聞こえないから、おまえもゼスチャーは上手だろうな」

満太郎は一人うなずきながら笑った。

朝から日差しが強かった。浩志は目を細め、俯きかげんに金網に沿った道をターナーのハウスに向かった。

ハウスの窓ガラスがキラキラ輝いている。玄関のドアをノックしかけたが、庭に回った。アメリカひまわりは太陽に当たったせいか、土が豊かなせいか、鉢植えの時より色艶を増している。黄ばんだ葉が二枚落ちかけているが、上の節に新しい芽が力強く出ている。

浩志は蛇口をひねり、ジョウロに水を入れ、アメリカひまわりにかけた。何度も往復した。土がたっぷり湿った。ターナーは人の気配を感じないのか、顔を見せなかった。

麻薬だったら僕にハウスの庭に植えさせたりしないのではないだろうかと思いながら玄関のドアをノックした。繰り返したが、返事はなかった。静かに開け、ターナーを呼んだ。静まり返っている。室内の煙は先週より少ないが、吸っているうちに芳ばしい香りに変わり、少し頭がボーッとしてきた。リビングルームのソファーにターナーの姿はなかった。隣の寝室を覗いた。うつぶせに寝ている。立っている時よりさらに長身に見えた。

ターナーは窒息死していると浩志は思った。体を仰向けようと肩に手を置いた。ターナーはガバッと上半身を起こし、勢い良く右手を振った。浩志の顔すれすれを鋭い風がよぎった。

浩志は思わずのけぞり、ベッドの脇に尻餅をついた。ターナーは大きいナイフを握り、浩志を見つめている。ナイフをベッドのどこに隠していたのか、いつのまに摑んだのか、全く分からなかった。

ターナーの虚ろな目に光が差してきた。

「声をかけてから私の体には触れたまえ」

ターナーはゼスチャーを交え、言った。

浩志はしばらく立ち上がれなかった。

ターナーはベッドから下り、ナイフを投げた。ドアの丸く硬い節に刺さった。煙草を吸っていた時は死にかけたタコのようにダラリとしていたのに……このような力があるとは浩志は思いもよらなかった。ドアから直角に生え出たように深く突き刺さっているナイフは折り畳み式ではなく、両刃になっている。

浩志は立ち上がり、ナイフから遠ざかろうと寝室を出た。

頭がぼうっとしているはずなのに、ナイフを投げた時、手元が狂わなかったのは徹底的な軍事訓練を受けているからだ、と浩志は変に感心した。

このまま帰ろうとしたが、満太郎に何を言われるか分からないから、思いなおし、リビングルームのソファーの傍の小さい丸椅子に座った。

もしかするとターナーはアメリカひまわりを巻いた煙草を吸いながら敵と戦ったのではないだろうか。頭が朦朧としていても投げたナイフは敵の体に命中するはずだから、ちゃんと戦える。

ターナーが煙草をふかしながら近づいてきた。手にガラス瓶を持っている。

ターナーはソファーに座り、テーブルに置いたガラス瓶の蓋を開け、乾燥椎茸のようなものを取り出し、カラフルな皿に載せ、浩志の方に押しやった。

浩志は顔を近づけた。思わず仰け反った。耳だ。生きた人の側頭部にくっついている耳より少し小さいが、形ははっきりしている。

中学校から感謝状を贈られるほどの誠実な兵士のターナーが、人間の耳を乾燥させ、ガラス瓶に保管しているとは信じがたかった。

ターナーを耳切り魔にしてしまった相手はどんな人間だろうか。たぶんターナーはよくよく耳の主が憎かったんだ。浩志は自分の耳の付け根がモゾモゾしてきた。ドアに刺さった鋭く大きいあのナイフにかかったら僕の耳なんか、あっという間に側頭部から切り離されてしまう。

浩志は顔を上げ、じっと耳を見つめているターナーに微笑んだ。なぜ笑ったのか、自分でも分からなかった。

ターナーはなぜ僕に耳を見せるのだろうか？　君の耳もこのようにしようね、と言いたいが、ゼスチャーだけでは分かりにくいから見本を出してきたのだろうか。

「耳、集めているの？」と浩志はトンチンカンな質問をした。

ターナーは苛立ったようにスパスパと煙草をふかした。

「飾っても誰も喜ばないよね。気味悪がるだけだよね」

ターナーは黙っている。

女の耳？　と浩志は当てずっぽうに聞いた。何か言わないと気持ちが落ち着かなかった。

「生きていた時は綺麗な耳だった？」

綺麗な人だった？　と聞くつもりが、慌ててしまった。ターナーは目を閉じた。

女を好きになったら、僕なら女の耳ではなく、唇とか目を思い出すのだが、と突飛な考えが浮かんだ。

もう帰ったほうがよさそうだと浩志は思った。とにかく刺激しないように耳の話は止そう。立ち上がりかけた。ターナーが目を開けた。

だが、言葉を発する気配はなかった。浩志は何か言わなければ大変だと思った。

「この耳は僕と同じくらいの少女?」

浩志はまた聞いた。後から後から言葉が出てくる。

ターナーは目をつぶった。

「女ソルジャーの耳? ターナー」

ターナーは目を見開いた。

浩志はターナーの恐ろしい視線を逸らすように耳を指差した。

「私がこの男を殺した」

ターナーは静かに言った。

浩志は背筋がぞっとした。一瞬、殺された男はアメリカひまわりを枯らしたのだろうかと思ったが、「戦争だろう? だったら仕方がないよね」と言った。

「ターナーは何人殺したの?」

言った後、浩志は手を口に当てた。

「一人」

ターナーはちゃんと答えた。

「たった一人?」

浩志は思わず聞いた。

なぜ殺した男の耳を保管しているのか、分からなかった。ターナーはおとなしそうな性格だから、供養しているのだろうか。

浩志の手は何かに導かれるように乾燥した耳を摘んだ。厚紙のように軽く、変に手応えがなかった。嗅いだ。防腐剤のような臭いがしたが、部屋に立ち籠めた煙草の臭いがすぐ打ち消した。

ターナーは耳をガラス瓶に納め、妙に恭しく持ち、寝室に入った。浩志は玄関を飛び出した。

5

ターナーが男の耳を切った場所はたぶん遠い戦場だし、乾燥耳にもまもなく慣れるだろう。しかし、僕たちの村も危険に満ちている。米軍基地の近くを通った人やハウスに近づいた人が、土に埋められたのか焼かれたのか、何人かが神隠しにあったように消えている。

母親が出入りしている数軒のハウスに不気味な住人はいないだろうか。

乾燥耳を見せられた日の夜、胸が踏み潰される悪夢を見たが、ターナーがアメリカに帰ったら高給を貰えなくなる。あとわずかの期間だから不気味なハウスも辛抱できると自分に言い聞かせた。

ターナーのハウスに向かった。ターナーはいつもハウスにいるようだが、軍の仕事はどうなっているのだろう。見るたびに煙草をふかしているが、僕が休みの間、庭のアメリカひまわりに少しは水をかけているだろうか。

浩志はハウスに入らず庭に回った。

息を飲んだ。アメリカひまわりが萎れている。大きい葉が黄ばみ、細長い茎も力なく湾曲している。

蛇口をひねり、ジョウロに水を入れたが、手を止めた。怒鳴り声が聞こえた。浩志は蛇口をしめ、立ち上がった。声というより首を絞められた動物の悲鳴に似ていた。周りを見回したが、人影はなく、静まり返っている。

浩志は玄関の白いドアを開けた。室内の煙は前回よりひどくもやっている。浩志はターナーの名を呼びながら寝室に入った。

ベッドに部屋着の胸をはだけたターナーが座り込んでいる。

浩志に体を向けているが、目は白いコンクリートの天井を見ている。

視線がゆっくりと下がり、浩志の顔に固定された。ひどく虚ろな目をしている。

ターナーは自分の赤らんだ耳に手をやり何やら言った。声は細く、聞き取れなかった。

浩志は聞き返した。

「……ジープが突進してきた。撃ちまくったら、あの男の体に無数の穴が開いていた。私は恐くなって、号泣した」

あの悲鳴に似た声は泣き声だったんだと浩志は思った。

「夢だよ、ターナー」

浩志は息苦しくなったが、妙に平然と言った。

二度寝してしまったんだろう？　恐ろしい夢を見るよと内心言った。

突っ立っていた浩志は、アメリカひまわりに水をかけなければならないと思いながらベッドの乱れた白いシーツをなおしかけた。だが、すぐ手を止めた。枕の下から長いナイフが覗いている。

ターナーは声をたてずに笑った。笑わない者が笑うと不気味だと浩志は感じたが、思わず頰が引きつり、作り笑いを返した。ターナーは突然、枕に手を伸ばした。次の瞬間ナイフは風を切り、深々とドアに突き刺さった。

ナイフが顔をよぎった日を思い出し、ゾッとした浩志は足早に玄関に歩きだした。以前、瘦せた米兵と腕相撲をした浩志は、両手を使ったが、相手の右腕はビクともしなかった。大柄なターナーはより怪力の持ち主だろう。組み伏せられたら全く動けなくなる。グローブのような手が僕の顔を鷲摑みにし、耳をスパッと切る……。

浩志はターナーに呼び止められた。こわばった顔を振り向けた。

ターナーは火をつけた煙草を口にくわえ、足をふらつかせながらサイドボードに寄り、観音開きの小さい扉を開け、ガラス瓶を取り出した。

瓶の中の耳を見つめ、また笑った。妙によく笑うようになっている。

今度は招き猫のように浩志を招いた。浩志は逃げたかったが、リビングルームに入った。

ターナーはソファーに座り、煙草を吸いながらうっとりと耳を眺めている。

浩志は少し頭がボーッとしてきた。ふと、部屋に充満している煙が戦場の硝煙のように思えてきた。煙を吸うと恐さが薄れるような気がするが、ターナーは煙草を吸いながら一人の敵を殺し、耳を切ったのだろうか。吸うのを止したら？　おかしくなるよと浩志は呟いた。浩志は首をブラブラ振り、頭がおかしくなった真似をした。

浩志は立てた人差し指と中指をカチカチ合わせ、庭のアメリカひまわり、ちょん切った方がいいよ、ターナー、と呟いた。

ターナーは意味を解したのか、浩志を見つめ、首を横に振った。ターナーの目は、切ったら君の首も切るよと言っていると浩志は感じ、唇を噛み締めた。

ターナーはガラス瓶の蓋を開け、中を嗅いでいる。

「何？　ターナー」と浩志は聞いた。

耳は前より少し傷んでいるように見えた。防腐剤を取り替えたら？　と言いたかったが、防腐剤の英単語が分からなかった。

僕に摘ませ、空気に触れさせたのがいけなかったのだろうか。

ターナーの目は新しい耳を欲しがっている、と浩志は感じ、もう耳はしまったら？　とまた内心言った。

浩志はターナーから目を逸らせた。

「何か飲みたまえ」

ターナーが唐突に言った。

「イエッサー」

浩志は思わず声を張り上げ、冷蔵庫から取り出したコーラを一気に飲んだ。

勧められるままに何本も飲み、吐き気が生じ、トイレに駆け込んだ。胃から食道を通り、逆流してくるコーラに顔を歪めながら、なぜ僕は次々とコーラを飲んだのだろうかとぼんやり思った。トイレから出てきた浩志の目は充血し、涙が流れている。

「アメリカに帰るの？　ターナー」

全部吐き出したせいか、気分はだいぶ落ち着いている。

ターナーはもう話しかけるなというように目を閉じた。

ターナー、耳を処分したら？　僕が手伝うよ。弔ったら耳の主を早く忘れられるよと浩志は呟いた。

浩志の声が聞こえたはずはないのだが、ターナーは、絶対忘れてはいけないと言った。

殺した人を忘れないために耳を保管しているのだろうかと浩志は思った。考えられなかった。切り取った耳を男の側頭部にくっつけるわけにはいかないように、殺した男を生き返らせるわけにはいかないんだよ、ターナー。恐ろしい過去は忘れるべきだよと浩志はまた呟いた。耳を丁寧に埋めたら悪い夢も見なくなるのではないだろうか。野原に小さい墓を作ってあげようと思った。

浩志は瓶の中の耳に土をかける真似をし、手を合わせた。

「耳が消えたら夢なのか現実なのか、自分が生きているのか、死んでいるのか、分からなくなる」

浩志はターナーの英語を何とか日本語に訳したが、ターナーが何を言いたいのか、分からなかった。

翌日の朝、浩志は満太郎に家の近くのソウシジュの下に呼び出された。

また今日も金を要求しに来たと思った浩志は嫌気がさし、「ターナーは金はないが、耳がある」と言った。

「俺をからかう気か」

満太郎は浩志の顔ににきびの吹き出た顔を近づけ、目に凄味をきかし、ランニングシャツから出た黒い腕を曲げ、筋肉をピクピク動かした。

満太郎は女に関心を示すと浩志は思った。

「乾燥しているが、女の耳のようだよ」

男の耳だが、嘘をついた。

「乾燥した女の耳？　だったらお守りだな。だからターナーは戦場から死なずに帰ってきたんだな」

満太郎は木陰に座った。浩志も幹にもたれ、座った。

「戦場の村人の少女らしいよ」

浩志は調子に乗り、嘘を重ねた。

「形見だな。指輪や黒髪と同じだ。おまえは中学生だから男と女の微妙な関係は分からないだろうがな」

満太郎はにやけた笑いを浮かべた。

指輪や黒髪なら分かるが、耳は分からないと浩志はブツブツ言った。

「ターナーは耳に何かささやいていなかったか、浩志」

浩志は首をかしげた。じっと見ていたが、ささやいているようには見えなかった。

ターナーは殺したいほど少年少女が好きかもしれないと満太郎は言う。

「一見真面目そうな米兵にとても多いんだ」

「少年も？」

「おまえも好かれたら何をされるか分からないよ」

浩志は驚いたが、顔には出さなかった。

「耳が好きなのかな？」

「耳なんか序の口だ。本当に好きになったら首を切り取るよ」

愛した敵国の女の頭をミイラのように乾燥させ、密かに持ちかえる兵士もいるという。

浩志は口を半開きにした。

耳のようにポケットに入らないから持ち帰る数は少ないと満太郎は言う。

浩志は出鱈目な作り話だと思ったが、軍法会議にかけられないかな？　と聞いた。気づかれないようにあの手この手を使うと満太郎は言った。

「愛した人の頭なら……飾るのかな？」

「飾ったり、大事にしまったりするよ」

「永遠に？」

「嫌いになったら別の使い方をする」

魔除けにしたり、難病を治すために脳味噌を焼いて食べたりするという。

話が真に迫っている。真実なのだろうか。浩志は動悸がした。息苦しいような、胸がワクワクするような、妙な感覚だった。

「わざわざおまえに会いに来た理由は分かるだろうな?」

満太郎は暗に金を要求した。何度もターナーに恐い目にあわされた浩志は話題を逸らし、ターナーは鋭いナイフを持っていると言った。

「兵士にナイフは付き物だ。林檎や肉を刺し、口に運ぶんだ」

ドアに投げているんだと言いかけたが、ターナーが戦場で殺したのは男一人のようだと言った。

「真に受けたのか。おめでたい奴だな、おまえは。死んだ敵の数を米兵の数で割ってみろ。一人当たり何人殺したか、わかったら驚くよ」

そんな計算、誰ができるんだと浩志は内心言った。

「一人しか殺さなかったというのが、もし事実なら、ターナーは将校クラスだな。将校というのは机に広げた地図を見ながら指令を出すだけだからな。何かの拍子に一人殺したんだろう」

満太郎は耳の主と殺された男は別人だと思っている。

満太郎は手を出した。浩志はポケットから取り出した分け前の二ドル五十セントをやっと渡した。満太郎は数えてからニタッと笑った。

満太郎はターナーがどんな人間か正体を調べてやると言いながら腰を上げ、畑道から雑草の繁茂した土手に上がり、金網に沿った白い道を去っていった。

出勤日の早朝、満太郎は浩志をいつものようにソウシジュの下に呼び出し、軍病院勤務の不良米人からついにターナーの正体を聞き出したと言った。

しばらくわざと黙っていた満太郎はチョウダイをするように手を伸ばした。

普通は価値のある情報かどうか聞いてから支払うのが筋だと思いながら、浩志はたまたま持っていた二十五セント硬貨を渡した。

満太郎は足りないなと舌打ちしたが、話し始めた。

ターナーは二年前、頭がおかしくなり、戦場から送還されたという。

「数カ月間、基地内の軍病院に入院させられていたんだ」

満太郎は話に間を置いた。

病院に不良米人が勤めているというのも危険極まりないが、僕も大変なハウスに勤めている。

病気はもう治ったのだろうか。

「在宅治療をしていたが、おまえの自転車に車をぶつけたショックで、また病気が出てきたようだ」

「まさか……自転車を曲げただけで、軍人がショックを受けるなんて、おかしいよ。軍人は人を轢き殺しても平気なはずだ」

「元々バラバラになっていた頭が辛うじてくっついていたんだよ。おまえの自転車にぶつけた拍子にまたバラバラになったんだ」

満太郎は「おまえの自転車に」と強調した。あの後から病院が薬の量を増やしたのは確かだと言う。

あのような繊細な人間もアメリカは徴兵するのだろうか、と浩志は思った。

「まもなくアメリカに帰れるとか、帰りたいとか、言っていたのに……」

「もう簡単には帰れないよ。浩志も夏休みの間はハウスボーイをやれる。俺たちはたっぷり稼げるよ」

「俺たち？」

僕はもう勤める気はないと浩志は言った。

「辞めるという意味か？　俺はまだ分け前を一回しか貰っていないのに。耳か？　おまえはたかが耳くらいで、せっかくのアルバイト代をふいにするのか。ハウスボーイを紹介した俺の顔を潰す気か」

満太郎はまくしたてた。

「ターナーは病気だ。僕の手におえない」

満太郎は荒々しく立ち上がった。

「おまえはドルが欲しくないのか。また米人ハウスの塵捨て場漁りをするのか」

浩志の目の前を数頭の蝶が気ままに飛び回っている。

「おふくろの苦労を思え。耳なんか忘れろ。立て、浩志」

浩志は立ち上がりながら、おふくろもきっと辞めてと勧めるはずだと言った。

「本当は耳なんかないんだろう？　辞める口実だ。おまえはいつも難儀を厭うからな」

難儀を厭う？　自分は働きもせずに、子分が基地から盗んでくる物をまきあげているくせに、と浩志は内心言った。

「よし、辞めさせてやる。その代わり、耳を盗ってきて俺に見せろ。おまえの話が嘘か本当か確かめる」

「耳を？　まさか」

ターナーは耳を眺める時はうっとりと忘我状態になる。もし耳が無くなったら、ターナーは狂いだし、誰の耳でも見境なく切り落とすだろう。あのナイフならどんな耳でもスパッと簡単に切れる。

米兵と簡単に友好関係を結ぶ満太郎だが、なぜかターナーとは距離を置いている。病院の不良米人からターナーのさらに恐ろしい何かを聞かされたのだろうか。

「僕の代わりに満太郎先輩をターナーに紹介しようか」

「紹介？　ハウスボーイの？　おまえの紹介なんかいらん。俺はやる時は自分でやる」

木漏れ日が浅黒い満太郎の顔に当たり、揺れ動いている。

「男なら勇気を出せ、浩志。辞めるべき時は俺が判断する。そしたら、辞めろ」

「だけど、命が危ない」

浩志は幾分大袈裟に言った。

「今はハウスボーイの給料が重要だ」

「しかし、金より命の方が……」

「おまえは親友だからはっきり言うよ」

盗みをさせていた子分がガードに捕まり、拷問を受けたという。

「拷問？　死んだのか？」

「死にはしないが、首になった。だから今の俺には、浩志、おまえだけが頼りなんだ」

満太郎に頼りにされるのはこそばゆい感じがし、首をすくめた。

子分の話が本当なのか、嘘なのか、浩志はよく分からなかった。体も剛健なんだからまともに働けばいいのにと満太郎をチラッと見たが、とにかく頼まれた水やりに専念しようと思った。

6

昼食後、濃い緑色のランニングシャツの裾をまくり上げ、臍を出し、縁側に寝そべっていた浩志を、満太郎が呼び起こした。

ハロー帽と呼んでいる米兵の帽子をすっぽりかぶった満太郎は、茶色の染みがついた白い上着のボタンをはずし、日焼けした胸をはだけている。長ズボンを膝のあたりでちょん切ったようなダブダブのズボンをはいている。

二人は人参畑の脇に生えている、いつものソウシジュの木陰に座り込んだ。堅い幹から数匹のクマ蟬が羽音を発し、飛び立った。

風はほとんどなく、ソウシジュの小さい葉も弱々しく動いている。視線の先の薩摩芋の葉は強い陽を浴び、萎れている。

「浩志、耳の主がわかったよ」

浩志は満太郎に顔を向けた。満太郎はもったいぶるように少し間を置いた。

「病院の不良米人から聞き出した」

不良米人はビールを半ダースやったら何でもしゃべる便利なヤツだと満太郎は言う。

「最前線に行かされたターナーが敵兵を撃ち殺し、耳を切ったんだ」

ターナーから聞いていたからさほど驚かなかったが、浩志はまさかというように満太郎のギラギラした目を見つめた。

「気にするな、浩志。戦争なんだ。敵を殺すのは当たり前だ」

殺した男を忘れないために耳を保管しているとターナーは言っていたが、「しかし、なぜ耳を？」と浩志は聞いた。

耳は戦果だと満太郎は言う。ある負傷兵の病室の壁の隅には切り取った耳の数を競う棒グラフが貼られていたという。

「反政府の手に落ちたら女兵士にされるから、と撤退前に小さい村の少女たちの耳を切り取った兵隊もいたようだ」

浩志は大きく顔を上げた。目が眩んだ。真っ青な空に浮かんだ雲はビクッとも動かず、太陽がジリジリと照りつけている。足元を見た。盛り上がった土の周りを大きい蟻が動き回っている。

「ターナーはよく首を絞める真似をしたそうだよ、浩志」

ターナーはタオルを自分の首に巻きつけ、強く絞めながら不気味に笑った。自殺したいのか、敵を殺す様を再現したのか、病院の不良米人も分からなかったという。

「ターナーは耳を自慢するために僕を雇ったのかな？」

ただアメリカひまわりを育てさせるだけではなく、耳を見せる相手が欲しかったのだろうか。

兵隊仲間でも恋人でもないおまえに自慢するはずはないと満太郎は言う。

「おまえが見せろと言ったのか？」

「煙草を吸っている途中、突然持ち出してきたんだ。普通の煙草じゃないよ」

モウモウと部屋中に立ち籠める煙は臭いし、乾燥耳は気味悪いし、たまらなかったと浩志は言った。

「臭い煙？　何だ、それは」

「吸っているんだ。たぶん僕に植えさせたアメリカひまわりの葉だ」

満太郎は目を見開いたまま、しばらく黙っていたが、アメリカひまわりとはどんな花だ？　と聞いた。

浩志は事細かく植物の説明をした後、煙草はドーナツを半分に切ったような変な形、煙は最初は臭いが、まもなくいい香りに変わり、頭がボーッとしてくる、とつけ足した。

「そうか、やっぱり。ただの草じゃないよ、浩志」

満太郎は浩志の痩せた肩を強く揺すり、前に不良米人から聞いたが、モウモウと煙が立ち籠めるのが特徴だと言う。

「おかしくなった時のターナーの顔はこんなか？」

満太郎は表情を作った。目は仏像のように半眼になり、口は天国に行ったかのように半開きになっている。似ているようにも違うようにも思えたが、浩志はうなずいた。

満太郎は表情を戻し「何という草か、ターナーは言っていたか?」と聞いた。

「アメリカひまわりだよ。僕が名付け親だ」

「名付け親なんかどうでもいい」

急に苛立った満太郎の語調に浩志は機嫌を損ねた。

「一本か?」

本当は七本だが、浩志は五本と言った。

「草を育てる仕事もしているんだな」

「………」

確かにアメリカひまわりの栽培だけの仕事にターナーが高給を払うというのはおかしいと浩志は思う。

「草は枯れてはいないだろうな」

「枯らしたら、たぶん僕は刺される」

真夏は毎日水やりをしなければならないのに、僕が休みの日、アメリカひまわりを非常に大事にしているターナーが一度も庭に出た形跡がないのはどうもおかしいと浩志は思う。

ターナーにはアメリカひまわりを枯らしたい、煙草を吸いたくないという気持ちがどこかにあるのだろうか。

満太郎が「誰か気づいていないか?」と聞いた。「何を?」と浩志は聞き返した。「草だよ」と満太郎は声を潜め、言った。

「アメリカひまわりに? 別のハウスの住人の目にもついているはずだが、無関心だよ」

満太郎は、ただの草にしか見えないからだろうと独り言のように言ったとたん悲鳴を上げ、自分の足を強く叩いた。「嫌な蟻だ」と舌打ちした。

アメリカひまわりを乾燥させた煙草を吸ったからターナーは男の耳を切ったのか、男を殺したから耐えられなくなり、吸い出したのか、気になった浩志は「煙草と耳は関係ある？」と聞いた。

「ないな。戦場で切られた耳なんか、ありふれて何の価値もないよ。草は金になる」

いや、絶対関係があると浩志は思った。

「浩志、草を盗ってこい」

「……まさか」

満太郎は、自分が決行したいが、まもなく友好親善の基地内マラソンに出なければならないから、今ターナーとトラブルを起こすわけにはいかないという。

友好を装いながら子分に基地内の品物を盗らせる満太郎と同じように、ターナーは男の耳を切り取ったくせに学校から感謝状を貰ったのだろうかと浩志は思った。

「二本だ。全部盗るわけじゃないから、ターナーは気づかないよ。何度も言うがガードもいないし、ゲートもないし、簡単だ」

「なら満太郎先輩が盗ってきたらいいよ」

「俺が行きたいのは山々だが、ハウスボーイのおまえにしかできないんだ。おまえにはターナーも隙を見せるだろうから。後は俺に任せろ。金は山分けだ」

軍病院の中にも草を買いたがっている者が何人もいるが、宝を生み出す草は秘密にし、葉を乾燥させ、売るという。

満太郎は「俺に任せろ」と言いながら上着の袖をまくり、筋肉を固め力瘤を作った。

「浩志、頭がおかしい軍人は恐くないよ。正常な軍人が恐ろしいんだ。冷静に人を殺すからな。ターナーは危険じゃないよ」

「万が一、ターナーに見つかったら?」

「逃げたらいいじゃないか。草を吸っているターナーの頭はボーッ、目はクラクラ、足はフラフラだ」

「執念深く僕を探しに来ないかな?」

ふらつきながらもナイフの命中率は高い、と浩志は知っている。

「おまえの顔なんかすぐ忘れるよ。あの草を吸うと何もかも忘れるんだ」

たしかにターナーは何日か前の出来事しか思い出せないと言っていた。

まもなくターナーは憲兵に捕まり、草は没収される。今のうちに盗らないと一生後悔すると満太郎は浩志を急き立てた。

「満太郎先輩、正直に言わないとアメリカひまわりを盗ってこないよ。僕も命懸けだからな」

「何だ?」

「満太郎先輩が前に話していた、隣町の女を狂い死にさせたという麻薬と同じ草?」

「はっきり言おう。吸えば恐ろしさも悲しさもなくなり、天国をフワフワ漂っているような気持ちになる」

何もはっきり言っていない、と浩志は思った。

満太郎は指差した。松とセンダンの枝に渡したロープに、背伸びをしながら浩志の母親が米兵のズボンを干している。

「中学生のおまえに大金を稼げる方法が他にあるか?」

浩志は曖昧に首を傾げた。

「母親に米人のズボンやパンツなんか洗わせて、惨めな思いをさせて、それでも男か？　おまえは」

「パンツは洗っていないよ」

「しょっちゅう密室みたいなハウスに洗濯物を取りに行っているんだ」

満太郎は恐ろしそうに顔を歪め、米兵に押さえ込まれたらどうするんだと強調した。

「何より母親の耳だ。治療に金をかけたら聞こえるようになるんだ。浩志、今こそ、母親孝行しろ」

「…………」

「浩志は俺の言葉を信じないで、米兵のターナーに言われたら何でもハイハイするのか。ターナーの父親の世代が、おまえの母親の耳を潰したんだよ」

一人の男を殺し、耳を切り取ったターナーと、アメリカひまわりを盗み出す僕のどちらが悪いか、誰にでもわかるだろう、と浩志は自分に言い聞かせた。

7

浩志と満太郎は米軍基地の金網のフェンスを触ったり、所々に開いた小さい穴を避けながら一本道を歩いた。反対側に点在する畑に蝶やカナブンが飛びかっている。

濃い緑色のTシャツの袖をまくり、太い筋肉を自慢げに露出した満太郎が浩志の顔を覗き込み、「草が一本あれば五、六年はぜいたくができるよ。もうハウスの塵捨て場漁りをしなくてもいいんだ」と言った。

「儲けはちゃんと半分ずつ？」と浩志は聞いた。

「二人で山分けだ」

満太郎は浩志の肩をたたき、錆びついたバケツを押しつけるように渡し、根を傷つけないように二株盗ってこいと言った。

バケツの中に木の柄のついたヘラが入っている。草を盗ってきてもらう代わりに不良米人から仕入れてきたターナーの情報を聞かせてやると満太郎は言った。

戦場に派兵されたターナーはすぐ最前線に回された。自分を鼓舞し、しきりに闘争心を燃やしたが、敵兵を一人殺したとたん気がふれた。連隊の戦意喪失や混乱を怖れた指揮官はすぐターナーを不良米人のいる基地内の病院に送還した。

何年も毎日殺人の仕方を体や頭にたたき込まれた軍人が狂ったら非常に危険ではないだろうかと浩志は思った。

ターナーは軍病院を退院後、軍医の助言通り心の深い傷を癒やそうと軍人や軍隊の影の薄い崖の上のハウスに移り住んだ。一時期陸軍の監視下にあったが、ほどなく「無害」と判断され、自由になった。

「ターナーが草を手に入れたのは監視が解除された後だ」

「アメリカひまわりの煙草を吸い始めたのも？」

「おまえの自転車を倒した後から大量に吸い出したようだ。薬代わりだ。病院の薬は効かなかったようだ」

「ターナーは耳を、なぜ切り取ったのか、なぜ保管しているのか、不良米人は話さなかった？」

殺した人を忘れないために、とターナーは言っていたが、浩志はまた聞いた。

「ちゃんと聞き出したよ」

切り取った耳は殺した事実を忘れないために身近に置いているという。

「やはり……」

「ターナーはやっぱりおかしいよな、浩志。兵隊はみんな何十人何百人殺しても、軍隊を離れたら知らんふりするのに」

忘れないから頭がおかしくなってしまうんだ。なぜ忘れないように毎日耳を見つめるんだ。

アメリカひまわりは悪い草だから盗んだらターナーは救われるし、母親の耳を治療できると自分に言い聞かせた。

「何をブツブツ言っているんだ?」

満太郎が歩きながら振り返った。

米軍基地のゲートの前を通り過ぎた。ゲートボックスの中の大きい舶来人形のようなガード兵が身動きもせず浩志たちを見ている。鎖に繋がれた軍用犬のシェパードは腹ばいになり、長い舌を出し、忙《せわ》しげに呼吸をしている。

砕かれた石灰岩が敷き詰められた坂道を上った。坂の途中の雑木の陰に満太郎は入り、「ここで待っているからな。すぐ盗ってこい」と言った。

平たい岩盤が剝出しになった、崖の上のハウスエリアに着いた。

僕が埋めるか焼くか、耳を供養したら、人を殺した事実がターナーの頭の中から消え、楽に生活できるようになるのではないだろうか。

まっすぐターナーのハウスには向かわず、地表から突き出た岩の陰に座った。

耳が人殺しを思い出させても、アメリカひまわりが人殺しの恐ろしさを忘れさせてくれる……。二本盗っても五本残る……。

浩志は立ち上がり、ターナーのハウスの方に歩いた。

耳を捨ててしまえば、人殺しを忘れられるんだ。アメリカひまわりなんか吸わなくてもいいんだ。

アメリカひまわりを盗もうとする罪悪感がどこかにあるのか、浩志はターナーの身を案じた。

人影はなく、どのハウスも鈍い陽を浴び、茹だったように静まり返っている。

すぐターナーのハウスの庭に回り、アメリカひまわりを引き抜き、バケツに入れようとしたが、まずターナーに顔を見せようと思いなおし、玄関の前にバケツを置き、白いドアを開けた。

室内に紫がかった白い煙が充満している。いくぶん臭いには慣れたが、しばらく立ち尽くした。目に沁みるわけではないが、視力が落ち、家具や壁が少しぼやけてきた。微かに唇が痺れ、頭がボーッとし、肝が据わってきた。

ターナーは死んだように寝室のベッドに俯せている。徐々に昼寝が長くなっている、と浩志は思った。もうあまり歩けないのか、外出しなくなっているようだ。

声をかけた。反応がなく、繰り返し、呼んだ。ターナーは手や頭を微かに動かし、顔を横向きにしたが、目は開けなかった。数日の間にターナーの腕は細くなり、頬もこけている。

ターナー、寝たら殺した人の悪夢を見るよ、アメリカひまわりを吸うから眠くなるんだ、と浩志は呟いた。

煙を吸いすぎたのか、聴力が落ち、急に不安に襲われた。ベッドの脇のサイドテーブルに置かれたガラス瓶が目に飛び込んできた。一瞬、ターナーが大事にしている赤黒い耳が、耳の聞こえない母親を嘲笑っているように錯覚した。母親を弄んでいると思った。

浩志は荒々しくサイドテーブルに近寄り、ガラス瓶の蓋を回し、中の耳をポケットに突っ込んだ。

リビングルームを通り玄関のドアを開けた瞬間、ふと我に返った。背後から鋭いナイフが飛んでくるような気がし、背中がゾクッとした。

バケツを持ち、庭に回った。ターナーのためにもなるんだ、耳がなければアメリカひまわりも必要なくなるんだと独り言を言った。

アメリカひまわりの柔らかい、厚みのある葉は太陽の光を浴び、輝いている。二、三枚の黄ばんだ葉の上には広い若々しい葉が勢いよく生長している。六十センチほどに伸びた二本のアメリカひまわりの周りを掘り、土ごとバケツに入れた。

ふと人の気配を感じ、振り向いた。大男のターナーが立っていた。眼鏡の奥の青っぽい目はガラス玉のように見える。顔を見合わせているが、視線は合っていないと浩志は感じた。

金色のモジャモジャの毛が生えた腕は前よりだいぶ細くなっているが、手には大きいナイフを力強く握っている。浩志はバケツの把手を握ったとたん、弾かれたように逃げ出した。

白い坂道を駆け降りた。石灰岩の細かい埃が舞い上がった。

坂の途中の木陰から満太郎が飛び出し、大声を上げ、浩志を呼び止めた。浩志はバトンリレーのようにバケツを満太郎に渡し、また一目散に走った。

満太郎は一瞬キョトンとしたが、坂の上から包丁のような大きいナイフを振りかざし、何やら叫びながら迫ってくるターナーに気づき、血相を変え、逃げ出した。

どうしたわけだと浩志は走りながら思った。アメリカひまわりを吸ったら身も心もダラッとし、走るどころか、立つのさえ困難なはずだが……。ターナーを完全に狂わしてしまった。捕まったら間違いなく耳も手も切り刻まれる。

バケツを抱えた満太郎はぎごちない走り方をしているが、足が速く、まもなく浩志に追いついた。

坂道の脇の草叢に満太郎はアメリカひまわりの入ったバケツを放り投げた。だが、ターナーは一瞥もしなかった。

「草を返したのに、なぜ追ってくるんだ」

満太郎が呼吸を荒げながら叫んだ。

「浩志、他に何か盗ってこなかったか」

「……耳かな」

「耳？　耳を盗ってきたのか。おまえは馬鹿な真似をしたな」

ターナーの悲鳴のような声が耳に飛び込んでくる。

浩志は息が苦しくなった。

「そんな物、誰が盗って来いと言った。すぐターナーに返してこい」

「返す？　今？　あんなに怒っているのに」

浩志は走り続けた。

「ターナーは耳を追ってきたんだ」

浩志の耳にターナーの声が「耳を返せ」と泣き叫んでいるように聞こえた。

「投げ返せ。投げろ」

満太郎は息も絶え絶えに言った。

耳を無造作に投げ返したら僕の命はないと浩志は思った。

「早く出せ」と満太郎は喚いた。

走りながらポケットに手を入れるのは至難の業だが、浩志はどうにか耳を取り出した。満太郎が捨てろと叫んだ。だが、浩志の指は固まり、動かなかった。立ち止まり、丁寧に耳を返しても、もうターナーは許さないだろうと思った。

走りながらポケットに押し込んだ拍子に耳の端が欠けた。頭が真っ白になり、耳を粉々に砕こうとする衝動が起きた。必死に押さえた。

「ゲートに逃げ込もう」

満太郎が大声を出した。

二人は坂の登り口辺りにあるコンクリート作りの直方体のゲートボックスに逃げ込み、椅子から立ち上がった、痩せた米人ガードの足元に犬のようにしゃがみこんだ。軍用犬はいなかった。交替したのか、先程のガードとは違っていた。

米人ガードと隣町出身の小太りのガードがターナーを制止しようと両手を広げ、仁王立ちになった。だが、ターナーは速度を落とさず、ナイフを振りかざし、突進してくる。

米人ガードがガンベルトからピストルを抜き、構えた。ターナーは少しもひるまなかった。米人ガードが奇声を発した。

小太りのガードが空に向け、威嚇射撃をした。銃声を聞いたターナーはさらに興奮し、ナイフを振り回した。

米人ガードがピストルの引き金を引いた。ターナーは何かを吐き出すような声を出し、腹を押さえ、アスファルト舗装の地面にうずくまった。

遠くのサイレンの音が徐々に大きくなり、まもなくパトカーと救急車が急ブレーキをかけ、ゲートボックスの前に止まった。

ターナーを乗せた救急車は急発進し、基地の奥に続く、真っすぐなアスファルト道路を走り去った。

「おまえたち、取り調べがあるから、そこの金網の所に座っていろ」

小太りのガードが目をギョロギョロさせ、言った。

浩志と満太郎は銀色の金網にもたれ、力なく座り込んだ。

満太郎が、何やら話し合っている米人ガードとパトカーの兵士に目をやりながら浩志に言った。

「草を盗んだと言わなければ、すぐ帰される。いいか、口が裂けても絶対言うなよ」

「耳は?」

「耳なんかどうでもいいが、盗んだとは言うな」

「ターナーは僕を恨んでいるかな」

「恨む? ターナーは入院させられるよ。すぐおまえの顔も忘れるよ」

「…………」

「だが、ここに逃げて正解だ。町の警察に逃げ込んでいたら、俺たちはターナーにメッタ刺しにされていたよ」

「……ターナー、大丈夫かな」

「もしターナーを撃ったのが小太りのガードだったら、俺たちもとことん追及されていただろう。米人が米人を撃ったんだからアメリカの問題だよ」

浩志は、もう一生ターナーと会えないような気がし、周りを見回した。米人ガードと憲兵に小太りのガードが何やら聞かれている。

浩志は耳を取り返せなかったターナーを気の毒に思った。

浩志と目が合った小太りのガードは、米人ガードに一言二言何か言ってから浩志に近づいてきた。

小太りのガードが住所と名前を聞いた。満太郎が浩志を制し、適当に答えた。なぜ、あの米人に追われたのかという詰問にも、満太郎は、カナブンを探しながら坂道を歩いていたら突然訳もなく追いかけられたと嘘を言った。二十歳にもなるのにカナブンはおかしいと浩志はぼんやり思った。

小太りのガードはバインダーに挟んだ紙に何やら書き込みながら、なおもいろいろと聞いたが、満太郎は嘘を重ねた。

小太りのガードは「そのうち、軍から呼び出しがあるだろう。今日は帰れ」と言った。

浩志たちはゲートを離れた。十数メートル歩いた。

浩志は振り返った。米人ガードと憲兵は顔を近づけ、深刻そうに話し合っているが、小太りのガードは仲間外れにされたように隅にポツンと突っ立っている。

浩志の足はゲートボックスの方に向かっていた。満太郎が「どこに行く？　おい」と叱るように言いながらついてきた。

小太りのガードが二人に近づいてきた。

浩志はポケットから耳を取り出し、「これをターナーに返してください」と言った。「なんだ、これは」と小太りのガードは素っ頓狂な声を出した。

ターナーのハウスボーイをしているが、思わずテーブルの上にある耳をポケットに入れてしまった。気づいたターナーが追いかけてきた、と正直に話した。

ゲートボックスの中の米人たちは額を突き合わせ、話に夢中になり、三人の様子に気づかなかった。小太りのガードは浩志の手の平の、乾燥した耳を見つめた。米人ガードを呼ぶ気配はなかった。

満太郎が浩志に「おまえは何を聞いていたんだ。あれほど何も盗りませんでしたと言えと言っただろう」と声を圧し殺し、言った。

カービン銃を肩にかけ、米人ガードたちが近づいてきた。

浩志の手から耳をつまみ、素早く上着のポケットに入れた小太りのガードは「この耳の件は軍の機密だ。軍に知れたら大変だから、俺が処分する。耳の話は絶対誰にもするな」と言った。

「ターナーは死ぬんですか？」

浩志は聞いた。

小太りのガードは浩志と満太郎の顔を交互に見た。

「もうあの撃たれた兵隊の話もするな。早く帰れ」

浩志と満太郎は歩きだした。

「俺たちは呼び出されないよ、浩志。ターナーはまともな話はできないし、もしかしたら死ぬかもしれないからな……かわいそうだなぁ」

ゲートに近づく前にターナーに耳を返していたら、ターナーは撃たれなくても済んだのに、と後悔しながら、浩志は金網沿いの白い一本道を歩き続けた。

拾骨

海風は睫毛を圧迫します。足元の頭蓋骨をまた漫然とみました。あお向き、目玉のない大きい眼窩でまだ私を、肉付きの悪い青白い顔を、焦点がぼけ何物もはっきりとは映さない目をにらみつけています。頭蓋骨は白天の陽に強くさらされています。

私の背後の大岩が辛うじて私の上半身に濃い影を落としていました。昼食をすませたばかりでした。ほとんど食べませんでしたが、腹部が重くもたれている感じがまだ消えません。足首を這いあがり、影の方に避難してきた足の速い大蟻のなすがままにさせていましたが、あまりにも動きがめまぐるしいのでふいに不快になり、指ではじき飛ばしました。

横臥した死者は着衣も筋肉も臓器も脳も眼球も生殖器も今は石灰岩まじりの堅い土に溶けこみ、虫にくわれ、乾燥した骨だけがころがっていました。石灰分を含んだ水滴にうたれ、徐々に石灰が付着し、積もり、眼窩も埋まり、歯もおおわれ、完全な石塊になり、岩の一部になり、自然と宇宙に合一し、しかし、魂は昇天しない頭蓋骨もある、と数日前、宮里《みやざと》は話していました。

私は両手で頭蓋骨を持ちあげました。子供でしょうか、小さくて、軽い。頭蓋の縫合線は頑強でした。暑い陽でひび割れし、長い梅雨に浸食され、深い亀裂を生じる岩のように脆弱ではありません。岩にもたせかけ、〈キョウツケエ〉させ、正面の海を、二十三年前、敵艦でまっ黒にうまったという海を向かせました。鋸歯の岩々にくだける波はあくまで白く、海水はその時ひどく紺碧になり、純粋に澄み、さまざまな深みがはっきりし、遠く近く拡がっている珊瑚礁が浮き出る、すると、すぐ黒潮に大きくうねりながら波がくる。

ふと、我にかえりました。腕時計をみました。二時を七分すぎています。二時にここで再び集合する約束です。動悸がしました。宮里と和子はもどってこない。宮里は、宮里だけは約束を破るはずがない。私は自分にいいきかせました。

ようやく、人の気配がしました。岩の陰から和子が出てきました。私は思わず笑いかけましたが、和子は私をみず、私の傍らに座りました。

暑い……。

和子はつぶやきました。和子の熱気が発散し、体に触れていませんが、私まで暑苦しくなります。別の岩陰に座ればいいじゃないの……沖縄人が暑いというのもおかしい。しかし、私は、暑いね、とこたえました。和子は麦藁帽子をとりました。長い黒髪が風に乱れました。暑いなら髪を切ればいいじゃないの。私はまだこだわりました。

……みつけた？

和子は輝きのある黒目を骨に流しました。私はうなずき、長袖シャツのポケットから煙草をとり出し、火をつけ、深く吸い込みました。〈うるま〉という煙草でした。にがみが舌に残りました。私は骨に向き、煙を吹きかけました。和子の視線を感じました。

今日でほんとに終わりでしょう？

私は和子をみました。緑色のデニムの上着の胸元をあけ、風を入れています。豊かな乳房の谷間がみえました。首をまわし、急に私をにらみました。

あなたは崇高な目的できたんじゃないの！　からかいにきたの。

宮里君から早く離れたいのよ……。

和子は宮里を愛していますが、宮里はさほど和子を愛していません。この七日間で私は、はっきりと知りました。宮里を愛している女。私はしかし、上陸一日目の夜、老婆の家で最初に会った時も何の感慨も湧きませんでした。どのような挨拶をし、何を話したのかも覚えていません。宮里から二回ラブレターをもらった事実を和子に暴露したい気もありましたが、黙っていました。しかし、いずれ言わねばなりません。私の悪口を和子への手紙には書いてあるようでしたから。いや、そうではないのかもしれません。彼（宮里を指していますが）から来る手紙に魂がこもらなくなったのよ、などと四、五日前和子に抗議されました。あなた（私を指しています）が彼に色目をつかっていたんでしょう？　和子は両手を枕にしてあお向けに寝そべっていました。汗のたまっている首すじに一匹の蟻が追っていますが、気にする様子もありません。

……あなたは、あと一週間はいるのよ。

和子は宙の一点をみつめています。

………。

帰りたいの？　帰りたければ、帰してえと叫んでごらんよ、海に向かって。

とりわけ帰りたかったのではありません。隠された私のパスポートなども、あの老婆の家を探せば、わけなくみつかるはずなのです。帰りたいと私が言えば、彼らが喜ぶのを私は知っているのです。

……働かなければ食べていけないのよ、私は。帰りたいのは同じよ。お嬢さん学生とは違うのよ。

じゃあ、あなたも宮里君に提案して。

………。

……宮里君は？

正直いうとね、あなたをここに呼びたくなかったのよ、私は……。骨をみたら一日で逃げ出すと思ってたのにね。

………。

あなた、どうして骨を気味悪がらないのよ？　どうして、あなたの目は変にすわっているのよ。

……宮里君は？

……崖、降りていったよ……。

じゃあ、私たちも行きましょう。

おいてきぼりにされないか、ふと胸騒ぎがしました。和子の右腕をつかみ、ゆすりました。袖を通して柔らかく、暖かい肉感を覚えました。しかし、ねばねばと粘着する不快感もありました。しかし、私は手を離さず、おおいかぶさるように顔を近づけました。和子の呼吸が、熱が、力が伝わりました。汗と化粧品と肉体の精気やらが混じった臭い、生者の臭いが強くなりました。和子は私の手を振り払い、起きあがりました。

あなたはどういうつもり？　はっきりしてよ！

はっきりって、何が？

こんな事をしている訳よ。

こんな事？　私は考えました。私と宮里の仲の事？　遺骨収拾作業の事？

こんな事って、どういう事？

考えてよ。

和子はまた寝そべりました。私に骨をみせつけて、恐怖を感じさせようとしているのでしょうか。私は鼻で笑ってやりました。私は、この島にあわよくば死ににきたはずですが、最初の日に骨は静謐にたたずみ、ふと狂乱しかねない私の衝動をたちまちはぐらかしてしまいました。和子さん、と私は言ってやりたい。私を脅かすために骨をつきつけたってだめですよ。骨は綺麗なんだから……。

私はゆっくりと立ちあがりました。崖下に目をやりました。遠い砂浜の白さの淵から淡い緑がひろがり、しだいに濃度と量を増し、黒い幾条もの亀裂が生じた岩山を這い登り、陽ににぶく輝き、揺れ騒ぐ常緑の灌木になります。眉間がつーんと痛み、目をしばたたきました。しかし、岩肌や岩穴にしがみつき、くい込んだ幾百の太い根、ぶかっこうに節くれだった幹、密集した堅い小さい葉もみえます。風の大きなうねりは無数の葉をしきりに翻しました。古い大木は一本もありません。すすきの群生は灌木をとり巻き、一面風にゆれ、ずずうっと広く波うち、輝いています。緑からにじみ出るような熊蟬のわけがわからない暑苦しい連続音は、限界の知れないまっ青な空間に拡散します。

沖縄の陽に私は慣れませんでした。この七日間、麦藁帽子に直射する陽に幾度も眩暈がしました。疲れやすく、よく休みました。宮里や和子と同等の作業はとうていできませんでした。あの崖を降りていった宮里をみなおしました。溜め息をつきました。いや、宮里がこの作業に〈挺身〉するのは沖縄人だからにすぎません。ただ、それだけです。私は人類への復讐を考えているのです。彼らが昔の戦争の事でやっきになるのはおかしい気がするのです。

私は振りかえりました。和子は目を閉じて寝ていました。骨はそのままの状態でした。あなたは自己主張はありませんね。私はつぶやきました。さっぱりしていますね。ただ、ころがって在るだけですね……。

目の前にゆれ動く細長い葉をつかみ、思いきり引っぱりました。痛みが走りました。和子の枕元に座りました。

切り傷ができちゃった。

手をひろげてみせました。白く透きとおるような手のひらに血のにじんだすじができていました。和子はちらりとみました。

白い、細い手ね……。

私はうなずきました。しかし、この手に和子が嫉妬していると気づき、すぐ引っ込めました。

口で吸ったらいいよ。唾液は消毒の薬だから。

和子は言い、また目を閉じました。黄色い蝶が潮風に吹き飛ばされ、岩や灌木にぶちあたりそうになります。五、六頭飛びかかっています。

四度目の夏季休暇が迫っていました。どのようにして数十日をつぶせばいいのか、私は途方に暮れていました。何をする気もありませんでした。

前の年、寒波がなだれこんできた真冬、妊娠中絶をしました。やせこけた中年の医者に無造作に搔き出されました。私を場末の飲み屋街の病院に連れていき、私の髪をしきりにさすり、しつこすぎるほどささやき、簡単な手続きをとり、金を払った松田は、下腹部の妙なうずきをおさえながら、私が手術室を出た時には、いませんでした。長い間待ちました。医者の妻らしき看護師に促され、帰りました。幾日も部屋にとじこもりました。鏡に映っている目や耳や口や喉を安全カミソリで切りつけました。歯ぎしりのような音がしました。細かい線がいくつも残りました。白昼夢もみました。足をひろげられて……いや、私はいい。形をこわされた無惨な人間が……あのドロドロとした物質が、人間であった事実が……。男の精子がつけば、また赤ん坊を形づくるにちがいない私の子宮のあつかましさにいてもたってもいられませんでした。私はよくお腹の上から子宮をさすりました。……あなたも一緒に搔き出されてしまえばよかったのに、なぜ?……数日間は赤ん坊をあとかたもなく搔き出した事実で松田を永久に忘却のかなたにおいやった、と自分にいいきかせましたが、まもなく、松田を一生、侮らなければ、赤ん坊に対抗できないと考えるようになりました。せめて、赤ん坊が私をののしってから死んでしまえば、私もどうにか……。眠れない夜、私は、赤ん坊が松田の〈悪意〉をもって生まれかけたと考えました。私は赤ん坊を欺くために私自身を欺かなければならないのでした。

夏季休暇も数日すぎました。或る夕方、いつものようにガラス窓から椈《ぶな》の林がみえる喫茶店に行きました。客は少なく、音楽も静かでした。三十五歳ぐらいで自然死できないかしらとぼんやり考えました。

隅のシートでしきりにメモをとっている男に気づきました。宮里でした。ぼんやりとみつづけました。この男ならいいなりになるかもしれない……。宮里は農学部の学生でした。国費制度で特別に入学を許された沖縄出身者であるのは松田と同じでしたが、松田は経済を専攻していました。宮里は〈沖縄問題研究会〉を主宰していました。私は一年次の秋口、同じ史学科の女子学生と面白半分に入会しました。二年次の春と夏に宮里からラブレターをもらいました。私は臆病でした。恋愛などできませんでした。返事は書きませんでしたが、友人に脱会する旨、伝えさせました。ところが、それから三週間もたたないうちに、松田とつきあいをはじめていたのです。松田は精悍な顔立ちで、背丈も高く、地方の人とは思えないほど言葉が甘く、巧みだったのは確かでしたし、私も警戒し、逡巡し、数回断わりもしたのですが……言い訳にもなりません。自分でもわかりません。今ふりかえって考えますと、私の子宮かなんかが赤ん坊かなんかを欲しがっていたのかもしれません。いえ、これも言い訳でしょう。松田に初めて、キスされた日、私はたかぶった胸がどうしても鎮まらないので、夜中に母を起こし、一時間もしゃべりまくりました。声は抑えたつもりでしたが、つい、うわずってしまいました。……やはり、違うのです。どのように考えても、宮里と松田は何かが違います。すべてが違います。私は宮里の子供は欲しくはありません。ところで〈沖縄問題研究会〉ですが、最初の頃は二十数人の日本人が入会していましたが、しだいに減り、去年、会は解散したはずでした。

宮里はなんとはなしに顔をあげ、私と目があいました。宮里の目は硬直しました。私は唇をゆがめて笑ってみせました。宮里は慌てて目をそらせました。私は立ち、近づきました。宮里は便箋をとりました。

おぼえている？

宮里は二度たてつづけにうなずきました。吹き出物が出た顔はつっぱっていました。

そばに座っていい？

私は執拗に宮里の顔をのぞきこみました。宮里はようやくうなずき、身をちぢめました。私はわざと宮里に身をすり寄せるように座りました。宮里はテーブルの便箋を膝におろしました。

何、書いたの？　みせて。

私は手をのばして便箋をつかみました。宮里は躊躇しましたが、私が強く引っぱると手をはなしました。比嘉《ひが》和子宛の手紙でした。沖縄にいる親戚のようです。高校の時の同級生でもあるようです。大学生活のしめくくりに糸満《いとまん》の摩文仁《まぶに》の崖で戦没者の遺骨収拾をする、という内容でした。和子も沖縄の或る夜間大学の四年次の学生のようです。私はぼんやりと、しかし何回も繰りかえして読みました。

……連れていって。

翌日、同じ時刻、同じ場所で私は言いました。宮里は私の顔を横目でみて、本心をさぐったり、目をしきりにしばたいてテーブルをにらんだりしました。やがて。和子にきいてみる、と小声をだしました。

今、考えてみますと宮里の罠だったのです。宮里はあの喫茶店に毎日座っていました。いつも一人でした。同じように手紙を書いていました。しかしながら、私が声をかけた翌日からは手紙を書かなくなったのです。私がみるのをしんぼう強くいつまでも待っていたにちがいないのです。私はその後、宮里と連絡を絶ちました。すると、案の定、宮里から催促の手紙が三回もきました。寝る前に読んだ聖書物語が夢をうみました。岩と雑草だけの荒地でした。松田の首に縄をかけ、この男が子供を殺したとわめきちらしていました。すると、妙な女たちが集まり、何かわめき、私に石を投げつけました。全身がみるみる水死体のように腫れあがり、皮膚が裂け、おびただしく出血しました。夢は醒めましたが、半睡状態のまま考えていました。足元にひざまずかせた松田の額に杖の先をあて「汝は来世は種つけ豚になって生まれ出よ」と何回も呪文をかけました……。私は狂暴な事件を欲していました。骨を侮ろうとしだいに考えはじめていました。赤ん坊を忘れられそうな予感がしたのです。中絶の時、体の中で小さい骨がくだける音をききました。骨は形成されていなかったはずですが……。遺骨をたっぷりとみて、気が狂ってしまえばいい、とも考えたりしました。しかし、夜中考えるのはこわかった……。冷静に考えれば宮里が野犬か猪にみえたはずですが、その時は変にやさしい小動物、兎かなんかにしかみえなかったのです。もっとも私が過去を気が動転もせずに思いおこせるようになったのは、この島にきてからなのです。それまでは怖かった。自然に思いうかんでくると、指を強く咬み、痛みで気をちらしていたのです。私の左の指は五本ともよくみると歯形が残っています。

米軍港の一部分を借用しているという港で船を降りました。昭和四十三年八月四日でした。私は二泊三日ほとんど食事をせず、船酔い止めの薬を続けざまに飲み、半酔状態のまま二等船室に寝ころがっていました。

パスポートや荷物の検閲に二時間もかかりました。やっとバスに乗り込みました。窓ガラスをあけ、頭をつき出しました。日射しがあたり、涼風は弱く、かえって不快でしたが、顎を両手にのせたまま外をぼんやりとみつづけました。まぶたが重く、目がすっきりしませんでした。重量感のある軍需物資、軍需機械が幾百種、幾万個、金網の向こう側に積まれていました。陰でゆっくりと動く米兵と沖縄人従業員はなれあっているようにみえました。

　バスは市街地に入りました。漢字や片仮名や英字の看板が縦、横にひっついた薄汚れた厚ぼったいビルディングの間に電柱やら鉄塔やらが乱立していました。街路樹はありませんでした。長く雨が降っていないのか、アスファルト道路に陽炎がみえました。戦場から運びこむという車両の土が落ちたのか、何かのとばりにでもつつまれているのか。ビルディングも自動車も通行人も薄く、広く、白くけぶっているようでした。

　バスターミナルでバスを乗りかえました。バスの発車まで一時間近く間がありました。宮里は食料や日用品を一週間分ほど買い込んできました。小物、安物を集めてきていました。必要最低限の品々でした。バスは郊外に出ました。風が吹き込んできました。陽はバスの真上にあるようでした。宿泊予定の老婆の一軒家はバス停留場から半里ばかり畑中や雑木林の道を歩かなければなりませんでした。トタンや茅でふいた五、六軒の家がありましたが、老婆の家はそれらの家とも数十メートルは離れていました。

　君は沖縄に何しにきたんだ？　と宮里はまだ私にきいていません。すると、逆に、私は宮里がなぜ私を沖縄まで連れてきたのか、不気味になります。その時は、もし私に破局がおとずれるなら、宮里を道づれにしてやりましょう、宮里は松田のかわりに私にひざまずく義務、贖罪の義務があるのです、と考えていました。そして、もし、宮里が私を荒野になげ捨てるのなら、私は宮里を殺人犯人にして喜んで死のう、私の死体がみつからなければ、親たちは明日は私が帰ってくる、いや、明日は必ず……と希望を抱きながら、やがて老いて死ぬでしょう、と考えていました。

私は骨に妙な優越感を感じました。私が骨と対峙した第一印象がこれなのですから不思議です。骨をけとばしたり、投げつけたりはできませんでした。この島にくるまではずっともっていた破壊願望でしたが……。

崖っぷちに立ちました。細かい葉が崖に沿って降りながら、しだいに量を増し、四十メートル崖下で密集し、私が落下してもクッションのようにはずむのではないか、と思いますが、遠い裾野の葉を強くゆらしながら吹きあげてくる海風に押され、二、三歩さがりました。眩暈がしました。突き出た岩にもたれかかりました。麦藁帽子をとりました。柔くウェーブした髪が乱れました。

眩暈？

和子がいいました。和子が私の背中に目を注いでいる気配はずっと感じていました。私は振り向きました。

あなたと同い年の娘たちは平気で飛びおりたのよ。

和子は泣き笑いのように顔をゆがめていました。

……恐くなかったのかしら。

恐くないはずはないでしょ、目がくらむのは誰だって同じよ……目かくしをして一気に走って身を投げたのよ。

……すぐ死ねたの？

苦しんだのよ、うん……気持ちは死にたくても肉体は死にたがらなかったのよ……崖の岩角にひっかかった女はね、身をよじって落ちる力もなくてね、激痛にさいなまれたのよ、何日も。生きたまま腐乱していったのよ。

……なぜ死のうと決心できたの？

和子は何もいわず、私をにらみつけました。私は目をそらせました。骨が目に入りました。骨はピョコと立ち、眼球のない目で一点を、この絶壁の下の海か空を凝視しています。

骨を集めるって、どんな学問に属するのかしらね。

私は思わず言いました。和子は小さく舌うちしました。私は話題を変えようとしましたが、慌てました。

昔の人の骨なら考古学とか人類学……ね……。

和子は私をいっそうにらみつけます。

二十三年前の戦争の骨は学問にならないから意味がないの！

意味なんかないのよ、骨は。

私の語気も強くなりました。変にひらきなおりました。

……。

骨になるなんて、人間が、そんなに簡単に……そんなんじゃ、子供は産めやしない。

現実でしょう、ちがう？

でも、どうして考えるの？　考える必要はないわ。

あなたは今すぐ東京に帰りたいだけね？

私は和子をみつめました。和子は立ちあがり、尻をはたきました。

拾骨しなければ帰れないのよ……次はあの灌木の林よ。

榕樹の根は大岩に食い込み、小石をがっちりと抱き、頭蓋骨に絡んで地中にもぐりこんでいました。片目に食い込んだ根は眼窩より太くなり、眼窩にひび割れがみえました。丸く穴があいたヘルメットがころがっていました。傍らの頭蓋骨の額に二センチほどの弾痕がありました。垂れ下がった榕樹の気根も水を求めて地に突き刺っていました。楕円形の硬い常緑の葉は動きません。どうして冬この作業をしないのかしら、とふと思いました。植物は冬枯れする、ハブという毒蛇も冬眠する……。いや、冬枯れしそうな植物は何一つありません。そして、夏から冬にかけての四カ月の間にも榕樹は肥大し、髑髏はいっそうおおい隠されます。

周辺の葉を鎌で刈りました。青いにおいがかすかにしました。頭蓋骨を巻いている榕樹の根や気根をゆっくりと一つずつ切りました。白い樹液がにじみ出、たれ、ねばねばと鎌に付着しました。頭蓋骨をとりはずし、何気なくみあげました。榕樹の太い幹はごつごつし、重量感のある葉を乗せて梢は広がっています。何事もなかったかのように平然としています。熊蟬は相変わらずなきつづけています。

土になためにはえていた大腿骨を抜きとりました。土は柔らかく、抵抗はほとんどありませんでした。土に埋もれていた三分の二ほどは茶褐色がかり、地表に出ていた残りは薄緑色がかっていました。麻袋にしまいました。ふと気づき、今しがたつっこんだ頭蓋骨をとりだしました。眼窩につまっている毛糸のような根をぬきとり、土くずをボールペンでほじくりました。土は細かく、乾いていました。わけなくポロポロと落ちました。歯や脳天や顎の土も除きました。何度もいじくりまわしました。宮里でしたら、土がついていようが、草がはえていようが、石灰がくっついていようが、骨と判別できればすぐ袋に入れ、先に進みます。土をかきだした目はだしぬけに大きくなり、私をみすえました。目玉があれば、この骨の正体がわかる、と思いました。どのような人種にしろ、その目は生に執着する貪婪な輝きだ、と思いました。私は骨を立たせ、あお向かせ、横にし、うつむかせ、逆さにしてみました。しかし、骨は私の気まぐれで置かれたまま、朽ちるまで半永久に私の意志を反映するのです。

風にふれる草木の音とは違うざわめきがしました。和子でした。私はほっとしました。

暑いね。

和子は麻袋をおき、麦藁帽子をはずし、両足を腐葉土の上にのばしました。灌木の葉が落ち、和子の髪にまとわりつきました。海からの強い風は無数の細い幹、枝で遮断され、灌木林の頭上に吹きぬけ、弱い葉、枯れた葉、風媒花を落とすだけで、脇や背や首の汗はじっとりと上着を吸い寄せ、いつまでも発散しませんでした。

……この骨が世界で一番差別されていると思わない？

私はいいました。枯れた小枝で地面をかいていた和子は私をみました。わけのわからない悪心が私をかきまわしました。

沖縄人はみんな被害者だったの？　そうじゃないでしょう？

和子は小枝を投げ捨てました。

なにをいってるの、あなたは。

私の顔がこわばりました。

戦争体験を生きている限り忘れないというのは嘘のような気がするのよ、私は。

……あなた、体でも悪いんじゃない？

和子は手袋をぬぎ、髪をかきあげました。

正常よ……。

……。

骨集めは生きてる人の気休めじゃないの？

そういうわけだったの、だから、熱意を示さないのね、あなたは。

骨をみるのは気持のいいものよ。私は不幸だから……救われるわ……私よりみじめなものがころがっているんだから……。

……。

あなたはどうしてゆとりがあるの？　この骨たちは死にもの狂いだったんでしょう、どうして、あなたは死にもの狂いにならないの？

何をいってるのよ、あなたは。逆でしょう。

あなたはうっとりしているわ、骨を集めればすべてがすむと思っているんだわ。私はちがうのよ、これからよ。

集めなければ何も始まらないでしょ……みせてごらん。

……。

私は、ゆっくりと麻袋の口をひらき、二個の頭蓋骨と三本の手足の骨をみせました。和子は一瞥しました。

あなたは？

和子の麻袋をのぞきこむかっこうをしました。

あなたよりは多いわよ。

和子は袋をひらいてはみせませんでした。麻袋のふくらみで推量はできました。私の倍は拾骨しているようでした。

こんなのがあったわ……。

〈二高女一の梅三二、棚原恵子〉と細く、しかし、はっきりと彫られたアルミニウム製の弁当箱のふた、〈中12439、番5〉と濃く彫られた薄い隋円形の認識票を私は袋から出しました。和子は手にとって、じっとみました。
私が持っておくよ。
和子は引き寄せた麻袋に入れました。

宮里が降りていったというあたりはみためには木々が密集しているようでしたが、小木や草が少なく、幹と幹の間を歩けました。しかし、まもなく、網のようにひろがっているつるや根が体にまとわりつきました。体をもたせかけてかき分けようとしますが、植物の弾力は強く、押しもどされます。鎌で切りながら、通れそうなすきまを探しました。植物の堅い芯にあたり、鎌は手袋をした手をすべります。一つ一つ切っていてはきりがありません。引きかえし、別のところを降りだしました。傾斜がひどく、しなる細い木をつかみました。すると、根元から抜け、ころびかけました。背にかついだ麻袋の骨が動き、体の均衡を失います。尻もちをつき、すべり降りてみました。ころがったり、方向をまちがったり、木の間にはさまったりしました。しかし、厚い長ズボンと手袋のおかげでひどいすり傷はできません。何度も同じ方法をくりかえしました。骨は袋ごと先にずり落としました。骨はそのたびにゴッゴッ音をたてました。老人の骨はくずれるかもしれない、とふと思いました。しかし、続けました。麻袋がひっかけた金属製の古い水筒がころがりました。ふたは錆び、あきませんでした。振ってみました。二十三年前の水でしょうか、トコトコ音をたてました。荷物になりますが、麻袋に入れました。十五分ほど後、丸いメガネをみつけました。厚いレンズは両方ともひびが入っていましたが、止め金は損傷がありません。注意深くみまわしましたが、頭蓋骨はありません。袋に入れました。
どうしても降りられない岩淵や藪は避け、回り道をし、ようやく崖の頂上が落としていた影は脱け出ました。木洩れの光がきらめきだしました。むやみやたらに抱きつく幹の皮はゴリゴリとはげ、私は手をすべらしました。蜘蛛の巣や枯葉や枯れ枝が顔、首にまとわりつきました。くさった葉や、しめった草、小石、土や、ころがっている大蝸牛の殻に足をすべらしました。足元だけをみて進みました。小鳥のなき声もしますが、みあげません。骨と似た白っぽい石も多く、何回もみまちがえました。骨と石はたたくと音が違うと宮里が四、五日前に言っていましたが、たたいてみる気にはなれません。月桃《げっとう》がはえていました。薄暗い底にひっそりと沈んだなめらかな青い葉でした。蘇鉄は難物でした。群生していました。しかし、じゃまな植物が少ないところでは鎌は不要です。和子は腰のバンドに鎌をはさんで進みますが、まねしてみると危なっかしく、しょっちゅう気になるのでやめました。麦藁帽子もつばが植物にひっかかり、じゃまですが、とれません。どのような虫が髪に落ちてくるかしれません。少し立ち止まりました。藪蚊や虻が集まってきました。首の汗にくっついている麻袋の糸くずをとりました。汗は流れるままにしました。目にも口にも汗は伝い、入ります。ふきとると、すぐにじみだし、かえって不快になります。歩き続けなければなりません。踏みはずした小石が転がりました。よくみると、手榴弾でした。赤黒く錆びていました。弾丸は見分けがつきやすく、方々に大小のものが発見できました。石ころに混じった一つの小さい頭蓋骨がこちらを向いているのを何気なくみつけましたが、そのまま進みました。袋の中の骨が木にひっかかりました。

時々、和子は私の後ろになりました。植物をゆらす音、枯葉を踏みつける音、小石をころがす音に私は耳をすましました。和子はほとんど口をききませんでした。私も悲鳴や心細さをこらえました。足や腰が重くなってきました。水の入った水筒も鎌も骨も捨てたい。崖上でみたあの空や海が昔のもののように思われました。

ありふれた石を積み重ねて横穴を密封した墓のようなものがあらわれました。生きた人間がきた痕跡です。ほっとしました。木が低くなり、空がおおいかぶさりました。黒っぽい大岩を和子はみあげました。登れば周辺が見わたせそうです。和子は荷を置き、窪みや突起に足をかけ、登りました。私を手まねきしました。私は躊躇しました。しかし、渾身の力でよじ登りました。和子は手を貸しませんでした。日射がカッと強くなりました。軽い眩暈がしました。海岸まではまだ七十メートルはあります。阿旦林《あだん》の向こうに海浜植物をのせた岩が幾つもあり、その向こうに輝く緑の海面が拡がり、数キロ沖合の長い環礁に大波が白く砕け、その向こうの外海は珊瑚の色もなく、光の屈折の色もなく、一様に重い紺碧色です。固まった入道雲が水平線をふちどっています。

砂地が混じってきました。私は溜息をつきました。盛りあがった白い砂浜が阿旦林のすきまにみえだしました。阿旦はほとんどがななめに立っていました。倒れたままはえているのもありました。またぎ、はいくぐり、進みました。買いたての鎌でしたが歯こぼれがしています。足元のヤドカリが動き、止まり、また動きだすのが目にとまりました。

海が急にひろがりました。私たちはものもいわずに、阿旦の葉の濃い影にしゃがみこみました。全身の力がぬけました。麻袋は陽にあてました。骨をとり出し日光消毒をしようかとも考えました。和子をみました。髪をたばねています。浅黒いかたそうな手でした。和子が話しかけないかぎり、黙りとうそうと我を張りました。やっと抜け出たねと笑いかけたい気もしました。和子はあお向けに寝そべりました。私も首すじに砂がつかないように片肘をたてて横になりました。目をとじても光の強さはわかります。薄目をあけて麻袋をみました。あなたは骨をおらせる骨だ、とつぶやきました。あなたは役にたつの?……私を難儀させて……。汗ばんだ脇や背中に悪寒を感じながらもうつらうつらとしてきます。東京では不眠症だったのが嘘のようです。小蟹が麻袋のまわりを這いまわっていました。

麻袋の中に入っていくものもいます。海岸の骨は健康です。くる日くる月くる年、波に洗われ、陽にほされ、磨かれ、神秘な紋様がうきでてきます。水底に沈んでいる骨はいけません。草にからまれ、砂にうもれ、熱帯魚のすみかや産卵の場になり、永遠に日の目をみません。このだんまりとした静けさはどういうものでしょうか。麻袋の中の骨は何者でしょう？　自決？　殺された？　むきだしの歯は怒り？　笑い？　和子はふくれた麻袋を枕にして、目をとじています。ふっくらとした胸が動きます。骨はにらみつける目も、ののしる唇もありません。こっけいです。足元にころがって文句を言いません。永遠にじっとしています。気が遠くなります。

何分たったでしょうか。和子が立ちあがり、顎をしゃくりました。私は尻の砂をはらい、麻袋をせおいました。体の重さが砂に窪みをつくっていました。水ぎわの石は濡れていました。体の均衡を崩し、かたわらの岩に鎌を持った手をつきました。岩は焼けていました。むきだした岩の鋸歯はズックを通しても鋭さがわかりました。やっと、砂地にかかりました。足がくい込み、冷たく、心地いい。しかし、抜きとるのにけだるい重みがましました。透明な海水が溜まった浅瀬があります。多彩色の小さい熱帯魚がかろやかに遊泳しています。裸になって海水につかりたい。しかし、またこの汗にまみれた服を着なければならない。ぞっとします。老婆の家に帰りたい。冷たい井戸水で全身を洗い、冷たい水を飲み、ぐっすりと寝たい。あの岩までは頑張ろう、と目標を決めました。歩いても歩いても近づくようではありません。ようやく、たどりつきました。和子は休む気配がありません。私は次の目標を決めました。和子が靴の紐をむすんでいるすきに和子の三、四歩先を歩きました。麻袋を引きずってみました。麻袋は砂と摩擦し、かえって力がいります。骨は軌跡を砂に残しているでしょう。和子は軌跡を踏みしめながら私を凝視しているでしょう。そのような気配を感じます。私は麻袋を背にかつぎました。砂が腰や腕に落ち、ひっつきました。

草葉で編んだ円錐形の帽子をかぶった三人の男がしゃがんでいました。海岸からは大岩に遮断されてみえませんでした。砂浜を小高い山道にあがると、ふいに出くわしました。山羊の解体よ、と和子がいわなければわけがわかりませんでした。生きた人間に会えた安堵はすぐ消えました。武器になるともおもえない弱々しい角で、やっと、頭だ、とわかりました。臆病そうな口はとじていましたが、目は殺害者の目をみつめていました。頭は切りはなされ、ちょうど山羊自身の股間におかれていました。頭がくっついていた切り口は白や赤や黒の溶解したものが流れ出ていました。身は焼かれて、濃淡のむらができていました。あお向かされているので、背中はみえず、横腹も殺害者たちの背にみえかくれします。前足は二本とも曲がったままピコと固まり、上向き、後足は下腹部を引き裂かれたためか、二本とものび、せいいっぱいにひらいています。薄汚れた白い毛を焼かれた山羊は生きていた時よりこぢんまりと小太りしています。

　まもなく、男たちは包丁で胸元まで切り裂き、一人が左右に肋骨を引き裂くように拡げ、他の二人が両手や包丁を深く入れ、臓器をほじくり出しました。すじや油のようなものに混じって出た半固形のくすんだ臓器は自らの重みでまな板にしている板戸の上でつぶれ、ひらたくなり、なお、かすかに動いているようでした。しかし、不思議と血は出ません。男たちの褐色の足も手も汚れません。長袖の黄ばんだ白シャツにかえり血が飛んだ形跡もありません。殺害者たちの作業は手なれているようですが、執拗すぎます。目は不気味に笑っているのです。ああ、男たちはきっと人間を切りきざんだはずです。あまりにも包丁さばきが鮮やかすぎます。やがて、男たちは海水の池に板戸を浮かべ、首なし、内臓なしの山羊を水に浸し、草のたばで体表をこすったり、臓器をすすぎ洗いしました。透明な青い水に肉片やら、焼きかすやら、草の切りくずやらが浮遊したり、ゆっくりと沈んでいくのが妙にはっきりみえました。

　私は立ちつくしてみていました。ひげそりあとが濃い角張った顔の男と目があいそうです。あの男は二本の包丁を海水の中で振っています。むかついてきました。嘔吐しそうです。和子に勘づかれないように胸をさすりました。

……平気でしょう？

和子がいいました。声をひそめるようすもありません。

何？……あなたはどうして笑っているの？

私は笑ってはいないよ。あれよ。

和子は顎で山羊をしゃくりました。

……平気じゃないわ。

じゃあ、なぜ遺骨は平気なの？

……。

腐乱死体じゃないと感じないのね、あなたは。

もう、よしてよ！

吐き気が強まりました。

お願い、どこかで休ませて……。

私は強く言ったつもりですが、小声しかでません。和子は私をにらんでいました。唇がかすかに動いたようです。私は目をふせました。私の顔は血の気を失い、脂汗がにじんでいるにちがいありません。和子は麻袋をかつぎ、歩き出しました。私は数十メートルはあとを追いましたが、力を失い、岩陰に倒れ込みました。

口にハンカチをあてたまま、草に顔をうめました。草いきれがかすかにします。静かに呼吸を整えようと努めました。あの白日にさらされ、ゆたゆた動いていた、どぎつい暗色の臓器はうすれかける意識にもうかびます。耳鳴りでしょうか、蟬の声でしょうか、潮騒でしょうか、近くのような遠くのような変な音がきこえます。気持の悪さは幾分和らぎました。あお向き、胸で両手を組み、目はとじました。荒い息づかいがきこえました。不快感がやってきました。うつぶせになり、ハンカチをかみしめました。夢うつつの中で清潔な骨をみました。粘液も脂も汗もはらわたもない骨でした。蝿も蚊も蛆《うじ》も逃げていきました。骨はいつのまにか宮里になりました、何をしているんだ。一個で五十ドルなのがわからんのか。宮里は私を指さしました。肉親の遺骨を拾うのも金もうけなの。私はいいかえしました。宮里は私をにらみました。なぜ殺されたといわないんだ……。何かに追われる夢を一瞬みたようでした。追われているのは私だったのか、骨だったのか、思いだせません。

宮里がつっ立ち、私をみおろしていました。いつのまにきたのでしょうか。私は体を起こし、座りました。宮里にほほえみかけました。宮里の顔はこわばったままです。私の顔から血の気が引くのがわかりました。麻袋をかついだ宮里の日焼けした筋肉質の腕に太い血管がうきでているのが目につきます。腕がかゆい。かくと、数個所が赤くふくらんできました。

帰りましょう、ね。

私は哀願しました。本気でした。宮里の目は一瞬とまどいの色をみせました。傍らの和子が宮里に目くばせしました。

帰りましょう。

私は立ちあがりました。

穴に入る……。

宮里の声はかすれて張りがありません。

穴に？　今から？

私は宮里をみつめました。宮里は歩き出しました。

予定でしょう。

和子が言いました。あの山羊の殺害者たちのところに逃げたい。しかし、男たちとは話も通じないような気がしました。軽いたちくらみをおぼえました。

これで終わりでしょう！　ね、終わりでしょう、約束して。

二人はうなずきも、振り向きもしません。私は急ぎ足で追いました。吐き気は消えていました。

雑草の原に出ました。土は堅く、平坦で、今までのような難渋はしませんでした。

この辺にないかしら……。
四、五歩前を行く二人に声をかけました。二人は黙り続けます。あと数個骨をみつければ二人も帰る気になるにちがいない。私は自分にいいきかせました。
ここにもあるはずよ。

私は泣きたくなりました。声がうわずりました。和子が立ち止まり、振りかえりました。

いくら激戦地でも、毎朝毎夕畑仕事の人が通るのよ、ここは。こんなところにころがっているはずはないでしょう……みんな、みつからないように不気味なところに隠れたのよ。

どうして私に難儀させるの……私は麻袋をゆすりました。骨はキッキッと軋みました。

穴は案外、近くにありました。暗い、ずっと昔のもののような穴でした。

兵隊の亡霊がいそうね。

私はわざと宮里の耳元でこわごわとささやきました。

日本兵は米兵か沖縄人しか殺さないよ。

和子がいいました。宮里は淵にしゃがみ、すすきや雑木をかきわけ、じっと中をのぞきこみ、やがて、立ちあがると、鎌で切りひらき、近くの栴檀の幹にたくみに綱を結びつけ、中に投げ込みました。この逃げ場のない小さい島で〈壕〉のもつ意味は私もわかります。地上は一草一木残らず焼きはらわれ、人間にかぎらず、ハブやネズミまで壕にもぐった……壕という壕、穴という穴には必ず遺骨があるといいます。

しかし、二日前の夜、私は反対しました。

どうして穴の中まで探すのよ、彼らのすみかになってるんでしょう。人目につかないんでしょう。

私は宮里をみましたが、宮里は顔をあげませんでした。和子が私にふり向きました。

すみか？……冷たくて、不衛生で、ムカデや蚊やハブがうようよしていてもあなたは平気なの？

でも穴の中でしょ、納骨堂とおんなじじゃない？　永久に眠らせていいと思うわ。ね、宮里君？

あなたの身内が眠っていてもそう言う？　あなたは。

和子がにらみました。

骨を人目にさらそうとしているのね、手段ね、人間を手段にするのね。

肉親の骨の上をハブが這いまわっているのよ！

宮里が急に顔をあげ、私に向き、勝手にうなずきました。

旧陣地や壕跡はいずれ収骨団がやるよ。……僕たちは小さい穴をやろう。

宮里は地酒の残った湯のみをおき、立ち、隅の老婆と向いあって座り、低い声で、たとえはっきりときこえても私には不明な方言で何やら話しはじめました。老婆は小柄ですが、腰が曲がっていないせいか、座ると人並みの大きさに感じられました。すぼんでいる口に黒い陰影がきざまれ、白髪を丸くゆい、簪《かんざし》を差し込み、まばたきのない大きい目が私をじろりとみたりしました。私は宮里の背中を盾にして老婆の目をさけ、すすや虫の排泄物で黒ずんだ板戸に背をもたせかけていました。いつものような海からの風はありませんでした。むし暑い夜でした。硝子戸はあけきっていました。薄汚れた硝子に四つの青白い像がうかびでていました。にぶい裸電球は虫を呼びました。二、三日前に異常発生した白蟻がぶきっちょに飛び、電球、硝子、高い天井、ところかまわずぶちあたり、白い羽根を落として、這いまわりました。羽根や虫が汗のにじみでている首筋にひっつき、蠢きました。裸になり、頭の先まで水につかりたい衝動がわきました。縁側に散っている半枯れの木の葉はいささかも動きませんでした。毎夜、老婆が焚く平べったい黒い線香の煙は外に流れず、よどみ、独得の臭いが長く消えませんでした。石垣の一つ一つの海石を抱いた榕樹の根が静かに白く浮かんでいました。パパイアは影絵のようでした、重たげな四、五個の実、八つ手のような葉はやはり静かでした。

宮里が淵の雑木をたたき切ってもなかなか穴の形ははっきりしません。二、三メートルは薄暗いが、その先は急にまっ黒になっています。穴は曲がっているようです。綱の長さは二十数メートルはあるでしょうが、いやに細々としています。宮里と目があいました、私は首を振りました。しかし、宮里は綱を引いて強度を調べ、足場をかためながら、足からゆっくりと消えました。私は腹這いになってのぞき込みました。綱の張り具合からすると、垂直の縦穴ではなく、ななめのようでした。懐中電灯の暗色の明りがみえたりしました。綱に力強い引きが加わったり、かすかにゆるんだりしました。顔を振り向けました。私の足元で和子がよつんばいになっていました。上着のボタンが二つはずれ、かたそうな乳房がのぞけました。変に同性の体軀が気になるようでした。和子は私をみて、穴の中を顎でしゃくりました。私は起きあがり、上着の襟を立て、口と鼻をタオルで覆面し、麦藁帽子を深くかぶり、顎紐を強く結び、手袋をしました。私はこの穴を這いあがれるでしょうか、宮里や和子においてきぼりにされるのではないでしょうか……。和子が先に降りるなら逃げようとも思いました。

おりて、早く！

和子が命令口調で言いました。私も宮里のように麻袋から骨を出しました。空《から》の麻袋をバンドにはさみこみ、足からおりていきました。みあげると、おおいかぶさっている草木の形は黒く、はっきりしていました。

背すじに悪寒が走りました。和子はおりてくるようすはありませんでした。私は小さい懐中電灯をつけ、足で地をさぐりながら、くだっていきました。濃い鼠色の堅い泥土を掘った人工の穴でした。穴は深くなるにしたがい、広くなってきました。水気で足がすべりました。左足に何かがさわり、転がる音がし、どこかにあたって止まり、シーンとなりました。まもなくわかりましたが、頭蓋骨でした。平らたい地面におり立ちました。しかし、綱を握った右手は離さず、左手の懐中電灯で周囲を照らしました。宮里の懐中電灯も近くで動いていました。暗さにも目は慣れてきました。三十坪ほどの広さ、私の背丈の二倍ほどの天井の高さが漠とわかりました。自然にできた穴の水気のある泥土が粗雑に削りとられていました。古い黒っぽい染《しみ》もわかりました。血か、すすでしょう。壕内に人の気配を感じると米軍は火焔放射をしたり、ガス弾をうち込んだ、とききました。すすにしろ、血にしろ、古いものでした。骨はありました。ほとんどが壁にそっていました。赤黒いぼんやりとした明りにうかび、骨は変に生気をもちました。私は宮里の懐中電灯の方角に進みました。ところどころに土砂が積もっていました。出水がひどく水びたしのところもありました。宮里の懐中電灯の光はずっと天井ばかりを這っています。

どうしたの？

宮里の腰に触れました。

崩れるかもしれない……酸素は心配ないが……。

唇を動かさずに発したような不鮮明な声でした。私はふいに身ぶるいがしました。

出ましょう、ね、出ましょう。

宮里の腕をゆすりましたが、宮里は動く気配はありません。私は慌てて穴の口にもどりました。しかし、いくら照らしても綱がみつかりません。私は大声で和子を呼びました。反響しましたが、綱はおりてきません。別の出口があるのかもしれない……。私は急いで宮里にかけ寄りました。

綱がないのよ。

はずれたのか？

宮里の声は冷静です。

はずれたのなら落ちてるでしょう、引きあげたのよ、和子さんが。

私は懐中電灯で宮里の顔を照らしていましたが、薄気味悪くなり、足元に移しました。

作業がすんだら、おろしてくれるよ。

どうして？　どうして引きあげたりするのよ、あなたたち二人、何か約束したの。

しずかに。

宮里はおし殺すように言い、壁や天井を注意深く調べ続けます。調べながら、壁ぎわを歩きだしました。私ははなれないようにあとを追いました。骨を踏みつけないように少し真ん中に寄って歩きました。すると、深い縦穴がぽっかりあいているような気がして、また、宮里に近づきました。

どうするの。

私の声はあわれっぽい余韻を残し、また恐怖を帯び、私の声ではないようでした。

……君は向こうを集めろよ。

宮里は反対側の壁を懐中電灯の光でさし示し、しゃがみました。

声ださないで、ゆっくりな。

私はしかし、宮里のうしろにしゃがみました。

なぜ、きかないんだ。

私は動きませんでした。宮里の声はやわらかみを含んでいました。宮里の本心ではないと感じました。静けさが急に深くなりました。が、すぐ、宮里が麻袋に入れる骨の音がしました。暗闇では骨を手にもち、つくづくながめ、話しかける気にはなれません。穴の上の世界を考えました。万物が生き生きと動く明視の世界です。崖がとび、野原がとび、畑がとび、家がうかび、老婆がみえました、老婆は沖縄方言しか話せません。和子がわざわざ通訳して私にきかせるのでした。


孫の亡霊があらわれるのでつらいと言っているのよ。骨を拾わないかぎり……。

住民が三十人ほどひそんでいた壕に敗残の日本兵が数人入ってきたのよ。おばあが髪をざんばらに切り、顔に泥をぬりつけ、服もだらしなく着させていたけど、若さや美しさを人一倍自覚していたのよ、その母親は……。恐怖で乳が出なくなり、抱かれていた乳のみ児が泣きだしたのよ。必死にあやしても泣きやまないのよ。苛立っていた日本兵は、赤ん坊を殺すか、母子もろとも壕を出ていけと凄い見幕で迫ったのよ。

その兵隊も死にたくはなかったのでしょうよ。

私は話の腰をおりました。まだ子供みたいな顔の兵隊だったんでしょう？　生きたいのはみんな同じよ。

和子は私をみつめましたが、続けました。

母親は出ていくと言ったのよ、だけど、姑のおばあが止めた、ええ、この家のこのばあさんよ。息子は生きているかもしれない、おまえも若い、生きていたら幾らでも子供はできる、とね。だが、母親は激しく首を振り、ますます赤ん坊を抱きしめたのよ。日本兵は歯ぎしりをしながら母親の首に手をかけたのよ。おばあに叱咤された初老の沖縄の男二人が慌てて母親の手をねじり曲げ、おばあは赤ん坊を日本兵にわたしたのよ。日本兵は岩の割れめに溜まっている飲用水に赤ん坊の頭を押さえ込んで顔を沈めたのよ。手足が動かないので、あげてみると、声のない泣き顔がかすかに動いていたのよ。

今度は念をいれて水につけたのよ。

老婆が殺したのよ。

私はまた和子の話を中断させました。

自分の嫁に嫉妬していたのよ。自分は子供がうめない年になっていたんでしょう。

私は老婆をにらみつけてやりました。

自分の孫を殺せと人間がいえる？

和子が私をにらみました。

……いつ自分が死ぬか、わからないでしょう、赤ん坊を殺すと楽なのよ、いつ死んでもいいという気になるものよ……みんな人を殺して生きてきているにちがいないわ。

和子は唇をかみましたが、また、しゃべりだしました。母親は変に静止した目で兵隊をみすえたのよ、笑いをうかべながらね、〈おぼえておいてよ、いいね、おぼえておいてよ〉とね。

老婆にも同じように同じことをいってたんでしょう？

私はすかさず言いました。

母親は死んだ赤ん坊を抱いて夢遊病者のように隅にうずくまったけど、翌朝になると、狂っていて、日本兵に絞め殺されたよ……。

私が中絶をした事実を、和子も宮里も知るはずはないのですが、和子はそれをあてつけるように変に詳しく話しました。古いトタンでふいた老婆の平家は日中の熱がよどみ、縁側で夕涼みをするのは私たちの毎晩の習慣でしたので、四日前だったのか、五日前だったのか、よくは思いだせません。井戸水の排水が溜まり、くされ、発生した藪蚊を私たちは団扇《うちわ》で追い払いながら、小さい野菜畑や叢にやけに多い螢をみていました。芭蕉の黒い葉がゆったりと揺れ動いていました。昆虫や両生類のなきやまない、地の底からしぼりでるような声、遠い潮騒もきこえました。六十ワットの裸電球は縁側にぼんやりともれていましたが、和子の顔は薄暗くかげっていました。和子は風上に座っていました。湯あがりの、櫛をいれた艶のあるしっとりとした髪から、洗いざらしのブラウスの胸元、袖口から、たちのぼる香りがしました。和子は頬を宮里の肩にのせようとしました。しかし、宮里は何気ないふうによけました。和子はそれっきり黙り込みました。

その夜は寝苦しかった……。枕元の蚊帳の外を蚊が飛びまわっていました。耳ざわりな、低い音が消えませんでした。私は和子に気づかれないように硝子戸をあけました。硝子にへばりついていた家守が動きました。……あの話には証人がいない……老婆が食物あさりに出ている間に壕は爆撃でつぶされ……生き残っているのは老婆だけなのです。……夕暮れ時は、雨戸で簡単に囲った井戸端で私は和子と水浴びをしました。執拗に手やタオルで下腹部や乳房を隠す和子は不自然でした。私は大きいわねとからかい、指で和子の乳房を押しました。弾力がありました。和子はびっくりしたように身をちぢめ、洗面器の水を私にかけました。

私は和子の正体がわかりません。全く意味のわからない方言で和子が老婆と話しこんでいる時、私はぞっとしました。日本人を悪者にしたてている気がするのです。あの話、二十三年前の話、ありふれた話、……日本兵がにらんだから乳がでなくなったというのはおかしい。なぜ、栄養失調でなくなったといわない……。米軍は夜は遠くで安眠して決して攻撃はしなかったときいている。米軍に泣き声をきかれるから殺せと日本兵がせまったというのもぎこちない。……よしんば、赤ん坊が殺されたとしても、生き残りたい一心で母親自身が赤ん坊の首を絞めた……。私は両手で頭を強くかかえこみました。……いや、そうです、そうでなければ、一日中ただじっと座っている老婆が孫の亡霊にさいなまれながら二十三年も生きている秘密がとけません。……私を陥れる共同謀議が和子と老婆の間に成立しているのではないでしょうか。

懐中電灯の光のせいか、土がしみこんだせいか、風や陽に風化されないせいか、頭蓋骨は灰色っぽい土色で、眼窩は黒く、むき出しの歯は汚れていました。寄り集まっていました。ある種の団結と共同体を誇示していました。しかし、頭を地に密着させています。全身の骨がバラバラに地におちてしまい、この壕を不必要にがらんどうに感じさせている、遠慮がちな骨たちが、果して何を守りえたのでしょうか。

数歩前にいた宮里が立ちあがりました。麻袋につまった骨たちが身動き、微かな摩擦音がきこえました。宮里は私の麻袋を懐中電灯で照らしました。ぺしゃんこの麻袋に宮里の目がじっとそそがれているのがわかります。しかし、宮里は何もいいません。

……あなたは誰かの遺骨を探しているの？　そうじゃなければ、出ましょう、ね。

宮里は光線をはずし、やがて、電灯を消しました。

……壕の中で赤ん坊を殺された女というのは僕のおふくろだよ……おふくろは発狂はしたが、生き残って終戦後どこかの誰かと……僕を産んだ……それから死んだ。

麻袋の落ちる音がしました。突然、私の口と鼻を硬い手がおおいました。くちた土の臭いがしました。息苦しくなり、わけのわからないまま宮里の指を強く噛みましたが、押し倒され、乳房をわしづかみにされました。歯をくいしばり、強く胸をおさえ、足をとじたつもりですが、力は抜けていました。悲鳴はでません。私の足にけられ、軽い骨が動くのがわかりました。この男の子供を産むかもしれない。はっきりと思いました。むきだしの尻に土の冷気が伝わりました。子供を産めば、松田を侮れるかもしれない。妙な法悦を感じました。この穴は私が男とからみあうには適切な場所ではないでしょうか。すぐ、すみました。

……気が狂ったの。

私は宮里をみあげました。宮里はしゃがみ、私の上着のボタンをかけました。私は宮里の手を払いました。けだるさがありました。宮里は私の背中や髪の土くずをはらいおとしました。

……帰してやるよ。

宮里はつぶやきました。

今のは餞別というわけ？

宮里は私の麻袋に骨をつめこみ、二つの麻袋をかつぎ、穴の口の方に寄り、和子を呼びました。

出よう。

宮里は私に近づき、私の腕をささえて、おこしました。宮里はおりてきた綱の先に二つの袋の口をかたく結びつけました。宮里のほっとしたような顔をみているといたたまれなくなりました。持っていた頭蓋骨を宮里の後頭部にふりおろしました。骨はくだけました。振り向いた宮里はわずかに頭をさすっただけでした。私は殴られ、気を失い、この穴にとり残されるんじゃないかとふとおびえました。両手は綱にしがみついていました。宮里は先に登るように私を手で促しました。

お母さんの復讐なの？

……君がわけのわからん色目をつかったからだ、暗がりで……綱なんか永久におりてこなくてもいいと考えていたよ。

私はよじ登りました。今一度〈現場〉をみておきたい気もしましたが、振り向きませんでした。頭上がまっ白に輝き、眩暈がしましたが、綱ははなしませんでした。和子が手をかしました。まもなく、宮里もはいあがり、綱をたぐり寄せました。やがて、ピンと綱が張りました。宮里は足をふんばり、ゆっくりとたぐりました。地を這う音、壁にぶつかる音、骨は音をたてながら地上にあがってきました。

……あなたは不潔だわ。

私は独り言のようにいいましたが、途中で和子の顔をみました。

……あの老婆と同じよ、あなたは。

あなたは何を言ってるの。

宮里君はあなたにあげます。あなたさえよければ……。

何を言ってるの？

宮里君の子供を産むのよ、私。

私はわざと服や髪の乱れを和子にみせつけました。和子はじっと私をみつめ、振りかえって宮里をみました。

何があったの？……何かしたの？……言ってよ！　何かしたの！

………。

あなたはなぜ思っていることを言わないのよ、いつも、あなたは思っていたんでしょ、この女の前で言ってよ。

………。

戦場跡を引きずり回したり、壕に閉じ込めたりするだけの約束じゃなかったの！　違うの！　手紙は全部、嘘だったの！　この女が好きだったのね、私を欺いていたのね！

目を覆っていた白い膜に亀裂が生じ、鮮やかな色彩がみえはじめたような気がしました。

……宮里君は私がいうのは何でもきいてくれるのよ。

私は宮里の顔はみないで言いました。

こんなこといわれて惨めにならない？　ね、私たち惨めじゃない！　あなたは遺骨の前でほんとに抱けたの！

和子は宮里の腕を強く揺すりました。宮里は遠くの何かをみつめています。歯をくいしばっているようです。やがて、静かな声を出しました。

穴にいると、僕はこの人と一緒に落盤で死んでしまう気がしてきたんだ。

和子は何か言いたげにじっと宮里をみていましたが、私を振り向きました。

あなたは子供をつくりにきたの、こりずに。何もかも知ってるのよ、私は。

中絶のこと？　あなたは松田ともつながっていたのね……。

そのような穴の淵に立って、よく平気でいられるね、私がうしろにいるのが気にならない？

私は座り込み、ズックを脱ぎ、中の土くれを振り落としました。わざとゆっくりとズックを点検しました。和子はにらんでいましたが、いきなり片方のズックをつかみ、穴の中に投げ入れました。

なにをする！

鋭い声でした。宮里の声でした。一呼吸、間をおいて和子が叫びました。

この女に媚びたら何もかも失うのよ、終わりよ。松田が電話で言ってたでしょう、この女は遊びのために一人の人間を抹殺したのよ。

美しい女を傷つけたい欲望はあるよ、僕は。

宮里の声はあくまでも冷静でした。私ははっとしました。いつかの寝物語りに松田も似たようなことを言っていたのです。……若い女の肉体を傷つけるのは男の生涯変わらぬ性向だと……たしか……。

和子は唖然としました。ものが言えなくなりました。……松田は私をわざと妊娠させ、堕させ、侮っていたのではないでしょうか……まちがったのではない……私が妊娠したと告げた時、松田はかすかに笑った……。私の生殖器をめちゃくちゃにしたかった……これが松田の意図だった……。

和子は急に私をにらみました。

あなたをここで引きずりまわせば、きっぱり離れられると言ったのよ、この男は！　なにもかもこの男の計略よ！

次の瞬間、とってこい！　というなり宮里は和子の肩を強く押しました。和子は短い息をのみ、穴に落ちました。長い泣き声のような悲鳴が響きました。私と宮里は顔をみあわせました。しかし、すぐ宮里ははじかれたように穴の淵によつんばいになり、中をのぞきこみました。そっと押すとわけなく落ちる危なっかしい姿勢でした。宮里は綱をつかみました。

どうして？……どうしておりるの？

私は言いましたが、内心は心配でした。宮里は顔がこわばっていますが、おりる姿勢は崩しませんので、私は続けました。

私には責任はとらないの。

とる。

宮里ははっきりと言いました。そして、私の髪の先からつま先まで鋭い眼光をためた目でみました。あの目は、おどおどと、もの欲しげに私をみた目は、特に船で弱っていた私を一日中じっとみていた神経質な目はなくなっていました。

君はなぜ、松田と僕を差別したんだ。

嫉いていると感じました。

私は差別はしないわ。松田が被害妄想でなかっただけよ。松田はなぜ私と関係をもちたがったのか、私がききたいわ。

僕はたしかに被害妄想だった。あの手紙も出そうか出すまいか迷い、何日も怯えたよ。そんな調子だから、あの頃クラブで何度、君を目の前にしてもどうしても唇が動かなかったんだよ。喉だけはヒクヒク動いて乾ききっていたがね。

でも、あなたは手紙をくれたわ。

白状すると、あの頃、和子から頻繁に手紙がきていたんだ。だから……たとえ君に拒否されても、僕はすべての女性に見離されるわけじゃないとなんとか自分を支えられそうな気がしたんだ。

でも、あなたは、つい一時間前、私が哀願したのに、表情も変えずに無視したじゃない？　あの時、私の願いをききいれてくれたら。私は何もかもあげて悔いはなかったはずだわ。

僕はあの時も被害妄想だったんだ。でも今は違う。

……松田はなぜ私と関係をもったの？

……君とセックスすると、沖縄人であることを忘れるからだ。

あなたは？

……。

あなたもそんな下劣な手段で私を抱いたの？

宮里は激しく首を振った。

君といくよ。

私をなぜあてにするの！　早くおりていきなさい。重傷かもしれないわ。

……松田は赤ん坊を産ませ、内地に永住するといっている……。

どうでもいいのよ。

高校の時、松田と和子は寝たんだ、何十回となく。そして、松田は和子を捨てた。あんな男に君が抱かれるなんて、僕はどうしても我慢ができない。あの男は君を抱いて、捨てたと誰かれなしにふれあるいているんだ。

あなた、和子さんが好きなの？

宮里は小さく首を振った。

松田とだめになったら、僕と……というのは惨めすぎるよ。僕は身代わり人形じゃないんだ。和子はただ内地の大学にいっている男が好きなだけなんだ。

あなたや和子さんは好きな人がいて幸せよ。私は誰もいないんだから。

このまま帰るんじゃないだろう？　今晩もいるんだろう？　今晩、僕は何もかも吐き出すよ。

早く、和子さんを助けてきて。

松田は宙ぶらりんになりたくないんだ。

宮里は自分の気持を言っている、と私は感じました。そのような欺瞞も鼻につきました。

もうその話はやめてよ。私は何もかも忘れにきたのよ、早くおりてよ！

宮里はしばらく私をみつめていましたが、おりていきました。責任をとらせる気はありませんでした。どうでもいいのです。ただ、妊娠するのなら赤ちゃんは産みましょう。下腹部に触れてみました。張りつめているような感触でした。

私は草木をかきわけ、さきほどの原っぱに出ました。あの山羊の殺害者たちにきけば、老婆の家の方角をおしえてくれるでしょう。穴の中に岩や石はありませんでした。和子もたいした怪我ではないはずです。……私は遺骨を収拾した。あの赤ちゃんの供養になったはず。私は自分にいいきかせました。そうそう、赤ちゃんのお墓をつくるのを忘れていた……。黄色い大気が充満していました。一切の葉が輝き、目が疲れました。ようやく、農道に出ました。石灰岩の粉を敷きつめた白い道でした。道端のさつま芋や人参が白く汚れていました。山羊の殺害者たちが数十メートル先を歩いていました。今まで何をしていたのでしょうか？　まさか、私を待っていたわけではないでしょう。山羊の肉らしきものはみえませんでした。私は片足にはいたままだったズックを脱ぎ捨てました。

船上パーティー

船の社交室《ロッジ》の隅のカウンターに〈ミロのヴィーナス〉が固定されている。乳房に塗られた真赤なブラジャーがここからでもすぐ目につく。カウンターの中で疎らなねずみ色の髪の男がケーキを切っている。ナイフを握っている手が微かに震えている。ナイフが鈍く光る。

青いゴムボールが僕の足にあたり、転がった。白人の女が低い舞台に立ち、ゴムボールをパーティー客に投げかけていた。女は白と赤のサンタクロースの服を着ているが、付けひげはしていなかった。頬も顎も厚い皮膚が垂れていた。最前列の隅のテーブルで若いGI達が手を振った。GIたちをめがけて大きなモーションをかけたサンタ女は一瞬まを置き足を踏みはずし、転んだ。わざとらしい気がした。パーティー客は二十数人いる。ほとんどの客が肩をすくめ、握りしめた手を震わせ、思い思いに笑った。無理に笑っているような気がした。首の長い黒人は拳を斜め上に突き出したまま動かなかった。この黒人の黄色いネクタイは立体感がない。注意深く見た。ワイシャツにペンキで描いている。僕も大声で笑おうと思った。口をひらいた。だが、笑い声は出ない。サンタ女は四十はとうに過ぎるだろうが夫も子供もいない女に違いない。僕の姉も子供はいない。

姉は笑っていない。マリオもまだ眠っている。どうしてマリオは陽気にならないんだ。クリスマスパーティーじゃないか。大晦日じゃないか。マリオ自身の送別会じゃないか。陽気になれないのなら、教会か軍の宿舎で眠っていてもよかったんだ。なぜ僕に船上パーティーの招待カードをくれたのだろう。僕も破り捨てればよかった。一人でも寺に除夜の鐘を聞きにいけばよかった。この会場には子供が一人もいない。中学三年生の僕が一番歳下だ。小学生の頃はクリスマスが待ち遠しかった。色とりどりの紙鎖を数日前から作り、教室の壁いっぱいに飾った。本物のモクマオウの枝をツリーにした。ツリーのてっぺんには銀色の大きな星が輝いていた。今夜は天井には何の飾りもない。クリスマスツリーだって高さが一メートルもない玩具を申し訳程度にテーブルの上に置いてあるだけだ。どうしてクリスマスパーティーを大晦日にやるのだろう。おかしいと思わないのだろうか。

　女のサンタクロースは、手で腰を押さえ、顔をしかめ、何度も肩をすくめた。イブニングドレスを着た女たちの笑いがひときわ高まった。サンタ女はマリオの脇で思い出したように立ち止まり、マリオの首を擽った。マリオは身動きもしない。サンタ女は姉にウィンクをした。姉は小さく首を振った。サンタ女は肩をすくめ、とんがり帽子をはずし、眠っているマリオに被せた。サンタ女は姉に早口で何事か言い、姉が頷くと、ウィンクを投げ、後ろ向きに立っていた若い白人の首に大袈裟に抱きついた。

　僕は十時すぎにこの船に乗りこんだ。マリオが落ちたらどうなるのだろう。デッキから海をのぞいた時、ふと思った。海は暗かった。誰が落ちても、すぐ見えなくなってしまう。風と潮が唸りながら舷にぶちあたった。マリオは酔っている。デッキは危ない。足を踏みはずしかねない。マリオの死体が引きあげられたら、姉は半狂乱になるかもしれない。潮の流れは速いはずだ。マリオの死体は海底を引きずられたまま、沖に消えるかもしれない。船の灯が海面に落ち、光の粉にくだけ、ざわめいていた。僕の頭上には救命ボートがせりでていた。

　僕が九歳の時にみた〈フライングタイガー〉船の就航式の主役のアメリカ人キャプテンは人殺しなのだ。就任の数年前、フランス人妻が部下の三等航海士《サードメイ》のアメリカ人と浮気をしたと勘ぐり、海に沈めてしまったんだ。妻はたどたどしい英語で身の潔白を必死に釈明したのに。相手のサードメイはどこに逃げたのか今だにわからない。


　七年前、マリオはフィリピン人の仲間をナイフで刺した。〈オイチョカブ〉の時、相手が銀のライターにトランプを映して如何様をしたのだ。フィリピン人は博打をする時は一人残らずテーブルの下にナイフを置く。アクセサリーみたいなものだ。だが、その時は、別の三人の仲間がマリオを鼻で笑い、ひややかな目でみた。マリオはその夜はつきまくっていたし、マリオと刺された男とは従兄弟どうしで、日頃ショッピングやガールハントも一緒にやっていた。二人とも姉を大変好いていた。仲間の間でも知れわたっていた。刺された男は、そのことをアメリカ軍に訴えなかった。

刺された男は傷も一週間足らずでふさがり、船に復帰した。その男は七年前は船倉の班長だった。箱の陰に一時間も隠れて、沖縄人従業員が怠ける現場を執念深く窺うようになった。〈サル〉という渾名を付けられた。〈サル〉はたとえ年寄りの従業員でも勤務時間中に、一、二分手を休めて煙草を吸うと、飛び出し、その年寄りの子や孫の前でも思う存分どなりちらし、アメリカ軍の上官に訴え、減給させた。

僕は去年、一九七三年の夏、初めて〈サル〉と会った。意地悪な男にはみえなかった。マリオに連れられて、この船の船底の倉庫に入った。自動車一台がすっぽり入ってしまうような木箱が両側に、しかも百メートル奥まで積まれていた。十数台のフォークリフトが走り回わっていた。フォークリフトや三ヶ所の事務所の冷房が撒き散らした排気が充満していた。汗が吹き出た。目も喉も痛かった。涙が出た。

ところが、マリオに紹介された副ボースンの〈サル〉は大きい目をしばたたきもしなかった。〈サル〉はチョビヒゲをはやし、黒い髪は短く縮れ、小太りだった。マリオと同じミンダナオ島の出身だがラテンアメリカのインディオの風貌だった。〈サル〉は沖縄の方言もうまかった。最初、沖縄人とのハーフか、とも思った。イッター、ネエサン、ナーマナァ？　ワッターヤ、ウワァヌグト、メーニンナシドゥ（君の姉さんはまだか？　俺たちは豚みたいに毎年産んでるよ）。

去年は前の冬から雨が降らなかった。船のプールも閉鎖された。シャワーも一日おきにしか使えなかった。すべてのトイレや洗面所にはステッカーが貼られていた。〈節水しましょう〉と英語と日本語で書かれていた。何でもできると思っていたアメリカ軍が困っている様子を知って僕は愉快になった。艦砲を何十発も天に向かって撃ったよ。〈サル〉が言った。標準語もうまかった。艦砲弾を雲の中に撃ち込めば、雲や気流が刺激されて大雨になるさ。空襲のあとはきまって大雨だったろう？　それが証拠だ。終戦十四年後に生まれた僕が空襲を知っているはずはなかった。大砲の音なんか聞こえなかった。五日前に撃ち込んだというのに、その間一分も空は曇らなかった。マリオは微笑んでいた。〈サル〉の口癖は〈女にふられた〉だった。マリオの口癖は〈おまえ、顔が悪いからな〉だった。

　マリオは僕の姉を謀ったんだ。フィリピン人の男は必ずグループを組み、一人の仲間をもちあげ、誉めちぎり、甘く、しかし強引に女を引っかけるんだ。姉は七年間もマリオのハーニーになっている。マリオの女遊びがひどいせいだ。フィリピン人は十人も十五人も子供を作るという。でも、姉には子供が生まれない。もっとも僕はマリオが女とつきあっている現場はまだ押さえていない。〈サル〉を追及すれば白状するかもしれない。しかし、このパーティーに〈サル〉はきていない。

　マリオはテーブルに頬をくっつけている。白いテーブルクロスは茶色の染みができている。寝たふりだ。右手は垂れさがっている。だが、酒壜を放さない。フロアのカーペットの下は鉄板だ。握っている酒壜は厚くない。落とすと、割れる。割れる音は歯切れがいいはずだ。肩が大きく動く。息づかいが荒い。やはり眠っている。だが、僕が覗きこむと、マリオはふいに目をあけ、僕をみつめそうだ。マリオの左の親指と人さし指はのっぺり光りひきつっている。ガスバーナーの青い炎にやられたのだ。この船は米軍輸送部隊の仕事を請け負っている。積み荷は重く、大きく、多い。船はよく傷つく。

　姉がマリオのハーニーになんかになったのも姉のせいではないのだ。

僕が三歳、姉が十二歳だった。父が泉町の料亭の女と本土に逃げた。父は牧港兵站部隊の電気エンジニアだった。フィリピン人と対等の高給をとった。女は奄美大島の港町の出身だった。女の気性も容貌も男っぽく、年も父より九歳も上だった。理由がわからない、と母はしきりに呟いた。その日の夕方、姉が御飯を焦がした。母が喚いた。きくに忍びなかった。数時間後、母は、目をはらしたまま夏布団にくるまっていた姉に抱きつき、泣いて謝った。この一部始終を隣りの、古いトタン葺の六畳一間の家の左官の妻に聞かれた。四十半ばの妻で八人も子供がいた。汗疹がひろがった首に汗が吹き出た女は、僕の家の仏桑華の垣根の周りで赤ん坊をあやしながら、この事件を語って聞かせる相手が現われるのを辛抱強く待った。父はそのしばらく前から、晩酌を始めるようになっていた。だが、どんなに泥酔しても翌日の仕事は休まなかった。母も文句は言わなかった。

家の東側のジャーガルの丘はすすきが疎らに生えているだけで、簡単に登れた。よく一人で登り、長い間、数百メートル先のハウジングエリアを見渡した。金網の中の煌めく芝草はなだらかにどこまでもうねり、似かよった真っ白い箱形ハウスが散らばっていた。

母はハウジングエリアに入り、独身米兵の厚い服を大きな風呂敷に包んで持ち帰るようになった。僕は一度、一人で金網に触れながら金網の外側を歩いた。軍用犬がハウスのエントランスにいた。牙の間に唾液が溜まり、垂れた舌は赤黒くぬめっていた。目を合わすのが恐かった。僕はゆっくりと離れた。後ろを振り向かなかった。

母と姉は井戸端で風呂敷をとき、洗濯物をひろげ、大きな四角い石鹸で何回もこすった。母の手は痩せ、節くれだっていた。僕が竿に干した。濃緑色やカーキ色のズボンは僕の首の丈ほどあった。僕は自分のパンツだけを洗濯板にこすりつけた。腰や背中や腕が痛くなった。タライの水はとても冷たかった。両手を深くつっこんでしばらくじっとした。井戸端のゆうなの木蔭は寒風が集まった。

　或る日曜日の朝、僕は汲んだ井戸水をタライに入れていた。子沢山の女が背中で泣き喚く赤ん坊に急き立てられるように僕に近づいた。父ちゃん、欲しくないのかい。女は小声で言った。母が立ちあがった。石鹸の泡がくっついた両手をだらりと垂らしたまま、口を女の耳に近づけ、何か強く言った。

　姉は隣の左官の妻の赤ん坊を可愛がった。よく胸に抱いてミルクを飲ませた。姉の腕は力は入っていたようだが、とても柔らかそうだった。頬に白いこもれ陽が揺れた。

　母の死はあっけなかった。母は洗濯物が多い日にはよくめまいをおぼえるようだったが、一日も寝こまなかった。僕も姉も気にはしたが、まもなく忘れた。姉が牛乳配達をしながらかよった四年制の定時制高校を卒業した年だった。蒸し暑い日で五月とは思えなかった。頭の上のゆうなの花も水気を失い、動かなかった。

　母は洗濯タライの水に両手をつっこんだまま、ふと顔をあげて僕を見た。顔に木の葉の緑の影が映えている、と一瞬思った。血の気がなかった。額に脂汗が滲みでて、紫色の唇が微かに震えていた。僕も母をみつめた。何も言えなかった。姉は豌豆《エンドウ》畑の向こう側で洗濯竿にＧＩズボンを刺し込んでいた。いつもは僕の役割だった。姉を呼ぼうとした。叫ぶと母が倒れそうな気がした。母は立ちあがった。よろめいた。僕も立ちあがった。母は釣瓶の水に口をつけようとしたが、声もなく倒れた。微かに右手が動いた。何かを摑もうとしたようだった。

　姉が一人で米軍ハウジングに入るようになった。無造作に抱えてきたマリオの大きなズボンは、いつか〈ギブ・ミー〉でフィリピン人からもらったアメリカ飴の甘い香りがした。米軍ハウジングのガードボックスのガード兵たちは赤い首すじや顔に吹き出物が出ていた。生欠伸をよくした。若い女の股間にカービン銃を突っ込むゼスチャーをよくした。金網は丘陵地を隈なく囲んでいた。数歩でも入ってしまうと、出てこられないような気がした。姉についていきたかった。しかし、学校を休むわけにはいかなかった。休むと同級生にチーチークーヤァ（乳しゃぶり）と渾名を付けられそうな気がした。いつしか、姉が傍を通るとアメリカ香水の香りがするようになった。

このバヤリースジュースは淡白な味だ。舌は甘ったるさが残るだけだ。飲みかけのバヤリースジュースは残り少ない。しかし、僕は壜をテーブルに置かない。置くと、何かをしなければならないような気がする。手もち無沙汰にもなる。

ＰＸのバヤリースジュースはとても甘かった。あの頃、いつもマリオが大きなカーキ色の袋に詰めてきた。家の北側には数本のゆうなの防風林が茂っていた。土曜日の午後は井戸の近くの木蔭で三人だけのガーデンパーティーをよくやった。テーブルも椅子もマリオがジープで運んできた。真っ白いペンキが隈なく塗られていた。陽の光がはねかえった。マリオは肉も豆も野菜サラダも手摑みで食べた。まるで幼稚園生だな。僕はよく姉の柔らかい膝をつついた。国の習慣なのよ。姉はきまって微笑んだ。

マリオは唇のふちを油で光らしながら言った。カリフォルニアの港で米軍の積み荷作業をしていた時だよ、オレンジが詰まった巨大な箱がクレーンからはずれたんだ。幾千幾万個の実が青い海一面に浮いたよ。姉が付け加えた。担当主任のマリオが部下の責任をとらされたのよ。減給になったのよ。でも、マリオは部下の過ちを責めなかったのよ。

夏休みも数日しか残っていなかった。マリオが持ってきたカリフォルニアオレンジを食べていた。

竹かごに盛られた十数個のゆうなの花が庭の白いテーブルの上に置かれていた。ゆうなの花とカリフォルニアオレンジの花は似ていると僕は長い間思い込んでいた。カリフォルニアオレンジの橙色の皮は微かに黄緑がかり、無性に懐かしい香りが漂った。僕は何回もかじった。その事故の張本人はマリオじゃないだろうか。子供心に感じた。

姉は林檎の皮をナイフで剝いている。何もかも忘れようとしている、ようにみえる。皮はすぐ切れる。つながらない。庭のあの白いテーブルで剝いてくれたアメリカ林檎の皮は最後まで切れず、螺旋状の輪になった。マリオは眠ったままだ。マリオの顔は酔いの色は薄れ、沈んだ青白い色に変わっている。右手はウィスキー壜をつかんでいない。いつのまにかテーブルに置かれている。マリオははるばるグアムに行っても、この勝連のホワイトビーチでもらうような高い給料はとうてい望めない。グアムには米軍の巨大な軍事基地があるという。マリオはまるで戦争を求めてグアムに行くみたいじゃないか。マリオは沖縄で二十数年間も戦争の裏方の仕事をして金を稼いだんだ。後ろめたいんだ。でなければベトナム戦争もやっと終ったのに、なぜ酔っぱらうんだ。今夜はマリオの送別パーティーでもあるのに誰もマリオに声をかけない。マリオの知り合いも変わり者揃いだ。僕がくる前はもっといただろうか。マリオの髪が額に垂れていた。姉が静かに後ろに撫でつけた。

二時間前、僕と姉がこのパーティー会場に着いた時はマリオは起きていた。マリオは面を被っていた。眉毛が長い目をぱっちりと開いた、ふくよかな女の白い顔だった。だが、姉はすぐマリオだ、と見抜いた。マリオは姉の手を握り、姉の胸に鼻をすりつけた。姉は目を瞑った。すると、マリオは姉の手を揺さぶった。僕はマリオの目の色は読みとれなかった。焦点が定まらず、充血もしていた。マリオの視線は、金髪が羊の毛のように盛りあがった白人女の尻を追っかけているような気もしたが、やはり僕の気のせいのようだった。マリオは跪き、姉の膝に手をおいた。俺は春代が嫌いだ。マリオは言った。だが、俺は謝りたい。神に謝るのかな？　春代に謝るのかな？　マリオは姉を見あげた。私に謝ることはないわ。姉はマリオの頬を両手で摩った。誰に謝ることもないのよ。

マリオは僕をすっかり忘れていた。そのたった五分前なんだ。マリオが僕の肩をたたき、角壜に入った黒っぽい液体を揺すったのは。この酒を飲んでくれ、フィリピンの酒だ、とっておいたんだ。マリオが促した。僕はグラスを握った。溢れた。沖縄産のビールをマリオのグラスに注ぐべきだ。だが、躊躇した。マリオはフィリピンの酒を注ぎ、僕のグラスと合わせ、一気に飲みほし、姉を振り向いた。楽しい生活がエンジョイできるよ、グアムでは。マリオは言った。一人言のようだった。マリオはフィリピンの酒をラッパ飲みした。のみすぎよ、マリオ。姉はマリオの腕に軽く触れた。僕は壜をひったくってやりたかった。壜のラベルにエリザベス朝のクィーンに似た大きな横顔が描かれていた。マリオがラッパ飲みをするたびにマリオとクィーンの唇が重なる格好になった。僕はフィリピンの酒をのまなかった。二人と離れた。昔、マリオは日本語が下手だった。だから、僕は好感をもった。だが、マリオは次第に日本語をマスターした。今ではマリオは微妙な気持もすぐ言い表せるし僕がセリフの背後に含ませた微妙な気持もすぐ見抜いてしまう。マリオの足も手元もふらつき、危なっかしかったが、テーブルの縁の食器や壜には触れそうで触れなかった。

上原は中学二年生、僕は小学四年生だった。夏休みが始まったばかりだった。家の近くの〈イシガントウ（魔除けの石）〉がある路地は僕たちの溜まり場だった。花火遊びをした。上原が笑った。イチマディイ、イヤーヤ、ワラビヌアシビスガ（いつまでお前は子供の遊びをするんだ）。僕は立ちあがって上原を睨んだ。上原は平然と言った。ワネエー、クチタックワーセー、ミーガイチュシガ、イヤーンイチュミ（俺はキスを見に行くが、お前も行くか？）。僕は頷き、残りの花火を年下の子供にやった。クチタッククワーセー（キス）をしているのは外人とハーニーだということが途中でわかった。嫌な予感がした。引きかえしたかった。あの頃、キャンプ・マーシーの発電所の金網に隣接した小さい公園があった。クワァディーサーの木に囲まれていた。クワァディーサーの木は死体の血や肉の汁を吸って生き続けている、と言い伝えられていた。夜、その公園で遊ぶ子供はいなかった。逃げ出したくなった。上原は時々僕を見、意味ありげに笑った。

僕たちは仏桑華の葉をかきわけ、溝に跨がったまま、覗いた。藪蚊も気になった。何度追い払ってもしつこく僕の血を吸った。叩き潰すわけにはいかない。音が出る。男と女は数メートル先のベンチで抱き合っていた。闇夜だった。僕は目を凝らさなかった。男と女の顔や体つきはわからなかった。上原が唾を飲み込む音がし、あの女、わかるだろ、と僕にささやいた。男と女は声は出さなかった。男の胸に女は顔をうずめ、女の頭に男は頬をくっつけていた。男か、女が声を出さないか、僕は気が気でなかった。動悸が高まった。やはり女は姉だった。いや、ちがうような気がした。僕は静かに立ちあがり、茂みを離れた。耳を押さえて駈けた。上原も駈けてきた。僕は上原に追いつかれないように懸命に走った。

姉は、まだ帰ってきていなかった。八時四十分だった。姉が十時過ぎても帰らない日はよくあった。夕食は麻布を被せてあった。豚肉にアメリカスパイスがよくきいていた。十一時頃、姉は手土産を僕の枕元に置いた。僕はそのまま眠ったふりをした。そして、翌朝初めて気づいたように喜んでみせた。だが、内心は不愉快だった。もう、いいかげんケーキの土産なんかやめてくれ、と言いたかった。姉が啜り泣く夜もあった。そのような夜は眠ったふりをするのが苦しかった。姉が寝つかないかぎり、明け方まで身動きもできなかった。だが、翌朝になると、姉は決まって笑顔で味噌汁を作った。味噌汁のにおいが家中にたちこめた。急に僕は自分の腑甲斐無さが嫌になった。

或る日、マリオは船のドッキングブリッジの溶接をやっていた。姉は何かの用事でマリオの脇に座っていた。マリオの部下の十七、八歳の沖縄人が何かの拍子で姉を押した。姉は思わずマリオの腕を掴んだ。マリオの手元が狂い、マリオは左手を焼いた。

姉は一晩中、寝返りをうった。微かに啜り泣きがきこえた。啜り泣いたのは僕だったのかもしれない。姉が苦しんでいるのがたまらなかった。悪いのはあの沖縄人だよ。何度も言いかけた。どうしても言えなかった。夏布団に顔を伏せた。甲板長のマリオが溶接なんかしたのがそもそもの間違いだったんだ。自分に言いきかせた。

姉が仏桑華の葉の汁で髪を洗うのを僕はよくじっと見た。黒髪はびっくりするほど艶がでた。十一歳の時の冬、僕はインフルエンザに感染し、寝こんだ。何が食べたいの？　姉はおおいかぶさるように僕を覗きこんだ。姉の髪も目もとても柔和にみえた。やわらかい朝の光と豌豆畑のキーンと張った冷気が部屋中に満ちていた。僕は考えるふりをした。姉の顔を何度も盗み見た。マリオに勝ったような気がした。毎日病気でいたい、と思った。

壁は外の白い光がくっきりと映えていた。突然、何かが現われた。ごきぶりと一瞬思ったが、全く知らない数センチの虫だった。フィリピン人の髪はポマードで黒々と光っているので〈トービーラー〉（ごきぶり）という渾名がついた。虫はめまぐるしく動いた。僕はどうしても追い払おうと思った。背中をおこし、読みかけのぶ厚い乗り物図鑑を壁に向かって投げた。本の背が虫にあたった。虫と本は一緒に畳に落ちた。虫は仰むけになったまましきりにもがいた。急に動かなくなった。ところが、しばらくすると、ふいに起きあがり、迷いながら台所の飾り棚の角を曲がった。

翌日、熱も下り、朝早く食卓についた。温かいお粥はおいしかった。ふと、食器棚の上の米櫃の脇に黒い塊がみえた。あの虫だった。動かなかった。虫は冬はいないはずだが……ごきぶりの一種だろうか？　姉は台所を出た。僕は食器棚を拳で強くたたいた。動かなかった。井戸端でたくあんを洗っている姉に虫を殺したのは僕だと白状したかった。しかし、笑われそうな気がした。虫の死体を花園の土に埋めてやりたかった。姉は食卓でたくあんを切った。僕は何気ないふうに虫を指さした。姉はちぎった新聞紙で虫をくるみ、塵箱に捨てた。たくあんを包んであった新聞紙だった。僕はたくあんを食べなかった。

姉の唇が微かに歪んでいる。いくらみつめても確かに歪んでいる。姉の唇のように唇を歪めてみた。……姉は歯を嚙みしめているのだ。姉は泣きだすのをこらえている。いや、急に笑いだしそうな予感がする。姉に酒をのませたい。狂ったように踊らせたい。何もかもふっきれる。姉はコップの黄色い液体を一口飲んだ。僕の視線を感じたのだろうか。いや、感じていない。黄色い液体が微かに揺れた。姉のやさしくウェーブした髪は赤茶けてみえた。

俺が春代を幸福にしてやるよ。マリオの一言がききたい。マリオの右の薬指と小指に紫色のみみずばれがみえた。切り傷ではない。何かの汚れだ。マリオに謝罪文と誓約書を書かせ、血判を押させたい。マリオはすぐ老いぼれてしまう気がする。じっとみつめると、老いぼれたマリオが浮かんできそうだ。マリオのねずみ色の背広は上質の生地だが、色が白っぽいのは布地が綻びかけて薄くなっているせいかもしれない。マリオは、母や姉が洗い、僕が竿にぶら下げたあのＧＩたちの長いズボンはとうていはけない。マリオの身長は僕より低いんだから。マリオはフィリピンに帰るわけじゃない。マリオはコレヒドール島戦で親や兄弟を一瞬に失った。マリオは新しい国に行くんだ。うまくやっていくかもしれない。沖縄でもうまくやっていけたんだから。だが、いったんフィリピンハーニーになった女をウチナーンチュ（沖縄人）が許すはずはない。僕がマリオに口や手を出さないのは寛大だからじゃない、臆病だからだ。

僕はマリオの財産を盗んだ。今、マリオに告白してもいい。葡萄色の玉だった。ビー玉の五倍の大きさはあった。何に使うものなのか今だにわからない。光沢は鈍かったが、角度を変えると緑色になり、紺碧色になった。欲しい、とはどうしても言えなかった。マリオが姉と談笑している時に強くねだると、マリオはどのようなものでも買ってくれるのは間違いなかった。同級生に親がいないとよく悪態をつかれた。そのたびに、金持ちのマリオおじさんがいるんだと言いかえした。姉がハーニーだという負い目は常にもっていたが、反面、フィリピン人が身近にいるというのは心強かった。しかし、その時はマリオが別人にみえた。くれ、とはどうしても言えなかった。姉にも言えなかった。マリオにとっては捨ててもいいような玉にすぎないんだ。胸に何度も言いきかせた。だが、ふと、玉はマリオの唯一の宝物のような気がした。しまいには、僕は本当にそれが欲しいのかさえ、曖昧になった。

だが、僕は玉を盗み、机の上の本立ての脇に置いた。玉を盗んだ事実を何気なく姉に知らせたかった。知らせないと僕だけが負い目を背おうような気がした。玉は貴重なものではなかったに違いない。姉は僕の部屋に何度も入ってきたが、気づかなかった。姉に白状したかった。しかし、できなかった。

四月も末になっていたが、肌寒い夕暮れだった。僕は玉を庭の白いテーブルの端に置き、何気ないふうにマリオの傍らに座った。マリオはアメリカ・マガジンをみながら、トランジスターラジオのジャズ音楽に合わせて指でテーブルをたたいた。玉が微かに動いた。だが、玉はテーブルの節穴にはまり落っこちるおそれはなかった。なぜ、この玉をおまえが持っているんだ。いつ問いつめられるか僕は気掛かりだった。居間の戸棚の上にあったんだ、偶然みつけたんだ。僕は口の中で繰り返した。十分すぎた。僕は玉を人指し指で撫でた。マリオはみなかった。しだいに僕はマリオと姉に騙されているような気がした。秘密を抱えたのは僕ではなく、マリオと姉のような気がした。マリオと姉だけの秘密ができたのだ。僕は玉を見るのが嫌になった。仲間はずれになったような気がした。

終戦後十数年も過ぎると、米兵たちにギブ・ミーを繰り返す子供たちは基地のゲートや米兵向けのショッピング街にもいなくなった。だが、〈ギブ・ミー〉の上手なお婆さんがまだ、いた。上原の祖母だった。牧港兵站部隊のゲートに雨の日にも立ちつくしていた。米兵に手を差し出す時は笑った。前歯が二本欠けていた。米兵はギブ・ミー婆さんにアイロンをかけたシャツを強く摑まれても顔を歪めずにドルコインを与えた。だが、米兵のハーニーは違った。パラシュートスカートの裾を摑まれると慌てて振り払い、米兵の腕をひっぱり、逃げた。お婆さんは二人の後ろ姿に向って〈ギブ・ミー〉を繰り返した。お婆さんの〈ギブ・ミー〉の発音ははっきりしていた。

玉を盗んだ日から五週間すぎた。梅雨だった。学校の授業は午前中で終った。前日、姉に新しい雨靴を買ってもらった。かなり遠回りだったが、田圃道を通った。案山子がびしょ濡れになっていた。ふと、牧港兵站部隊のゲートのギブ・ミー婆さんが気にかかった。四年程前、海水浴の帰り、上原先輩の家に寄った時、あの婆さんは僕に温かいフーチバージューシー（よもぎ雑炊）を食べさせてくれた。もっとも、あの頃、姉はすでにマリオのハーニーになっていたが、上原は僕の姉に夢中だった。

お婆さんはゲートの脇に立ち、しわが黒くなった細い手で強く蝙蝠傘を握り、金網の中をみていた。ゲートボックスの沖縄人ガードが小さい窓硝子を開け、僕をみた。僕は鬚そりあとが青黒い、角張った男の顔が気になった。だが、男はすぐ窓硝子を閉めた。僕はポケットから、あの盗んだ玉を出した。素早くおばあさんに手渡した。走った。後を振り返らなかった。

ふいに肩をたたかれた。咄嗟に振り向いた。二メートル近い大男、と一瞬思った。だが、この白人は僕より数センチしか高くはなかった。白いコック帽の高さが三十センチはあった。こめかみに白髪が垂れていた。細い緑色の横縞の入ったワイシャツに黒の蝶ネクタイを締め、黒い背広を着ていた。男はテーブルの赤紫の肉を指さした。おいしいか。男は英語できいた。しゃがれ声だった。僕は戸惑った。男は繰り返しきいた。まだ食べていない。英語で答えた。声がかすれた。じゃあ早く食べてみろ。男は顎をしゃくった。何の肉？　僕は聞いた。大人の自覚を持たねばならない。羊だ。男はナプキンを開き、ナイフとフォークをとり、肉を切った。力をこめすぎている。ナイフと下の皿が摩擦し、歯ぎしりのような音がした。拳の大きさもある肉をフォークで突き刺し、僕の口にくっつけた。僕は肉を払いとばしたかった。だが、できなかった。肉を口に押し込まれた。どうだ？　男は僕の顔を覗きこんだ。僕はまずいと言いたかった。男はナプキンで僕の口元を拭いた。僕は小さく頷いた。どうだ？　男はさらにきいた。おいしい。僕は言った。男は顔色も変えなかった。それでいいんだ、わしが作ったんだから。僕は男を睨んだ。男は目を逸らし、まだ使っていない皿をナプキンで強く拭いた。皿が割れないか、気になった。白い陶器は光沢が出てきた。男の指の爪に目がいった。汚れていた。

男は皿とフォークを僕に手渡し、向かいの隅のテーブルに行き、小男の肩をたたいた。小男は女っぽい体つきをしていた。小男の周りには数人の頑強な米兵がいた。数人とも足が長く、胴が締まり、背広がよく似合った。肉を小男の口に突っ込もうとした偽コックは小男に突き倒された。小男はしきりに指でセックスのゼスチャーを繰り返した。女を買いに内間の集落に行く相談をしているようだ。あの集落には米兵相手のキャバレーがまだ多い。あの関西出身の女も勤めている、と上原が言っていた。

二年前、中学一年生の時は暫く姉を忘れた。二学年上の関西出身の女を好きになった。目は切れ長だがいつも瞳は潤んでいた。頬は白く、冬になると細かい血管が薄く透けてみえた。冬は一人だけ黒いストッキングを穿いていた。手紙をやっとの思いで書いた。返事はこなかった。三週間待った。届かなかったんだ。日夜自分に言い聞かせた。郵便配達がラブレターだと見抜いたんだ、郵便配達は女にもてない中年男だ、嫉妬して届けなかったんだ。再び手紙を書いた。折りかえし返事がきた。私は好きな人がいます。バレーボール部の、卒業した先輩です。だから、もう手紙は書かないでちょうだい。一枚の新しい便箋の真ん中にたったの二行書いてあった。

あの女は後悔はしていないだろうか。だが、この米兵たちは僕よりずっとスマートだ。あの女は愉快に米兵たちと戯れるのだろうか。この米兵たちを下船させたくない。僕は英会話は達者ではない。マリオに説得してもらうしかない。姉はだめだ。米兵たちは内間のコールガールをそっちのけにして姉をつけまわしかねない。姉は、あの女とも違う。姉は確かに胸元が大きくあいた赤いドレスを着け、ネッカチーフを巻き、唇も爪も赤く染めた。だが、似合わなかったんだ。声は柔らかく、無口だったんだ。からかわれるとよく耳を赤らめたんだ。ありふれたハーニーのように人前では決してキスなんかしなかったんだ。偽コックやGIが姉に近づかないのはマリオが恐いからではない。確かにマリオは姉のためなら何でもする。ナイフで刺しもする。だが、昔の話だ。くだらない男が姉に近づかないのは姉が毅然としているからだ。

長いストレートの黒髪を背中に垂らした、小太りの少女は僕と同年にしかみえない。しかし、ワイングラスに口を付けながら、上目遣いで初老の白人に笑いかけている。男はコック帽は被っていないが、僕の口に無理矢理肉を突っこんだ偽コックだ。偽コックも唇を歪めて笑っている。女は東南アジアから稼ぎに来ているんだ。あの笑みは鏡を睨み何百回も練習した唇の歪みにすぎない。背丈は偽コックの肩の高さもないくせに、したたかドルを貯め込んで何くわぬ顔のまま国に帰るだろう。ちぢれた赤毛が抜け落ちた偽コックは東南アジアの女の柔らかい肉体に我を忘れるだろう。

　だが、舷に立ち、四角い窓から外の暗い海をみているマリオの直属の上官の横顔は鷲鼻気味だが、鼻すじがとおり、細長い唇は引き締まり、クリスマスの夜に似合う神々しい客だ。商売女も近づき難いに違いない。だが、僕も近づき難い。一歩を踏み出せば勇気がでそうだ。マリオだけグアムに行くんだ、姉をどうにかしてください、と言えそうだ。言えば、上官は微笑んで頷きそうだ。僕はバヤリースジュースをテーブルに置いた。封が切られていないジョニーウォーカーの壜を摑んだ。まだ使われていないウィスキーグラスを二個探した。

　ふと、マリオの部下の上原が目に入った。上原は三つ向こう側のテーブルにいる。濃緑色のＧＩ帽を深く被っている。顔色はわからないが酔っているようだ。だが、足どりはふらついているが、変にぎこちない。上原は七面鳥の肉をつついていた銀のフォークを素早くポケットに滑り込ませ、すぐ顔をあげた。僕の目とあった。上原は照れくさそうに笑い、帽子のつばをあげた。目は血走っていた。僕は顔を背けた。上原は僕の姉のような姉がいないから、何をしても平気なんだ。マリオの上官は相変わらず窓の外の闇をみている。僕は近づく勇気をなくした。もっと騒がしくなれと願った。十数曲のクリスマスソングが繰り返し流れている。聞き飽きた。何回繰り返せば気がすむんだ。マリオは同じ姿勢のまま眠っている。僕と姉が船に着く前に、この東南アジアの女はしつこくマリオを誘惑したに違いない。だが、マリオは姉が来るのを待ったんだ。マリオは女に振り向かなかったんだ。マリオは偽コックとは違う。ほんとに料理も上手なんだ。年をとっても偽コックのように若い女の尻を追いかけるようなことはしない。姉はマリオの脇にじっと座り、両手でカリフォルニアオレンジを握っている。冬のカリフォルニアオレンジは時期はずれだが、かえって水気が多く、潤いを帯び、ナイフを突き刺すと薄黄色の液体が溢れるような感じがする。姉の斜め後ろのテーブルにカリフォルニアオレンジがポツンと置かれていた。テーブルも船も揺れた感じはしなかったが、微かに動き、ゆっくりと転がり、フロアに落ちた。姉は気づかなかった。

あの時、僕がギブ・ミー婆さんにあげた紫色の玉を上原はいつも同級生にみせびらかしていた。僕にもみせ、自慢した。僕があげた玉だ、と僕は何度も口にでかかったが、こらえた。ギブ・ミー婆さんは二年前に死んだ。上原は一人っきりだ。

あの上官は神々しすぎる。姉がハーニーにならないでよかった。まだしも〈サル〉のほうがあたたかみがある。あの関西出身の女の子はこの上官のような男に憧れ、乱暴され、身を落としたに違いない。偽コックでさえ上官には近づかない。この上官は将来はあのキャプテンのように女を殺すのかもしれない。いや、GIのように婦女暴行はしないだろう。だが徹底的に戦争をするんだ。

内間の売春宿に行く相談をしているGIたちはこの東南アジアの女に断られたに違いない。女は厚化粧はしていない。すべすべとした弛みのない皮膚だ。二重瞼の目元も涼しい。女は誰かれなしに体をまかせるわけじゃない。もしかしたら、売春婦じゃないのかもしれない。この女も親がいないのかもしれない。そんな気がする。年も僕と変らないのに一人でこんな遠い島までできて自活しているんだ。

三週間前、マリオのグアム行きが決定した。姉の服装は急に地味になった。姉は艶やかな色彩の服装がよく似合った。特に、黄色地に青い水玉紋様が散らばったワンピースをくびれた体に密着させ、赤いハイヒールを履き、背を伸ばした姿は眩しかった。黄色いワンピースはゆうなの花やカリフォルニアオレンジともよく似合った。

数日後の夜、マリオは姉と僕をビジネス・センター通りにあるレストランに誘った。食後、マリオが、握り潰せるかと僕に言い、テーブルの脇にあった桃の缶詰を小さく顎でしゃくった。僕は姉をみた。姉は物憂げな目をしていたが、微笑んだ。力を込めて握った。力はどこかに抜けるような感じだった。僕は一人前の男だ。自分に言いきかせた。歯をくいしばって握った。しかし、厚い金属の感触しかなかった。マリオが握った。太くはないが、筋肉質の腕だった。キャンドルの濃い燈色の灯に血管が浮き出た。桃の缶詰はくびれた。

僕は九歳の時、今の船の前にマリオが乗りこんでいた〈フライングタイガー〉の新しい船長の就任式に参加した。場所はここ、ホワイトビーチだった。だが、あの時、船はもっと南側の端の第一桟橋に接岸していた。巨大な船だった。乗組員や乗組員の家族が数百人デッキにあがったが、びくともしなかった。僕はデッキの端から端まで思いきり走りたかった。しかし、数十人の吹奏隊の水兵は、学校の琉米親善の運動会やパーティーの時とは違い、厳めしかった。僕は姉の蔭に立ちつくしたままだった。二人の白人水兵が白い紐を厳かに手繰った。国旗と船舶旗が激しく風にはためきながら、ゆっくりと上がった。水兵たちの列の後ろに従業員たちの列があった。マリオは先頭にいた。マリオの唇はひきしまり、瞬きもしなかった。最初は澄ましているようにみえた。しだいに、威厳が出た。船長は灰色がかった白髪だったが、制帽も制服もしわが一つもなく、背すじは伸び、敬礼した手も力がこもっていた。しかし、マリオも立派にみえた。旗がマストのてっぺんに止まった。吹奏の曲が変わった。テープが切れた。薬玉が割れ、色とりどりの無数の紙の小片が煌めきながら飛び散った。僕は懸命に手を叩いた。だが、マリオは瞬きもしなかった。白い服がマリオの茶褐色の肌によく似あった。

マリオは二十五歳でボースン（甲板長）になった。だが、今もボースンのままだ。トイレメイ（航海士見習い）、サードメイ、セカンドメイ、チーフメイ（一等航海士）、キャプテン（船長）は白人が独占していた。

この船は第二次世界大戦の前に米国で造られた。終戦後、沖縄に居残った米国の軍艦の一部は沖縄の貨物船や客船に改造された。改造が困難なものはスクラップになった。しかし、米国軍艦のスクラップは少なかった。日本の軍艦は一つ残らずスクラップに変わった。那覇港は終戦後しばらくの間、日本の軍艦の残骸を積んで防波堤にした。近海で沈められた船も数隻あった。あと数十メートルで上陸できたに違いなかった。解体作業は早かった。大人が数人でやっと抱えるような煙突も翌日の早朝には影も形もなくなった。日に日に沈没船は消えていった。沈没船のぶんどり合戦は凄まじく、親戚も敵味方にわかれた。もっと沢山の軍艦がきて全部沈めばよかったのに、などと冗談とも本気ともつかない会話がかわされた。まもなく、米軍はコンクリート製の防波堤を造った。――こんな話をマリオは姉にした。マリオは姉の肩に手をまわし、海の夕陽を長い間みていた。船は一隻もみえなかった。

マリオは料理が上手だった。肉を巧みに切り、焦がさずに焼き、大きなディナープレートにマッシュポテトやセロリと盛り合わせ、ケチャップやマスタードを素早く垂らした。マリオはよく僕と姉を伊武部ビーチに連れていった。姉は助手席に、僕は後部座席に座った。僕はジープが揺れ動くたびに鉄板やら木炭やらバーベキュー台やらを支えなければならなかった。姉は紙皿に料理を盛る時、屈んだ。僕は横目で姉の水着の胸元を覗いた。びっくりするほど白いふくらみだった。マリオは船に乗っているから泳ぐフォームは綺麗に違いない、と長い間思い込んでいた。ところが、水を手足や、顔でも激しくたたき、水しぶきはあがるが、なかなか進まなかった。だが、僕の三、四倍の距離はいつもゆうに泳いだ。しかし、なかでもクロールのフォームは、口をパクパクさせ、白い腹を暴して、横泳ぎをしている死にそうな魚に似ていた。なぜか親しみが湧いた。だが、マリオは岸にあがるとすぐ姉に話しかけた。

僕は〈サル〉と二度会った。二度目は今年の秋の初めだった。まだ暑さが残っていた。マリオのムスタングに乗って牧港兵站部隊の裏の海岸に夕涼みに行った。〈サル〉はコンクリートの護岸に水平線を向いて座っていた。〈サル〉はマリオや姉と英語で話していた。言葉数は少なかった。やがて、〈サル〉は僕を手招き、僕の手を引いて護岸に登らせた。〈サル〉の日本語は流暢だった。〈サル〉は顎をしゃくった。最初、マリオを指したのかと思った。マリオの向こう側の護岸の端にGＩたちがたむろしていた。戦争に行く奴はこれだからな。〈サル〉は人指し指で耳の回りを数回まわした。姉さんをキャンプ宿舎に近寄らすなよ。八十人いたら八十人に強姦されるぞ。僕はもっと〈サル〉の話を聞きたかった。しかし、〈サル〉はすぐ立ちあがった。旅行に行くよ。〈サル〉は護岸の上を軽いステップを踏みながら、歩いていった。とってつけたようなステップだった。緑色の長紬シャツの背中が汗で濡れていた。〈サル〉は岩陰に降り、小便をした。それっきり戻ってはこなかった。なぜか〈サル〉がかわいそうになった。

マリオは僕にピストルをプレゼントしてくれた。玩具だったが、重く、黒光りしていた。引き金も手ごたえがあった。僕はあの時、木のパチンコを作ろうとしていた。Y字型の絶好なゆうなの枝をみつけた。半分ほど切り込み、下の姉の白い胸元をみながら力を入れたとたん足場の枝が折れ、落ちた。左足を捻挫した。マリオは裏通りの理髪店で髪を刈っていた。姉が呼びにいった。マリオは僕を抱きかかえ、足早に商店街の大通りに面した病院に運んだ。マリオは後頭部にバリカンを入れたままだった。そこだけが褐色に刈りあがっていた。

僕もマリオにプレゼントをしようと思った。大人の拳を二つ合わせた大きさの海亀が水面すれすれに泳いでいた。僕はズボンを脱ぎ、首まで水に浸った。海胆の棘も踏んだ。みずみずしい甲羅だった。甲羅はペーパーで磨いてはいけない。微妙な紋が傷つく。自動車のグリスを染み込ませた柔らかい布で毎日何時間もこするんだ。すると、綺麗な艶が出てくる。触れると指が滑るようになる。ところが、一週間、餌も水もやらなかったのに、亀は死ななかった。足や顔は乾涸びていたが、口元に触れるともっそりと首を振った。あと二日たっても死ななかったら、海に放してやろう。僕は決心した。亀が死ぬように僕は願った。複雑な模様の、光沢がある亀の甲羅をマリオにみせたかった。マリオに亀の甲羅をプレゼントすれば、マリオと対等になれるような気がした。二日たったが亀は死ななかった。僕は亀の頬を触った。亀は重たげに目をあけ、ゆっくりとしばたたいた。僕は竹かごに亀を入れ、歯で噛みくだいた生芋を亀の口元に置いた。西の方の海は二十数分でいけたが、亀を捕らえた東側の海に向かって歩いた。二時間近くかかった。海水に置いた。亀は足を微かに動かしたが、ゆっくりと沈んでいった。胸が痛み、すくいあげた。砂地に亀を埋めた。

姉はグアムに行ったほうがいいのかもしれない。フィリピンハーニーだった女さ。町の人間たちは姉が死ぬまで後ろ指をさすに違いない。僕に何ができるのだろう。だが僕はグアムは嫌いだ。暑すぎる。日なたは何をしなくても汗が吹き出て気持ちが悪くなる、日蔭は気持ちが解れ、しなければならないものがあっても眠くなってしまう。今、姉に何を言っていいのかわからない。何か言ってやりたい。大女のサンタクロースがシャンソンを歌いだした。クリスマスにシャンソンは似合わないじゃないか。誰かが怒鳴った。声量はあった。両手をひろげ、盛りあがった乳をさらにせりだし、歌い続けた。マリオは起きない。姉も動かない。

小学校四年生の時にサンタ帽を被った。海軍のクリスマスイブだった。空は暗かった。冷たい風が米軍施設の金網や、冬枯れしたモクマオウの細い枝に鳴った。あの帽子は赤い円錐形で、縁とてっぺんに真っ白い綿が豊かにくっついていた。だが、僕には大きすぎた。すぐずり落ち、目を隠した。僕は帽子をあげながら、色が多彩で香りの強い食べ物や飲み物をつまんだ。パーティー客の目が気にはなった。しかし、帽子をとらなければ何でも平気でできるような気がした。あの時はサンタクロース役の米兵が前の晩からPX従業員の女が借りている部屋に入り浸り、急遽マリオが代役になった。大男用のサンタ服だった。なかなかマリオだとはわからなかった。顎鬚や口髭は白かったが、顔は浅黒く、黒目は輝いていた。偽物の橇を引く馴鹿は本物のシェパード犬が代役をした。二頭とも僕より大きかった。牙はみせなかったが、鋭い目は充血していた。子供達が集められクジをひかされた。僕が乗るはめになった。足が竦んだ。泣きたかった。なぜついてきてくれなかったんだ。胸の内で姉を責めた。一緒に乗って操縦してやる。マリオが言った。マリオの微笑んだ顔が本物のサンタクロースにみえた。橇に跨がった。足は震えた。真ん中に柱が一本もない広いパーティー会場を犬は駆けた。かなりのスピードだった。二周目に二頭の犬の足並みか、マリオの操縦が狂い、橇がひっくりかえった。僕もマリオも転がりおちた。犬はそのまま走り続けた。パーティー客が笑った。

だが、僕は名誉挽回をした。投げたボールがサンタクロースの大人形のベルトの金具に当たると、サンタクロースが抱えている丸い袋の底が開き、プレゼントが落ちるゲームだった。十メートルも離れていなかったが、大人が狙ってもなかなか当たらなかった。僕の一投が当たった。あのボールには将校のサインをもらった。綺麗なシンガーにも人気者の手品師にも祝福の握手をされた。
僕はプレゼントを両手に抱えたまま、水のないプールの縁でマリオを待った。寒風が頬を固くした。星はなかった。何度も訳がわからない溜息をついた。

突然、目の前にサンタ女が現われた。身長は一八〇センチを超しそうだ。いつのまに真っ赤なカクテルドレスに着換えたのだろう。女は僕の腕を摑み、頬にキスをした。僕は思わず後ずさった。女は僕の腕をはなさず、二十五セント銀貨を僕の手に握らせた。チップだよ。女は言った。これもやるよ。女は脂肪が覆った短い首を振り動かしながら左手で白いネックレスをはずし、荒々しく僕の首にかけた。僕は姉をみた。姉は気づかない。女は椅子に腰をおろした。椅子が軋んだ。僕は身を捩った。すると、強く手を引っぱられ、膝の上に座らされた。女は右手で僕の首を抱えこんだまま、左手で牛乳が入った壜を僕の口に押しつけた。僕は首を横に振った。だが、女は僕の口の中に牛乳を壜ごと押し込もうとする。姉にみられてしまってもいい、と思った。しかし、僕は慌てて牛乳を飲んだ。すると、チキンフライを口にあてがわれた。嚙みちぎった。女の腕が僕の肩を抱く。僕の腕の二倍の太さがある。腕相撲を挑戦されたらどうしよう。だが、挑戦されたら僕はうけてやる。両手を使っても負けそうだ。乳房は盛りあがっているが、とても柔らかい。僕の背中に密着している。女の息づかいも熱も伝わる。女の乳房に初めて触れた。

五ヶ月前、マリオは僕をコザのエアポート通りのAサインバーに連れていった。なぜか半ば強引のような気がした。黒いミニスカートを着た少女がシートに座っていた。太股にテッポウユリの刺青をしていた。ビール色に髪を染めていた。僕と年格好は違わなかった。僕はカウンターに座った。少女はぶっきらぼうな英語を使った。だが、GIはドルを出した。時々、小気味いい音が聞こえた。少女は金を出さないで太股や乳房に触れるGIの手を思いきりたたいた。僕はストローでオレンジジュースを飲んでいた。急に恥しくなった。マリオはトイレに立った。なかなか戻ってこなかった。おどおどしてはいけない。何度も自分に言いきかせた。少女が近づいてきそうな気がした。僕に抱きつき、大声で笑いそうな気がした。

近頃のGIは腑甲斐無いよ。サンタ女が言った。二十もすぎりゃ一人前の男じゃないか。沖縄のデモ隊にキンタマ切るぞといわれただけでガクガク震えるんだからね、銃剣も持ってるくせしてさ。女の手が緩んだ。僕は立ちあがった。しかし、歩きだせなかった。歩きだすと女が大笑いしそうだ。女は立ちあがり、僕の髪を摑み、揺すった。ヘイ、ベビイ、ダンスしようじゃないか。僕は胸がむかついた。僕は子供じゃないんだ。しかし、声にはならない。僕は意地を張り、マリオも姉もみなかった。女と左手を組みあわせ、抱きあって踊った。ステップの踏み方がわからない。女のリードに任せた。だが、女は流れているワルツには合わさず、速いテンポで僕を引きずり回した。女の首すじからここちよい香りが漂った。妙に懐かしくなった。女がホテルにいこう、と言えば、承知しよう、思いきろう。女の唇が動いた。動悸がした。だが、女の唇は歌を口ずさんでいるのだ。外人のくせに黒い長髪が片目に被さった中年男が立ちつくし、僕と女の踊りをじっとみていた。この男は先程は蠟燭を持ち、峻厳に背すじを伸ばし、ゆっくりと、しかし訳もなくパーティー会場を歩きまわっていた。僕と目が合った。男は僕と僕のパートナーの女を指さし、〈クルクルパー〉のゼスチャーをした。あんた。女は僕の耳に口を近づけた。私のハウスボーイにならないかい？　僕は思わず顔をひいた。女は高笑いをした。女の目は笑ってはいない。可愛い顔して。女は指で僕の頬を強くつついた。だが、すぐ薄情になるよ、男はみんなそうさ、違うというのかい、もういいよ。女は僕を離れた。僕は象の足のような女の足をみつめた。女は急に振り返った。僕は慌てなかった。目を逸らさなかった。あんた。女は僕を指さした。電話番号教えなさい、電話してやるよ、私のはだめ、夫がいるからね。僕は姉をみた。姉は僕をみていた。僕は不思議と戸惑いがなかった。女はすぐ振り向き、パーティー客にぶつかりながら船の社交室（ロッジ）を出た。あの女は独身に違いない。だが、僕は好きな女は自分で探そうと思った。僕は姉に笑いかけ、手を振ってみせた。姉は微笑んだ。姉の目は伏し目がちだが、豊かに潤っていた。マリオは酒に酔っているだけだ。僕にあわす顔がないと思い、酔っているのだろうか。僕にはもう気をつかわなくてもいいのに。僕にフィリピンの酒をついだ時のマリオの目は伏し目がちだった。マリオの腕の筋肉は引き締まっている。十本の指も力が漲っている。マリオと姉は先ほどからずっと話しあっていたんだ。間違いない。姉はマリオを選んだのだ。謀られたんじゃない。姉はわざと僕を一人にしておいたんだ。僕のために、なんだ。この船に向う途中のタクシーの中で僕は姉にきいた。なぜ、姉さんはグアムに行かないの？　マリオが嫌い？　姉は怒ったように唇をとがらせ、僕の額を人さし指で軽く触れた。僕のせいか、一瞬思った。動悸がした。姉の目は僕の目の色に微かに戸惑った。姉は僕の頭を優しく撫でまわした。マリオは姉となぜ結婚しない？　子供を産まない？　フィリピン人は多産というのに、マリオは家族はいない。姉も僕だけしかいない。誰が反対する？　マリオはずっと前から今回の別れを予感していたのだろうか？　高校の入学試験を受けるのはやめよう。働こう。できそうな気がする。男は女と別れても平気でいなくちゃ、マリオ。いや、僕が働けば姉はマリオを追っていけるはずだ。マリオは仕事がやめられないんだ。姉を悲しませたのはマリオじゃない、僕だ。

　壁の時計をみた。十二時五分前だ。十二時には社交室の電気が全て消える。年が明ける。その瞬間は誰に抱きついて熱いキスをしてもかまわない。一時間前、サンタ女が叫んでいた。正月初めに赤毛の人間をみてはいけない。昔、マリオが言っていた。あのサンタ女の髪は赤かった。

　両手をポケットに突っ込んだまま壁にもたれている老人がいる。肩を組んだまま黙っている男たちがいる。今までＧＩたちがとても大人にみえたが、僕とたいして変わらないようにみえてきた。テーブルの下に寝ころがっている赤毛の女がいる。

　廊下に出た。急に音楽が小さくなった。鉄の壁に腕が触れた。冷たい。セーターを着た。姉が編んでくれたものだ。来年の冬は自分で働いて買おう。風が突き抜けた。男臭い木樵が木を切るような音が響いた。鉄のドアを押しあけ、船を降りた。雨は潮を含んでいた。すぐ頬がべとついた。細かい雨の粒がはっきりとみえた。空の南の一角に穴があき、灰色の淡い雲を透して柔らかい星の光が漏れていた。風は唸り続けた。大波はたたなかった。濃灰色の海水は重量感があった。潮のしぶきや雨は飛んだ。軍港の外灯は煙っていた。基地の金網も倉庫も軍用車両もぼけた。船はびくともしない。僕はみあげた。そそりたっている。押し潰されそうだ。黒い船体が鈍く光っている。僕は船をみつめながらあとずさった。マストは暗い闇を突き刺していた。とうとうあの上には登れなかった。さようなら。声にだして言えた。歩いた。雨が唇に伝い流れた。唇を噛んだ。船を振り向かなかった。野積みの軍需物資はほとんどなかった。コンクリートの平面が拡がり、海面との境いはわからなかった。ずぶ濡れになっていた。ガードボックスの中には一人の米兵がいた。硝子ごしに僕をみた。落ち着かない、しかし沈んだ青い目だ。

崖の上のハウス

池の縁を鶏と数羽の雛鳥が縦に列をなして歩いていた。二番目の雛鳥が足を踏みはずした。汚れた水が溜まっていた。池に落ちた雛鳥はしばらくぶきっちょに羽根や足をばたつかせたが、やがて軽やかに水の上をすべった。窓硝子ごしにその様子をみていた文男は思わず微笑んだ。受験勉強で疲れていた。一浪の年も九ヶ月がすぎた。三週間ほど前、教会で顔馴染みの農家の若い男が八個家鴨の卵を持ってきた。十数羽の家鴨を飼っているが、文男はなぜか卵を納屋の鶏に抱かせた。三日前に六羽の雛がかえったが雨が強かったので、今日初めて親子一緒に庭に出した。

文男はドアをあけ、庭に出た。夕暮れだった。西の海には黒みがかった灰色の雲が厚く垂れ込め、夕陽の一光もみえなかった。風は弱かった。芝草に落ちているクワディーサーの枯れ葉が微かに動いた。文男は身ぶるいをした。十二月も半ばをすぎたが、白いワイシャツに薄手の紺のカーディガンをはおっただけだった。文男は家鴨の子を両手ですくいあげた。抱きかかえたまま鶏小屋の方に歩いた。鶏もほかの家鴨の子たちもついてきた。

ハウスの北側に曲がった。文男は立ちつくした。家鴨は足元でせわしく動きまわった。ハウスの白い壁に緑色のスプレーで何かが描かれていた。駆け寄った。女が太った赤ん坊を抱いている絵だった。周囲をみまわした。なだらかに盛りあがった芝草の原は見通しがいい。誰が描いたのだろう。弟じゃない。弟は絵は嫌いだ。もちろん父でもない。このハウスは市街地から一里近くも離れている。滅多に誰もこない。見当がつかなかった。文男の顔は青白く、目の色は沈んでいたが、二重瞼の目はしまり、端正な顔立ちだった。

文男は粉石鹼とタワシを物置小屋から出し、バケツに水をくんだ。父は昼すぎ聖書講演会を聞きに那覇市の市民会館に行った。父は那覇市に所有する二千坪余りの不動産の貸与料で生計をたてていた。

那覇市に出た時はステーキ専門店〈コーリアハウス〉で夕食をすませるのが慣わしだ。それでも夜八時までには帰ってくる。今、五時をすぎたばかりだが、六時には暗くなってしまう。それに、数学の応用問題も二十二問今晩中にやらなければならない。明日は日曜日だが、父が毎朝六時前に起き、ハウスの周りを散歩する習慣はかわらない。文男はこの壁の落書きを父に知られたくない。小雨が舞いはじめた。粉石鹼をたっぷりとふくませたタワシで壁の絵をこすった。力をこめた。文男の手は壁の色と似ていた。白い腕にタワシから垂れ流れた冷たい水が伝い、しだいに脇に入った。身ぶるいをした。たとえ今、父が帰ってきたとしても、クロトンの密生した庭を通り、裏口からリビングルームに入るはずだ。その時には父を出迎え、挨拶をすませ、また、ここに引きかえせばいい。一晩中この落書きを消していたって誰にも気づかれやしない。だが、と文男は顔をあげた。ハウスの向かい、東の方角の窪みにそそり建つモーテルの四階と五階の窓からはこの壁がみえるにちがいない。落書きの絵もわかるかもしれない。クワディーサーの大きな枯れ葉は雨をふくみ、さきほどまでの芝草にこすれる乾いた音は消えた。東側のブロック塀におおいかぶさったアリアケカズラの黄色い花が黒ずみ、しぼんでいた。壁の絵をこすりながら文男は昨夜みた夢を思いだした。父は女に裸にされ、全身に色とりどりの絵の具をぬられ、行方不明になった。港川集落の刺し網にからまった父の死体が発見された。死体には顔から足の裏までくまなく女の裸の絵が描かれていた。文男は腕に疲れを感じた。髪はしだいに雨を吸い、黒々と艶がでてきた。絵も雨に濡れ、庭の外灯があたり、うきでた。

「この絵、上手でしょう?」

ふいに声がした。文男ははじかれたように振りかえった。女が立っていた。濃緑色の革ジャンパーに両手をつっこんでいた。

「私、カルチャーセンターで絵をいたずらしているんだけど、この白い壁を見ていたら、どうしても描いてみたくなったの」

文男はタワシを絵に押しつけたまま、女をみつめた。女の睫の長い目は澄んでいた。若づくりだが、二十四、五歳にはなるにちがいない。

「心配しなくていいわ」

女は壁の絵を子供っぽく指さした。「たとえ、この絵がきっかけであなたと親しくなれたとしても私は何も変わらない」

「……」

「あなたと幸せな結婚ができて、自分が変わる女がいたら、その女には、この絵は女神になるんだけど……」

女は文男の顔をのぞきこんだ。文男は目をしばたたいたが、そらさなかった。

「ずっとあの木の下にいたのよ」

女はクワディーサーの大木を指でさししめした。「小鳥のおしっこか、雨つぶがいくつも頭に落ちてきたわ」

「どうして……」

文男はつられたようにクワディーサーの木の下の五〇CCのミニバイクを指さした。

「あなたを遠くからみていたの」

女は背丈が高く、黒いズボンと革靴が形のよい腰や尻をひきしめていた。女の柔らかい髪はよくみると微かにウェーブしていた。

「私、夏からあなたをみていたわ。よく、白いワイシャツの袖をまくって庭で洗濯物を干していたでしょう」

「……」

「あなた、無口ね。安心できるわ。しゃべりまくる人間て恐いな。だから、木の下で待っていたの。待つなんて初めてよ」

「絵を消してください」

文男は思わず言った。女の髪は雨を吸い込み、頬にくっついていた。

「傘、とってきてさしたら？　革ジャンは雨でもへっちゃらだけど……バイクからシンナーとってくるから」

「平気です」

文男は両手で髪をかきあげた。

「壁に残っててくれた絵に感謝するわ。何か形がないと私、何もできないんだから」

女はゆっくりとミニバイクの方に歩いていった。ハウスの下の方に薄暗い闇がくっついてきた。小さいガラス容器に入ったラッカーシンナーを持って戻ってきた女は壁の絵に向かっておもむろに合掌し、沖縄の老人がよく唱える祈願を口真似した。ウートートゥ、ウートートゥ。女はジャンパーの内ポケットから厚目のハンカチを出し、ラッカーシンナーをたっぷりとしみこませ、絵の線の多い部分をこすった。絵はしだいにぼけた。

「絵を残すだけが意味があるんじゃないのね。消すという行動が私の次の行動のステップになるのね」

女はわざとゆっくりと消している感じだった。

女は文男を向き、人さし指と親指をまるめて、ＯＫのサインをしてみせた。

「ありがとう」

文男は言った。

「あなたが礼を言うことはないわ。私が描いたんだから。……みんなは仕事をして飲んで、何も考えなくてすむのよ。でも、私は馬鹿だから何かを考えてしまうの」

「……夕食の準備をしなければ……」

文男は嘘をいった。

「あなたの背後には誰かがいるの？　私の背後は透明よ」

女の目は今にも涙ぐみそうにうるんでいた。

「でも」

女はミニバイクの方をみた。「あなたに気づかいをしないわけじゃないのよ。誰にも音をきかれないように坂の下からバイクを押してきたのよ」

「……濡れますよ」

「晴れた日、きていい？」

文男はうなずいた。

「さよなら」

女は文男を一瞥し、小走りでミニバイクに向かった。文男は女の後ろ姿をみつめた。女が振り向く気配がしたら、すぐ目をそらそうと身がまえた。だが、どうして太った赤ん坊の絵を描いたのか、ききたくなった。ミニバイクは濡れて鈍く光るアスファルトの坂を下り、すぐみえなくなった。排気音も心なしか湿っていた。白い線が柔らかく流れているような女の横顔が目にうかんだ。

池に落葉や病葉が浮いていた。文男は傘をさしたまま池の縁にかがみこんだ。白い腹をさらけだして二匹の鮒が浮いていた。小降りの雨が水面を歪めたが、白っぽく濁った泡は消えなかった。文男の影が映っていた。クリスマスまで十二日しかなかった。池を清掃しなければならない。

「冷え冷えとしているわ」

女は文男を驚かさないように数メートル背後から小声でいった。文男はすぐ振りかえった。

「跡はまだ残っていたわ、絵の」

女は壁の方を指さした。「私、気になって、白ペンキをうわぬりしなければと毎日思っていたのよ。やっと、今日これたの。一週間目ね、あれから。誰か別の人に気づかれなかった?」

文男は首を横に振った。冬の雨はなかなか降りやまない。北側の壁ぎわを父も散歩はしなかった。

「これ」

女は白いペイント缶と刷毛を文男の目の前に持ちあげた。「だけど、今日は塗れないわ。雨で湿っているから、無理に塗ると逆に周囲の壁の色より白くうきあがってしまう」

女は文男の長靴をみた。

「……水が腐れかかっているわ。底の毒をさらわないといけない」

女はすばやくジャンパーとマフラーを脱ぎ、文男にもたせた。女は靴を脱いだ。

「排水口が完全に詰まってるわ」

女は柄の長い清掃ブラシを拾いあげ、水の底をたたいてみせた。

「あの、僕がやりますから」

文男は女の服の置き場を探した。草も石も木の枝も雨に濡れていた。女はバケツで底の泥をかき出し、排水口の栓を抜いた。水はしだいにへっていった。両手で鮒や鯉をすくいだした。魚は冷たい水のため、動きは鈍かったが、体に女の手が触れると激しく動いた。女はようやく鮒をすくいあげ、バケツに入れた。

「岩陰とか穴をつくらなくちゃだめよ。魚も人間ももぐり込むところが必要なんだから」

「あの……網とってきましょうか」

網がどこにあるのか、文男は懸命に考えたが見当がつかなかった。

「いいわ、わずかな魚だから」

女は腰を曲げたまま魚を追い、池を歩きまわった。

「泥をさらって、もっと深くして、水をたっぷりと入れるべきよ。そうすれば、凍え死ななかったはずよ」

女は池の縁どりのコンクリートに二匹の鮒の死骸を置いた。

「この死んだ鮒は家鴨に食べさせてはだめよ」

女は腰をのばし、文男をみた。

「水草も入れなくちゃだめ。水草に小さな虫がつくの、魚はそれを食べて元気になるの」

「濡れますよ。今日、やらなくても……」

文男は傘を女にさしかけた。

「あなたはじっとしていて。これぐらいの仕事は私にさせて」

女はまた腰をかがめ、魚を探しはじめた。

「水は毎日腐れていくのよ」

「カッパを探してきます」

文男は駆けだした。女が激しく呼びとめた。

「カッパなんか着ると、かえって冷たいんだから」

文男はしばらく立ちつくしたが、池の縁に戻った。青い小さなバケツの中で黒っぽい魚がじっとしていた。文男は座って覗き込もうとした。文男の膝がバケツにあたり、バケツはひっくりかえった。芝草の表面をすばやく水がなめ、大小の魚は尾びれを激しく振り、全身をはね、みひらいたままの目を固定して低い曇天をみた。文男は慌てふためき、傘も、女のジャンパーもマフラーもおとした。文男は魚を摑もうとしたが、躊躇した。魚が抵抗している、と感じた。女が池からあがり、バケツで底にわずかに残っている水をくみ、すばやく魚をすくい、入れた。文男は溜息をついた。女に小声で謝った。女の足をみた。右足が切れ、泥と混じりあった赤黒い血がみるまに拡がった。

「こっちにきてください」

文男は女の手を引いた。手は柔らかく、小さかった。女はジャンパーとマフラーを拾い、文男に引っぱられ、踵で歩いた。

玄関からリビングルームにぬける廊下に濃緑の観葉植物の植木がある。女は歩きながら手で葉をつかんだ。

「教会につくりものの植木なんか置くの？　こんな物を置くと何もかも偽物にみえてしまうのよ」

「セールスの人が持ってきたんですよ。……それに、ここは教会ではありません」

文男はリビングルームのドアを押しあけた。固く重いドアだった。大きな西洋式の錠が女の目についた。

「門も垣根もないのに、どうして家の中はこんな頑丈な鍵をかけるの」

文男はどのように答えていいのか、わからなかった。理窟っぽい人だ、と思ったが、気にさわらなかった。文男は女の足元にひざまずき、洗面器の水に浸したガーゼで足の傷を洗った。白い、滑らかな足だった。

「本当はあなたと会ってどぎまぎしてた」

女が言った。文男は顔をあげた。スカートから白い太股がのぞいた。

「でも、あの絵を二人でこすって消してからは急に親しみが増したわ」

僕は消さなかった、と文男は思ったが黙っていた。

文男は女の足に化膿止めの軟膏を塗った。柔らかい肌に粘着物が浸み込んでいくようだった。文男は包帯をとりだした。いやがるんじゃないか、と思ったが、女はなすがままにさせた。

文男は部屋を出ていった。女は窓をみた。間隔の狭いアルミニウムの格子がはめられていた。外は暗かった。

ドアがあき、文男と、黒いトックリ襟のセーターを着た初老の男が入ってきた。

「父です」

文男は熱いコーヒーを女にてわたした。女は父に会釈をした。父は不自然なほど長く女をみつめた。女もみつめかえした。ゆっくりと女は目をそらせた。

「……池の清掃をしてくれたそうで」

太い蠟燭をもっている毛深い手が微かにふるえた。暗色の光に照らされた父の頬ははれぼったかったが、細い目は光り、唇を小さく噛みしめていた。蠟燭の垂れ跡が醜い火傷の皮膚の盛りあがりに似ていた。

「……主も喜びます」

「まだ終わってはいません。私はいつも中途半端なの」

「残りは明日、誰かにさせましょう」

「いえ、私がやるわ」

女は強く言った。父の目に戸惑いの色が流れた。

「コーヒーをどうぞ。ウィスキーを二、三滴入れてあります。暖まりますよ」

女はコーヒーを啜った。

「教会がこんなに寒いとは思わなかった」

「ここは教会ではありませんよ」

父は言いながら、立ちあがり、陳列ケースをあけ、ワインをとりだし、グラスにつぎ、口にふくんだ。

「私は窓の外でも眺めながら、ワインを飲んで毎晩すごしたいのだが、もう一人の私が教会が好きでしてね、無理矢理ひっぱりだされるんですよ。部屋に閉じこもったら、体に悪いとこじつけるんですよ」

女は父をみつめた。

「もう一人の私は日に一回は人様の悩み事をきかないとワインもおいしくないんですよ。……悩みのある人を探しに行くのですよ」

「私は悩んでいません」

女はテーブルの上の組み合わせた指をほどいた。

「……熱いシャワーを使ってもらいなさい。文男、私のナイトガウン、新しいのがあっただろう。出してきなさい」

父の声は微かに震えているようだった。文男は女の足の傷が気になった。

「その間に夕食の準備をしておきます」

父が言った。「家鴨のオーブン焼きですよ」

女は文男におとなしく案内され、バスルームに入った。

文男はドアごしに女の様子を窺った。女は体をすばやく洗い、バスタオルでこすりつけるように強くふき、父のナイトガウンをはおり、出てきた。文男は女が父のナイトガウンを着ているのをみて、微かに動悸がした。

リビングルームの食卓に座っている父の肩や首に栗鼠がのって、手の平のカシューナッツをつつくように食べた。

「私は四年ほど前から、この実と栗鼠が大好きになったんですよ」

父はカシューナッツをつまんでみせた。

「栗鼠と食べ勝負《くらべ》しても敗けないんだよ」

文男が言った。だが、父も女も笑わなかった。

「……どうぞおあがりなさい」

父は家鴨の肉を音をたてて切り、口に入れた。

「でも、動物を愛しているのかといったら、そうでもないんですよ」

「食事中だ。おしゃべりはよしなさい」

父はパンをちぎりながら、文男に首を振ってみせた。文男は父の語気に少し驚いたが、逆に、もっとしゃべりたくなった。

「あの池に魚が浮いていたでしょ。おととい、父と散歩中に発見したんです。でも、ほったらかしていたんです、二人とも、平気で」

「家鴨の子をあの池にいれたほうがいいわ」

女が言った。「そうすれば魚の死体はあがらないでしょう」

「家鴨が食べてしまうから?」

父がきいた。父は家鴨の肉を引き裂くようにして食べた。口元に肉の脂が鈍く光ってみえた。女はフォークとナイフをおいた。

「私もよく動物をみるの。夢の中だけど。昨日は豚の首つり自殺の夢をみたわ。とても息苦しかった。この教会か、別の教会か知らないけど、礼拝堂の入り口の梁に痩せた豚が首に綱をかけられ、風でぶらぶらゆれていたのよ」

フォークが父の手から皿にすべり落ち、乾いた音がした。女の唇が真っ青になり、小さくふるえた。

文男は立ちあがり、女の額に手をあてた。

「なんて冷たい手なんですか」

女は呟いた。文男は父を向いた。

「すごい熱だ」

父が寄ってきて、女の頬を両手ではさみ、女の額に自分の額をくっつけた。女は小さく首をふった。

「薬をのんで、早くねなければなりません」

「足の傷から黴菌が入ったのかもしれないよ」

文男は父をみた。「病院にいかなくちゃ」

「病院では治らないものが、教会では治るのよ、私は」

女は指で十字を切るゼスチャーをしたが、順序がまちがっていた。

「家に連絡はしないでいいの?」

文男は女にきいた。

「どこかにねかせて」

「そうしなさい」

父は頭に登った栗鼠を振りはらいながら言った。「文男、おまえの隣りの部屋に案内しなさい」

文男は立ちあがり、女の肩に手を触れた。

「熱さましの薬を忘れずに。それから、ぐっすり眠れるように睡眠薬も少し飲ませなさい」

父は栗鼠を腕に移した。なにかぎこちなかった。


女がまた魘《うな》されるような悲鳴をあげた。文男は英単語の暗記に熱中できなかった。思いきってドアをあけた。鍵はかかっていなかった。女は布団を押しのけようと身もだえしている。室内灯をつけ、女に近づいた。たれた前髪の数本が額の汗に張りついていた。文男はしばらく躊躇したが、額に手をあてた。たいして熱はない。文男が貸したパジャマの胸元が乱れ、脹よかな白い肌がみえた。文男はタンスから乾いたタオルをとり出し、胸元にかがみこんだ。女の目がふいにあいた。文男は思わず背をのばした。

「……何時?」

女は口紅が薄く残った唇を動かした。文男は慌ててサイドテーブルの置き時計をみた。

「三時四十分です」

「昼?」

「夜中ですよ」

「私、壁に囲まれていると、なぜか、落ち着くのよ。だから、この部屋はとても居ごこちがいいの」

女は天井をみつめた。

「魔されていて、何度も……勇気を出して入ったんです。鍵もかかってなくて……」

「このベッドが棺桶のようだからよ」

女は寝たまま、ベッドの側面に触れた。装飾がない長方形のベッドは太いラワン材でできていた。

「硬い木のベッドは、体にも精神にもいいそうですよ」

文男は女の気持も自分の気持も落ち着けようと微笑んだ。

「笑ったりするのはよしてよ」と女が言った。「あなたの顔色は蒼白よ、笑ったまま死ぬ感じよ」

女は布団の上に起きあがった。「もっと外に出るべきね、長い間、水の中に浸《つか》っていたような顔色よ」

「……」

「あなた、毛布でもとってきて。私、少し話したいの」

文男は毛布をとり出し、椅子を引き寄せ、膝にかけた。女は掛け布団の下から毛布を引っぱり出し、肩からかぶった。

「赤い毛布が欲しいわ。こんな色じゃよけい寒くなる」

毛布は二つとも肌色に近い黄色だった。

「あなた、私の声をきいたの？　私も誰かの声をきいたのよ。ベッドの軋む音なのか、外の木の枝がこすれる音なのか、それとも、あなたがいうように私自身の呻き声だったのかもしれない」

「……」

「あなたのいうとおりだわ、きっと。私、こんな静かな所で安らかに寝たことがないので夢をみたのよ」

女は部屋の中をみまわした。隅の黒いオルガンと壁に掲げられているヴァン・ゴッホの「ベレーをかぶった少年」の絵を指さした。

「ねいる前か夜中に目覚めた時に二つをみくらべていたの。すると、うつらうつらしてきて夢をみたの。でも、絵もオルガンも夢には出てこなかったわ。何が出てきたと思う?」

「わかりませんが、でも、あまりいい夢ではなかったようですね」

文男は背中に寒気をおぼえ、小さく身ぶるいした。

「いい夢だったわ。珍しく病気になって、今、とても楽しいのよ。やっと悪魔が私を苦しめてくれる。今まで完全に無視していたのに。私、耐えられるか、勝負するの」

蛍光灯の軟らかい白い光をうけて、女の頬はほんのりと赤みを帯びていた。多弁なわりには唇は小さくしか動かなかった。

「四年前、私の家に三人の男の客がきたの。夢の話よ。でも、ほんとうでもあるのよ。そろそろ客が帰る頃になって、私が玄関の靴をみると、靴は全部で五つしかないの。茶色の右足用の靴がみあたらないの。玄関の引き戸はあけっぱなしだったから、靴泥棒の犯人はクロだとすぐ考えたわ。大慌てでクロを探したのよ。クロは縁側の下にうずくまっていたけど、靴はみあたらないの。私はクロの頭を何度もこづいたあと、庭や家の周りや通りまで探したけど、やはり、みつからないの。しかたなく戻ってみると、ちょうど三人の客が玄関を出てきたわ。謎はすぐとけたわ。一人の牧師は片足だったの。私は玄関のどこかに置かれていた松葉杖に気づかなかったというわけよ」

女がなぜそのような夢をみて悲鳴をあげたのか、文男はわからなかった。

「前にシンナーかなんかやったんですか」

文男は思わずきいてしまい、女のこわばった視線を感じ、慌ててつけたした。「いや、若い人たちの間ではありふれた流行だときいたので」

「あなたは若くないの?……ありふれているので、私はやらないのよ」

女は身をよじってカーテンを引いた。モーテルやホテルの点滅するネオンが窓硝子にくっついた水滴で歪んでみえた。

「私、ただ毎日生きているだけ。誰にも迷惑をかけずに、みんなを無視して、みんなに無視されて」

女は窓の外をみたまま言った。青黒い二つの顔が硝子に仲良く並んで浮いていた。

「夜ぐらい、教会のまわりは暗くなって欲しいわ。まっ暗に」

「……」

「サイケデリックな明りが硝子やカーテンを透かして、どんなに目を堅く閉じても飛び込んでくるのよ」

「慣れますよ、そのうち」

女は振り向いて文男をみた。

「だから、ジーザスクライストっていわれるのよ。……知ってる?」

「いいえ」

文男は小さく首を振った。

「ジーザスクライストってね、イエス・キリストのくそったれという意味よ」

「そんな言葉は使うべきじゃありませんよ」

文男は背中をのばした。

「私の父は漁師だったの、浅黒くて、ごつかったの、顔も、体も。でも、寝る前は十字架の前で子供のように小さくうずくまって祈ったのよ。私、そんな姿、こっけいだけど、嫌いじゃなかったわ」

「お父さんは立派です」

文男は膝からずり落ちた毛布を身をかがめて摑みあげ、膝をおおった。「あなたも何か真剣に悩まなければならないと思いますね、救われるためには」

文男はなぜか女が孤《みなしご》のような気がした。

「私は真剣よ。病気でさえ意図してなるのよ。何のためにかはよく知らないけど。でも、何かやらなければ何も始まらないじゃない？　そうでしょう」

「わざと病気になりなさいとは言っていません」

「何もかも忘れるようにやっきになっているの。約束も、人も。でも、頭では考えまいとしても思い浮かんでくるのがあるのよ。それを振りきろうといろいろなものを思い浮かべると、しだいに現実なのか、妄想なのかわからなくなってしまうの。だから、私は、悲鳴をあげたりするのよ、きっと」

「今、そのようなことを考えてはいけませんよ。寝る時は楽しいことを考えたほうがいいですよ」

「……もう、あなたも寝て。話してよかった……十字架に磔《はりつけ》になっても何の迷いもなく死ねるわ」

文男はゆっくりと立ちあがった。

「私の夢にでてくる人間は、ひどい意地悪なの。私は平気でいようと無視するのだけど、どうしてもできないの」

文男はこたえられなかった。だが、きいている様子を感じさせなければならない。文男は手に持っている毛布を軽く叩いた。女は寝返りをうって壁に向いた。

「私、救われるかしら。殺しもしたのよ」

文男は落としかけた毛布を戸棚に入れた。

「お寺にいったの、観光地よ。鳩が観光客が与える餌を一生懸命食べてたわ。じっとみているうちに頭がふらふらしてきたの。そして、バイクを鳩の群れに突っ込んだわ、スピード出して。あんまりにも鳩が多すぎたの。一羽轢き殺したのよ。もう寝るわ」

女は布団で顔までおおった。文男は電気のスイッチを消した。窓のまわりが薄暗く浮かび出た。女は布団から顔を出した。

「さっきもらった睡眠薬のまなかったの。今のむわ」

女は起きあがり、枕元の小さいテーブルの上を手さぐりし、二個のカプセルとコップに残った水を探しあて、飲んだ。

「……さっき話した夢ね、あれには秘密があるの。九時頃寝ようとしたんだけど、この部屋のドアがあいてて大きな三毛猫が子供用のスリッパにじゃれてたの。みているまに、一つのスリッパがドアの向こう側に消えていくの。……ねむくなってきた。だから、あの夢は……この薬よくきくのね……とてもねむい……」


窓硝子に一枚の葉が張りついていた。外壁に這っている蔦の半枯れした葉だった。雨はやんでいた。夜中の四時すぎまでは横なぐりの雨が降りしきった。文男はベッドにもぐりこんだまままんじりともしないで明け方近くまで起きていた。朝八時半になった。文男はリビングルームの父に挨拶をすませ、女の部屋をノックした。ドアをあけた。女は雨のしずくが残る硝子の面に頬をくっつけ、目を閉じていた。

「冷たくないですか、熱がでますよ」

「熱があるから気持がいいの」

女は、しかし、すぐ微笑み、言い直した。「風邪って、ねこむとかえって襲ってくるのよ。何でもないふうに平気にふるまわなくちゃいけないわ」

「でも、ちぢこまっていますよ、肩や背中」

「私は暑い時でもちぢこまっているのよ、特にねる時は」

「……朝食、いかがですか」

女は、返事をしないで窓をあけはなった。雨にうたれた草葉の香りが冷たい風にのって流れこんできた。

「海のオゾンも入ってくるのね」

女は腕を曲げたまま深呼吸をした。

「熱がでますよ」

文男は窓に近づいたが、窓を閉めようとはしなかった、女は髪を後ろにハンカチでゆわえた。首すじがびっくりするほど白く、柔らかそうだった。女の髪は昨夜は茶色がかっていた、と文男は思ったが、今みると、ほとんど真っ黒だった。

「夜はネオンの明りしかみえなかったのに、こんな近くに、大きな木があったのね。……何の木？」

「クワディーサーです」

「じゃあ、縁起の悪い木だ」

女は文男に振り向いて、目を大きくひらいてみせた。今朝はおちこんでいない、と文男は感じた。

「この部屋は自然を感じるわ。今までどんな山の中に行っても何も感じなかったのに」

女は硝子を手で拭いた。女の指は青白く微かに震えていた。

「指輪してないですね」

文男は思わず言った。あなたに関係があるの？　といいかえされそうな気がした。女は下から覗き込むように文男をみた。

「プレゼントしてくださるの?」

女は真剣な顔つきをした。

「ミルクが冷めてしまいますよ」

文男はドアに戻った。

「昨晩つくった家鴨も温めてありますよ。父は家鴨を三羽、車につんで、料理屋さんに持っていきましたよ、昨日の昼すぎ。そこでつぶしてもらうんです。販売されているものはどのような餌を食べさせられているか、わからないし、人間の体にも毒ですから……」

「家鴨が大好きなら、毒でもかまわないと思うけど」

女は窓を閉め、ベッドをおり、ガウンをはおった。女は両開きのタンスをあけようとして、ふらつき、飾り棚にぶつかった。上に置かれていたセルロイド製の人形が落ちた。

「大丈夫ですか」

慌てて女をささえようとしたが、体に触れるのは気がひけた。文男は人形を拾いあげた。

「こんなにぐっすり寝たことがないから、体がびっくりしているのよ」

微妙に赤みがかった唇から少しのぞいた歯は白く、形がよかった。

「このガウン、だぶだぶだわ」

女は両手を拡げて、ひとまわりしてみせた。「パパって痩せているのに、大柄なのね。家鴨を食べるせいだわ」

女は椅子に座った。

「ミルクだけ、ここに持ってきてくれない? 悪いけど」

文男はリビングルームから底の深いコップにミルクを満たし、ひきかえしてきた。女はコップを両手でさすって溜息をついたり、頬にくっつけたりした。

「早くのまないと、冷めますよ」

文男は部屋に残っていていいものか、どうか、迷った。歯ぎしりのような音がした。文男は緊張した。女がふるえ、木製の小さい古椅子が軋んでいる音だった。

「年寄りは病気になると、できるだけ多くの人に見舞いにきて欲しいって。それが生き甲斐だって。誰がきたかちゃんと覚えてるって。どこそこのお婆さんのところには誰がいった、とかもわかるんだって。そして、妬《ねた》むんだって。……あなたも、立っていないで、ここに座ってちょうだい。私が飲む間。お願い。そして、食後は一緒に散歩して」

「外は、冷たいですよ」

「じゃあ、のまない」

女はミルクを置いた。「だって、私は食後の散歩がしたいために、今、食事するんだから。……ここに座って」

女は向かいの椅子をしめした。女はミルクをのんだ。食欲は意外にあった。

「私は、若いのね。だって、見舞いに誰もきて欲しくないもん。あなたは別よ」

「……」

「私だけのんでいいのかしら」

「僕はすませました」

文男は嘘をついた。

「あなた、バイクはとばさなかったの?」

「いいえ」

「勉強だけ?」

「……お祈りもしますが」

「今は祈る気はないけど、一生懸命祈れるようになったら素敵だなあと思うわ。……私、家鴨よりは魚がいいんだけど……」

「ありますよ、冷凍庫に。近くの浜で漁をしている信徒さんが昨日の朝、とってきたものですよ」

女はテーブルの上のナプキンを引き寄せ、無造作に口をふいた。

「約束どおり、二人で庭の散歩よ」

女は立ちあがり、ガウンの襟を強くあわせた。

「ハウスの中でも案内しましょうか」

女が承知するとは思わなかった。だが、文男は自分の部屋をみせたかった。

「ハウスは外からみたほうが素敵なのよ」

女は片手をのばして、お先に、というゼスチャーをした。文男は先に立ち、部屋のドアをあけ、外に出た。父に気づかれないか、気になった。

空一面をおおった雲は白く、薄かった、太陽はみえないが、芝草の緑は鈍く光っていた。

「春になると芝草からも、いろんな小さい虫たちが這いでてくるんでしょう……私、春までここにいていいかしら」

女は足元をみつめていた。ガウンの下から出た足は小さく、白かった。文男は夏までいてもいいと思ったが、口にはださなかった。

「私が寝ていた部屋ね」

女は歩きながら窓を指さした。

「内から外をみると、ひろがってみえたけど、小さい窓だったのね」

女は髪をかきわけた。

「木の芽、もう芽ぶいているわ。ほら、あの枝の先のほうよ、そっちじゃない、左側よ、上から二、三、四番目」

女は長い間指さした。しかし、文男は探せなかった。

「この木は、夏になると大きな葉が風に波うつんですよ。でも、冬になると裸同然になるんですから、不思議ですね」

文男は木の幹をさすった。

「不思議じゃないわ。目立たないものでも、目立つ季節はあるのよ」

女はハウスの壁にそって北側に回った。ハウスは海岸の崖の上にあった。芝土に砂が混じっていた。ゴム草履で踏むと、ザックザックと音がした。

「なんで、あんな絵なんか描いたのかしら」

女は壁の落書きの跡をみつめた。もういいですよ、すんだんだから。文男は言いたかった。

「壁が白かったせいよ、そして、運悪く、カラースプレーをもっていたのよ」

女は立ち止まり、振りかえった。

「あなた、お母さんは?」

「亡くなりました」

「好きだった?」

文男はうなずいた。女は崖の方に歩きだした。お父さんは?　とはきかなかった。

「……あなたの家族は?」

文男は女の背中に声をかけた。

「あなたと私の関係だけで充分よ。ほかは、もうたくさんて感じ」

「……」

「私は誰とも一生懸命にはならないのよ。だから、裏切りも嘘もないのよ。あなたもパパもお祈りに一生懸命になっているから、その分、どこかで裏切っているわ、きっと」

いや、ちがうと文男は思った。口にだせなかった。どのように説明したらいいのかわからなかった。

女は崖っぷちに立った。海の重々しい紫がかった青い色は動かなかった。海の上は低い白い雲がおおって、薄い青空もところどころにみえた。しかし、南東の市街地の上の雲は黒みがかった鼠色で、しだいにハウスの方に近づいてきた。街の屋根がぼけてみえるのは雨のしずくかもしれない、と文男は思った。女は海の方だけをみつづけた。

「こんな海を毎日みていると、信じる気にもなれそうだわ」

「信じることはとてもいいことですよ」

なぜもっと深みのある話ができないのか、この人も待ちのぞんでいるかもしれないのに。文男はじれったくなった。「もう部屋にもどりましょう。空気が冷たくなってきた……」

女は海から目をはなさない。

「……昔、映画をみて、泣いちゃった。二回みて、二回とも泣いちゃった。……私は映画の中でしか泣けないわ。ふだんは、ただ、青ざめているだけなのよ」

「何という映画ですか」

「忘れちゃった」

女は戻りかけた。芝草を割ってのびているアスファルトの小道は雨をふくみ、黒っぽくなり、ゴム草履の音も沈んだ。

アスファルトの坂を男の子があがってきた。二十数メートルしかはなれていなかったが、二人に気づかなかった。

「小さい信者さんがきたわ」

女がつぶやいた。男の子は、黄色の鞄を肩にかけていた。片方の足をひきずっていた。

「弟です」

少年は足を気にしている様子はなかった。小石をけったり、芝草に入ったりした。

「事故じゃないんです」

女が訊きもしないのに文男が言った。「生まれて数週間目に高熱をだして、足をやられたんですよ」

「いいのよ……」

「……ランチは皆と一緒にしますか？　それとも、部屋に運びましょうか」

「……運んでちょうだい」

風は生暖かい感じがした。


朝八時前、文男はトレーに朝食をのせ、女の部屋をノックした。女はベッドに身をおこして座っていた。

「あの子は学校には行かないの」

女は訊いた。

「今日は日曜日ですよ」

「……明け方、義足のような音をきいたわ、廊下を歩く」

「義足？」

「……私、どこかであの子をみたかもしれない、昔に。だって、片足の話したでしょ、ほら、犬が犯人にされた」

「覚えていますよ」

「……みんな、食事はすんだの」

「今、とっています」

「じゃあ、私も一緒にごちそうになるわ。十分後にいくから」

女はリビングルームのドアをあけた。父がすぐ女に気づいた。

「よくなりましたか」

女はうなずいた。父は立ちあがり、女をエスコートするゼスチャーをした。女は弟の隣りの椅子に案内された。弟は背すじを伸ばして座り、ナプキンをきちんと首にかけ、スープのすくい方もていねいだった。文男が弟の正春を女に紹介した。

「朝食が一緒にできてうれしいですよ」

文男は思わず言い、てれくさくなった。

「私、正春君と海に行きたいから、朝食を一緒にする気になったの」

女はスープを口に入れた。コーンスープは熱く、小さく咳き込んだ。

「海ですか」

父はナプキンで口をふいた。「海の空気はいいですよ。でも、寒くはありませんか」

「私は大丈夫です」

女は横目で正春をみた。正春は赤いチョッキを着ていた。顔色は青白かったが、唇は赤みがかっていた。目は一点をみつめる癖があり、女がじっと見ても瞬きもしなかった。

「でも、どうして、海に?」

文男がきいた。女はゆっくりとスープをすくった。正春は食事をすませ、オレンジジュースを一口のんだ。

「正春にも都合がありますから」

文男がフォークを置いて言った。

「……どう? 正春君」

女は正春の顔をのぞきこんだ。正春は何気ないふうにジュースをまた一口のんだ。正春の頰は木目が細かかった。

「お祈りをして、部屋で本を読まなくちゃ」

正春は立ちあがった。木製の椅子が軋んだ。

「待って」

女は正春の手を握った。

「私はめめしい神なんかより、ボクシングをやる男が好きよ。ペアーナックルでね、ペアーナックルって素手よ、素手でね、そして、ファイトマネーもくそくらえで、名誉だけをかけて闘うのよ、相手が倒れるまで五十ラウンドでも、百ラウンドでも」

文男が立ちあがった。

「神をめめしいと決めつけるのはいけませんよ」

「そのようにただ注意するだけだからめめしいというのよ。なぜ、横っつらでもはらないの」

女は、文男と父をかわるがわるに見た。

「今はお祈りの時間です。きめられているんです」

「誰がきめたの、なぜきめるの。お祈りは海でもできるのよ」

「けっこうですよ」

父が言った。「いい天気だし、思い切り空気を吸ってきてください」

父は女に目礼をしてリビングルームを出ていった。

「今さきまで、正春はあなたを魔法使いだと僕に訴えていたんですよ。勿論、ふざけてだけど」

文男は言った。女は正春の手をはなした。朝の光が格子の黒影をテーブルの上におとしていた。

「行きましょう。魔法をかけてあげるわ」

空は青いが、底冷えがした。ハウスの東側の壁の近くにゴールデン・デリシャスの木が植えられていた。潮風が強いせいか、土地が隆起珊瑚礁のせいか、生長する気配はなかった。幹も葉も黒ずみ、立ち枯れていくような感じがした。

「手をつないであげるわ」

女は手をのばした。

「歩けるよ」

正春は両手をポケットに突っ込んだ。文男は二人の後を歩いた。正春は足をひきずるが歩くのは早かった。風は弱かった。女の髪が柔らかく動いた。

「私たち三人は家族なの。だけど、一人一人おのおの問題が生じたの。そして、誰も解決できないの。それで、一家心中にいくのよ」

女は立ち止まり、文男と歩調をあわせた。

「あなた、夏、白い開襟シャツを着て、自転車で街中を回っていたでしょ。背中が汗で丸く濡れていたわ」

「見ていたんですか。父の使いでした」

海浜植物にはさまれた狭い道をくだると、海岸に出た。女は崖の上のハウスをみあげた。青空と冬枯れしたこげ茶色の灌木に囲まれたハウスは白さが際立った。

「私……」

女がつぶやいた。文男は立ち止まった。「時々、十字架に磔になりたいと思うの。……そうすれば、何世紀かすぎれば、私でも救世主になれるかしら。……救世主といっても自分を自分の力で救えるようになればいいと思うけど」

文男は女の顔をのぞきこんだ。女は水溜まりの縁にかがみこんだ。水溜まりの岩穴や水草のあいだをぬって泳ぐ数匹の熱帯魚の色は艶やかだった。冬の色ではない。女は水に手首までつっこんだ。冷たいはずだが、なかなかぬかない。

「この水溜まりも夏にはいっぱい魚がいるんですよ。大きいのが……。種類も多いし……」

「水の中は今が死にやすいと思うわ。冷たくて気を失ってしまうから。気を失ったまま、水の底に眠るのよ」

女は手をぬき、立ちあがり、歩きだした。しかし、また、すぐかがみ、貝殻や小石を拾いあげた。何度もくりかえした。正春は女がかがむと立ち止まりはするが、遠くの水平線しかみなかった。

「崖の上からみた時は、海なんて一様にしかみえなかったのに、こんなに細かい石や植物や、ヤドカリがいるのね」

女は独り言のように言った。

「もう、パパのところに帰りたい?」

女は正春に訊いた。正春は返事をしない。しかし、女の目から目をそらさない。

「君は生まれてきたことを神様に感謝している？……してないかな？」

「感謝してますよ」

文男が口をはさんだ。「この世にうまれる者は、選ばれた者なんです」

「……人間はうまれでる時は後悔しないで、うまれてから後悔するようになっているのね」

女は小石を海に投げこんだ。

「冷たい音だわ」

波が女の足元で砕け、雫が白い足を濡らした。女は動かない。

「風はないのに、海だけはいつも動いているのね」

「……寒くなりましたね。もう戻りましょうか」

文男は女の横顔をみた。

「教会の中に慣れ過ぎているのよ、あなたは。こんないい天気なのに寒いなんて」

「……」

「あなたは、人を好きになったことがあるの」

女は文男の目をみつめた。

「私はある……その人、奥さんを亡くしていたの、十五歳と八歳の息子さんがいたわ」

「そうでしたか……」

「私は自分を裏切らなかったわ。相手の男の人が神を裏切ったの」

女は正春の手をひいて歩きだした。正春が軽く握りかえしたように文男には思えた。

「向こうの岩をひとまわりしてきましょう」

女は百メートルほど先の大岩を正春にさししめした。岩の根元は海水にひたっていたが、表面は海浜植物がまばらに生えていた。

「夏には、あの岩の上から若い人たちが飛び込むんですよ」

文男が言った。「いや、水泳ですが……でも、数年に一人は確実に死ぬんです。水の下は尖った岩が多いので潮の満ちかげんをあやまると、頭や腹をうってしまうんですよ。それでも、毎年、泳ぐ人はいるんですよ。珍しいですね。立派なビーチは車で半時間もいけばいくつもあるのに」

「……海は心を洗うわ。……私、あとしばらく散歩します。正春君をつれて、帰ってちょうだい」

文男は女の目の動きをとらえ、女の内心を探った。女は微笑んだ。

「自殺はしないわ。すぐ行くから、先に帰って」

「正春は残します」

「私、泳ぎはできないから、あの岩には行かないわ」

文男はなおも女を連れて帰ろうと説得したが無駄だった。文男は帰りかけた。しかし、正春の手をひいたまま、岩陰や草むらに隠れて、女の動きを監視した。正春は何度も生欠伸をしたが、愚痴は言わなかった。十五分ほどたった。女は戻ってきた。

明るい月がでている。光の膜は海岸の濡れた岩を白くおおっている。満潮の海面はゆったりと波うっている。波は岸に寄せてはこない。岸の人間を沖合に攫っていく気配はない。漁網をつなぐ棒が海面につったっている人間のような気がする。懐中電灯を消しても歩ける。だが、文男は女と正春の足元を照らしつづけた。

「寒くないの？　半ズボンで」

正春は横に首を振った。

「みためとちがうのね。青白くて、弱そうなのに」

「唇は紫色になってふるえていますよ」

文男はつられるように言った。だが、唇の色なんてわからなかった。

「あの教会に」

女は崖の上に黒くうかぶハウスを手をあげて指さした。大袈裟な感じがした。「若く美しい、しかし、頭の固い男がいるのは前から知っていたけど、あなたのような美少年もいたのね」

女は正春の頬にさわった。

「冷たいわ。さすってあげる」

「まず、私の手をあたためなければ」

女は両手をこすった。

「冷たくないよ」

正春は歩きだした。いつもよりぎこちなかった。

「パパは、こんな可愛い子がいても幸せじゃないのかしら」

「幸せですよ」

文男は言った。女は小走りに走って正春と並んだ。

「海岸にしては風が弱いのね。磯の香りが飛び散らないわ」

女は正春の肩に軽く触れた。

「……潮の香りってすてきね。でも、吸い込み過ぎちゃった。喉がいがらっぽい」

崖の脇を通った。人間が立って入れるぐらいの黒い穴があいている。文男は説明したかった。墓の跡ですよ、骨は引っこしたんです。女は穴を見たようだったが何も訊かなかった。崖に抱きついて生えている植物は夏でも根や幹が太く葉は少ない。冬枯れという感じは特にない。このまま行くと〈飛び込み岩〉に着く。

「パパは?」

「聖書を読んでいる」

正春は女を見なかった。かえって早足になった。

「息子が海の冷たい風にさらされているのに？」

夕食後強引にひっぱりだしたのはあなたじゃないか。文男は言いたかった。父も僕も海の夜風は体に悪いと反対したじゃないか。

「パパも冷たい風にさらされるべきよ。そうすれば、人恋しくなるわ」

正春は〈飛び込み岩〉の方角をじっとみつめたまま歩きつづけた。

「僕は、夏に正春とよくここに降りましたよ」

女は振り向かなかった。文男はひき返したくなった。しかし、受験勉強にうちこめそうにもなかった。暖かいハウスのリビングルームで二人と顔をあわす時、惨めになりそうな気がした。

「待って。これ、かわいそうだわ」

水深一メートルほどの岩礁に識別のつかないものが、くっついていた。文男は電灯を照らした。棘の長い黒色の海胆《うに》だった。女はこのようなものがよくもみえたものだ。文男は不思議だった。

「でも」

女は独り言のように言った。声は強かった。「すぐ、みたくなくなってしまうわ。怖くなるから」

「……怖くなる?」

文男は訊いた。

「……今は平気よ。三人もいるから」

女は薄青い透明な水に手をつっこんだ。海胆の棘に触れようとした、女の手の平や指先が何か別の生き物のように思えた。

「この水の中の穴も、春には濃い緑色の藻でふさがってしまうんですよ」

何か言わなければならなかった。何も言わなければ、女の白い手は海胆の鋭い棘に刺され、血が水に拡がる。女は水の中に手をつっこんだまま、じっとしていたが、やがて、立ちあがった。

「こんなに静かだと水の上を歩けるような気がするわ。でも、硝子と同じね。割れてしまうわね」

女は正春の手をひき、歩きだした。文男は二人をみた。紺のトックリセーターを着ている正春の肩幅がいつもより大きくみえた。女の肩の線は柔らかく流れ、痩せてはいるが、肉づきの良さを感じる。文男は灰色のスポーツコートの上から腕をさすった。冷気は袖口から胸元にのぼってくる。正春は半ズボンしかはいていないのに首や背を丸めもしない。文男の彫りの深い端正な顔がこわばり、薄い石膏像のようになった。笑いかけると、頬がひび割れしそうだ。女は正春に笑いかけた。普段は顔の表情も声の調子も変わらない女も、今は一瞬一瞬微妙に変化しているような気がした。女の顔は月明りを浴びて青白かったが、目は澄み、そして輝いた。目の色は恥じらいの色のようにもみえた。女も正春も〈飛び込み岩〉に向かって歩く。女の指の仕種や目の色や唇の動きに注意しても、女の心がわからない。文男は靴を脱いだ。気をまぎらわせたかった。石の表面の細かい突起が足の裏を突き、小さく痛んだ。気にはならない。両手にぶらさげた靴をみて女は何というだろうか。文男は靴をもった両手を後で組んだ。海水で濡れている〈飛び込み岩〉は白くぼんやりと浮かんでいる。前を歩いている二人が笑いながら〈飛び込み岩〉から飛び込む気がした。飛び込むと女を永久に忘れられなくなりそうだ。だが、ここ一時間で女も正春も縁のない人間になってしまった。文男が水の深みにはまり、沈んでも、悲鳴さえあげなければ、前を歩いている女と正春は気づかないだろう。水ぎわから離れた丸石も湿っている。文男は足を滑らせた。女と正春がただ海辺を歩いている今晩のこの情景が大気の冷たさと混じりあい、五十歳になって、七十歳になっても思い出さざるを得なくなる予感がした。春になって天気が晴れたら、サンドイッチでもつくって、また、この浜にこようよ。文男は声をかけたかった。今の記憶をうち消したい。なぜ、女は正春に執着するのだろうか。だが、正春は弟なんだ。深く考えたくない。女が一言僕に話しかければ、僕はいくらでも話せるのに。波うちぎわを歩いた。文男は水に足を入れた。冷水の刺激を強く感じた。足裏に切り傷ができているにちがいない。〈飛び込み岩〉は湾の突端のわきにある。遠くからもずっとみえつづけていた。だが、まだ百メートルも先だ。〈飛び込み岩〉から僕が飛び込んだら、女もなにもかもなくなる。文男は首を振った。女が僕の頬を指でつついてくれたら、こわばった体もほぐれるにちがいない。

「どうしたの?」

女が急に振り向いた。

「え」

文男は思わず片方の靴を落した。小さい音がした。

「何か、声を出したんじゃないの」

「いいえ」

「そう、波の音かしら。……待って、正春君」

女はしゃがみ、何やら拾いあげた。文男は電灯で照らした。巻き貝の殼だった。繊細な模様が流れていた。薄桃色のようだった。女は貝をひっくり返した。裏側は無惨にもえぐられていた。穴の内側は白っぽく、艶があった。

「貝ですね」

文男は言った。女は顔をあげた。あたりまえでしょ、といわれそうな気がした。

「この貝、死んで、何百年にもなるわ」

文男は貝殻をみようとかがみこんだ。女は貝殻を水に放り投げた。小きみよい音がした。

女は何が言いたいために僕と正春を海岸に引っ張り出したのだろうか。今はどのような言葉も女の心にはりつかない。女は正春の耳をおおっている柔らかいくせ毛を撫でながら歩きだした。

三人一緒にあの〈飛び込み岩〉から海に沈んだらどうなるのだろう。懐中電灯の明りが激しく揺れ動いたが、二人は振り向かなかった。

二人は海岸を斜めに横切り、アダンの藪の方角に向かった。正春の歩調に女があわせているにちがいない。女はあの抜け道を知らないはずだから。あの小道は湧き水が出る岩場を通り、集落はずれの、サバニ漁をしている数軒の家の脇道を経て、ハウスに続くアスファルト道路に出る。文男は夏、正春と一緒に通った。足元が暗いだろう。海岸とちがい、藪道は月の光もよくは通らない。文男は早足で二人と並んだ。二人は文男をみない。〈飛び込み岩〉に行かないですんだ。


文男は女の部屋のドアをノックした。ドアがあいた。女は濃緑のナイトガウンを着ていた。

「悪いけど、朝食はここに持ってきて。少し寒けがするから」

「正春は風邪をひいて寝込んでしまいました」

「……いま起きてる?」

「これから、夜は連れ出さないでください」

「すぐ着がえていくから」

女は文男をみつめた。大きい目だ、と思った。文男はあたふたとドアを閉めた。

女は正春の部屋に入りベッドの脇の腰かけに座った。腰かけは一つしかない。

「パパ、いないの？　こんな時に」

「先ほどまでいましたよ。……熱さましと咳止めは僕がやりました」

文男は言った。気恥ずかしくなった。女は僕に背を向けている。きのう海岸を歩いた時と変わらない。正春も僕に横顔をみせてはいるが、目は僕をみる気配がない。正春の熱は三十八度五分もあったが、目は妙に澄んで、頬はほんのりと赤味がさしている。いつもより健康そうにみえる。しかし、よくみると、額に脂汗が滲み、前髪が数本はりついている。

「私、正春君の悪い夢をみたわ。ごめんなさい。とてもいやな夢だったの」

正春は目をしばたたいたが女を見なかった。

「私が正春君を海に突き落としたの。とても冷たがっていたわ」

しかし、女の首はうなだれてもいないし、肩の力がぬけているようでもない。「いやな夢」という言葉に暗示されて、正春は一晩中、熱にうなされながら、いやな夢を見るかもしれない。

「へいちゃらさ」

正春は女を上目づかいにみた。大人びた目つきだった。

「この羽根布団の中には、鳥の羽根がつまっているんだ、家鴨や鶏や七面鳥の羽根なんかが。僕が食べたんだ」

正春は二、三回、羽根布団を撫でた。

「だから、鳥のお化けの夢なんかしょっちゅうみているよ」

「こわかったのね」

女は羽根布団の上から正春の胸に触れた。

「パパは、クリスマスには家鴨なんか十羽もつぶすんだ」

「父は家鴨が好きなんだ」

文男は思わず言ってしまい、女が振り向く気配に身を固くした。

「……でも、その羽根布団には綿がはいっているんですよ」

文男はつけ加えた。

「パパは」

正春がすぐ言った。「肉が大好きなんだ。鳥の肉は特別なんだ。一人で一羽は食べるよ、丸焼きを」

文男は正春の目つきが気になった。

「あの靴、はくの?」

女が話題を変えた。文男はほっとした。正春の頭の方のベッドの脇に小さい木靴がきれいにそろえておかれていた。

「うれしい時にね」

「どんな時がうれしいの」

「いろいろさ、だんだん面白くなってくるよ、なにもかも」

正春は言い終らないうちに激しく咳き込んだ。文男が近づき、背中をさすった。しばらくして咳は止まったが、正春の息づかいは荒く、目に涙がたまった。鼻の穴が微かに開いたり閉じたりしている。

「病気なんだから、もっと楽しいことを考えろよ」

文男は言った。

「楽しいさ」

正春は女に言った。掠れた声だった。「喘息だよ、僕は、生まれつき」

「喘息は治ったよ」

「治ってないよ」

正春は文男の手を振り払った。「あの花捨ててくれよ」と正春は飾り棚の上の花瓶を顎でしゃくった。「空気が少し動くと、花粉が飛ぶんだ。咳がひどくなるよ」

文男が立ちあがった。

「いや、お姉さんだよ、お姉さん、花とって、塵箱に入れてよ」

女は微笑み、言われた通りにした。なぜ、せめて視線ででも女は僕に合図をしてくれないんだ。

「まったく、気がきかないパパだなあ」

正春は舌うちした。

「パパも精一杯、考えているよ」

文男は弟相手に向きになるのは大人げないと思えば思うほど、依怙地になった。

「この部屋は」

正春が言った。「窓がないから、何も動かないよ。だけど、こんな小さい部屋に三人も居るから少しは動くんだ。目にみえるんだ」

女は後を振り向いた。部屋には飾り物やこまごまとした品物はほとんどなかった。灰色がかった白い壁に正春の制服がぶらさがっていた。

「ランドセル、持っているの」

机の上のランドセルの表面は色褪せていた。

「今？　持っているわけはないよ。小学一年の時だけさ」

あのランドセルは僕が数年前、正春の入学祝いに買ってやったものだ。正春は一言もふれない。事件があったわけでもないのに、なぜ、僕は二日前とこうも変わってしまったのだろう。病気だから、出ましょう、と女と正春をひき離したい。文男は何度も言いかけ、そのつど固く唇を結んだ。二人の話はとぎれている。文男は二人の指の仕種や目の配りが気になる。出ていけと言われやしないか、落ち着かない。二人の話がうまくかみあっているほうがまだいい。ぎこちなさのとばっちりが僕に向くような気がする。文男は立ちっぱなしだった。唇が乾いてきた。ベッドの脇に座りたい。文男は腕組みをして、こころもち顎をあげてはいるが、体は硬くなっている。腕組みをはずしにくい。顎もひきにくい。

「白っぽい毛布はいやだよ。死人みたいじゃないか」

正春は天井を見たまま、羽根布団の下からかぶっていた毛布のはしをのぞかせた。毛布は淡い黄色だが、純毛で、温いはずだ。

「とりかえてくれよ」

毛布を引っぱりだそうとはしない。正春は青いパジャマを着ていた。文男は、白に近い黄色い毛布にくるまった青いパジャマ姿の正春を水死のイメージにむすびつけた。女は立ちあがろうとした。正春は毛布から手を出し、女の赤銅色のセーターの袖をつかんだ。

「熱に浮かされて喋っているんだ、本心じゃないんだ」

正春の首筋は薄く濡れ、弱く光っていた。

「汗かいてるわ。バスタオルを」

女はじっと文男を見た。僕の腹の中を探ろうとする目だ、正春は僕を敵視するつもりなのだろうか。

病気の時は弱気になって誰にでもやさしくしたいのがあたりまえなのに。女は正春の手を握った。正春は自由のきく親指で女の手の甲を小さくなぞった。文男は隣りの部屋のタンスからバスタオルを出して戻ってきた。女と正春が二人っきりになっている部屋に再び入るのは緊張した。女が正春のパジャマを脱がして肋骨の形がわかる体の汗を拭くのを見たくなかった。文男はドアをあけ素早く女にバスタオルを渡し、すぐ部屋を出た。屋内ではさまざまな邪念が湧きでる。

外に出た。岩盤をおおっているわずかな土に無数の小さい花が咲く。そのような来年の春が空恐ろしくなった。か弱い地味な花は風が弱い、つかの間の春の日を満喫する。

女はフォークにのせた人参の煮物を静かに口に運んでいる。今日の昼間、教会で父に話せばよかった。大きな柱時計が鳴りだした。心臓を打つ音と拍子が合うようだった。時計は七回、打った。文男の胸はまだ打っていた。

「ワイン、いかがですか」

父は女をみた。女は頷き、ワイングラスを差し出した。女の白い喉が動いた。正春が病気になったのは女のせいだ。その証拠に女の病気はすっかり治ったじゃないか。

「正春は熱はさがったかな」

文男は父に訊いた。父は口を拭いていたナプキンをおいた。

「明日は治るよ。今晩ぐっすり眠れば」

女は林檎と果物ナイフを持ち、立ちあがった。

「ベッドに入ったままでいいから、夜の祈禱はするように言ってくださいね」

父が言った。あの女が林檎の皮を剝くのは大変似合う。だが、女は林檎の皮は剝けないのかもしれない。父はワインをたてつづけに飲んだ。文男は食器をかたづけはじめた。父は一言もいわない。僕が洗っているナイフを壁に投げたって反応しそうもない。七時を過ぎたばかりだ。今晩は夜が長い。正春は病人なんだ。女は病人を慰めているんだ。正春の大人っぽい口調が目にうかぶ。女はあと二、三日でこのハウスを出ていくんだ。それまでだ。それより、つい二、三日前女は僕に何を言い、何をしたか忘れてしまったのだろうか。

「晩のお祈りは？」

「あとで……」

「そうか」

父は部屋を出た。文男は何とはなしに林檎をつかんだ。両手で撫でまわした。今夜は悪魔のために祈りそうな気がする。正春はわざと薄着のまま海に出たのではないだろうか。風邪をひきたかったのではないだろうか。文男は淋しい時はいつも祈った。真直ぐに太平洋を吹き渡ってきた風にハウスが吹きさらされても、部屋の中は静かで、呼吸の音が豊かに波うち、安らいだ。だが、今夜は祈りながら倒れるように眠ってしまいたい。冷たい水の中でもがいている女の夢をみそうだ。祈りたくない。

文男は祈禱室に入った。父は居なかった。正春の部屋に行ったのだろうか。僕は正春の部屋に入ってはいけない。文男の顔は弱い電灯の光をうけ、彫りの深さが際立ち、引き締まった。文男は祈った。まばたきもしなかった。祈れば祈るほど女の輪郭ははっきりと映り、目も豊かに動き、声さえきこえてきた。前髪が額にかかった。かきあげたい。組んだ五本の指は凝固しほどけない。女はなぜ、正春に関心を持ったのだろうか。祈ればはっきりする。しかし、はっきりとするのが恐い。神の前でさえさらけだせない、だしたくない。祈りに身がはいらない。眠気も襲ってこない。文男は上半身裸になった。腕をさすった。筋肉が固い。力こぶをつくって祈る。

父はネクタイをしたまま皿の肉を切っている。文男の隣りに女は座っている。父はなぜ、穏やかなのだろう。若い頃は迷っただろうか。光がテーブルにおちている。白いコーヒーポットがなまめかしく光る。朝日を浴び、窓硝子の塵芥があらわれている。父は背中に光をうけ、顔が黒っぽくみえる。歯は白い。チキンをかじり、コーヒーを飲んでいる。髭に油がくっつき、鈍く光る。女はトーストにバターをぬっている。指についたバターを小さい唇ではさむようにして嘗めた。父の手の甲は皮膚がたるみ、染みが多い。文男は手の甲を白い光に照らして、何気ないふうに、しかし、しみじみと見た。血管が薄青く浮き出ているが、艶やかに引き締まり、力強い。拳を握った。丸石のように硬くなった。だが、僕は疲れている。疲れは顔にでていないのだろうか。女も僕に気をとめない。いつもと変わらない。僕だけ欺かれている気がする。昨夜、短い夢をいくつもみた。目蓋が重ったるい。首筋に寝ちがえをした時のような鈍痛がある。祈禱をしている夢も見た。祈禱をしている最中、女と笑いあっている錯覚にも陥った。女に、あなたはいやだといわれたような気もするけど、あれは夢の中だったにちがいない。文男は卵焼きやアスパラガスを口に運び、強く嚙んだ。味はほとんどわからなかった。女はトーストを指でちぎって食べ、オレンジジュースを飲んだ。女の前の白いカバーをかけたテーブルに窓の格子の影が細長くのびていた。十字の形だった。女の髪は櫛の目がはいり、薄赤い口紅もめだったが、目元は微かに窪み、目の光は弱々しかった。気弱な女なのかもしれない。正春は気丈夫だ。女は正春を忘れるべきだ。僕もじっとしておれば、いつかは女を忘れるだろう。だが、何かしたい。何かしてそれから忘れたい。女の忍び笑いが聞こえたような気がした。女の唇は動いていない。だが、今にも動きそうだ。文男は訊きたい衝動にかられた。何かうれしいのですか。え？　だって、ずっと微笑んでいるじゃないですか。

父は教会に出かけた。正春が病気なんだから、今日は教会に出るのはよしてくれ。正春が女と二人きりになってしまうじゃないか。文男は言いたかった。リビングルームの窓のわくにセントポーリアの花鉢が置かれている。先程は気づかなかった。一日や二日で目にみえて成長する花ではない。しかし、いったん花が咲くと長い間形をくずさない。文男はセントポーリアの開きかけた蕾をつまんだ。父は平気で教会に行った。あまりにも平気すぎる。女と正春は部屋に閉じこもりっぱなしだ。二時間半にもなる。文男は洗面所に入った。強く洗顔をした。水は冷たかったが、髪も洗った。文男は正春の目の色をもう一度だけみたかった。正春の部屋を思いきってノックした。一呼吸間をおいて女が返事をした。ドアがあいた。

「食器をかたづけます」

女は頷いた。文男は女の脇に近づいた。女は正春の布団のくずれをなおした。リビングルームでは感じなかった女の香水のほのかな香りがした。一口か二口しか食べていなかった。食器をさげるのは気がひけた。スープは冷え、パンは固くなっている。文男はトレーをつかみあげたまま つっ立っていた。女は正春の顔をみていた。正春は前髪をななめ横にかきわけていた。静かにすわっていたが、頬は紅潮していた。僕がいるために二人は無言なのだ。文男は部屋を出た。

文男は自分の部屋に入った。ベッドに寝ころんだ。体を曲げ、頭をかかえこんだ。安らかな胎児の姿勢、と前にどこかで聞いた。女が絵を懸命に消している。目にうかんだ。白い手だ。あの絵のモデルは彼女自身にちがいない。喉が渇く。文男は台所に行き、蛇口をひねった。一息にコップに満たした水を飲んだ。無線タクシーを呼んで町に出よう。だが、町に出て何をすればいいのだろう。部屋に戻った。ベッドわきのサイドテーブルに座った。日本史の参考書を開いた。紙の白さが目につくだけで文字を追いきれない。頁をめくるのもすごく億劫だ。ラジオのスイッチを入れた。若い女性歌手の演歌が流れた。ダイヤルを別の放送局にあわせた。初老の女性歌手の演歌が流れていた。スイッチを切った。朝っぱらから演歌を聞くのは朝っぱらから酒を飲むのと同じだ。部屋を出ながらつぶやいた。リビングルームのテレビのスイッチを入れた。国会中継をやっていた。すぐチャンネルをかえた。妙な女が出てきた。お太鼓を結んでいる。肩幅が広く、上半身が膨れあがっている。顔は厚化粧をしているが、小さく笑っても深い皺が寄り、歯も黄ばんでいる。司会の説明があった。五十歳近い女が二十歳の頃に戻ったら、という趣向の番組だった。髪をオールバックにした若い男件の司会も愛想笑いをしている。あの女もあと三十年もすればこの女のようになる。だが、三十年という年月はとてつもなく遠い。

自分が狂暴になっていくのがわかった。家鴨を丸一羽食べよう。決心した。紐と包丁はすぐみつかった、正春の部屋の前の廊下を歩いた。スリッパの音がひときわよく聞こえるような気がした。庭に出た。寒々とした青空だった。風はほとんどなかったが、クワディーサーの葉がみているまに二葉散った。思いきって池に行った。家鴨は六羽泳いでいた。どの家鴨をつぶそうか迷った。一羽だけ選んでつぶすのは残酷だ。誰かが選んでくれたら、と思う。目をつぶって小石を投げよう。落ちた小石に一番近い家鴨をつぶそう。目を固くつぶって小石を投げた。目をすぐあけた。石の当たったのは少し小さめだが、めだって元気のある家鴨だ。水に入った。ズボンの裾が濡れた。家鴨の背中を撫でた。家鴨は首をのばした。摑もうとした。家鴨は喉を鳴らして逃げた。文男は家鴨を追った。水がはねちった。指をくいこませるように力を入れた。羽根は弱い風にも飛ぶものとばかり思っていたのに、筋肉のような弾力と暖かさがあった。家鴨のまんまるい目はしきりに動いた。文男は池からあがった。水草の切れはしがゴム草履に絡み付いていた。少し眩暈がした。しっかりしなければならない。自分に言いきかせた。紐を二重にして家鴨の足をしばった。家鴨は地面に体を強くすりつけながら、羽根を激しく動かした。埃や産毛が飛んだ。紐をはずして逃がそう。歯を嚙みしめた。くじけてはいけない。羽根にも首にも腹部にも紐を巻いた。口はくくりにくい。鳴きやまない。喉にものが詰まったような音だ。女と正春が居る部屋はここから遠い。しかし、家鴨の声はすべての窓硝子をふるわし、女も正春も耳をすますにちがいない。女と正春がここに出てきたら、思い切って家鴨の首に包丁を突き刺そう。数分間、家鴨は鳴きつづけたが女も正春も出てこない。紐を解き、家鴨を池にはなした。何事もなかったように平気で家鴨は泳ぎまわった。

ハウスに入った。立ち止まると悪い考えが生じる。部屋のドアをあけた。部屋の中でも歩きまわった。できるだけ体を動かさなければならない。手を強く振って、大声で笑いながら、大股で歩くべきだ。これまで何百回も父の説教を受けた。なのになぜ迷うのだろう。父に話したくなった。リビングルームに行った。電話のダイヤルをまわしかけた。足がふるえた。ソファーの背に身をもたせかけ足を組んだ。胸がつかえるような感じがした。受話器をおいた。

文男は自分の部屋に入り、内鍵をかけ、柱時計を止めた。悪魔の部屋だ。独り言を言った。引き出しをあけ、十字架のロケットをとりだした。壁の釘から日めくりの暦をはずし、十字架のロケットをかけた。跪いて祈った。昨日、教会で懺悔を終えて帰っていく人たちの後ろ姿はみんな幸福そうにみえた。懺悔は冷酷なほど冷静に聴かなければならない。冷静な神父なんて信じられない。窓ぎわに寄った。マンゴーの木が生えている。枝は窓硝子に触れている。夏には小鳥が赤紫の実を突つきにきた。文男が小鳥を呼ぶために六年前に植えた接木苗の木だ。木の実は毎年秋には腐れて落ちた。成長が早いせいか、台風には弱かった。太い技でも付け根から裂けた。その裂け目から柔らかい黄緑の芽がでる。花は春が過ぎれば黒ずんで死んでしまうからいやだ。枯れ木がいい。丘の冬がいい。北風に頬を痛めつけられるのが好きだ。文男は窓のカーテンをしめた。

夕方、父が帰ってきた。文男は廊下を通る父の気配を感じた。文男は上半身裸になって祈った。寒さは感じなかったが、汗も滲みでなかった。部屋を出ようと思った。ノックの音と「お茶でも飲まないか」という父の声を聞いた時、気が変わった。返事ができなかった。〈あとでいく〉と一言いえばいい。だが、よくわけのわからない言葉が口を出た。

「正春の病気回復のために断食祈禱するよ」

「断食することはない」

父の声は変わらない。「お祈りするなら、祈禱台でしなさい。私も一緒にする」

「僕は病気の人にも嫉妬を感じるんだ。だから、祈禱するんだ」

「……内鍵までかけることはないだろう。ドアを隔てていては話もできん」

「……」

「でていらっしゃい、祈禱室で一緒にお祈りしよう」

文男はドアに耳をくっつけた。父は三回ノックした。

「……人に触れれば触れるほど、スポイルされていったんだ。このままじゃ、蜂の巣のようになる」

「明日、教会で懺悔しなさい」

「好きな人、嫌いな人がいてもいいだろう。相手によって陰ひなたがあってもいいと思うよ」

「女の人のことか」

「……」

「あの人はお祈りはしないが、行いは主の御教えを実践しているよ」

「断食祈禱のありがたさは、お父さんが一番よく知ってるでしょう」

「……」

「熱病で死にかけていた僕が助かったのは、お父さんの断食祈禱のせいだろう。六歳の時だよ。おぼえてる？」

「……おぼえているよ」

「もう部屋に戻ってくれよ。かまわないで」

文男はわざと足音をたててドアを離れた。十字架のロケットの前に跪いた。僕は、正春の病気が治ったら断食をやめるだろうか。あの女が正春の部屋を出るまではこの部屋を出ない、というのが僕の本心じゃないだろうか。饑《ひも》じさも眠気も極限まで我慢しよう、そして、意識を失って眠ろう。だが、空腹だと眠気も襲ってこない。

月が明るかった。薄いカーテンに、幾十もの十字架がぶらさがっていた。窓の格子の影だった。何時なのかわからない。影はベッドの綿布団にのびていた。月夜の晩は僕の体に大きな十字架がおおいかぶさっていたのだ。跪いた足がしびれている。喉が渇いている。水が欲しい。足のしびれが心地良い。身ぶるいがした。部屋に冷気がしみこんでいた。腕や脇腹の皮膜に鳥肌がたった。強くさすった。気持がよい。文男は祈りつづけた。ふいに意識を失いかけた。切れ切れの小さい夢か幻をみた。饑じければ、何もかも忘れられる。自分に言いきかせた。夢はかえって濃厚になった。文男はロケットの十字架をみあげた。まどろんでは起き、祈り、祈ってはまどろみ、いつのまにか寝いってしまった。母の夢をみた。文男が産んだ赤ん坊を母が抱いていた。赤ん坊は月の光が熱いとか重いとか言って一晩中泣いた。母は窓ぎわの木製の椅子に背すじをのばして座っていた。脹《ふく》よかな乳房に赤ん坊の頰をくっつけ。夜があけるのを辛抱強く待った。文男は寝つかれなかった。寝たふりをして母の後ろ姿をみつめた。

誰かがドアをノックする夢をみたようだ。上半身をおこし、髪に指をかきいれ、強く頭皮をもんだ。

またノックの音がした。ドアに近づき。返事をした。

「昼食だよ」

父がドアごしに言った。「何度も起こしにきたんだ。もう十一時だよ」

「教会にいってくれよ」

「ドアをあけなさい。光と空気を入れなければならない」

「……」

「小春日和のいい天気だよ」

父は小さく小刻みにドアをノックした。「食事がすんだら、浜におりてみないか」

「……正春は？」

「正春を恨んだりしないでくれ」

「僕は何も考えたくないから断食をしているんだ」

「……出てきてくれないか」

「断食したって、祈ったって、気持がおさまらないんだ」

あの女の人を呼んでくれよ。口から出かかった。唇をかみしめた。

「時が解決するよ」

「今、解決しなくちゃいけない。卑怯だよ」

「……」

「断食してるって、あの人知ってる？」

「知ってる」

「素直じゃないんだ」

文男は自分にいいきかせるように呟いた。

「あの人は素直な気持だった。だが、おまえを見て、急に落書きがしたくなったんだね」

「どうして……僕は何もしないのに」

「私と同じだ。何もしないのは……」

「どうして絵なんか描いたんだ。お父さんは知ってるんだろ」

「四年前にあの壁の脇に生えていたクロトンがなくなっているというんだよ。壁がとても広く見えたらしいんだ」

「お父さんは、あの人を知っていたんだね」

「……好きになった人だ」

「どうして……どうして平気な顔をしていたんだよ。わからなかったじゃないか」

「きのうの夜、あの人と話しあったよ。なぜ来たのか、問い詰めてしまった、私は。問い詰めるつもりはなかったんだが……これも私の弱さだ」

「お父さんはまちがっているよ」

「まちがっていたんだろうか。四年前にあの人は、おまえたちに会わせてくれるように何度も頼んだが、私は首を横に振った」

「僕たちのためにあの人が嫌いになったの?」

「嫌いにはならない」

「あの人は……」

「帰ったよ」

文男はドアのノブに手をかけた。

「あの人を好きになって欲しかったよ……どうして追い出したんだよ」

「……」

「父さんとあの人はよく海岸を散歩したんだね」

「……」

「あの人が、なぜいつもなぞかけをしたか、今、わかったよ。あの人は僕に話していたんじゃないんだ。お父さんに話していたんだ」

「私はおまえと同じだよ。迷うところなんかそっくりだって。池をさらうのさえ長い間迷ったんだね……あけてくれ。断食なんかに逃げちゃいけないってあの人がいってたよ」

「僕はあの絵を消さなければよかった。きっと一生懸命に描いたんだ、あの人は」

「おまえに謝っておいてくれといってたよ」

「何？」

「絵を勉強しているというのは嘘だそうだ」

「でも、優しそうな絵だった。どうしてあんな優しい人を追い出したんだよ」

「追い出したんじゃない。帰っていったんだ」

「どうして、こんなにも簡単に帰ったんだよ」

「私に会うつもりはなかったらしいんだ。あの人はしきりに謝っていた。つい、きてしまったんだね。すぐ帰るつもりだったんだね」

木靴の音が近づいてきた。

「……部屋に戻って勉強しなさい」

父は正春を部屋に追いやった。文男はドアをあけた。正春は振り向いたが、すぐ廊下の角を曲がった。正春の髪は横に分けられ、整い、病後とは思えなかった。父は文男の手を握った。

「精がつくように家鴨料理にしたよ。きのうの夕食にあの人と一緒につくったのだが。温めればおいしいよ」

「僕と正春がいたから。お父さんはあの人と一緒になれなかったんだね」

文男は父をみつめた。

「おまえたちはいい子だよ」

父は文男の肩をたたいた。女が今何をしているのか、どこに住んでいるのか、文男はききたくなかった。父の秘密なんだ。

「温めるよ。あの人も、あの頃は家鴨が大好きだった」

「僕も好きだよ……じゃあ、その間、庭を散歩してくる」

父は文男を抱きかかえるようにして歩いた。

父は台所に入った。文男は庭に出た。大気はまだ冷たかった。しかし、昨日までちぢこまっていた木が急に芽ぶいていた。爪の大きさの黄色い花が咲きかけていた。もしかすると数日も前に咲いた花なのかもしれない。北側にまわってみた。壁の女の絵は薄くぼけている。だが、じっと見ると、輪郭がゆっくりと浮き出てくるようだった。

軍用犬

1

十六回目に投げ縄は、やっと犬の首にすっぽりはまった。ここ一週間、毎日懸命に練習した。だが、何しろ半ばから切った木の枝や、地面に立てた棒、長頭族の首のように突き出た岩の先などが標的だった。だから、犬がこうも巧みに投げ縄を避けるという「認識」ができなかった。

犬は巨体をほとんど動かさず、ただ首をすくめ、あるいは横に曲げるだけだった。だが、俺の投げ縄は自在にかわされた。俺は捕獲に失敗した投げ縄をそっとたぐりよせた。荒縄が地面をこするザラとした音がやけに俺の耳の鼓膜をふるわした。投げ縄を捨て、逃げ出したかった。だが、投げ縄を捨てた瞬間に犬が俺の首に嚙みつきそうな予感がした。激しい動悸が生じ、消えなかった。ちょうど攻撃する瞬前のボクサーが俺を見ているような犬の目だった。俺は犬の目を横に動きながら避け、あたふたと投げ縄を続けた。

結局、その間、犬は一回も吠えず、襲いかからず、逃げなかった。もっとも、犬は小熊なら充分入れる大きさの犬小屋に太い五メートルばかりの鎖でくくりつけられていた。

犬は逃げるために後ずさる、俺は手で、犬は首で投げ縄を引き合う、ついに犬は窒息して参る、というのが俺の予想だった。

ところが、犬は肉食獣が獲物を襲う瞬間の形相をあらわにしている。低く身構え、うわめづかいに俺をまっこうから凝視している。本当に厭な目つきだ。厭なのは目つきだけじゃない。あぶくが溢れ、ぬめっている赤黒い唇から薄汚れた牙を細かく震わしている。震えているのは俺の眼球かもしれない。俺の鼓膜はさらに震え、今にも発狂しそうな犬の低いうめき声が俺の頭蓋に不気味に響く。

だが、俺はうめき声にも一種の抑揚というか調子がある、という事実に気づく余裕があった。不思議だった。俺はずっと緊張していた。やられる、予感がした。俺は防御の態勢にはいった。だが、かえって動きを硬直させてしまい、ますます、やられる、と思った。間違いなかった。だが、覚悟もひらきなおりもできなかった。

玄三（名誉棄損の恐れがあるために仮名を使用する）が捕獲後の犬を吠えさせないために製造した針金の輪が思わぬ役にたった。玄三と嘉一（玄三と同様な理由で仮名を使用する）は真ん中に輪のある針金の端をおのおの握りしめ、犬に近づき、およびごしのまま犬の目の色をうかがった。犬は相変わらず動かなかった。

二人は目でうなずきあった。輪はすぐ犬の首に入った。

だが、一体全体どうしたのか、玄三も嘉一も針金の端の木製の取っ手を力一杯に握りしめながら手前に引かない。犬はたまにジロリと玄三と嘉一を見るが、やはり、俺を凝視する。執念深い。誰かが一声を出した瞬間に犬は俺に飛びかかる。そのような空気が漂っている。俺は玄三と嘉一に軽い目配せをした。だが、何回も目配せをしたが、二人とも見ひらいた目で犬をじっと見つめ、気づかない。

俺は意を決し、大きく息を吸い込み、オイオイと忍び声を出した。三度目の忍び声をやっと嘉一が聞き、顔をあげた。玄三も俺を見た。俺は取っ手を強く引くように手振りで促した。二人はおどおどした目を見合わせていたが、やっと決心がついたようだった。呼吸を整えて調子を計り、体を思い切りのけぞらすように針金を引いた。

この時、初めて犬は暴れた。だが、すでに針金は首の厚い肉に深く食い込んでいた。例のあの軍用犬特有の狂気じみたうめき声がシュルシュルとした小さい妙な音に変わった。だが、死に物狂いに暴れた。爪が芝生にたち、無残に掻きむしられ、みみずばれのような赤土が辺り一面に現れた。犬はあらゆる方向に脱出や攻撃を繰り返した。玄三と嘉一は必死に防いだ。お揃いの長髪頭を突き出し、大きい目玉が赤黒い顔面を慌ただしく動き回るように錯覚させ、同じように口をあけ、同じように黄ばんだ歯を妙に笑っているように錯覚させながら力一杯に取っ手を引き続けた。犬は俺を警戒しなくなった。

俺はこの時、犬への憎悪が本物になったような気がした。我を忘れた。

犬を殺したのは瞬間の出来事だったような気がする。荒縄を軍の基地の金網にくくりつけ、バットを取り出し、犬の頭や顔をめったうちにした、筈だが、俺は確かには覚えていない。〈殺犬〉後も俺は漠然と犬に見いっていた。俺は玄三か嘉一に押されるままに、固い地面から軍の金網の中に貫通する穴を、尻からくぐりぬけた。大人一人がやっとくぐりぬけられるような穴だった。俺たち三人が二晩もかけて掘った穴だった。

2

軍の金網を十メートルばかり離れた。すると、砂糖黍畑に突きあたった。中を通った。濃緑の鋭い葉が俺たちの体と擦れ合った。だが、擦れ合う音は妙な金属音に聞こえ、俺は何度も後ろを振り返った。

やっと、狭い農道に出た。玄三と嘉一は覆いかぶさるような砂糖黍を無気力に避けながら、あの針金を首に食い込ませたままの犬をなかよく、しかし、精一杯に引きずっていた。

犬の横顔が見えた。目が見開き、長い紫色の舌を出し、毛深い体をちぢめていた。すごく小さく見えた。本当に今しがた殺した犬なのか、俺にはまだ信じられなかった。

だが、ズズウッ、ズズウッと引きずられる音が一瞬生きていたあの時の犬のうめき声に聞こえ、俺は思わず身震いがした。だが、俺は後悔していない。俺はあのような種類の犬を本心から憎んでいた。俺は数多くのこの〈集落〉の民衆とは違う。たとえば今、理屈っぽい誰かと会い、もし彼が（もしくは彼女が）「君は集落民として一体何をしてきたんだ」と千編一律のごとく糾弾するのなら、俺はわざと一呼吸おき、静かに反論する。「では、まず君に聞くが、君は犬を殺した実体験があるか」。

相手は間違いなく黙る。まもなく、額に汗をかく。犬を殺した実体験のない人間というのは、彼の下部構造というのは砂上の楼閣にすぎない。結局、無能力だ。犬の本質、すなわち獰猛《どうもう》さ、欺瞞《ぎまん》さを全く分析しえない。俺はそう確信している。これからの〈運動〉の方向は全犬を殺害する路線を採用しなければならない。

だが、俺も多少の危惧《きぐ》がないわけでもない。

この犬はなぜ俺たちが真っ昼間不法に侵入したにもかかわらず、何気なくゆっくりと犬小屋から顔を出したのだろう。何故投げ縄が首にかかるまで、いや、俺たち三人が露骨に殺意を見せたあの瞬間まで、嘉一が〈犬殺害〉の計画段階で口から泡を飛ばし、強調した〈凶暴〉さをあらわにしなかったのだろう。この犬は間違いなく俺たちが殺すべき対象だったのだろうか。

「C（俺の名だが、誰かの名誉を毀損する恐れがあるために仮名にする）」

俺の肩がピクッとけいれんした。すぐ、振り向いた。

「こうも明るいとだめだ。発見されてしまう」

玄三が言った。早口だった。

「軍は形だけの巡回しかやらないにしても、集落民が多い。隠そう」

俺は気を悪くした。気まずくなるぐらいに玄三をにらみ、何も言わずに不意に振り返り、足早に砂糖黍の葉を払い除けながら進んだ。犬が引きずられる音が次第に弱くなった。彼らの気配が薄れた。

俺は気になり、立ち止まりかけた。だが、俺に近づく彼らの疲れきったような息遣いがいやに大袈裟に聞こえた。俺はさらにいっそう足早に進んだ。

3

俺たちは犬の死体を囲んだまま長い間黙りこんでいた。テントの前広場だった。玄三が広場と名づけたが、五、六人がひっつきあい、やっと座れるぐらいの広さしかない。今も三人の誰のともつかない荒い息遣いがはっきりと聞こえる。はっきり聞こえるが、誰の息遣いなのかは、なぜかはっきりしない。

俺たちは時々、砂糖黍の細い幹、垂れ下がった葉の合間から金網の向こうの軍基地を恐る恐る見た。テントは軍の払い下げの野営用だった。渋い緑に薄茶色の斑点が散らばっていた。この集落の隣の町には軍の払い下げ品を販売する店が多かった。だからすぐ手に入るには入るが、俺は玄三と嘉一が何の逡巡《しゅんじゅん》もなく、軍用品を購入してきた事実に疑問を感じざるをえなかった。彼らは間接的に軍の存在を幇助《ほうじょ》してしまったんじゃないか。しかし、俺は未だにこの問題を、彼らの真意を彼らに問い質してはいない。

何分あるいは何十分たっただろうか。

「まずは犬をテントに入れよう。テントの中で討議しよう」

玄三が不意に言った。俺は玄三を見、それから、嘉一と目を見合わせた。テントの中は立つと頭が天井につく。だが、広さはこの広場よりも幾分広く、座ってしまえば、なんら支障はない。俺は賛同してもいいと軽く考え、うなずきかけた。だが、嘉一が犬を一瞥《いちべつ》し、「こんな汚い物を中に入れられるか」と言い、俺を見た。俺は黙ったまま嘉一にうなずいた。俺たちはまた長い間黙り続けた。

二週間前、俺たちはテントを造った。何故テントを造るかに関し、各自の内部で何らかの検討がなされた気配は毛頭ない。三人ともテントを造りさえすれば、この膠《こう》着情況、いや、むしろ、ますます完璧に固められていく情況を打破できる可能性が生じるのではないかと漠然と考えたに過ぎないはずだ、というのは俺の洞察不足だった。目的意識のないままテント建設に加担したのは俺だけだった。

建設作業は夜中の二時きっかりに開始した。この時間の決定に際し、まず対立した。

嘉一が「昼間堂々とやろう」と主張した。「見る者がいるのなら公然と見せろ。我々の存在は見られるだけでも重みも厚みも増す」というのが彼の主張の大略だった。ところがすぐ玄三が「総てを秘密裡にやらなければならない。このテントは闘争小屋ではなく。アジトなのだ」と反論した。

一時間あまりも玄三と嘉一は論争した。俺は最初彼らの「思想」を理解しようとじっと耳を傾けたが、冗舌を繰り返しあっているにすぎない、と気づき、横になった。床板の冷たさが心地好かった。

人が知らない場所、人目につかない場所。俺はぼんやりと婦女暴行を思い浮かべた。

俺は学生の頃よく婦女暴行を夢想したが、まだ一回も実行はしていない。去年までの大学時代に俺は二人の女と関係したが、婦女暴行ではなかった。大学所在地の町の十六歳ぐらいのホステスが一人目。初等教育学科の一年先輩が二人目。この二人とも一回ずつしか俺は経験がない。ホステスのしなやかな黒髪が丸っぽい白い顔の半分を覆い、つけまつげをした大きい目がよく俺にウインクをした。今、ある離島の小学校の女教師をしている先輩の顔はほとんど印象に残っていない。ただ、俺は間違って童貞を失ったためか（ホステスとは失敗した）、まだ忘れてはいない。俺は在学中、ホステスに手紙を書き、女教師から手紙を受け取った。ホステスから返事は来なかったし、女教師に返事は出さなかった。この二人の女の顔が今でも時々重なり、浮き、消え、誰のものかわからない白い裸体がくねりながら俺の痩せた浅黒い体にまとわりついた。

彼ら二人はしきりに俺を促した。二人とも他方に知られぬように俺に目配せをした。俺は躊躇《ちゅうちょ》したが、結局玄三の案に賛成した。勿論、婦女暴行を決行しやすいという理由からではない。俺は群衆の目にさらされながらこのような仕事は出来ないのだ。どうしようもなく恥ずかしいのだ。

この問題はいわゆる多数決の原理に基づき一応解決した。だが、今度は「軍基地の金網に接近しなければならない」という嘉一案と、「もっとも見つかりにくい砂糖黍畑の奥でなければならない」という俺の案が対立した。だが、俺には何も洞察はなかった。嘉一に見解を聞かれた時、なにげなく、しかし、懸念をしながら最初に発表したにすぎない。だから、嘉一が目をつりあげ、意見をまくしたてた途端に俺は妥協した。元々どうでもよかった。ただ、俺の見解は玄三のと似ているような予感がし、俺は玄三の顔色をうかがった。玄三は「軍には発見されてもいい。だが、集落民に知られてはまずい」という妙な立場に立った。まもなく、この問題も決議された。動議が出されてから十分足らずの時間だった。俺は彼らの内面や思想が全くわかっていない自分自身を自覚し、次第に意気消沈した。

4

俺たちがこのテント建設の討議をした場所は薄《すすき》がまばらに生えているジャーガル土壌の丘の頂上近くから顔を出した、ちょうど三人が座れるぐらいの大きさの平たい岩の上だった。玄三と嘉一はなおも話題を変え、深刻な追及を続けた。だが、俺は砂糖黍畑をぼんやりと見つめた。衰弱しきった砂糖黍は丘に登ろうと試みたり、丘と丘の合間をくねりながら、平地に延びていた。

この年、昭和※※年は異常に旱魃《かんばつ》が続いた。北風に混じり舞っていた霧雨は前年の名残にすぎず、二月に入るとピタッと消えた。春曇りはむしろ例年よりも薄く、白っぽい陽は春中ぼんやりと陰っていたが、やはり、熱は重く、ゆったりと地表に降り、地中に染み込んでいた。

降り続く梅雨を思う存分吸収し、迫る真夏の乾きに備える筈の六月の地表はまるで数メートルの厚さのコンクリートで固められたかのように熱を跳ね返した。その頃にはすでに太陽の出現は露骨だった。連日激しい白色が光り輝いた。目をあけるのが辛かった。太陽の形と位置はいつも不明だった。天空の一面に散らばった無数の黄白色のガラスの破片が見上げる者の目を突き刺しかねなかった。むらのない青すぎる空も幾重にも白く盛り上がった巨大な入道雲もこのガラスの破片に天の真ん中から追放され四方に広がる低い柔和な山にのっかっていた。

地表の万物の陰影は極端だった。陽が僅かにでも当たると、まぶしく、まともには見られないが、影の部分は真っ黒になり、月も星も電灯もない闇にさえたとえられなかった。砂糖黍や松や蘇鉄や薄などのみならず、女の乳房のような繊細な山も、染みと皺《しわ》が寄り、くすんだ黒色に風化した老人じみた石灰岩も、砂糖黍畑の中を見え隠れしながらくねっている白い道も萎れ、汗をにじます水分も完全に無い。

5

俺はやはり犬を憎んでいなかった。本音じゃなかった。犬の怖さとか凶暴さというのは嘉一や玄三のまやかしだ。俺には犬のなにものもどうしても迫ってこない。犬の形相は確かに凄い。だが、強そうなだけに死体はいっそうなんともいえないほど哀れだ。俺が犬を見ながら、しきりに自説を問いなおすのも贖罪《しょくざい》のつもりかもしれない。犬は何も知らないんだ。嘉一や玄三の危惧は何だ。犬はただ、生き、そして、死ぬもの。俺たちも同じ死ぬもの。ほら、こんなにも目の前に犬が死んでいるじゃないか。寿命が尽きたら、犬はひとりでに死ぬ。それなのにどうして俺は犬を憎んでいると自分自身にいつも言い聞かせ、犬を殺すという人生目標につきすすまなければならないんだ。

俺は〈殺犬〉後、砂糖黍を掻き分け、テントに戻りながらいだきつづけたあの楽観は一体何だったのだろう、と考えた。あれはまだ二、三日にもならない。俺は犬を殺したために〈立派な集落民〉になったはずじゃなかったのか。だが、俺は急に寂しくなった。もはや、このテーゼに関しては何も考えないと決意したが、玄三と嘉一と犬の死骸をこうもまぢかに見ると、何物かがしきりに考えるように俺を強制するようだった。

俺は突然言った。頓狂な声が出た。玄三が驚いた。玄三の頬はまだ微かにけいれんしている。「犬をどうする」と俺は言ったのだ。玄三も嘉一もしばらく俺を見ていた。見開いた目だった。

やがて、まるで二人は調子をあわせたかのように同時に犬を見た。俺は彼らの返答を待った。だが、二人は顔は見あわすが、口が開く気配はない。

「目障りだから、すぐ埋めよう」

俺は一言一言かみしめるように言った。二人はやはり何も言わなかった。十数秒たった。

「ほっとけ。完全に腐敗させなければならない。腐敗させたのなら、本質を暴露する」

嘉一が細長い唇を歪め、小さく笑いながら言った。俺は〈本質〉というものがいやに気になった。

「……君は本質を掏り替えている」

俺は言った。

「直接攻撃をするものが、必ず敵だとはいえない」

嘉一の見開いた黒目がちの目は驚いている。

「では、聞く、敵は何だ」

嘉一は聞いた。凄みがきいた低い声だった。

「……死んでしまえば、敵も味方もないよ」

俺は話をずらした。敵が分からなかった。だが、嘉一の無言の圧力は重かった。強いて言わなければならないのなら、敵は君だ。俺は嘉一を指差しながら大声を出そうと焦っている別の自分を押さえた。激しい動悸が続いた。

「俺たちにとって、いいかい、俺たちにとってだよ、敵がこの犬を除けば何処にいるんだい？　犬が総てではないにしても、それぐらいは俺も認識している、俺たちはとにもかくにもここから出発するほかはないじゃないのかい。……たといどのような結果になろうともだ」

嘉一は顔のみならず体も俺に向けた。彼の理論は空論だと言いたかったし、先ほどから深呼吸もしたかった。

俺は立ち上がった。嘉一と玄三が見ていたが、俺は砂糖黍の匂いを深く吸い込んだ。

6

四日目ごろから犬の腐臭はひどくなった。俺と玄三はうなずきあい、犬の上に畑の土をかけた。ようやく小山ができた。嘉一には無断の作業だった。嘉一もまもなく気づき、俺たちの決断をなじった。しかし、ほっとしたような嘉一の内心は目ににじんでいた。

7

俺たちはまず、集落を明確に三つの区画に分け、夜の九時までくまなく歩き回る決議を確認しあった。嘉一が俺たちに手渡した食費はほんとに僅かだった。玄三がすぐに顔を向けた。強ばっていた。不満のせいだ、と俺は思った。だが、玄三の声は穏やかだった。

「これだけ……」

嘉一は薄汚れたGパンの尻ポケットに手を突っ込み、黒い皮製の札入れを取り出し、玄三を見つめながら逆さに振った。

「まっ、明日以降の生活は明日考えよう。どこの親でも息子を見殺しにはしないだろう」

東の低い山々がぼんやりと乳白色にもやっていた頃に俺たちは起床した。それから、まだ半時間もたっていない。だが、ここから百メートル先の砂糖黍の一本一本の茎や葉がくっきり浮き出ている。

砂糖黍畑を出た。すぐ、T字路にさしかかった。嘉一と別れた。なお砂糖黍畑に沿いながら数百メートル歩いた。Y字路になった。玄三と別れた。砕いた石灰岩を敷いた道が続いた。風化した白い粉が表層をくまなく覆っていた。一台のトラックがやっと通れる道幅だった。自動車はめったに通らない。だが、時々地表をさらうような風に粉が舞う。道に面した砂糖黍は葉の先から根元までおしろいの化粧をしている。道が下りになった。砂糖黍が両側から覆いかぶさった。一層白っぽい風景が広がった。

上下や横にくねった道はしばらく続いた。なだらかな下り坂を降りた。今度は平たい一直線の道が、砂糖黍の葉の上に覗く青い水平線に向け、ずっと延びていた。

俺は妙に思った。昔から俺はこの道を通った。とても馴染み深いし、変に懐かしい。間違いない。しかし、いや、だからなのか。俺がこの道にこのように気をとめたのは今日が初めてだ。広いと感じた覚えも勿論ない。今しがた何故、俺は妙に思ったのか、歩きながら考えた。

俺ははっとした。「この集落は狭い、小さい」と、嘉一は無理矢理しきりに俺に認識させようとしている。違う。俺はつぶやいた。やっぱり、集落は広いんだ。この道を見てごらん。まるで大陸の道じゃないか。

「俺は本心からは嘉一の同志になんかなれないんだ」

俺は自分に言い聞かせながら、道の真ん中を歩いた。よく見ると砂糖黍は葉も茎も細い。まるで骨格だけ、という感じだ。畑の奥まで見渡せる。しかし、執念深くこの道を覆い隠そうとしている。俺はいじらしくなった。うつむいたまま歩いた。

ゴム底のズックも黒ズボンの裾も石灰岩の粉が付着し、まっ白になっている。いやらしい汚れだ。ふと俺は思い、気になった。すぐ家に帰りたかった。足を洗い、寝よう。しかし、どうしたわけか、どうしても実行できない。俺の足は家とは逆方向の〈割り当ての地区〉に向かっている。

俺の目の前、二十メートル先にひょっこりと人間が現れた。この農夫は砂糖黍の陰の横道から出てきたのか、この一本道のずっと先から次第次第に近づいてきたのか、よくわからなかった。急に激しい動悸がした。〈任務第一号〉だ。

軍払い下げの分厚い灰色のジャンパーのチャックは閉めていない。ズボンの裾をまくしあげている。太い荒縄で編んだ農作物入れを肩に掛け、草刈り鎌を握っている。俺の目にはこのような農夫の姿ははっきりと映る。だが、俺は農夫の目を見ない。だから、手拭いで頬かぶりをした五十がらみの顔は残像のようにしか浮かばない。ふと嘉一を思った。俺が〈任務〉を遂行すれば、たとい一つでも遂行すれば、俺はまもなく嘉一から脱落するかもしれないという危惧は完全に払拭される。いとも簡単な〈任務〉なのだ。俺はこの農夫に、こう言えばいい。「おはようございます。はやくからせいがでますね。……あ、おじさんは御存じですか。これは何名かの大学の先生から聞いたんですが、枯れそうな砂糖黍には犬を焼き、その粉を蒔くと凄くいいそうですよ。特に軍用犬のように大きく、強い犬なら効果覿面《てき》だそうです」

俺は勇気をふりしぼった。農夫の顔を見た。アダンの葉を編んだ円錐の笠を深くかぶった農夫はうつむいたまま道の左端を歩き、次第に俺に近づいてきた。俺は二回か三回微かに口を開いた。声は出なかった。立ち止まりたかった。だが、むしろ、早足になるようだった。

擦れ違った瞬間、農夫は笠を少しあげ、小さくうなずいた。俺も思わずうなずきかえした。俺は数歩行き、立ち止まり、躊躇《ちゅうちょ》しながら振り返った。農夫の小さい後ろ姿をしばらく見つめた。この人間は諦めよう。俺はようやく決心した。

体がだるくなった。疲れたのかもしれない。俺の右側は薄の密生した丘陵が続き、砂糖黍畑を遮断している。薄は平地にも蔓延していた。短い丈の雑草が薄にはさまれるように生えていた。だが、そのような一個所に俺は絶好な休憩所を見つけた。薄の下の草が丁寧に敷き倒され、背後から伸びた薄の葉がこんもりとした日陰をつくっていた。俺はふらふらと座り込んだ。

何十分ほどたてひざに頬杖をつき、ぼんやりしていたのだろうか。俺が進んでいた向かいの方角から人が来た。砂糖黍や草の隙間からしか見えないし、かなり離れている。だから、まだ人影でしかない。俺はなにげなく、しかし、瞬きもせずに見ている。突然、激しい動悸がした。あの人影が玄三か嘉一、特に嘉一だったらどうしよう。俺は立った。俺たちは昨夜ほとんど一睡もせずに〈掟〉を決め、結束を固めた。だが、俺は〈掟〉を破った。玄三も嘉一も〈掟〉どおり宣伝活動をしているだろう。全精力を傾注しているだろう。俺は言い訳を必死に考えた。俺は激しく動揺していた。思考は散乱した。だが、ようやくこのように言おうと決めた。「この道は多くの集落民が通る。だから、俺はここでまちぶせている。辻説法みたいな方法を試してみたい」

この人影は先程の農夫とほとんど似ていた。俺は少し迷ったが、辻説法をしなかった。目をつぶり、身動きせず、彼の通り過ぎるのを待った。ゆっくり目をあけた。俺はなぜ農夫に〈宣伝〉をしないのだろう、とは考えず、なぜ玄三や嘉一への言い訳などを考えるより彼らから逃げようとしないのか、を考えた。だが、考えるのも億劫だった。

俺の〈担当〉の集落は西の外れの高台にあった。高台からは砂糖黍が滑らかな丘陵を登ったり、降りたりしながら低地を占領し、なおも、細かく散らばった野菜畑などを〈植民地〉化しようとうかがっている様がまざまざと見えた。西の砂糖黍畑のずっと向う側に太った女の尻のようななだらかな丘陵が見えた。尻の裂け目に軍の金網が見えた。基地の戦車や建物は見えなかった。この集落の人間が、ややもすると基地を他人事のようにあしらう傾向はこのような集落の地形から生じた、と俺は考えた。なかなかの発見だと思った。少し有頂天になった。

9

この狭く白い道はいかにも太古の昔から人間たちに踏みつけられたかのように固い。道の両側には大人の頭ぐらいの大きさの石灰岩が大人の背丈ぐらいに積まれ、延びている。俺はいつも崩れ落ちそうな予感がし、すぐ脇は歩かない。だが、石の積み方は先祖伝来のものだ。大型の強い台風が吹き荒れてもめったに崩れない。そもそもこの石垣は台風の防風堤なのだから。

石垣の内側にはたいてい似たような灰色の瓦を葺いた造りの家が建っている。たいていの家の軒から地面にかけ四、五本の太いつっかい棒が斜めに立っている。この集落の家は誰もいない時でさえすべての戸が開きっぱなしのままだ。家具類がほとんどない。屋内は真夏の真昼でさえも洞窟の入口のように薄暗い。

おのおのの家の庭には井戸がある。縁は円く、石で囲ってあるが地面より二、三十センチメートルしか高くない。何故囲いを高くしないのだろう。俺は今も不思議に思う。人が、特に子供や老人が落ちたという噂がないのも不思議だ。

集落内の植物は数も少ない。だが、ガジュマルの大木が路地の脇に何本も屹立している。まさに大木だった。黒いコールタールを塗った電柱よりも高い。

俺は一通り集落を一周した。半時間もかからなかった。男や若い女は野良仕事に出ているようだった。老婆が仏像のように縁側に座り、幼女が庭先で石ころと戯れていた。いや、俺は人間を探していたのではない。人間をできるだけ見つけないように気を配りながら歩き回ったのだ。

集落の真ん中辺りの広場にでた。四、五人の女の子供がいた。白っぽい地面に縦長の格子を描き、その中に外側から瓦のかけらや平たい小石を投げ入れ、片足でとびはねながら遊んでいる。俺も幼い頃よくやった。〈ケンパー〉だ。変に懐かしくなった。

俺はガジュマルの地面に突き出た根っ子に腰掛けた。子供たちの〈ケンパー〉をぼんやり見た。ガジュマルの気根が俺の目の前に垂れ下がっていた。ガジュマルの黒い広い影が地面にへばりついていた。だが、子供たちは目もくらむような直射日光にさらされている。何故影の中で遊ばないのだろう。俺は思った。同時に俺はどうして最近、何故、何故と色々なささいな疑問を抱くようになったのだろう、と考えた。

ところが、俺の思考はすぐ一人走りした。こともあろうに俺は〈自分の分〉の〈宣伝活動〉を子供たちを対象にしようと考えた。何とかやれそうだった。

俺は立ち上がり、子供たちに近づいた。少し躊躇《ちゅうちょ》したが、言った。喉がかれていた。

「お兄ちゃんが、面白い話を聞かせてあげようか」

俺の声が聞こえなかったはずはないのだが、子供たちはまだ夢中に遊んでいる。土で汚れたよれよれのズボンや、袖なしのシャツや黄ばんだ白のワンピースなどを着ているくせに、俺の〈社会変革〉の話を聞き、豊かになろうとするそぶりは微塵もなかった。

だが、俺は何も言わずに立ち去った。俺があと一言言うと、子供たちは泣きだしそうな気がした。

10

玄三が何のために基地に侵入したのか、俺は知らない。ただ、嘉一の策略、あるいは脅迫に因っている、と疑っている。

テントの中でのんびりうたた寝をしていた真昼、嘉一が駆け込んで来て、俺を激しくゆり起こし、唾を飛ばしながら〈報告〉をしたが、俺は少しも我を忘れなかった。何故か。たぶん、俺はあの時、あの瞬間、嘉一の〈陰謀〉をあやふやにしろ直感したせいにちがいない。嘉一が例えばこのように言うであろうと、俺は常日頃の彼のささいな言い回し、理論の切れ端、何気ない行為、そして特に最近の〈運動〉不振のいらだちの形相などを積み重ね、想像できる。彼はよく言ったもんだ。「軍用犬が怖い、と集落民も薄々知ってはいる。だが、『抗争』にまで高めなければならない。そのためには犠牲者を作り出さなければならない」

犠牲者に俺ではなく、玄三を選定したのは何故か。俺はこの疑問にもはっきり自信たっぷりに答えられる。嘉一はいかなる手段を行使しても俺を基地の中に侵入させるのは不可能なのだ。それに俺なら犬に噛まれた瞬間に何の逡巡もなく〈運動〉を脱退する。このような危惧を嘉一は日夜抱いていたはずだ。玄三が犬に噛まれる現場をまざまざと俺に見せつける。犬の獰猛さをこれでもかこれでもかと俺に認識させ、かつ犠牲者の玄三を宣伝用に担ぎ出し、〈神妙におおさわぎ〉しながら集落中をくまなく歩く……。嘉一の〈陰謀〉はまさに一石二鳥、いや、三鳥ではないか。

もちろん、俺はこのような秩序だった論理の組み立てをあの時あの場でできたわけではない。あの時はただ、嘉一が怪しい、と感じたにすぎない。無意識だったが、どうしても何かが怪しかった。だが、俺のこの洞察は間違いじゃなかった。たしかに俺も少しは迷った。玄三が基地内の軍病院に十数日間入院している間に確信になった。

11

あの時——。

俺は金網の中を注視している。今、砂糖黍の葉は人間の肩から上の方にしか茂っていない。しかも、その葉も水分が蒸発し、カラカラと萎み、俺は身を隠すのにすごく苦心している。たしかに砂糖黍畑の奥に潜むのならめったに発見されないだろう。だが、視界がせばまる。玄三の行動を見逃しかねない。俺は長い間迷ったが、基地内が鳥瞰可能な高台の砂糖黍畑に腹ばいになり基地の金網に接近しようと考えた。

一般にこの地域の基地は低地にある。軍が集落に軍事基地を早急に建設する場合、海岸地帯を選定するのは当然だろう。なぜかといえば、むつかしい整地をほとんどしなくてもすむからだ。そして、次に畑地帯を考えるだろう。

軍は山や丘の地帯を基地にしようとは少なくとも初期には決して考えなかっただろう。確かに近ごろは軍もゆとりができたのか、まるで地形の変化を楽しむかのように丘陵地帯にも基地を増設しだした。このような傾向は二、三年前に発芽した。何とか歯どめをかけなければ、十数年後には島中が基地だらけになってしまう。

俺は何故このように基地の過去や未来まで考えたのか。何故だろう。俺は必死に砂糖黍を手で掻き分け、体でおしひらきながら、〈斥候に最適な場所〉を探した。暗中模索だった。砂糖黍は単純な構造なくせに、互いに、いやにうまく絡み合い、俺の視界を覆う。

俺は何故こうも安全な〈場所〉に固執するだろう。俺は足早に進みながらぼんやりと思った。何処でもいつでもそうじゃないか。玄三は今も金網の中にいるのだ。

だが、俺は勇気がなかった。勇気がない事実を考えたくなかった。意地になった。乱暴に進んだ。弱々しげな砂糖黍ならあえてよけなくなった。いや、わざわざ弱そうな砂糖黍を探し、踏みつけ、折りながら歩いた。グキッと砂糖黍の折れる弱々しい音がした。俺は振り返った。骨折した腕のようにだらしなく横たわっていた。俺はまたむきになった。

玄三が俺を呼んだ。俺は我にかえった。最初は大きいが訳のわからないヒイッヒイッという音に聞こえた。俺は思わず金網に駆け寄り伏せた。玄三をすぐ発見できた。金網の向う側、俺の目の先五十メートル程に一階建てのコンクリート造りの建物が建っている。一階だが、町の建物の三階分の高さがある。形はどれもこれも画一だ。一個の建物の横の長さが何十メートルもある。窓らしいものが見えない。すごくへんてこだ。奇妙だ。

玄三が小人に見えた。普段俺は、俺より十センチ程背丈の高い彼を大男のように思っていた。だから、今、間違いなく玄三なのだが、玄三ではないような妙な気持ちになった。もし、たいていの基地のように軍用トラックや軍用ジープが十台も連なって走り、数メートルの高さの箱に詰められた軍需物資がアスファルトの広大な広場一杯に整然と積まれていたのなら、あるいは俺は玄三を発見出来なかったのかもしれない。

その基地の中では玄三と犬と軍兵しか動いていなかった。犬の迫力のある吠え声、すさまじい突進力。軍兵の甲高い笑い声。犬をけしたてる訳のわからない早口。玄三の悲鳴、俺を呼ぶ声、嘉一を呼ぶ声。俺の目は犬にくぎづけになった。この犬は俺たちが殺した犬とは違う。俺はすぐ気づいた。不安になった。二メートル弱の太い綱でつながれているこの犬は何度も玄三の首すれすれにまで跳びかかった。

だが、まだ嚙みつきはしない。玄三はしばらく犬をかわしながらジグザグに逃げていた。やがて一直線に走った。俺ははっとした。金網の〈穴〉の方向に進んでくる。俺に接近してくる。

俺は思わず立ち上がり、拳大の石を探し、力一杯に投げつけた。犬を目がけたが、石は金網の網目に緩くうけとめられ、ほとんど音もたてずにポトと落ちた。俺は数歩あとずさった。目についた石や土の固まりをわしづかみ、金網の上から懸命に投げつけた。犬や軍兵が直接打撃を蒙《こうむ》るとは考えていない。ただ、犬や軍兵の注意を俺に向ければいい。

援護射撃は効果があった。軍兵は立ち止まりかけながら、俺を探した。俺は物を投げるのを止め、金網に引っつき、仁王立ちに立った。軍兵はいきりたち、俺にとびかかろうと地面を蹴る犬を綱引きの綱を引くように上体を後ろに倒しながら制し、俺を真正面からにらみ何やら喚いた。抑揚のないせいか俺は逆に罵られている気はしなかった。

玄三はその間に逃げ、犬から十メートル近く離れた。助かる、と俺は思い、〈穴〉に駆けた。軍兵は玄三を見た。すぐ、綱を離した。犬は玄三を猛烈に追い、すぐさま玄三の背中に飛びつき、首にかみついた。

玄三はわめいた。叫びながら倒れ、倒れたまま手足をもがき、犬を押し、宙を蹴った。俺は立ちすくんだ。目をそむけたかったが、できなかった。

軍兵は犬を引き離し、綱を金網にくくりつけた。犬はなおも玄三に襲いかかろうと跳びはねた。金網が激しく振動した。俺は金網から両手を離し、あとずさった。軍兵は屈んだまま玄三の顔をのぞきこんでいた。が、不意に俺を見た。

俺は砂糖黍畑に飛び込んだ。必死に逃げた。嘉一がいない。今、気づいた。最初から俺とはぐれたのだろうか。それとも、途中から帰ったのだろうか。思い出せない。だが、もうどうでもよかった。

12

蒸し暑い夜だった。寝苦しかった。俺は始終右に左に寝返りをうった。首や背中や脇に汗が湧き、流れた。玄三と嘉一は俺に背中を向け、寝息もたてずに熟睡していた。いや、狸寝入りしているようだった。虫の声が聞こえた。いやに耳障りのする音だった。テントの外側からなのか、内側からなのか、聞き分けられなかった。

俺は音をたてないように静かに起き、テントを這い出た。月が青く、大きかった。シャツを脱ぎ、それで上半身の汗を拭いた。俺はゾッと身震いするような砂糖黍の葉先に触れながら砂糖黍畑の中の小道を歩いた。

夜の砂糖黍はとても哀れっぽかった。空は青白かった。だから、弱々しく歪曲した細い茎や、先端がクルクルと巻いている葉や、何かに無残に食いちぎられたような薄の大ささもない葉が黒くくっきりと浮き出ていた。茎が倒れ地面に這ったまま生きているもの、立ち枯れしたものも多かった。だから、例年なら整然と密生し、決して奥を見せない荘厳な畑も今は向こう側の小道や、別の砂糖黍畑も、たまには遠くの低い山の連なりさえも覗かせていた。

高い土手の雑草には露が降りていた。だが、俺は深々と座った。風が無かった。俺の目の前にひろがる砂糖黍の軽そうな葉さえ動かなかった。

月は正午の頃の太陽とほぼ同じ位置にあった。月光の明るさはちょうど昼間青いサングラスをかけて見た時の太陽とさして変わらないと俺は思った。入道雲はくっきりとふちどられた山の端から昼間のようにいきり立っていた。ただ、色は病人のような青っぽい白だった。

砂糖黍と何かの接触音をずっと聞いてはいたが、玄三が俺の目の前、十数メートルの小道に現れたのは不意をつかれたような気がする。

玄三の顔はまともに月の光を浴び、目の形さえわかる。彼から見たら俺の顔の輪郭がぼやけているのかもしれない。まるで俺に気づいていないようだった。俺をびっくりさせようとしているのか、老人のように腰を曲げ、抜き足差し足、音を殺しながら俺に近づいてくる。近づくに従い、彼の目の色がはっきりした。猫の目のようにギラギラしている。俺は息をつめた。動悸が起きた。彼の、ざくろが大きく弾けたまま固まったような首の傷跡から俺は目をそむけた。

玄三は俺の前に立ち、俺を見下ろした。執念深げな目だ。俺は立ちあがれない。だが、彼の瞬きもしない目から目をそらさなかった。彼に何か言わせたかったし、彼の不思議な態度を知りたかった。俺たちは長い間見つめあった。

突然、彼は振り返り、今しがた来た道を帰り出した。歩きながら首を突き出し、腰を曲げ、何かを探している。玄三は何かを探している、というよりただ落ちつかないだけじゃないか。俺はふと思った。

やがて、玄三は一応探し回ったから安心したというように俺に近づき、傍らに座った。何も言わないが、顔は強ばってはいない。だが、まもなく、彼の目はおちつきを失い、辺りを見回した。彼は何をまたおそれだしたのだろう。彼の目を俺が横目で何度も見たせいだろうか。俺は不安になった。

「君は気づいているかい」

玄三は俺の耳に口を近づけ、言った。押し殺した声だった。

「何を？」

俺の返事に気を悪くした感じはなかった。だが、玄三は沈黙した。もったいぶっているようだった。

俺は訳がわからなかった。だが、何か責任を感じた。

「軍か？」

俺はあてずっぽうに言い、玄三の機嫌を伺った。

「そうだ。では、軍の何だ？」

玄三は力強く言い、俺を凝視した。俺は目をそらし、目の前の砂糖黍を見た。

「……君が気がついたのは軍の何だ」

「……」

「軍がね、砂糖黍を大量生産し、安く販売しているという事実だよ」

玄三はじれったさをおさえきれないように微かに歯ぎしりをした。俺は驚き、顔が強ばった。だが、玄三の目は月光に怪しげに光っていた。俺はうつむいた。

「君は基地の向こう側に行った体験は？」

玄三はまた急に平然となった。俺はかえって気味が悪かった。基地の向う側はべつに軍の立ち入り禁止の標識が立っているわけでも、あるいは踏み込めないような複雑危険な地形でもなく、この場所と同じように砂糖黍畑が広がっているにすぎず、俺は子供の頃からよく通り、よく遊んだ。

だが、今は正直にうなずけなかった。うなずくと、玄三に矢つぎばやに異様な追及をされそうな気がした。俺は二度三度首を横に振った。

「軍はあそこで何を栽培していると思う？　わからないだろう。砂糖黍だ。その意図は何だと思う？　言うまでもない。だが、言おう。この集落の民衆を陥れる以外に何があるというのかね」

玄三の論理は短絡している。平凡だ。玄三もまだふつうだ。俺はほっとした。なぜならこの論理は俺も一度や二度は白昼夢のように考えたのだから。勇気が出た。俺は言った。

「しかし、このような天気だ。いくら軍が躍起になろうと、立ち枯れになるのがせきのやまだろう」

「何を言っているんだ、君は」

玄三が一喝した。俺は玄三の額を殴ろうとする衝動が走った。

「いいかい、よく聞けよ」

玄三は一言一句はっきりと言った。俺をまるで諭そうとしているようだ。

「集落の畑が枯れたのを天候のせいだと思っているのか、君は。そうじゃないんだ、実は。よし、証拠をしめそう。向うの軍が栽培している砂糖黍の茎は太く長く、葉も大きく青々と成長している。立派だ。だが、何故ここの砂糖黍は育たない？　誰かの仕業とは思わないのかね、集落の連中は。君は何の為に今まで寝食も忘れ、一生懸命学習してきたんだ。君がこんなだから、僕が集落民を責められるはずがない。だが、もう、いい。君を追及はしない。水に流そう。だが、君は一旦このからくりを知ったからには集落民に啓蒙と啓発をする使命がある。ちがうかね？」

「……君は、このからくりをいつ知った？」

俺は聞いた。声がうわずった。

「大体、一か月前だ」

「何故君はすぐ集落民や俺たちに話さなかった？」

「……嘉一には話したよ」

玄三の声は急に弱々しくなった。俺には手にとるようにわかった。

「君が話したのは、何故嘉一だけなんだ」

俺はふと裁判官を気取っているような気がした。確かに真剣だった。だが、何故かおかしかった。

「だから、今、君に話しているんだよ」

「だから、何故同じ話をするのに、嘉一とのあいだに一と月もあいているのか、と俺は詰問したい」

「……嘉一に固く口止めされていたんだ」

「何故、嘉一の口止めなんかを君は守らなければならない？　君の主体性は何なのだ」

「口外したが最後、俺はたちまち拘束されるんだ」

「拘束される?」

「嘉一がそう言うんだ」

「誰に?」

「だから、嘉一に」

「だから、誰が君を拘束するんだ」

軍兵だ、と俺は思っていた。わかっていたのにしつこく聞いた。だが、意外な玄三の返事だった。

「集落民」

「集落民? 集落民が君を拘束するというのか」

「そう言っている、嘉一は」

「君はどう思う?」

「どう思うもこう思うもない」

「……嘉一は何と言っている」

「集落民を納得させるには莫大な時間が無益に流れる、というのだな。しかしながら、急激なウンドウは俺たちの存在そのものが壊滅してしまう、というのだ」

この話は事実だろうか。だとすると俺は嘉一の真意がますますわからなくなる。今、振り返ってみると、嘉一が俺たちに、少なくとも俺に一度でも彼自身の〈運動論〉を〈一貫した行動〉で示しただろうか。俺自身の〈運動〉がうわついているのは嘉一のせいだ。別にとりきめたわけではないが、明らかに三人の首謀格は嘉一なのだから。嘉一の〈運動方針〉の曖昧さは糾弾しなければならない。俺は小さくうなずいた。

するとと、玄三は多弁になった。だが、俺はほとんど聞き流すように聞いていた。「軍が化学液を畑に流し込んだから砂糖黍が枯れたんだ」とか「砂糖黍作農民どうしを分裂させるため、軍に好意的協力的な農民たちには軍が化学肥料を大量に施す」とか、「何処其処の畑には化学液の粕が残っていた」とか、「何処の農民の畑の砂糖黍だけは不思議と豊作だ」とか……俺は相槌もうたなかった。ただ、漠然と前方の青白い砂糖黍を見つめていた。玄三は明らかに機嫌を悪くした。だが、熱っぽくなおしばらくはしゃべった。ところが、玄三は不意に黙った。と同時に荒々しく立ち上がり俺を見下ろした。

「やはり、君は俺を馬鹿にしているのだ」

俺は思わず動悸がした。だが、立ち上がらずに玄三を見上げた。

「君は今に思い知るよ。いいか、覚えておきたまえ」

玄三は足早に、砂糖黍を払いのけながらテントに戻った。月は俺の真上にきていた。青みが薄れ、少し、小さくなっていた。

13

犬に噛まれた後からの玄三は何処かなんとなくおかしくなった。俺は、彼が基地内の病院を退院した日にそのように感じた。最近では感じる、感じない、じゃない。正真正銘紛れもなくおかしい。何につけ、しょっちゅうビクッと驚く小心を隠さないくせに、わけもわからない理屈を振りかざし俺に凄いけんまくで食ってかかる。と思うと、不意にふさぎこみ、長い時間一言も言わずにテントの中に正座している。これはあの事件以前の玄三とは明らかに違う。どうしても考えられない。

嘉一も玄三の変貌には気づいている。なにかと玄三には気をつかう。言葉も仕種も慎重になる。俺がずっと抱いていた大胆な嘉一の姿とは似つかない。ぎこちない。しかし、嘉一は俺より何日も前に玄三の変貌を予感していたに違いない。だから、もしかすると意外性から生じる戸惑いは嘉一にはないのかもしれない、と考えた俺の目のずっと奥では、玄三を前にした嘉一の振る舞いが自信たっぷりのゆとりに満ちたものに一変するから不思議だ。

……とにもかくにも嘉一が玄三を犬に襲わせた。俺は断定する。罠を仕組んだ張本人は嘉一だ。当然嘉一はあの犬と玄三がどのような効果を及ぼすのか、わかりすぎるくらいわかっていたはずだ。彼の計画にはそのような影響力も充分に組まれていたはずだ。

14

俺はテントの前の小さい広場の乾ききった硬い土に腹ばいになり、本を読んでいた。俺の足元に嘉一が座っていた。彼も本を読んでいた。日がテントの向う側に落ちていた。俺たちは夕暮れのぼんやりとした砂糖黍畑に囲まれ、既に一時間も何も言わなかった。彼は外国人が書いた革命理論の本、俺は日本人が書いた推理小説を読んだ。玄三はまだ〈敵情視察〉から帰ってこなかった。推理小説の中の犯人はとっくに捕まり、俺は時間をもてあました。

本は嘉一が十数冊、玄三が五冊、俺が一冊テントが完成した数日後に家から持ち込んできた。俺の推理小説を除けば、総て〈革命〉に関係する本だ。俺は何故、革命に関係する本を（実際、家の本棚には何冊か立っている）たとい形式にしろ持ち込まなかったのだろうか。俺は足元の嘉一が気がかりだった。だから、なかなか推理小説に没頭できなかった。（もっとも、再読だったから、もともと熱がはいらなかったが）

俺は次第に気まずくなった。俺は後頭部に重くのしかかる視線をふりはらうように仰向く。だが、本の活字を見つめつづける。

砂糖黍が乱暴に掻き分けられる音、激しい息ぎれの音がした。俺はやっと緊張が解けた。玄三が現れた。顔は陽にやけている。だが、まばらに生えた不精髭のせいか、顔色は青っぽい。目におちつきがなく、小刻みに動く。すぐ、嘉一が顎をしゃくりテントに導いた。俺はまわりを見回した。砂糖黍がこすれあう音しかしない。しかし、迫ってくる何かがいる気がした。

俺も中に入った。玄三はすでにしゃべりだしていた。

「おい。大変だ。奴ら、しでかしやがった。何かって聞かないのか？　鼠さ」

玄三は顔を大きくしかめた。俺たちは黙っていた。

「東の方にある、ほら、土が崩れて、山肌が生々しく赤い小高い丘を知っているだろう。ほら、一本松の下さ。俺はその松に登っていたんだ。何のために、と聞きたいか？　奴らの動きを監視するためさ。軍雇用員がどっと金網の外に溢れ出てからずいぶん時間が過ぎ去ったようだから、そうだな、たぶん六時頃、基地の奥から、黒緑色の大型クレーン車を知っているだろう？」

「……」

「四台連なって。その後ろには、やはり四台の大型トラックが連なっていた。そして、金網の手前、五、六メートルに接近した時、停まった。それから、四台のクレーンが四台のトラックに積まれていた箱を持ちあげたんだ。トラックの荷台よりも大きいような金属製の箱だった。トラックの色とよく似ていた。だから、トラックの屋根と勘違いした。箱は金網の上をまたぎ外側に吊られた。すると、箱の底が開いた。黒い大量の油がこぼれた、と錯覚した。またか、と思った」

「……」

「だが、この黒い液は跳ね返りかたがおかしいんだな。すぐさま四方八方にさっとちらばるんだよ。液らしく滑らかに流れる気配が全くないんだ。液の一粒一粒が無数に動き回る。油じゃない、動物だ、と俺は思った。俺はどのようにして松を降りたのか覚えていないが、軍兵に気づかれないように砂糖黍畑の中を慎重に金網に向かい、這った。俺は慎重過ぎたのかもしれない。だって、俺が金網に近づいた時にはすでにクレーン車もトラックも軍兵も引きあげていたのだから。しかし、俺は幸運だった。まだ、残党がいた。動物だが、俺は動物の正体を見た。なんだと思う？　……鼠だ。君たちは驚かないのか。おい、それとも驚きすぎたのか。声が出ないのか。軍は汚い。だが、感心もするよ。俺たちは全く予想できなかったんだから。鼠を砂糖黍畑に投げ込む……なんて奇想天外な発想なんだ。おい、嘉一、君の畑にもだぞ。C、君の畑にもだぞ」

俺は目をあげ、小さくうなずき、また、うつむいた。

「あの鼠は集落の鼠じゃない。大きすぎる。奴らは外国から鼠を輸入したんだ」

嘉一が上目づかいに玄三を見た。嘉一は口元に微妙な薄笑いを浮かべている。

「それで、君は鼠を殺したか」

「……あまりにも数が多かったし、大きかったし……活力があったし。俺は棒を持っていなかったし……」

「まさか！　たった一匹も？」

「あっ、一匹は殺したよ。俺の左足にかみついたんだ。かみついたまま、執念深く離れないんだ。俺は痛かったから、やっきになった。てまひまかかったが、ようやく、右足で踏み潰したよ。いやに柔らかかった。グニャという潰れた感触がないんだな。俺は不思議だったから地面に這うように屈み、そいつの顔をのぞきこんだよ。ところがびっくりしたのなんのって、真っ白い歯を剝き出しにしたまま俺をにらんでいるんだ。俺は無我夢中で、鼠の五倍ぐらいの大きさの石をつかんでいた。だが、鼠の顔を三回、四回打ちつけ、潰した時には冷静になっていたよ」

「どんな鼠だ」

嘉一は証拠を見たがっている。鼠そのものを呈示させたがっている。だが、口先だけだ。そもそも、玄三を信じていない。俺はそのように感じた。

「うん、まず、大きさは普通のどぶ鼠の三倍ぐらいだ。次に、口が異様に大きかった。耳まで裂けているようだった。それから、毛は荒く、真っ黒だった。それから、尾っぽは太く、長かった」

「どれ、どんな鼠だよ」

「だからね、今言ったように……君は、嘘だと思っているのか。嘘だと思っているんだな。俺は本当に鼠を殺したのに。信じないんだな」

玄三がむきになった。

「よし、明日、空が白みかけたら、現場にいこう。それから、対策を練ろう」

俺は思わず言った。声が力んでいた。眠たげな嘉一はすぐ同意すると思った。だが、意外にも嘉一は反論した。

「明朝は実戦だ。今夜可能な策は今夜練る。早すぎると思うかい」

嘉一は俺を見た。俺は何も言わなかった。

「さあ、いいかい」

嘉一が言った。「何千か何万か知らんが、とにかく、砂糖黍畑に鼠が放たれた。これを事実としよう。この事実を前提にしなければならない。それから、おれたちの明日以後の『運動』はどうあるべきか。いいかい、このテーゼがあくまで中心だ。だが、そのような枝葉も見逃さずに、絡ませながら、だ。このような論の進めかたが、筋というものだろう」

おや、と俺は思った、ついさっきまで玄三を凝視した見聞いた嘉一の目、唇の端が歪んだもの言いたげな嘉一の大きい口、しかめた嘉一の眉間。なのに、嘉一はむきになっていなかったのか。いや、やはり、むきになっていた。俺は俺の感触を信じたい。では、誰に？　何に？　玄三は甲高い先ほどまでの早口を低く抑え、かみしめるように俺に言った。

「砂糖黍を早急に刈り入れたら、どうだろう」

俺は何でこんな話を真剣にしなければならないのか、とふと思った。馬鹿げている。だが、嘉一の目つきは真剣だった。今まで（特にあの事件以後）嘉一は俺と同じ目で玄三を見てきたのではなかったのか。……俺はひとまず同調しようと思い、すぐ言った。

「しかし、あの砂糖黍はもっと成熟させなければつかいものにならない」

「そうだ」

嘉一は不意に大声を出し、俺を見た。

「偉い」

嘉一は俺の目を見つめたまま、二つ大きくうなずき、それから、ゆっくりと玄三に向いた。

「砂糖黍を刈っても問題は解決しない。俺たちは常に本質を凝視しなければならない。たとい、万が一、万が一だよ、砂糖黍は助かったとしても、何も意味がない。いいかい、問題というのはね、軍が砂糖黍を壊滅させる意図を秘めて鼠を放ったという、この一点だよ」

「そうだ、その事実だ」

俺は言った。すぐ気まずくなった。悔いた。嘉一が小さく笑った。

「もし、鼠が何もしないのならば、君たちはこの軍の行為を許すか。集落民が砂糖黍に害がないからと鼠の存在に無頓着になる。この集落の人間がそうだ。一人残らず、そうだ。恐ろしい錯誤じゃないか。砂糖黍集落にとってだよ、鼠の存在は存在そのものが悪じゃないのか。そうじゃないだろうか。その意味がわかるかね」

俺と玄三を交互に見つめる嘉一の目はいやに真剣じみている。俺は彼の目の色の意味が分かるようで分からなかった。玄三はどうでもいいというふうにあらぬ方を見上げていたが、俺はうつむいた。

「わからんのかい、鼠の存在というのはな、方向があるんだ。明確な方向だ。その方向に一分の狂いもなく、進む。なにも俺は小さい被害と大きい被害を分類するつもりは毛頭ない。ただ、集落民が、小さな被害には敏感なくせに、間違いなく近い将来起こる大きな被害には無頓着、無関心でいる。賛成しようとしない、努力しようとしない。そのような態度を糾弾したいんだ」

「そのような無知蒙昧な集落民に次第次第に分からせていくのが。俺たちの路線ではないのかい」

俺はなにげないふうに言った。しかし、小さい動悸がした。嘉一は俺をにらみ、言った。しいて作ったような太い声だった。

「君はその努力をしたか」

俺は何も言えなかった。何かをどうしても言いたかった。ああっ、と失意のような、あくびのような声が漏れた。玄三の声だった。玄三は仰むけに寝た。俺はしばらくわざと玄三を見つめた。嘉一の関心をずらし、その間に何を言うべきかを考えた。嘉一は玄三を黙らせるために演技をしているのではないだろうか。俺は半ばまだ疑っている。もしそうなら、嘉一は（及び俺も）見事に成功したといえる。それから、俺と嘉一は玄三の目の前で取っ組み合いの喧嘩の真似をし、テントの外に出て、町のバーででも飲み明かせばいい。決して、玄三は俺たちの喧嘩を止めないし、俺たちの後をついても来ないだろう。

しかし、嘉一は玄三をチラリとも見ずに、じっと俺を見ている。嘉一の髪は細かく、ちぢれている。顎は角張っている。そのせいか、ただでさえ大きい目が今は俺の目の二、三倍の大きさに見開いている。俺は侮辱を感じた。だが、目をそらせなかった。そらすと、ますます侮辱を感じそうだった。

「なあ、C」

嘉一が言った。猫撫で声のようだった。俺は不愉快になった。だが、顔を上げ、嘉一を見た。

「俺たちは必死にならなければならないよ、な」

「……」

「俺にも言えるかもしれないが、まだまだ本気じゃないんじゃないかな」

俺は闘っているんだ。少なくとも以前は懸命に闘ったんだ。俺は言いかけたが、思いとどまった。さあ、もう外に出よう。と嘉一はいったいいつ言うのだろう。

「……君は怖いのかい」

嘉一は俺の顔を覗き込むように言った。何故今日にかぎってこうも執念深いのだろう。俺は何か言えば、余計不利になると思った。だが、黙っていられなかった。我慢できなかった。

「……怖くはない」

「では、何故君はその後、基地に入らないんだ」

「必然性が生じた時には、入る」

「その必然性とやらは、俺が数えただけでも数回あった。そのつど君は砂糖黍の間から金網に接近さえしなかったじゃないか」

「俺は玄三が入った時、金網にくっつき、懸命に石をなげた」

「発作だろう。発作というものは持続はしない。その発作さえ、死を賭けて闘っている玄三を目の前に見なかったのなら、起きたかどうかは、疑問だがね」

「……」

「闘いというのは友情かもしれない。しかし、受け身じゃいけない。いいかい、攻撃だ。徹底した攻撃だけだ」

俺は〈発作的〉に立ち上がり、テントを出た。砂糖黍の輪郭は黒く、くっきりと浮かび出ていた。昼間よりも存在感があった。星が凄く多かった。畑中の白っぽい小道もぼんやりと浮かびあがっていた。俺は急いだ。半ば放心していた。だが、足を踏み外したりつまずいたりはしなかった。無風だった。俺の体に砂糖黍の葉が触れた。乾いた音がたった。鼠が走り回っているような錯覚がした。俺は何度も振り向いた。音のこきざみな反響は俺にしつこくまとわりつき、俺は振り切ろうと小走りになった。

集落内の道は表面の青白い石灰岩の粉がとても鈍く光り、大きくくねりながら、砂糖黍の中に消えている。俺は駆けた。駆けながら、とうとうバーにいくはめになったな、と考えた。

15

玄三が基地内の軍病院を退院し、テントにもどって来てから三週間目のある日の早朝、俺たちは嘉一の担当集落の民衆へ抗議行動をするための手順を打ち合わせた。一時間ばかりの予定だった。嘉一の説明は至極簡単に終わったが、ひねくれていた俺が文句をはさんだために予想以上の時間がかかった。

俺は嘉一の〈陰謀〉を信じてしまっていた。だから、嘉一のみならず、〈運動〉そのものが信じられなくなった。何もかも怪しむ癖がついていた。にもかかわらず正面きって嘉一と対決しようとはせずに、彼の発言のささいな揚げ足をとる手段を行使し時間を浪費させたのは、何も俺の理論が苦手のせいだけではなく、ある確かな引っかかりを発見したからだ。

玄三が軍用犬に無残に噛まれるのをあのようにまじかに見ながら、俺が本気に怒れないのは何故か？　という引っかかりだ。俺と玄三は確かに友人だし、二人とも同じ集落なのだ。それにあの時、軍用犬に噛まれたのが俺自身だったのなら、俺はどう変わるのだろう。それとも、やはり変わらないのだろうか。

今からでも遅くはないぞ。おまえは犬に噛まれなければならないのだ。誰かの声が頭蓋の中で反響する。しかし、俺はもう何も考えたくなかった。考えちゃいけないと思った。俺は嘉一にはありきたりの話しかできなかった。

夕方の六時を過ぎた。日は西の砂糖黍畑の果てに少し傾いただけだった。何もかもが真昼と変わらなかった。いや、ただ、夕凪のようだった。風が無かった。砂糖黍の葉は萎れ、うだるような昼間よりもさらに生命力を失っているようだった。

砂糖黍畑にはすでに一人の農夫もいなかった。ある畑は砂糖黍は伸びずに雑草が伸び、広がっている。砂糖黍全滅の前兆だと俺はふと思った。

俺たちは黙り込んだまま、足早に集落内に向かっていた。もっとゆっくり歩いていいんじゃないか、と俺は思いながらも彼らのすぐ後ろにつき、進んだ。

集落の広場には誰もいなかった。俺たちは大きなガジュマルの幹にもたれたまま立った。さらに人影を探した。この木の下には普段はよく数人の子供や、足腰の弱った老人たちが集まる。だが、今は誰もいない。十数分間俺たちは黙ったままだった。

突然、嘉一が大声を出した。拳を握り、目に見えない観衆に叫んだ。玄三は嘉一のすぐ脇に寄り、犬に噛まれた傷痕を見せるために襟のない上着を脱いだ。はっきり見えるようにこころもち首を伸ばした。俺は気味悪くも気恥ずかしくもなり、しかし、何気ないふうに広場を突っきり、路地に入った。

俺は民家の庭などをぼんやり覗きながら歩いた。四つめの路地にさしかかり、曲がった、石垣の小さい薄い陰に三人の幼女がしゃがんでいた。小石をいじっている。俺はまず広場が見える路路の端に引っ返し、ひそかに嘉一と玄三を見た。彼らは相変わらずあらぬ方を向き、〈演説〉を繰り返している。俺は足早に子供たちが座っている銘地に戻った。この三、四歳のおかっぱ頭の少女たちは傍らの俺に気づかなかった。少女たちは地表に溜まった土と石灰の混じった粉を丁寧に両手でかき集め、小さい隆起を作っていた。一瞬墓のようにも見えた。俺はしばらく見つづけたが、厭な気分になり、また歩きだした。

小さい集落だが、路地は多かった。戸をあけひろげた薄暗い家の中から鼠色の煙が立ちのぼり、女たちがたちふるまっていた。のどかだった。ほとんどの民家が夕食の準備をしていた。男たちは見あたらなかった。

16

石垣にはさまれたとても狭い路地を抜けた。広場に突き抜けていた。俺は驚いた。十数人の集落民が遠巻きに嘉一と玄三を囲んでいた。俺は静かに近づいた。ほとんどの集落民が一斉に振り返った。だが、髪の長い一人の青年は嘉一をにらみつけ、とちりながらも力づよくしゃべっている。あくの強い標準語だった。だが、頭に巻いた手拭いや、鼠色の固いズボンや、浅黒い顔や、細いがふしくれだった手はまさしくこの集落の農民だった。

嘉一は俺をチラチラと見たが、俺は集落民の輪の中から出なかった。きまずかった。俺は何気ないふうに隣の背の高い初老の集落民の足元に目を落とした。野良仕事の帰りらしかった。太い綱で編んだ袋に山羊か兎の餌の草が、鋭い鎌と一緒に入っていた。嘉一は腕組みをしたまま、俺と同い年ぐらいのこの青年と対峙し、何も言わなかった。玄三は胸を張って立ち、顎もあがっているが、目は下を見ている。

「俺は軍用犬を埋めるのを見たんだ。あんたらが」

青年は大声を出した。

「……何度も聞いた。何度言うんだ」

嘉一は目つきをきつくし、青年をにらみ、また横目で俺を見た。

「俺は現場も完全に覚えているんだ。そこの砂糖黍が他の砂糖黍とどう変わっているというのだ」

青年は嘉一の無言の圧力を感じているのか、いないのか、浅黒い顔を微かに紅潮させ、唾を飛ばしながら言った。

「あんたは、軍用犬を埋めると、非常にいい肥やしになると、いつも言ってたな」

「……」

「一体全体、誰があんたに教えたのだ」

「……」

日ごろ雄弁の嘉一がこのように黙っているのは、いや、黙らされているのはかわいそうな気もしたが、同時に滑稽だった。

どうしたのだろう、嘉一はいつもならはっきりと誤謬《ごびゅう》だと自己認識しながらも巧みな詭弁《きべん》を弄し、擦り抜けるんじゃなかったのか。俺はたくさんの具体例を記憶している。

「だまされているんだ、俺たちは。軍用犬を埋めれば、砂糖黍が枯れないというのは嘘だ。真っ赤な嘘だ」

「……」

「みんな」

青年は振り向き、集落民たちを一通り見回した。俺は目が合うのを避けた。彼の胸元をじっと見た。

「見ろ、犬を埋めた砂糖黍を。他の畑とどう変わっているというんだ。俺たちはだまされたんだ」

「君たちは、軍用犬を殺したか」

嘉一が言った。大声だったが、微かに震えていた。

「一匹も殺さなかったじゃないか、結局」

青年はすぐ振り返った。

「殺そうが、殺すまいが、俺たちはだまされたんだ、あんたに」

青年は、あんた、と嘉一だけを指さした。だから、俺は気が楽だった。だが、そのような自分を恥じた。

「違うか」

青年はまた集落民を見た。数人の集落民が大きくうなずいた。

「君たちは、軍用犬に実際に噛まれたか。噛まれなかっただろう。だから、だからなんだ。俺たちの真剣さがわからないんだ」

いわば、嘉一の最後の切り札だった。俺も前に何度か言われた。俺はそのような時、必ず黙り込んだ。だが、この青年は黙らなかった。

「軍用犬が、集落民を噛むはずがない。俺たちが殺そうとさえしなければ、何もしない、おとなしい犬なんだ」

そうだ。背丈が低い、筋肉質の男が声を出した。集落民たちは互いに顔を見合わせ、小さくうなずきあった。

「あの犬は普通の犬じゃないんだ。巧妙に訓練されている。だから、めったに人を噛まない。しかし、君らもいざという時の、あの犬の牙の力と残忍さはわかるだろう。な、な」

嘉一は必死だった。へつらい、嘆願さえするような目の色だった。俺は嘉一がかわいそうになった。

「あの犬がいるから、俺たちの集落は安心できるんだ。生活もできるんだ。守り神だ」

誰かが言った。今しがた。「そうだ」と声を出した集落民だった。俺は思わず彼を見た。思わず声も出た。

「じゃあ、何から守っているというんだ」

この三十代の男はあっけにとられたように口をあけたまま俺を見つめていた。

「分からなくてもいいんじゃないか。何から守るなんて。それより、守り神の犬を守らなければならん。そうすると、恩恵がある」

青年は言い、俺をにらみながら近づいてきた。

「あの犬を守る？　何から？」

俺は言った。

「あんたらのようなもんからさ」

俺は、あんたらのようなもん、とはどういうもんだ、と聞き返したかったが、自分はどのようなもんだろう、と考えようとうつむいた。すると、青年は満足げに俺を一瞥し（俺は上目遣いにチラッと見た）再び嘉一に向きなおった。

「あんたの親父さんは、砂糖黍に見切りをつけて、町に出稼ぎに行った、とあんたは思っているだろう」

嘉一は何も言わない。

「ところが、ちがう。事実を知りたいか。事実は、あんたに見切りをつけたんだ。訳が分からん遊びをしているから、みんなに顔向けできなかったんだ。だから、逃げたんだ」

初耳だった。俺たちが嘉一の畑にテントを建てるために、嘉一は自分が砂糖黍の面倒をみるから、と強く説得し父親を町に出稼ぎにやった、と俺はきかされていた。

玄三が黙ったまま、集落民の輪の間をくぐり抜け、おそるおそる俺たちが来た道に向かった。集落民たちが騒がしくなった。玄三の後ろ姿や、嘉一や、そして、ついには俺をも遠慮なく頻繁に見た。嘉一は目を硬直させて玄三の後ろ姿を見つめている。俺は嘉一をかわいそうに思うゆとりを失った。自分自身がとてもやるせなくなってきた。玄三なんかむしろあの時、犬に噛み殺されればよかったんだ、と俺は一瞬思った。

俺は玄三に向い一目散に駆けた。すぐに追いついた。俺は彼の細い肩に手をおいた。彼は立ち止まり、首を回し、俺を見たが、また、すぐ歩き出した。

「さあ、玄三、君は生き証人なんだ。君のあの事実を言うだけで、集落民たちは犬の本当の怖さを知るんだ。俺たちの闘いは今こそ決戦なんだ。決して逃げてはいけない」

俺の文句は流暢《りゅうちょう》に流れた。自分でもびっくりした。玄三は聞いているのか、聞いていないのか、分からなかった。じっと白い道の先を見ながら歩き続けた。

「な、嘉一がかわいそうだよ」

「……」

「かわいそうだよ」

「……」

「もっと頑張るべきだよ」

俺は玄三の顔を覗き込んだ。

「何故、君は頑張らないんだ」

玄三は静かに言った。目が虚ろだったが、変に奥が光っていた。俺は一瞬立ち止まった。玄三が不意に振り向き、俺を見つめた。

「あの集落民は、一人残らず犬の仲間なんだ。それから、嘉一も、君もな……みんなさ。みんな犬の仲間だ。もうだまされない、君たちはな、俺をだませない。いいかい、なにげない、なんでもない顔をしている奴こそ、怪しいんだ」

玄三は歯をかみしめた顔を俺の顔すれすれに近づけてくる。俺は思わず後ずさった。俺は何も自己弁護をするつもりはなかった。だが、嘉一の弁護もできなかった。

「テントは見つかってしまったんだ。逃げたまえ。あの集落民たちが襲撃するぞ。君も殺されないうちに逃げたほうがいいんじゃないのかね」

玄三は言った。言いおわり、しばらく俺を見つめていたが、思い切るように振り返り、駆け出した。俺は嘉一の方向を振り向く勇気はなかった。俺は玄三が走り去った集落の外に出る道の方向に歩いた。今にも嘉一が、凄いけんまくの嘉一が追い駆けてきそうだった。ひどくうちひしがれ、地面を見つめたまま何処までも嘉一が俺の後ろをついてきそうだった。後ろがひっきりなしに気になった。玄三は俺の百メートルも先の一本道を歩いていた。思わず、俺は走り出した。

俺は非常に疲れていたし、前の夜は三時間しか寝ていなかった。だから、いわば、死んだように寝入るはずだった。だが、きれぎれの夢を頻繁に見た。

俺は、本島の「革命中央委員会定期集会」に三日間出席した。帰ってきた時に驚いた。総ての基地が無くなっていた。太陽の白光が強かった。見あげなかったが、目がくらんだ。青く黄色い空からジワジワと熱がにじみ落ちた。砂糖黍は〈勢力〉を拡大していた。古い石灰岩の上にわずかなジャーガル土が固まった低い山裾に延び、石灰岩の粉に覆われ、真っ白く蛇行している農道を隠していた。だが、あいもかわらずほとんどの砂糖黍が枯死寸前だった。一本一本、総て自分だけが生き延びるためにきゅうきゅうとしているようだった。だから、到底〈連合〉し、山や、道や、野や、薩摩芋畑などに〈侵略〉する勢力はない。

俺は走りながら基地を探した。石灰岩の粉が舞った。俺の下半身が白く汚れた。髪にもくっついた。よし、まず、もっとも見慣れているあの砂糖黍にくっついている金網から覗こう。俺は二十数分間も歩き回ったあげくに気づいた。だが、知りつくしているはずの場所なのだが、脇の小道に入ったり、いつの間にか元の広い道に出たり、迷路のような砂糖黍に迷い込んだり……散々に迷った。

何分、何時間たっただろうか。俺はやっとその場所にたどり着いた。俺は一目散に砂糖黍畑を突っ切った。金網によじ登ろうと考えた。が、畑を突き抜けた瞬間、俺は茫然と立ちどまってしまい、駆けてきた勢いをおさえきれずに、両膝を折り前につんのめった。

生まれた時から俺が見慣れてきた、すぼめた五本の指がやっとはいる円い穴が無数にあいた金網、三メートル程の高さの金網。……その金網が跡形も無くなっている。金網が無ければ基地も無い、というのは道理だし、事実、軍需物資も、乗用車が数台すっぽりと収まる大きさの四角い幾百の木箱も、広いアスファルトの道路や広場も、物凄く横に長い窓のないコンクリートの建物も、軍用トラックも、ジープも、戦車も、鉄兜をかぶりライフル銃を肩に担いだ兵も……忽然と消え失せている。

夢をみているんだ。俺は思った。もしくは、この情景は幻影だ。ここに金網が無く、ただ、みすぼらしい砂糖黍畑が広がっているというのは嘘なのだ。しかし、俺は数年前の兄の死亡と基地の存在を無理矢理に結びつけようとしていた自分自身に今気づいた。俺は激しく首を横に振った。兄は軍の車両にひき殺されたのではない、水死なんだ。俺は嘉一が言うような「存在そのもの、存在しているだけで悪」という存在はやはり信じられなかった。だが、俺は今、確かな体験をした。嘉一に反論できる。もう、彼の言いなりにはならない。ささいな喜びが生じた。自分を慰めた。深い溜め息をついた。

俺は歩いていた。すごく疲れていた。喉が渇き、唾液も出なかった。胃が絞られるように痛んだ。緩やかにくねっている道は乾燥し、白く固まっていた。だが、砂糖黍の幹は密生し、俺の肩の高さにも伸び、濃緑の葉は両側から道に迫っていた。真っ黒い葉影が続いていた。俺はなんとかこの影に救われていた。影がなければ、俺は這って進まざるをえなかった。

何時間かたった。俺はようやく川の近くの道にたどり着いた。幼い頃からついこの間まで水浴びし、鮒をとり、遊んだ川だ。何ともいえない焦げ茶色の滑らかな岩の上や合間に緑色の綺麗な水を満々と流した川だ。俺は、傾斜面に絡み合いながら茂っている砂糖黍を必死にかきわけながら、転がるように駆け降りた。

俺は川の深みに落ち込まないように、両足に力を込め、木の枝の先を強くつかみ、やっと止まった。川は干涸びていた。一番深いくぼみにも一滴の水さえなかった。川底に黒く、太い亀裂が無数に走っていた。俺は茫然とした。座り込むのさえ億劫だった。だが、気をとりなおした。下流にはきっと水が溜まっている。自分に言い聞かせ、川を下った。

一キロメールはすでに歩いた。だが、川は逆に浅く、狭くなっていく。俺はアッと小さく叫んだ。

寒気のようなものが全身を走った。俺は判断をまちがってしまった。逆に上流を歩いたのだ。

しかし、俺はこの決定的な間違いでさえ認めたくなかった。「実践と認識はいつでも一致するとはかぎらない」。俺は自分を慰めた。人類の頭脳を代表するある哲学者でさえ、「人生は虚無だ。人間は四十歳までには死ななければならない」という高邁な理論を発見しながら八十歳を過ぎても死ななかったじゃないか。俺は戻らなかった。前進した。川なのか、溝なのか、土手なのか、分からなくなってきた。俺は這い上がり、砂糖黍畑にもぐりこみ、道に出た。

集落の井戸はまさか涸れてはいないだろう。俺は信じたかった。自分を奮いたたせた。白い道は女体のように横にも縦にも滑らかに曲がっていた。まもなく一直線に伸びた。

向かいから人の群れが来た。男だけだった。数十人一人残らず上半身裸だった。俺は異様に思ったが、玄三と嘉一との約束、〈広報〉が思いついた。〈広報〉をしてやろうと思った。俺は口をもぐもぐ動かした。先頭の腰の曲がった老人が俺を見た。しわの深い顔だった。俺は慌てて目をそらせた。俺は何度も躊躇《ちゆうちよ》した。だが、ともかく何か言おう、と決意した。目を上げた。

俺はまたものが言えなくなってしまった。玄三と嘉一が俺を凝視しているのだ。怒っているような目なのか、哀れんでいるような目なのか俺はわからなかったが、全身が小さくけいれんしたのを感じた。見つめあっているのが苦しかった。うつむいた。

すると、ほんとに驚いた。嘉一の足にバレーボール大の黒い鉄球がくくりつけられていた。俺はすぐ頭を上げた。嘉一の右手にも鉄の腕輪がはめられ鎖が通されていた。

よく見ると、全員が数珠つなぎにされていた。俺は訳がわからなかった。めまいがした。ただ、どういう訳か、先頭の老人が嘉一や、他の若い連中と同じ大きさの鉄球を引きずっているのをかわいそうだと思った。俺はいつの間にか嘉一と一緒に歩いていた。

「何処に行くんだ?」

俺は嘉一と玄三を慌てて見ながら言った。嘉一は顔を上げ、しらんふりをしたが、玄三は小さく顎を後ろにしゃくった。俺は後ろを見た。

三角に近い固い耳を立て、大きい口から鋭い牙をだし、牙の間から赤黒い舌を動かし、いかにも〈凶悪犯人を護送している〉というふうに緊張し、同時に加虐趣味をギラギラ光る目一杯に漂わせ、普通の犬の四、五倍の巨体を振りながら、近づいてくる。

最後の囚人の後ろに四頭の軍用犬がいる。そうか……俺はぼんやりと思った。

「水が欲しいか」

嘉一が聞いた。低い声だった。俺は何も言えなかった。

「水が欲しいか」

嘉一はもう一度きいた。俺はうなずいた。

嘉一は何処に隠しもっていたのかわからないが、軍隊用の斑模様の緑色の水筒を投げ渡した。俺はむさぼるように蓋をあけ、口をつけ、傾けた。水は入っていなかった。嘉一を見た。薄気味悪く、しかし、弱々しく笑っている。彼はゆっくりと言った。

「いいか、今度は君が水を汲む番だよ」

俺は何故か思わず軍用犬を見た。気配がしたのだった。犬は俺たちを窺っていた。

一頭の犬が舌と牙を隠し、しかし、目には獰猛さを秘め、ゆっくりと俺に近づいてきた。俺は思わず砂糖黍畑に水筒をほうりなげ、立ちすくんだ。

犬も嘉一も玄三も俺の前を通り過ぎた。玄三が名残おしそうに振り返った。嘉一が玄三を諭した。この囚人の群れは次第次第に黙々と去った。

Xマスの夜の電話

1

背の高い男や女のサンタクロースが松明を片手に、スキーストックをもう片方の手に握り、滑っている。白い雪と赤い服が寒々とした闇の中に浮かび、流れるように下の方に消えていく。松明の火が去ると一瞬闇になるのだが、すぐ次のサンタクロースが明るく照らす。

いつもなら、職場から寄り道をせずに帰り、世界各地の風土や風俗などをおもしろおかしくクイズ形式にしたテレビ番組を晩酌をしながら見、静かに寝るのだが、クリスマスの今夜はいつもの倍の量の泡盛を呑んでも酔えない。顔だけが火照っている。

彼は立ちあがり、西側の窓から下をのぞいた。六人の若い男女が腕を組み、道いっぱい横に広がり、歩いている。誰かが冗談をとばし、いっせいに笑う。笑いがおさまりかけると、また、別の誰かが何かを言い、笑いは途切れない。

またテレビの前の小さいソファーに座った。俗の人間が徘徊する夜。だが、聖なる夜。彼の目はうわのそらだが、変にテレビに釘づけになっている。

冷蔵庫をあけた。調理をせずに口に入る食品は、固形チーズしかない。切り口が変色している。職場からの帰りがけ、スーパーマーケットのターキーとワインの特設売り場に寄ったが、前に若い女性たちが十数人並んでいた。彼は列から抜け出た。

寒いのなら、布団にくるまって寝るのだが、ここ何日か春のように暖かい。部屋の全部の照明のスイッチを入れた。室内がくっきりと浮かび出た。コンクリートが剝き出しになっている天井には黒い帯状の染みや、小さい蜘蛛の巣のような亀裂が見える。結婚後の三年間、新築されたばかりの、しかも大きなアパートに住んだ体験がなかったなら、この小さなアパートも、財産に頓着しない精神の孤高を表現するなどと満足したかもしれない。

東側のトイレに入り、押し開きの小さな窓から外を見た。車も人も路地を通らない。ただ、今夜は家々の窓のカーテンが開き、明るい灯が溢れている。

室内の明かりを消し、サイドテーブルの上からのびたコードペンダントの電球を点けた。

ベルが鳴った。無作為に電話帳のダイヤルを回すのか、建売住宅の売り込みの電話はよくかかってきた。

ゆっくりと立ちあがり、食器棚の上に手をのばし、受話器をとった。

「紀子です。……お元気？」

「……」

紀子の声を三年間聞かなかったが、彼の耳の奥には時々、彼女の、細い、もの哀しげな声が蘇った。

「君は？」

「元気よ」

彼は耳を澄ませた。だが、紀子は黙った。彼はなぜか沈黙に耐えられそうな気がする。浮気の相手が素人の人だから我慢できない、とあの時、ようやく紀子は言った。彼は「たまたま商事会社のＯＬだったにすぎず、ホステス勤めのほうが何倍も長い」としきりに釈明したが。紀子は聞く耳をもたず、何日か泣きじゃくり、ある日、変に冷静になり、彼の前のテーブルに離婚届の用紙をひろげた。

「今夜、会ってもらえないかしら」

襟子が生まれた年の冬は寒波が襲い、三人は親子水いらずで炬燵に足をつっこみ、クリスマスを祝った。紀子の胸に抱かれた赤ん坊の柔らかい手が炬燵の上の小さなクリスマスツリーに触れた。絨毯にころがった真っ白い樅の木の金色の星が炬燵の赤い熱を浴び、キラキラ輝いた。

「襟子も一緒？」

「離れては生きていけないわ」

サイドテーブルを照らしている灯りは薄暗く、すぐ後のソファーから声が聞こえてくるような気がする。男の離婚歴というのは女性はさほど気にしないと彼は考えていたが、離婚後、わけのわからない劣等感をいだいている。紀子との前にも後にも見合いの話はないし、あの離婚の原因になった咲子というホステスの前にも後にも彼に迫る女はいない。

彼は承諾した。

「北中城のズケラン・ベースに来て。ハウスNOは658よ。ゲートのガードに連絡しておきます。ベースタクシーに乗ってね。じゃあ、八時半には着くようにしてね」

紀子はすぐ電話をきった。

2

シャワーを浴びた。

結婚二カ月目、旅行先の古代ローマの都市・ポンペイを散策中、紀子は道に迷った。十分ばかり、彼は探した。紀子は、壁や天井に淫らな男女の絡みなどのモザイク画が描かれた貴族の大浴場を覗き込むようにたたずんでいた。紀子の法悦や恐怖が混じった目や、うわずった、しかし妙におちついた声を彼は忘れられない。

「外国の人はみんな見知らぬ人なのね。いいえ、何年何十年一緒に暮らしても、見知らぬ人という気がするの」

座り、髪を洗った。

「二千年、地中に埋まっていたせいか、初めて見る色だね」などと彼は言った。巨大な街のなにもかもが、石の壁も、石畳道も、上下水道も、部屋の中も、城壁も、どす黒い焦茶色に鈍い赤の色を重ね塗りしたような奇妙な色だったし、表面には古い頭蓋骨を繰り返し磨いた時に出る光沢が滲んでいた。だが、紀子はうわのそらだった。

紀子の目の色は、火山噴火の灰や土や石に固められた空洞に二千年後の人たちが石灰を流し込み、固めると、抱きあったままの生々しい古代ポンペイの男女が現われた、などと現地ガイドの日本人女性が説明した時に変わった。また、貴族の邸宅に入った時、等身大の男女の、現代の人間が想像するのと何も変わらない生々しい抱擁や裸体の、ひどくくすんだ、しかし多彩に色どられた絵が彼と紀子をとりかこんだ時にも紀子の目に妙な色が漂った、ように彼は今思う。

洋服タンスの扉の裏側にはめこまれている鏡に向かい、髪にブラシをいれ、ネクタイを締めた。彼は背丈は人並みだが、痩せ、腕の筋肉も細い。さらに、肉体の劣等感を補完する思考の深さや感覚の鋭さもない。紀子は短大卒業後、本土系大手企業のOLを勤めた。同僚や別の課の上司などから誘われたが、応じなかったようだし、紹介者の遠縁の小母をはさみ、彼と食事をした時も終始気がのらないように自分の膝を見ていた。

だから、彼がホテルのレストランでの夕食会の翌日、紀子の職場に電話をかけ、休日の映画に誘った時、彼女が承知したのを彼は信じられなかったし、見合いから二カ月後に、十一歳も年下の、色が白く、二重目蓋の目もとが涼しい女と結婚できたのは長い間幻想のような気がした。

彼は幼い頃から女に話しかけもしないし、女から話しかけられもしなかった。紀子も無口だった。今は、無口自体が結婚を成立させ、早めた、という気がする。

背広を着、靴を磨いた。

流し台に立ち、蛇口をひねった。グラスから溢れる水を一気に呑んだ。

紀子の立ち居振る舞いとか、食事の仕方とか、ものの言い方とか、表情や反応とかに何も不満はなかった。しかも、結婚二年目に女の赤ん坊も生まれ、彼はあの頃、終業後は同僚ともつきあわず、また独身の頃のようにスナックや図書館などに行ったりもせずに、すぐ帰宅した。

あの見合いの席、紀子の、気が重たそうな目の動きや指のしぐさは、自分に魅了され、呪縛された、としか解釈できない。紀子は自分を愛しているから、自分の何もかも許す、などと彼はしだいに思うようになり、感覚が急に麻痺した。

忘年会の帰り、職場の同僚と入ったスナックの、隣のカウンターに座っていた、紀子よりも若い女を軽くあしらえるという、一度も経験のない感覚に襲われた。

無線タクシーに電話をかけ、外に出た。街灯のきれた路地の先から足どりのおぼつかない痩せた男が近づいてきた。クリスマスを一緒に祝う者のいない男だ、と感じた。だが、すれちがった時にひどく酒の匂いが漂ったが、プレゼントにちがいない綺麗に包まれた四角いケーキの箱を持っていた。

まったくどうしたのだろう、と彼は思う。結婚前は団体旅行先の本土や東南アジアなどの女と遊んだし、隣の市の特飲街に足をのばし、観光客に混じり、窓から室内の女たちを覗き、指名もした。だが、いわゆる素人の女とのセックス体験は一度もなかった。

無線タクシーには、運転手が探しやすいようにアパートから十数メートルほど離れた小学校の校門を指定した。

3

固太りの色黒の運転手に途中、玩具店に寄るよう頼んだ。運転手の運転は荒い。だが、今は時間が気になる。

ビニールに包まれた日本製のフランス人形を抱え、タクシーに戻った彼をバックミラーで覗きながら、運転手は薄笑いを浮かべた。歯ならびが悪かった。

「ワカサル・イナグ・ヤッサーヤァ（若い彼女だね）」

方言だった。彼は車窓を見た。だが、勘繰られるのがふと癪に障った。

「子供だよ」

「ベースの中に子供が？　あんたの？」

運転手は標準語を使った。彼は何も言わなかった。運転手は振り向いた。対向車の明かりが飛び込んだ。急にハンドルを戻した。車体が大きく揺れ、彼はドアに肘をうった。

「気をつけてくれ」

思わず強い声が出た。運転手は素直に謝り、何も言わなくなった。タクシーは暗い米軍基地の金網に沿い、国道を走った。

咲子という女は、バイクを飛ばし、国道並木の椰子の太い幹に衝突し、死んだ。一年ほど前に入った馴染みのスナックのママが咲子を知っていた。ママの話から逆算すると、この自殺に似た（解剖所見は大量の睡眠薬を検出したらしい）事故は、アパートから紀子が出ていってから一カ月もたたない早朝に起っている。彼はあの時、咲子の死を深く悼んだ反面、ほっとした。咲子の派手な、またヒステリックな気性が性にあわなかった。もし、逆に紀子が早死にし、咲子と結婚しなければならない羽目になったら、と仮定すると、全身を小さな震えが走る。

たった三回しか咲子とは寝ていない。だが、妻の紀子は彼の浮気をかなり克明に知っていた。紀子はなぜ知ったのか、ついに言わなかったが、咲子が一部始終を電話なり手紙を通し、もしかすると直接会い、報告した、と彼は信じている。

金網が切れ、広いゲートが目の前に迫った。ゲートボックスの正面に鉄兜をかぶった日本人のガードが立っている。ボックスの中には軍服を着た、アイリッシュ系特有の、大柄、赤ら顔の米兵が立っている。運転手は彼からハウスNOを聞き、米兵には頓着せず、日本人のガードに愛想笑いをしながらなにやら話しかけた。ベースタクシーを呼ぶ交渉をしている、と彼は思い、運転手に何も話しかけなかったのを悔いたが、運転手はまもなく、日本人のガードに敬礼をし、タクシーを発進させた。

「……一般のタクシーも基地の中を走れるんですか」

彼は聞いた。

「ベースタクシーやパトロールカーに見つかると、やばいがね」

運転手はバックミラーを見、笑った。「ベースタクシーは料金が高いから。あんたは得だよ」

料金が本当に高いのか、などはどうでもよかった。住まいのアパートの十数メートル先から乗ったタクシーが暗い夜の基地の広いアスファルトを走っているというのが妙に心強かった。

星は少ない。だが、星明かりが落ちている。くねりながら広がる芝生の小高い丘の方々にぽつりぽつりと大木が生えている。綺麗な楕円形に刈られたモクマオウ、絡み合うように枝葉ののびたガジュマルは、昔、彼の家も防風のために植えていた馴染みの木だから夜目にもすぐ識別できた。何百年も昔の琉球王朝時代、王の居城・首里城にも森のように茂っていたという赤木の大木も彼にはわかった。

彼の住んでいる市街地からほとんど消えたこのような木が、風に騒ぎながら夜空に屹立しているのは不気味だった。木の蔭に誰かが、一人の男が、あるいは男と女が潜んでいるような錯覚も生じた。

あの小心の紀子がこのぼうようとした深い闇のどこかにいる、とは信じられなかった。彼は紀子のハウスの情景を必死に思い巡らした。綺麗な絨毯におかれた大きな白い樅の木のクリスマスツリー。暖かい色の豆ランプがいくつも灯り、襟子が抱いているのは今からプレゼントする大きなフランス人形。網目の袋に詰まった何色もの飴菓子やターキーの料理が花柄のテーブルクロスの上におかれ、テーブルにも、人形にも、襟子の顔にも紀子の白いドレスの胸にも、青や赤や紫や黄色や、それから、緑や……桃色や、橙色が点滅している。

この想像と似た風景を見た気がする。テレビじゃない。ずっと遠い記憶。記憶が車外の闇の中にぼんやりと浮かび出た。

小学校二年か三年の十二月の初めの非常に寒い日。十何人かの生徒が米軍のクリスマスパーティに招待され、学級委員長だった彼も先生に選ばれた。夕方だったが、広漠とした小学校の運動場には深い闇が降り、彼は半ズボンから出た足に寒さをくっつけないようにしきりに足踏みをくりかえした。ようやく、闇の中に直線の、鋭いライトが走り、民間の乗り合いバスの二倍もあるような軍用バスが現われた。

ゲートの金網の重厚な門が開き、軍用バスは基地の中に入った。窓は民間バスと違い、狭く小さく、窓際に座っていた彼はガラスに頰をくっつけ、外を見た。芝生を裂く広いアスファルト道路が続いた。芝生の原のかなたに巨大な箱のような長方体の建物が横たわり、窓々からは暖かそうな明かりが漏れていた。軍用バスのライトが芝生をよぎった。彼の目の中に一瞬、白いふたつの隆起が浮かんだ。突然ライトを浴び、動いていたものが硬直したようにも、硬直していたものが動いたようにも感じられた。丘の陰に消えた、あの隆起は信じがたいが、二頭の羊だったにちがいない、と彼は考えた。

「よくこのように基地の中に……」

彼は運転手に聞いた。

「というと?」

「いや、基地にはよく……」

「飽きるほどね。復帰のすぐ後、人員整理になるまで二十年近くいたよ」

「いろいろあったでしょうね」

「いろいろあるのはベースの外も一緒さ」

「男と女の問題も……」

「女には手は出せないよ、ベースの中じゃや。アメリカーは嫉妬深いからな」

運転手は時々タクシーの向きを少し変えたりする。まったく似た規格のハウスにライトを照射し、NOを確かめているようだ。

紀子の電話の声は言葉とは裏腹に、新婚の頃の哀切な心を含んでいた。復縁すると、心のしこりが落ちるような気もするし、逆に一生紀子の怨念みたいなものを背負わなければならないような気もする。

4

NO658のハウスは芝生の小さな丘の間に建っていた。巨大な箱のような似たハウスが十数メートル先の左右に見えた。日頃、国道沿いを走る時、車の窓からよく見る金網の中のハウスは綺麗に刈られた夾竹桃やハイビスカスの垣根がめだった。だが、このハウスには生け垣もない。

平屋だが、玄関に立つと、屋根はだいぶ高い。エントランスの電球は古く、微かに点滅している。呼び鈴を押した。人の動いた気配はなく、しばらくし、また押した。ドアの隙間から紀子の顔が覗いた。以前から痩せ気味だったが、しかし、彼と離婚した頃は頬も目もくぼんではいなかった。

「入って」

紀子は片手でドアを押しあけたまま、小さくうなずいた。彼は入った。紀子は錠を手際よくかけた。昔よく撫でた、艶のある、大きく綺麗にウェーブした長めの髪はどうしたのだろう。彼は妙な気がした。前を静かに歩く女の髪はビールの色のように染まった、艶もない、指に絡みつきそうな細かいパーマじゃないか。

居間と応接間が一緒になっているような部屋に案内された。黒い巨大な彫刻だ、と思った。死んでいるのか、生きているのかわからない。足が微かに震えた。フロアスタンドのライトがよく届かないソファーの隅に上半身裸の黒人が座っている。白目がちの大きな目を見開き、彼をにらんでいる。

「座って」

紀子は太い木製のテーブルに、椅子を引き寄せ、座った。黒人の大男というのはダッコちゃん人形のように愛嬌がどこかに滲むものだが、この男は、前歯が欠け、ボクサー崩れのように大きな鼻もつぶれ、分厚い唇はめくれ、赤みを帯び、目は猫のような光をためている。

彼は目をそらし、椅子に座った。抱えていたフランス人形を落とした。

「酔っているのよ。目に入ってないわ」

紀子はグラスを彼にさしだし、ワインを注いだ。黒人の目は自分にしっかりと焦点が合っているような気がする。

「だが、目が開いているけど……」

「いつも同じよ」

「動かないのかい」

「動くけど、自分でも朝まで知らないのよ」

紀子は彼のグラスに自分のグラスを合わせる仕草をした。

「元気?」

「元気よ」

ふたりは黙った。グラスの中の白ワインにテーブルの上の蠟燭の赤い明かりが映え、微妙に揺れた。

「……これを襟子に」

彼はフランス人形をテーブルごしに紀子に手渡した。

「ありがとう。ここには同じ年頃の子供がいないから……喜ぶわ」

「襟子は?」

「寝ているわ」

紀子は隣の部屋、固く閉まった厚いドアに目を流した。

「見ていいかい」

「寝入ったばかりなの。起きたら、一晩中も寝ない神経質な子だから」

父親が三年ぶりに会いに来たんだ、一晩ぐらい寝なくてもいいじゃないか。彼は言いかけた。

「シチューがあるの」

紀子は立ちあがり、キッチンに入った。クリスマスだというのに、この部屋には小さなツリーも、ケーキも、網の袋に入った菓子や胡桃も、ターキーの料理もない。紀子は亡くなった母親からならったという味噌や豆腐をよく作った。彼は物珍しく、よく彼女が作るのを見た。大豆を水に浸し、砕き、布袋に入れ、絞った汁を炊き、遠くの海岸から汲んできた海水を入れ、木箱の中に流し、重しをする……。味噌は、米を蒸し、麴をつくり、潰した大豆に塩と一緒に混ぜ、涼しい所に三カ月寝かす……。嫌いな食物の多い彼だが、紀子の作った味噌や豆腐は美味しく、飽きなかった。貝や、一口大に切った豚肉を入れた油味噌を温かいご飯にのせて食べた味は今でも蘇る。紀子が作ったシチューを食べた記憶はない。

あの寒い夜、咲子から電話がかかってきた。彼は思わず聞き返した。「襟子を君がみる?」無意識にしろ、電話機のすぐ隣の障子戸の陰に正座し、襟子のセーターを編みながら、聞き耳をたてていた紀子に聞こえるように声を高くしたのではなかったか。

咲子が襟子の世話をするというのは本心だったかどうか怪しい。なにしろ、咲子は自分自身さえももてあますような性格だったのだから。だが、紀子は、咲子が襟子をあやす姿を幾晩も想像したのかもしれない。ベッドがきしまないように静かに寝返りをうったし、ある夜は、本当に微かな、しかし必死に押し殺しているような深い溜息をつきながら、夜明けまで身動きしなかった。彼は、剃刀の刃のように鋭い彼女の意識を感じ、必死に寝たふりをした。

紀子はトレーを抱え、戻ってきた。シチューの入った陶器の深皿とフランスパンの入った竹のバスケットとグリーンサラダの入ったガラスの器を、彼と自分の前のテーブルに置いた。前ボタンのないブラウスの胸元が開き、白い乳房が少しのぞいた。

「お口にあうかどうか……」

紀子はスープを静かにすくい、口にはこんだ。彼はスプーンを手にとった。

「襟子は?」

「食べたわ」

「あの男は?」

「ええ」

角ぎりのじゃがいもはきめが細かく、柔らかかった。だが、ゆっくりと味わえない。

黒人の目は閉じている。とすると、目が見開いていた時はやはり意識があったのだろうか。紀子とセックスをした直後じゃなかったか。恐ろしい思いが脳裏をよぎった。自己を律しているような精神は、この黒人の巨体のどこにも微塵も滲んでいない。

何年か前、本土から来島した女たちが、宿泊しているホテルの部屋に、ビーチかなんかでハントした黒人を連れ込むのが流行り、新聞は風紀浄化のキャンペーンをはったのを彼は覚えている。小づくりの、色が透けるように白い二十歳前後の女たちが、黒人たちとポルノビデオのようにセックスをしたというのは、未だに彼には信じられない。

あのポルノビデオは紀子と結婚した頃、高校の同級生のセールスマンに買わされたビデオデッキの景品だった。外国人や日本人がいり乱れた奇怪なセックスに胸がむかついた。彼は紀子に知られないように、ドライバーをさしこみ、中のテープを切り裂き、黒いゴミ袋におしこんだ。

「ずっと、基地の中に住んでいるのかい」

彼は聞き、ワインを口にふくんだ。

「そうでもないけど……」

紀子は気がおもたげに言い、フランスパンをちぎった。

「……風邪ひかないか」

彼は小さく顎をしゃくった。

「パジャマを着せると、朝には破り裂かれているのよ」

紀子は黒人を一瞥もしない。「……何も覚えてないらしいのね。何度か私を罵ったの、何が憎くて、俺のパジャマを破ったのか、って」

「何ていう名？」

「私たち、名前を呼びあわないの」

じゃあ、野牛ってあだな、どうだい。彼は不意に言いたくなった。

「いつから、一緒に？」

「何？」

「あの男性と」

「ごめんなさい。忘れるようにしているの」

彼はワインを一気に飲んだ。いつもなら、微酔かげんになる量をすでに飲んだが、酔いの気配さえ漂っていない。

「目は醒めるのかい」

「あの人？」

彼はうなずいた。

「きまぐれよ」

手をのばし、彼のグラスにワインを注いだ。この黒人は目の獰猛さに靄がかかるぶん、酔ったほうがずっといいと彼は思った。

「カリフォルニア産だね」

彼は瓶のラベルを見、グラスのワインを飲みほした。

「買ってきたのよ」

紀子は黒人に微妙に顔を向けた。「私がワインが好きなのを知ってるのよ」

彼は紀子を見つめた。

「あなた、ウィスキーにする?」

「………」

「私にあわさなくても、私は気にしないわ」

紀子は立ちあがり、サイドボードから外国産のウィスキーを取り出した。黒人の大男が聞き耳をたてているような気がする。

「水割りでいい?」

紀子は冷蔵庫をあけ、角氷などを準備した。

「分量は好きなようにね」

紀子は言い、新しいワインにコルク抜きをたてた。なかなか抜けない。

「抜こう」

彼は立ちあがった。

「いいのよ。私、力ついたから」

紀子は四苦八苦した。ようやく、音をたて、コルクが抜けた。彼は椅子にこしかけた。椅子が頑強なのに今気づいた。それに大きく、自分が二人も座れそうだ。彼は強いウィスキーを一気に飲んだ。

「何か話があったんじゃない?」

「……電話したかったの。クリスマスのせいかしら」

「いつも祝うの?」

「襟子の人形やお菓子を少し買うだけよ。今年は小さなツリーも買ったけど………」

「あの男が?」

「あの人にはクリスマスはないわ。襟子と沖縄市の市場から買ってきたのよ。……お酒、よく飲むの?」

紀子は彼のグラスにウィスキーを注いだ。彼は呑みほした。今、揺り動かすと、娘は目をあけるだろう。澄んだ、綺麗な瞳だ、と思う。だが、ふいに開いた目が、あの黒人のような目をしていたら、どうしよう。紀子はまた、ウィスキーを注いだ。紀子から電話がかかってきた時、自分の胸に抱かれるとか、人見知りの照れ笑いをするとか、あるいは、逃げまわったり、泣いたりするとか、自分はなぜ想像しなかったのだろう。

「襟子の顔を見せてくれ」

彼は立ちあがった。紀子は椅子の上のフランス人形を抱え、ゆっくりと歩き、ドアをあけ、彼に振り返った。

彼は中に入った。大きなダブルベッドの横に、見覚えがある小さな木製の寝台が置かれていた。中に女の子が窮屈げに、足を曲げ、横向きに寝ている。小さな人形を抱いている。紀子は化粧台の上にフランス人形を置いた。サイドボードの上にも棚にも大小の女の子の人形が襟子を向くように並んでいた。

襟子は横顔も手も透けるように白かった。だが、玩具のクリスマスツリーの豆電球のせいか、妙に青みがかっていた。子供特有の肌の柔らかみが感じられなかった。

彼はしだいに息苦しくなった。襟子は微塵も身動きせず、寝息も聞こえない。

「寝相がいいね」

彼は紀子の顔を見た。

「この年頃の子供は死んだようにぐっすりと寝るものよ」

紀子はフロアランプのスイッチを引いた。濃い、しかし光の沈んでいる橙色の明かりが襟子の滑らかな頬に静かに映えた。奥の隅のあまりにも大きく、不気味なダブルベッドも浮かびあがった。

「抱いていいかい？」

「触れると、すぐ目を醒ますのよ」

「僕の姿を見せてもいいじゃないか」

思わず強い声が出た。

「大きな声を出さないで」

「あの黒人が起きるというのかい。起きたら、僕も君も危険だというのかい。気違いのように嫉妬深いというのかい」

「寝つくまで、何時間もかかるのよ」

「僕は襟子を思い、何日も何十日も寝なかったんだ。襟子も一日ぐらい、寝なくてもいいじゃないか」

「いいわ」

紀子は寝室から出た。襟子はやはり、身動きしない。手は、何かを必死に離さない夢をみているように人形を抱いている。襟子は見知らぬ自分に怯えるだろう。そして、あの黒人を必死に起こそうとするだろう。黒人が起きようが、どうしようが、どうでもいいが、恐怖から逃れようとする襟子の顔を見たくない。

彼はテーブルに戻った。黒人の体は依然、ソファーの背にもたれかかったまま動いていないが、息をする時、黒い、厚い胸が大きく膨れ、すぼむ。

紀子が彼のグラスにウィスキーを注いだ。

「あの女は死んだんだ」

紀子はテーブルから目をあげ、彼を見つめた。

「あのベビーベッドは咲子がくれたものじゃないか」

紀子はワインを飲みほした。

「僕が金を出す。捨ててくれ」

「………」

「……一緒に暮らそう」

彼は椅子の背後にまわり、両手を紀子の肩においた。しだいに、早くなる紀子の息が手に伝わった。両手を肩から下におろした。椅子が軋んだ。紀子は彼の手を握り、振り向いた。だが、彼を見上げなかった。彼はキスをしようとした。紀子は巧みに顔をそむけた。だが、体はほとんど動かず、左手が彼にしがみつくように背広の裾を握った。彼の手が紀子の胸を這った。紀子は子猫が眠るように体をちぢめ、ブラウスの胸元から乳房にもぐりこむ手を防いだ。だが、何か言う気配はなかった。彼は紀子の頬を両手ではさみ、キスをした。このようなキスの仕方を彼は今まで知らなかった。紀子は目を閉じ、彼の胸を押す力がゆるんだ。彼は紀子のブラウスの上から乳房をさすり、少し身を起こし、背中のジッパーをさげた。紀子は驚いたように目をあけ、黒人を見た。彼はどのように脱がせばいいのか、戸惑った。紀子は微妙に身をよじり、彼の手は容易に動いた。白く、柔らかい、昔のように張りを失っていない乳房が現われた。彼は何秒か見惚れた。

彼はネクタイや背広の上着のボタンをしめたまま、ズボンを脱いだ。突然、声がした。かぼそかった。だが、部屋中に響きわたった。紀子は軽く両手を胸にあて、すぐ黒人を見た。黒人は身動きしなかった。

紀子はすばやくブラウスを着、スカートをなおし、髪をととのえながら子供部屋に入った。彼もズボンをはいた。

まもなく、紀子が彼の前に現われた。

「……襟子は？」

紀子はうなずいた。彼は紀子の手を握った。紀子は静かにふりほどいた。

「夫がいるのよ」

彼はしばらく立ちつくしたが、腰の力がぬけ、椅子に座った。

「……じゃあ、なぜ、呼びだしたんだ」

「………」

「言ってくれ。頼むよ」

紀子は何を見ているのだろう。彼はふと思った。白い壁を見ている。

「……私、酔っているの。ごめんなさいね。酔わないと、あなたの目を見られないから」

紀子は言い、テーブルに顔をふせた。彼は紀子に寄った。足がもつれた。紀子は顔をあげた。

「水、もってこようか」

「ありがとう。でも、いいわ。醒めると、眠れなくなるから」

「………」

「失礼して、休むわ」

「……泊まっちゃ、いけないんだね」

彼の足が小刻みに震えた。

「この人は早起きなの」

「よく、あんなふうに立ちあがって、寝るの？」

「夢遊病者のように立ちあがって、寝室にいくのよ」

「病気なのかい」

「病気かもしれないわね。いつも、薬とお酒を一緒に飲むの」

「危険だよ」

「何度か注意もしたけど、危険はこんなもんじゃない、なんて私を睨むのよ。……足がたてないの。ここで。お見送りしていいかしら」

「……」

「鍵は私がしめるから」

5

十五分も歩いた。ベースタクシーも車も通らない。遠くのハウスの窓々からは暖かい、橙色の明かりが洩れている。黒い海原のように、微かに隆起しながら広がっている芝生の原にも、まっすぐ、あるいは大きく曲がりながら延びている暗く、広いアスファルト道路にも、誰もいない。

ふと、引き返し、黒人をたたき起こしたい衝動にかられたりした。だが、足は変わらず機械の動きのように前に進んだ。あの黒人の巨体が今頃は部屋中を動き回っているような気もする。

歩道からアスファルト道路におり、真ん中を歩いた。道路が明るくなり、背後に急速に何かが迫り、彼は歩道にあがった。大型の乗用車が徐行し、中の二、三人の男が彼を見た。窓から太い腕が出ている。ビッグサイズのコーラやウィスキーの瓶を握っている。若い米兵たちはわめきそうな予感がする。彼は見ぬふりをし、歩き続けた。乗用車は急に速度をあげ、去った。

彼は歩きながら、後を振り返った。広漠とした芝生とアスファルトが恐いぐらいに静かに横たわっている。ふと、身震いした。なんともいえない目つきの、あの黒人の大男が、自分の静かな、なにものにも代えがたい、かけがえのない夜のひとときに、なにものからも自由な部屋に現われそうな気がする。

自分が紀子と復縁すると、あの黒人はどこか遠くに消えるのだろうか。足を速めた。考えたくない。だが、恐いぐらいに頭は冴えた。あの黒人は毎晩、部屋にあがりこむ。「紀子を見にきた」と言う。自分がどこかに消えた時、自分を襲うにちがいない、この暗い空間のような感情に自分は耐えられるだろうか。前に妻だった女とか、血をわけた娘とかが、たとい、ずっと会わなくても、近くに住んでいるというのに。

この芝生とアスファルトの空間はどこまで続いているのだろう。何キロ何十キロにもおよぶという金網がどこにも見えない。

目が醒めた襟子が泣いている姿が目に浮かぶ。巨体の黒人なんかに紀子や娘を抱かしたくない。涙がにじんだ。唇をかみしめた。立ち止まった。引き返した。

彼はモクマオウの木や、アスファルト道路の曲がり角や、箱形のハウスや、ハウスNOなどを見ながら歩いてきたはずだが、逆に歩くと、地形はまるっきり違う。どこを歩いているのか、どこに歩いていくのか、すぐにわからなくなった。だが、歩き続けた。

大きな直線のライトが芝生を鋭く掠め、彼の足元が明るくなった。彼は横の道路から出てきた車をろくに見もせずに歩き続けた。小さな合図のような警笛が鳴り、彼は歩きながら振り向いた。ベースタクシーの運転手が窓から首を出していた。人のよさそうな、初老の沖縄の男だった。後部座席に人の気配を感じ、彼は前かがみになった。紀子が顔をみせた。彼は窓ガラスに顔を近づけた。一瞬、巨体の黒人が座っているような気がした。紀子は少し横に寄った。ドアがあいた。彼は乗りこんだ。

ベースタクシーはUターンし、前方の闇に光を突き刺しながら、速度を増した。紀子は両手を彼の首にまわし、強く抱きついた。小さな嗚咽が聞こえたような気もしたが、彼には紀子の顔は見えない。彼は紀子の腰に手をのばしたが、運転手の目が気になり、体が強ばった。運転手はじっと前方を見ていた。「紀子は基地の外に出る」と彼は感じた。

何分もかからずにベースタクシーはゲートに着き、止まった。

「さようなら」

紀子は言った。彼の腰の力がぬけた。紀子はベースタクシーを降りた。彼もようやく、外に出た。

「一緒に出よう。ゲートの外には喫茶店ぐらいあるだろう。コーヒーを飲もうよ」

紀子は小さく首を振った。

「ワインを飲みに行こう。君が注いだワインは美味しかった」

彼は何を云っているのか、わからなくなった。

「ゲートを出たら、タクシーをひろってね。すぐ見つかるわ」

紀子は静かにベースタクシーに乗りこんだ。ゲートボックスの日本人とアメリカ人のガードがじっと見ている。ベースタクシーはまたUターンし、すぐにスピードをあげ、広漠とした闇の中に消えた。

6

翌二十六日、十二月初日から街の目抜きどおりに飾られていたクリスマスツリーが急に消え、三角帽子をかぶっていた、ショーウィンドーのマネキン人形も豊かなウェーブの髪に変わった。

彼の勤めている本土系の商事会社は二十七日の午後五時に仕事を終え、忘年会をし、正月二日から仕事を始める、というのが方針だった。

忘年会には参加せずに、赤提灯のカウンターの隅に一人座り、塩焼きの魹《ホッケ》を食べ、大ジョッキのビールを飲んだ。

あの時、崖の下に落ちていたら、紀子と結婚したり、襟子を産んだり、咲子と浮気をしたり、しなかっただろう。彼の住んでいた集落の東のはずれに崖が、崖というより、大岩が積み重なったような高台がそびえていた。高台の上から畳一枚分ぐらいの平たい岩が淵に突き出ていた。小学生の頃、彼はその平たい岩に立ち、手作りの凧を揚げた。誰のものよりも高く揚がった。だが、よく乱れた風が吹いた。彼は落下しようとする凧の糸を必死にたぐり、左右に動いた。何度も体の平衡を崩し、深い崖下に落ちかけた。一度は糊が剥がれてしまい、竹の骨組みだけが、まっさかさまに落下した。下には、晴れ着を着た女の子たちが輪になり、遊んでいた。赤や黄色の鮮やかな色がどんよりと曇った寒い昼の風景に浮かび揚がっていた。

夜十一時前にアパートに着いた。いつものように錆びた郵便受けを開け、夕刊を取り出した。封筒が入っていた。形は結婚式の招待状を入れる封筒に似ていたが。紙質は薄かった。ひっくりかえした。紀子の名があり、住所はなかった。彼はポケットに手をつっこみ、鍵をさがしながら、外廊下の電灯に手紙をかざした。中の紙片が透けて見えた。

部屋に入った。まるみを帯びた、懐かしい文字だった。一字一字丁寧に書かれていた。だが、気のせいか、じっと見ると、指の震えが感じられた。

いろいろ長い間ありがとうございました。私たちは十二月二十七日、U・S・Aに行きます。（この手紙は空港に行く途中、投函するつもりです）。初めて、この小さな島を出ます。私は今まで男性が大陸に雄飛するものとばかり思っていましたが、女こそ小さい島に住んではいけない、と思ったりします。雪が深い州のようです。空想しちゃいけないと自分を叱りつけるのですが、叱りつけるたびに、おとぎの国や魔法の国が浮かびます。ほんとうのサンタクロースが現われそうな気がするのです。たとい、サンタクロースは現われなくても、心が引き締まる寒さのはずです。襟子が雪だるまを作ったり、雪玉を投げて遊んだりする性格ではないのが、少しかわいそうな気もしますが、でも、雪もきっと綺麗に光り輝いて見える日もあるでしょうから、襟子も元気になるでしょう。あの日の翌朝、襟子はフランス人形を抱きました。たいへん喜びました。今も抱いています。私には襟子の手もフランス人形と少しも変わらない、白い、かわいい手に見えます。私のお腹には襟子の妹か弟が宿っています。あの黒人・ボブの子です。

彼は椅子に座った。繰り返し読んだ。

部屋の電灯を消した。窓の、薄いカーテンの向こう側が雪明かりのようにほのかに白く浮かんだ。

彼と紀子はポンペイからジュネーブに行き、アルプス山脈に向かった。鋭利な刃物をつきたてたような容、鉄の赤錆が薄く表面を覆っているような色、このような無数の尖峰や絶壁に、太古の昔から色も容も変らない雪が積もり、彼は深く見入った。だが、紀子は寒さと、目の前に迫る、真っ白な雪を裂き、険しく切り立つ巨大なものに震え、シュレックホルンを正面にのぞんだテラスにも出ず、堅牢な建物の中に閉じこもり、じっと自分の膝を見つめていた。

紀子も襟子も胎児も、ボブと並び、ボブのように、目をあけたままソファーにじっと座っている像が窓に浮かび、彼は急に泣きだしたくなり、立ちあがった。

落し子

K島は本島の県庁所在地から東の方向三百六十キロの太平洋上にある。周囲十六キロの琉球石灰岩が隆起した楕円形の島に二百二十五人が住んでいる。地下には鍾乳洞が広がり、島の周りは絶壁になっている。

わずかに一本釣りや延縄漁をするサバニ（小舟）が乗り上げる砂浜はあるが、定期船は接岸できず、桟橋からモッコを取り付けたクレーンを高くのばし、人や荷物を降ろしている。沿岸でも大型の魚が釣れるし、透明度の高い海中も見応えがあるが、定期船に十数時間もゆられるのを厭い、釣りやダイビングをする人も滅多に訪れなかった。ホテルはもちろん民宿もなく、村役場、学校、郵便局、診療所、駐在所、農協のコンクリート建築物以外は瓦や茅を葺いた百戸あまりの民家が港の近くに固まっていた。

海がしけると何日も荷揚げができず、食料品や雑貨類が底をついてしまうが、標高百五十メートル前後の西岳、東岳、遠見台岳があるために飛行場は造れなかった。

硬い短い髪が針のように思い思いに立っている四十三歳の安富《やすとみ》村長は薄い茶色の伊達眼鏡を外し倍率の高い双眼鏡を手にとり、二階の村長室から毎日ひんぱんにクバ島を見た。オフ・リミットのクバ島に近づく村民をいち早く見つけ、米軍が気づかないうちに連れ戻すのを使命と考えていた。

一週間前、K村に属するクバ島に照明弾が投下された。K村の人たちは花火見物をするかのように夜空を裂く閃光に見入った。しかし、五十数年前の戦争の記憶がふいに蘇り、家の中に逃げ込む老人もいた。

安富村長は夏祭りに打ち上げる村の花火よりずっと見事だと思った。鮮やかな赤や紫などの色もなく、ただ一瞬強烈に光り輝くだけの照明弾を誰もいない村役場からくいいるように見た。上空の闇の中を飛んでいる飛行機はよく見えなかったが、爆音は強く聞こえた。

パパイアの形をしたクバ島はK島から四キロほど南の海上にある。面積が一・四平方キロのこの島は昔はクバやアカギの原生林が生い茂っていた。K島の人たちは神の島と呼び、先祖代々ウタキ（御嶽）にウガン（御願）に出かけていた。しかし、十六年前から米軍の演習場になり、以来飛行機から不定期に実弾投下をしている。神が降臨した大きなクバの木も、女神が体を洗った泉も、数カ所のウタキも消滅し、平成十三年の今はすっかり丸禿になっている。クバ島の航空写真が十年ほど前から村役場の小さいロビーに掲げられている。米軍が提供した、この一メートル四方のカラー写真は村人にウタキ参りを断念させるために掲げろと米軍が強要したという噂もある。ウタキの消滅を惜しんだりする人は、内心はともかく、いなかった。米軍云々ウタキ云々すると、演習場がどこかの島に移ってしまう恐れを人々は抱いていた。

十六年前、年間五億の演習黙認費が米軍からK島に落ち、村人は定職に就く必要がなくなったが、風紀が乱れるからと考えた前村長や安富村長の個人的な影響力により、映画館、パチンコ店、マージャン荘、料亭、スナックなどは一軒も造られなかった。

村人たちは夜毎、海岸や木の下に集まり酒を飲んだり、女をたぶらかす以外はほとんど昼間から寝ていた。

サバニは砂浜に野ざらしになり、薩摩芋、大豆、ニンニクなどを栽培していた三つの山の斜面の段々畑は荒れ放題になっている。各世帯の分配金は年々驚くほど貯まった。しかし、この分配金には、たとえクバ島に近づいて死んでも何の補償もしないし、また、いつなんどき本島の、東洋一の規模だといわれる米軍基地から戦闘機が飛来し、機関銃を撃ち、爆弾を落とそうが文句を言わないという条件がついていた。

安富は村長になる八年前まではサバニ漁をしていた。クバ島周辺は立ち入り禁止になっていたから大物もよく釣れた。時々は海に落ちた爆弾の衝撃にやられた色とりどりの魚が海面に何百匹も浮いた。何ともいえない魅力的な漁場を安富は村人には内緒にしていた。

安富にも高額の分配金は入っていたが、暇を持て余すよりはとクバ島周辺海域での漁は続けた。ほとんどの青年漁師は米兵がよく着ている迷彩模様やチェックの服をつけ、濃いサングラスをかけ、「米軍は沖縄の老人も雇ってあげている。このリストラ時代に日本人が使うかね?」などと米軍を持ち上げ、博打や女にうつつをぬかしていた。

安富が秘かにサバニから釣り糸を垂らしている時、小さいパラシュートに下げられた一メートルほどの筒がクバ島に落ちた。また、時々、安富が「空中交尾」と名付けている空中給油も見た。大型機からスルスルと伸びた管が戦闘機の穴にがっしりはまった。二機とも気持ち良さそうにしばらくじっとしていた。ようやく離れると、大型機はこころなしかだらだらと重たげに飛び、戦闘機は勢い良く飛び去った。

安富が村長に就任する一年前の四月、九十歳のタケという一人暮らしの老女が、昔拝んだウタキを一目見たら死ぬのも恐くなくなるから、クバ島に渡してくれと安富に頼みに来た。大学の先生はアマミキヨが久高島のクバの木に天から降りたとまちがった考えをしているが、ほんとうはこのクバ島のクバの木に降りたんだよとタケは安富に言った。アマミキヨというのは沖縄の創世神といわれている。クバ島に降りたという噂が流れたらたいへんだと安富は思った。タケは分配金が貯まっているから渡しの代金ははずむとか、うちは白い旗と鉄兜を準備しているから、飛行機がいつ飛んできても平気だよと言った。ウタキ参りの老女たちをクバ島に秘かに渡すのもいい臨時収入になると安富は砂浜からサバニを出しながら思った。

K島とクバ島の間の海はいつもは海流がぶつかりあい、荒れるが、あの日は珍しく穏やかだった。

ウタキの神はうちを待っている、歓迎しているなどとタケは上機嫌だった。まもなく安富のサバニはクバ島の砂浜に着いた。安富はサバニのエンジンを切った。半分砂に埋まっているフォークリフトの厚い鉄板に銃弾の穴が幾つもあいていた。すごい威力だと安富は驚いた。急に命が惜しくなったタケも腰がたたなくなり、二人はすぐ引き返した。ウタキの神様は自分を犠牲にしてK島を幸せにしているとタケは自分自身に言い聞かせるようにつぶやいた。とても変わってしまってウタキはなくなったけど、神はいるとサバニのゆれと同じ方向に体をゆらしながら言った。うちはこのサバニには乗らなかったからね、いいねと念を押し、舵を握っている安富を振り返った。

漁にも飽き、ますます時間を持て余した堅物の安富は、その後村長に就任した。安富はサバニを浜に放置し、一度も海に出なくなった。逆にクバ島周辺に近づくサバニを監視しだした。

分配金の額はますます上がり、誰も漁に出なくなったが、時々、敬雄《たかお》のサバニがクバ島周辺の海上に浮いた。

敬雄は父親の弦一と住んでいる。弦一の女道楽に長年悩んだ妻は酒を飲むようになり、包丁や鎌を振り回し、道の真ん中に大の字に寝、村人に嫌われながら五年前に死んだ。すると、弦一は心を入れ替えたのか、女道楽をぴたりとやらなくなった。母親の変わり様を見てきた敬雄は弦一とまったく話をしなくなった。弦一は「おまえは腑甲斐ない奴だ。銀玉はあるのか。男なら男らしく誰にも背中を見せるな」と突拍子もなく言った。気の弱い敬雄は父に反発はできず家を飛び出し、サバニを出した。

キノコ岩付近の浅瀬や水底の砂地に不発弾が転がっていた。不発弾の火薬を抜き取り爆発させれば一挙にたくさんの魚が獲れると、青年たちは話した。しかし、誰も漁に出る気は全くなかった。敬雄も中学を卒業以来、漁には関心がなく、ただマッコウやイシギクなどをクバ島の海岸から持ち帰り、盆栽にした。敬雄は盆栽以外の趣味はなく、部屋にこもり、テレビを見るという日々を過ごしていた。

少年の頃から敬雄は同級生とほとんど遊ばなかった。黒目がちの澄んだ目をし、細面のすっきりした顎の小柄な敬雄を、彫りの深い顔をした同級生は、腕も細くて女みたいだと蔑み、男から振り向かれない太った中年女は、かわいいね、色々教えてあげようかとからかった。

敬雄は人知れずバーベルを持ち上げていた。しかし、力仕事をしなくなったK島の青年たちにも腕の太さでは勝てなかった。敬雄は体を鍛えるのが虚しくなった。しかし、また思いなおし、毎朝ドライミルクを湯に溶かし水がわりに飲んだ。一六三センチの敬雄は一七〇センチに背を伸ばしたかった。だが、十九歳になり、成長期は過ぎたのか、一センチも伸びなかった。

六月二十三日の土曜日の朝、戦没者の合同慰霊祭を五時間後に控えた安富村長は、この日は県民感情を逆撫でしないように米軍も演習は休むだろうと考えたが、ついいつものように村長室から双眼鏡を覗いた。クバ島に向かっている敬雄のサバニが見えた。

敬雄は岩陰を通り抜け、クバ島の砂浜にサバニを上陸させた。クバ島にも以前は監視塔があり米兵もいたが、新型の爆弾を投下するなどあまりにも危ないから引き上げたという村人の噂話が安富村長の頭をかすめた。かつてのクバやアカギは幹や根さえ残っていなかった。短い雑草が地べたに貼りつくように生えている以外は見事なほど植物は見当たらなかった。鳥もヤドカリや蜥蜴などの小動物もいなかった。一面赤黒い岩だった。岩の表面には油っこい液体がこびりついていた。薬莢や錆びたドラム缶の破片や、青や赤の大きなガラス片などが散乱していた。海風は強く吹き荒れているが、異様な臭いが敬雄を襲った。百メートルほど奥に進んでいた敬雄は激しい吐き気に堪えながらサバニのある砂浜の方に戻っていった。

ようやく砂浜に辿り着いた敬雄はサバニにアンカーを揚げ、乗り込んだ。サバニは水に浮かんだ。死んだ小魚に混じり、死にかけた大きな鮫がついてきた。目をむき、悲鳴をあげているように口を大きく開け、鋸のような歯を敬雄に向けていた。敬雄は頭にきつい鉄兜をかぶせられたような圧迫感を覚え、舌を出したまま気を失った。

双眼鏡を放り投げ、安富村長は自分のサバニが放置されている海岸に村有車を走らせた。

安富村長は敬雄のサバニを人目につかないようにアダンの茂みに引き上げ、意識のない小柄な敬雄をかつぎ、村有車に乗せ、診療所に向かった。仰向けになっている小柄な敬雄のジーパンの股間が窮屈そうに盛り上がっている。赤ん坊の頭が股の間から出ているようにも見えた。驚いた安富村長は中学が同級の池里医師に携帯電話を入れた。

村有車は集落の路地に入った。方々の屋敷囲いの海石の上に米軍演習の時、島や海岸に落ちた砲弾や照明弾の薬莢が干されている。月々ひとまとめにし、本島の土産品店に卸している。観光客や戦争マニアによく売れるから注文も多く、暇をもてあましているK島の人たちのいい収入になっている。

狭い坂を登り、玄関前に骨のような珊瑚の欠片を敷いた、小さい島には似つかわしくない、立派な診療所に着いた。診療所はなぜか、通院には大変だと思われる西岳の中腹に建っている。

村人から、父親とは違いヤブだと言われている池里医師は長身だが、ひどく痩せている。横縞のTシャツの上からボタンもかけずに白衣をはおり、ゴム草履を履いた池里医師は、敬雄の股間の隆起は演習の拾い物でも隠しているのかと一瞬思った。長い髪をかきあげ、敬雄のジーパンのチャックに手をかけた。盛り上がっているためになかなか下ろせなかった。

ようやく下ろし、股間を見た。銀玉（K島では金玉ではなく銀玉と呼んでいる）は色も形も血管の走りぐあいも普通だが、一個がソフトボール大に腫れていた。池里医師は下からすくい上げるように触れたが、空気が入っているのか重さは左の小さい一個とほとんど変わらなかった。しかし、風船のような破裂しかねない弱さは感じられなかった。

体温と血圧は正常だった。血液を検査し心電図を調べレントゲンを撮った。熱帯、亜熱帯の風土病のフィラリア症とは完全にちがうが、新種のウイルスが詰まった伝染病か、化学汚染によるものかもしれないと考えた池里医師は待合室にいる安富村長を呼んだ。

まだ四十三歳にしかならないが、もみあげや後頭部も白くなった短い硬い髪を突き付けるように安富村長は屈み、伊達眼鏡をはずし、ベッドに身動きもせずに横たわっている敬雄の右の銀玉を見つめた。

「なんだ、これは」

安富村長は顔を上げ、池里医師を見た。

「精力が強いのに、抑圧している男や女にまれにこのような症状が現われる。大きく腫れて、ズボンを穿くと外からでもはっきりわかる」

池里医師はどうせ安富村長は素人だからと、当てずっぽうに言った。池里医師は四浪した後、本土の医科大学に入学したが、現役組には何かと歯がたたず、常に劣等感に苛まれていた。逆に自分より劣る者にはささやかな優越感を抱いた。

今は堅物だが、もともと好色な安富村長は物珍しげに池里医師の顔を見つめた。安富は十年前の定期健康診断の時、「俺の妻は四十日もさせない」などとおもしろおかしく診療所の看護師を笑わしたが、この中年の小太りの看護師が安富の妻に話し、安富は妻に「この大嘘つき」とこっぴどく叱られた。安富の妻と看護師は民謡愛好会のメンバーだった。現在、診療所の看護師は二十二歳の範子《のりこ》に替わっている。

「敬雄の先祖は外国人じゃないかな」

唐突に池里医師は言った。

どう見ても敬雄は島の人間だと思う安富村長は訳を聞いた。時々迷信深くなる池里医師の言い分は奇妙だった。敬雄の何代か前の先祖が西洋人に種付けされたのが今敬雄に出ているという。

「たしかに敬雄は純粋な島の夫婦から生まれた。信じられるかね。不思議だね。しかし、間違いないと思うんだ。前の種付けが何らかの拍子に出てくるんだ。敬雄は島の人間が大好きな豚肉を一切れも食べないだろう? 昔、本島には奴隷貿易で回教徒も来ていた。あの時、種付けされたんだ」

池里医師は大きな目を見開いたまま言う。頭がこんがらがった安富村長は、君はメンデルの法則を信じないのかと言いかけたが、メンデルの法則が何だったのか思い出せなかったから、「それは君が米国人を崇拝しているからだろう」と言った。

「おまえには難しい話は無理だな」

池里医師は舌打ちをした。

「ところで敬雄は死にはしないかね」

「銀玉がこんなになっているが命に別状はないよ。まあ、念のために銀玉の皮膚組織と僕の書いたカルテを本島の大学病院に送るよ」

安富村長は同意したが、「僕はクバ島で何らかの汚染が広がっていると睨んでいる」と池里医師が付け加えたとたん、考えを翻した。銀玉の腫れが米軍演習によるものだとしたら大変だと思った。路地や畑や庭を掘ると砂しか出てこないK島は米軍から金が落ちなくなると無人島になる恐れがある。だから、クバ島に絶対立ち入るなという米軍の命令には村人全員が従っている。立ち入る村人を制裁する村人独自の組織や定款もできている。米軍の心証を害し、演習場が移転したら一大事だと村人は考えている。

K島の村長は米軍と共存しながらやってきたと安富村長は思う。時々演習弾がK島に落ちた時は、元村長と前村長は村の三役、議長以下全議員と本島の防衛施設局に抗議に行くが、次からは気をつけてくださいよとやんわりと言うにとどめ、ついでに視察と銘打った三泊四日の本島観光をし、帰島する慣例になっている。

「この銀玉の件は俺と君の秘密にしてもらえないか」

安富村長は思わず信心深い老女のように池里医師に向き合掌した。

「手を合わすのはよせ。仏じゃないんだから。とにかく一晩氷で冷やしてみるよ」

「敬雄の恥は村の恥だ」

「おまえの気持ちはわかるよ」

「特に県の保健衛生課やマスコミには絶対漏らさないでくれ」

「まあ、いいだろう。僕には人の銀玉なんか損でも得でもない」

「敬雄のサバニの周りには誰もいなかったが、万が一目撃者が出てきたら、俺が口を封じるよ。看護師の範子ちゃんにも知らせないでくれ」

「範子は大きな銀玉には興味はないよ」

「とにかく頼んだぞ。……米軍にも本島の人間にも銀玉という島の伝統の言葉を普及させろよ」

安富村長は「今日は公休日なのに、診療所を開けて貰って助かったよ。じゃあ、約束だぞ。俺は合同慰霊祭に出席するから」とさらに念を押し、診療所を出ていった。

ところが、興味をそそられた池里医師は防衛施設局の頭ごしに秘かに米軍に直接電話をし、敬雄がクバ島に無断上陸した罪を問わないという約束をとりつけた後、病理的に珍奇なケースを報告した。

夕方、池里医師は安富村長の家に電話をした。約束を破った池里医師に頭にきた安富村長は自転車にまたがり、診療所に走った。池里医師から十万円とカステラを貰い、米軍に処置させたほうが村人や県民にも知られない、絶対二人だけの秘密にするなどと熱っぽく言われた安富村長はようやく機嫌をなおした。二人はずっと眠ったままの敬雄のベッドの傍に座り、米軍のヘリコプターの到着を待った。深夜二時を回った頃、爆音が徐々に大きくなり、近づいてきた。目が覚めた村人も、また演習と思ったのか、起きてこなかった。

診療所の裏庭の雑草を台風のようにゆらし、戦車やトラックが積めるほどの大型の医療用ヘリコプターは着陸した。プロペラが完全に止まらないうちに横っ腹の扉が開いた。金属性の梯子から宇宙服のような完全密閉された防護服を着けた大柄な二人の男がキャスターの付いたベッドを降ろし、診療所に入ってきた。

男たちはキャスター付きのベッドに敬雄を移した。一人の男が「しばらく待っていなさい。また迎えに来ます」というふうなゼスチャーをし、敬雄をヘリコプターに運んだ。

安富村長と池里医師は、黙ったまま裏庭に立ち、黒々とした巨大なヘリコプターを見つめた。十五分後、ファッショングラスをかけた金髪の女性通訳が現れ、二人を案内した。

ヘリコプターの内部は天井が高く、ベッドも大きく、アメリカ製のグリーンの入院着を着た小柄な敬雄は子供のように見えた。気付け薬を嗅がされたのか敬雄は意識が戻っていた。だが、虚ろな目をしている。敬雄は重くはないが、片方に偏っている銀玉をぶらさげながらトイレに入った。ドクターは女性通訳を交え池里医師の所見を訊ね、嘔吐や痙攣の有無、口から泡をふいていなかったかなど色々と聞いた後、さらに検査をした。

ドクターチームは一時間あまり何台もの大型の医療機械を使い検査したが、銀玉が膨らんでいる以外は何の異状も発見できなかった。ただＣＴスキャンに映った銀玉は外からは想像もつかない太い皺ができていた。脳組織の皺と酷似している。しかし、フィラリアの糸状虫も出てこなかった。口の周りにモジャモジャの髭を生やした主任のドクターは通訳を介し、安富村長に「先天的に大きかったんじゃないか」と匙を投げるように言った。安富村長が「子供の時、素裸で泳いでいるのを見たが、あの時はふつうの銀玉だった」と言い、首を横にふった。ドクターは「この青年は脳ではなく、タマで考えているんだろう」と言った。本気とも皮肉ともつかない言い方だから、安富村長はどう答えていいのかわからなかった。

数人のドクターが硬いカーテンを開け、出ていった後、照明が薄暗くなり、入ってきた別のドクターに敬雄は幼稚なゲームをさせられ、馬鹿げている質問を浴びせられた。通訳を介したせいか何の成果も得られなかった。しかし彼らは、クバ島が人間の心理面にどのような影響を与えるのか絶好のケースといわんばかりに、なおも質問し続けた。壁も天井も、医者や女性通訳の服も全部緑色のせいか、少し鮮明になりかけていた敬雄の意識はふたたびぼんやりした。このような敬雄に分厚い近眼鏡をかけたドクターが催眠術をかけた。ドクターの猫撫で声が耳障りに感じた敬雄は大きく目を開いた。まぢかに眼鏡のレンズが光り、奥の青っぽい目が睨んでいた。こいつは軍人だと敬雄は恐れたのか、目を閉じた。安富村長は通訳を介した催眠術を初めて見た。敬雄はさきほど飲まされた赤や緑の錠剤のせいか、喉から妙な声を出した。誘導尋問もされないのに「父親が女好きだから、自分は女嫌いになった」と言った。女性通訳が訳し、ドクターがカルテに書き込むのを、薄目を開けて見ていた敬雄は「父親が暴力的だったから自分は生まれた頃から非暴力的になった」と付け加えた。「なんでも父親を悪く言い、自分をいい子にして」と壁際に座っている安富村長が舌打ちした。昔は男子禁制だったクバ島に踏み込んだのが原因だと、安富村長の傍にいる池里医師が真顔で言ったが、ドクターは無視した。しかし、もしかしたら化学兵器のせいかもしれないと言った時、ドクターがジロリと池里医師を睨んだ。ドクターは敬雄の先祖の病歴も聞いたが、銀玉の大きくなる病気に罹った先祖は一人もいなかった。遺伝や血統は考えられなかった。

出ていったドクターたちが二十分ほど話し合い、ようやく最終結論を出した。カーテンを開け入ってきた髭面の主任のドクターが、数日後、あるいは数週間後には元どおりの大きさになるだろう、もう連れて帰りなさいと言い、出ていった。クバ島とは絶対結びつけないでおこうなと安富村長は池里医師に言った。二人は顔を見合わせ、深くうなずいた。

さきほどのファッショングラスをかけた女性通訳が入ってきた。この金髪の太り気味の女はドクターでもないのに、どうしたわけか敬雄の入院着の裾をはだけ、薬瓶から透明の液体を刷毛につけ、あらわになった銀玉に機械的に塗った。見たくないのか、女性通訳の顔は天井を向いていた。敬雄はわずかに気恥ずかしさを覚え、この女は銀玉をなんだと思っているんだと頭にきた。しかし、すぐ妙な火照りを銀玉に感じた。安富村長や池里医師も見たくはなかったが、何気なく見た安富村長は驚き、池里医師の腕をこづいた。明かりが落ちたベッドでは眩しいくらいに銀玉が光り輝いている。池里医師は眠気が覚めた。女性通訳はしろがね色の輝きにも気づかないのか、目が汚れるとでも思っているのか、敬雄の入院着の裾もなおさずに出ていった。

安富村長と池里医師はおもむろに裾を合わせ、銀玉を隠した。だが、入院着の上からも輝きがわかった。しだいに輝きは薄れ、ふっと消えた。

安富村長は米軍の医療用ヘリコプターが飛び去った明け方の五時前、弦一の家に村有車を走らせ、寝ていた元同級生の弦一を起こし、診療所に連れてきた。長い癖毛をオールバックにした弦一は出目金の目を見開き、一体全体敬雄に何をしたんだと酒臭い息を吐きながら池里医師に怒鳴った。銀玉は腫れているが、何の心配もない、自然にしぼむからと池里医師は平然と言った。痛くも痒くもないと言う敬雄の言葉に幾分安堵した弦一は、しぼまなかったらただじゃすまさないからなと言い、帰った。

隣の所長室のソファーに安富村長と池里医師は座り、缶コーヒーを飲んだ。

「弦一は敬雄がクバ島に渡ったとは知らないようだったな」

池里医師が安富村長に言った。

「弦一はいつも海に向かって飲んでいるから危ないところだったな」

「弦一は海から寄ってくるものは全部宝だと信じているよ」

「宝だといっても、敬雄の盆栽の鉢カバーを作る流木ぐらいだ」

午前八時半、ドアが開き、本島の看護学校を出た百六十センチをこす範子が二人に熱いお茶を出した。シャギーカットの柔らかいストレートの髪をひたいに垂らしている。長い睫毛とくっきりした二重瞼のせいか、黒目が深い感じがする。範子は昨夜、池里医師から「日曜出勤してくれないか」と電話されていた。

「敬雄は人並みにセックスに飢えていたのかな」

池里医師が言った。

「島の青年が飢えるというのはないよ。金はたんまりあるし、定期船に乗れば不自由はしないんだから。いつの世もセックスに飢えているのは女さ。な、範子さん」

安富村長が言った。「分担金がおりる前は、奥さん方には貞操観念があって、旦那は安心して長い漁にも出られたもんだがな」

「今はどうなんですか」

範子はわかっていながら細く、かわいらしい声を出し、笑った。大きく細い唇から白い歯がこぼれた。

「今時、新妻をおいて長い漁に出る者が島のどこにいるかね。新妻も金があるから、何をするかわからないよ。旦那にしがみつく必要はなくなったよ」

安富村長は言い、双子の小学生の待つ家に帰った。

敬雄は入院室のベッドに仰向けになったまま、ぼんやり銀玉をなでたり、目を白黒させている範子に手鏡を持ってこさせ、眺めたりした。しばらくしたら治るという池里医師の話を聞いたせいか、また冷房がよく利いているし、口うるさい父親の顔を見なくてもすむから、敬雄は妙に居心地がよくなり、なぜ膨れたのかなどとは考えもしなかった。ただ重くはないが、妙に窮屈だなと思った。

昼すぎには弦一から漏れたのか、K島の人々の間に敬雄の銀玉の噂が広まっていた。米軍がクバ島に落とし損ねた爆弾を拾っている初老の男は、敬雄が股間に爆弾を隠していると勘違いし、近寄らないように身内に厳重に注意した。中学を卒業したばかりの少年たちは解体された豚の膀胱を膨らませ、敬雄の銀玉、天まで上がれと声を合わせながらボール遊びに興じた。昔、正月の遊具だったシーバイプーカーと呼ばれているこの不気味なボールは、少年たちの祖父たちが豚の膀胱をもみほぐし皮を薄くし、膨らませたものだ。

午後三時すぎ、範子が所長室をノックし、先生、患者さんですと言い、すぐドアを閉めた。池里医師は白衣を着け、診察室に入った。十歳ぐらいの息子を連れた白髪の痩せた中年女が座っている。弦一の隣に住んでいるこの女は、池里医師に銀玉が膨らまないようにいますぐ予防注射をしてくれるように頼んだ。

「大事な長男だから、お願いしますよ、池里先生」

「敬雄のは病気でも、もちろん伝染病でもないよ。体質だよ。敬雄本人ならともかく、あんたが気にかけてどうするんだね」

「でも、跡取り息子ですし、将来子供ができなくなったら大変だから、日曜日だけど、とんできたのよ」

「心配いらないよ」

池里医師は母親の隣に窮屈そうに座っている男の子の頭をなでた。

「じゃあ、敬雄を人里離れた所か、この診療所にずっと隔離してくださいよ。みんな、子供を持っている親は心配しているんですから」

「伝染病ではないと言っただろう」

「あんたは結婚もしないから、親の気持ちはわからないのよ」

「大丈夫と言ったら大丈夫だから。うつらないよ。僕も何度も繰り返し触ったが、僕のはほらこんなだろう」

池里医師は自分の股間をさすった。女はいくぶん安心したように立ち上がったが、うちは絶対息子を敬雄には近づけないからねと言い、出ていった。

「敬雄の銀玉より、僕はあの女の口のほうが恐かったな」

池里医師は受付にいる範子に言った。「口の周りがかぶれていたな。あれはマンゴーを丸かじりしたからだよ。前にもあったよ。金は?」

範子は首を横にふった。

「僕の前の椅子に座ったのに、診察料も払わないで帰るとはな」

池里医師は舌打ちした。

安富村長の頭痛のタネだった弦一の行状は敬雄の銀玉が膨れた後からますますひどくなり、夜中に安富村長の家に押し掛け、わめきながら叩き起こした。「息子たちが起きるから、明日にしてくれ」と安富村長が体よく追い返そうとしたら、「家に火を点けるぞ」と脅された。しかたなく、安富村長はねじり鉢巻きにランニングシャツ姿の弦一を縁側に座らせ、台所から三合瓶に半分ほど残っていた泡盛とイカ缶詰を出した。

「弦一さん、酒はほどほどにしないと命をちぢめるよ」

弦一のコップに泡盛を注ぎながら安富村長は言った。

「俺は九州でバスの運転手もしていたんだ。迎え酒でハンドルを握ったから、首になったよ。少し酒が入っているほうが安全運転だ、飛ばさないからな」

弦一は一息に泡盛を飲み干し、注げと安富村長の顔の前にコップを突き出した。

弦一は一発屋というか山師というか、堅実な仕事は性に合わなかった。筋肉質のがっしりした体格にものをいわせ、誰にも言いたい放題だった。本島のスナックに勤め出した若い頃は「高い金を出して、ほんとに肉の味がわかるのか」などとヘラヘラ笑い、客を嫌がらせた。米軍の分配金が支給され始めた十六年前、K島に戻り、花卉栽培を村に広めようと懸命になった弦一は「東京に出荷したら平均年収二千万か三千万になる。中国やフィリピンから若い嫁が呼べるぞ」などと共同事業者を募ったが、どこかほらを吹いているように村人には映り、誰も協力しなかった。

「俺は敬雄に、ジーパンはよして死んだおじいの紺地の着物を着るように言ってある。股が窮屈そうだからな」

弦一は呂律が回らなくなっている。「俺は自分の銀玉を手鏡でじっくり見たんだが、テーゲー（ほどほど）の大きさなんだ。なんで敬雄のはああなったんだ」

「昔から銀玉に関心があったんじゃないかな」

眠くなった安富村長は適当に言った。

「アレは自慢しても、銀玉を自慢する者がどこにいるか」

「まあ、とにかく一種の体質からきたものだから、池里も言っていたが、自然に元どおりになるよ」

「結婚相手が見つかったら、本島の大きい病院ででも切ってこいと言っているんだ。だが、あいつは気にしていないようなんだ。俺の気のせいかな」

「敬雄は正しいよ。なんだ、銀玉ぐらいで」

「ひとの息子だと思って、簡単に言うな。あんなに腫れあがっていたら、女も見つからん。もっと泡盛持って来い」

安富村長はしぶしぶ立ち上がり、台所の棚を探し、戻った。

新しい泡盛の三合瓶の蓋を開けた安富村長にすぐ弦一が言った。

「米軍からの不労所得で生活するとは何事か。おまえには正義というものはないのか」

何をやっても失敗ばかりしている弦一は社会的に成功している安富村長に日頃の鬱憤をぶちまけた。

「米軍からの不労所得で生きるのは堪え難いんじゃないか。死んだほうがましだと思わないのか」

「俺は村長の給料で生活できるんだ」

「給料は小遣いだろう?」

「しかし、全県組織の労働組合や基地反対派に訴える村人は誰もいないんじゃないかな?」

「おまえも分配金を貰っていると言いたいんだろう? だが、あいにく失敗した事業に全部消えてしまったから、思い切って手を打つかもしれない。村長、おまえ、用心しろよ。何もかもハップガス(破裂させる)かもしれないからな」

「事業や金儲けなんか忘れて、分配金でのんびり余生を送ったらいいんじゃないかね、弦一さん」

「同級生なのに、余生も何もないだろう。おまえも池里も成功したからって、俺を馬鹿にした言い方をするな」

安富村長は弦一のコップにどんどん泡盛を注いだ。弦一をなだめすかし、おとなしく眠るのを待った。いつものように眠ったら、背負い、家に連れていこうと思った。


六月二十六日の早朝、何の薬を塗るわけでもなく朝昼晩ひんぱんにやってくる池里医師と看護師の範子が、銀玉を見に来た。

鬱陶しくなり診療所を抜け出した敬雄が浜にある岩陰に寝ていたら、水が顔にかかった。敬雄は起き上がった。朝日を浴び放射線状の飛沫が輝いている。岩の上の草叢の間に白い固まりが見えた。白い固まりが開き切った箇所から水が飛び出ている。この、結納の直前に相手に逃げられた中年の女は毎朝、願をかけるために東の太陽に向かい、小便をしていた。敬雄は声を失った。銀玉がドックドックと激しく動きだしていた。銀玉は朝日の新しい光にも負けず強烈に光り始めた。女は腰をひとふりふたふりし、蝶柄のスカートを下ろし、立ち去ったが、敬雄の銀玉の脈動と輝きはなかなか消えなかった。頭の血流のほとんどが銀玉に流れこんでいた。意識が朦朧とした。

立ち去ったとばかり思っていた髪の長い女が岩の上から首を突き出し、「見たな」と言った。敬雄は何も言えなかった。女も声を詰まらせ、へなへなと尻餅をついた。しばらく目を見開いていた女は「光っているよ。……あんた、興奮しているね」と言った。何がどうなっているかわからない敬雄は、思わず光っている銀玉をだぶだぶのトレパンの上から抱えながら女からよたよたと逃げた。

人気のない波打ち際に立ち、敬雄は息を切らしながら銀玉を見た。まさにしろがね色に光輝いている。元に戻ると言われている膨らんだ銀玉は平気だったが、この色にはいささか驚いた。まもなく意識がはっきりしてきた。銀玉から輝きが消えていた。まっすぐ家に帰った。

八時半の始業まもなく、この髪の長い中年の女が村役場の二階の村長室に飛び込んできた。「敬雄の銀玉が膨らんでいるとは聞いていたが、光るとは思わなかったよ、村長さん」と女はすぐ言い、浜での出来事を繰り返し話した。安富村長はアメリカ人女性の通訳が薬を塗った時にも銀玉が光り輝くのを見ていたからさほど驚かず、「銀玉はひどく腫れたんだから光っても不思議ではないよ。敬雄は興奮したんだな」と言った。「……興奮したら光るのかね。うちの魅力に圧倒されたのかね。ひどく興奮していたから二、三日は光っているよ」と女は言った。安富村長は、「あんたは魅力的だから男なら誰でも興奮するよ。だけど、人に話すならもう一度か二度見てから話さないと変人扱いされるよ。俺はあんたを信じているからいいけど」などと女にお世辞を言い、ドアを開け押し出した。

安富村長は敬雄の家を訪ね、事情を聞こうか迷ったが、うるさい弦一が居そうな気がしたし、また、君は興奮すると銀玉が光るのかいと単刀直入に聞くのもどうかと思い、池里医師に電話をかけ、先程の女の話をした。

「いつも蝶柄のスカートを着ているあの女は天水健康法をやっていて、一度大きな透明のコップで飲んでいるのを見たが、濁っていて、これじゃかえって体を悪くするよと言ってやったよ。何も僕は天水健康法自体を否定する気はないがね」

池里医師は言った。

「女の健康法なんかより、敬雄の銀玉だよ、問題は」

安富村長は言った。「医学的に光る可能性はあるのかね」

「造影剤には蛍光物質が含まれているから、光っているように見えるには見えるが……。とにかく、敬雄の銀玉には何が起きてもおかしくはないよ」

「医学を超越しているのかね」

「医学というものは症状の後から出来上がるもんだよ。たぶん僕が推察するには、敬雄の性的興奮が銀玉を光らせている。だから、視覚にでも触覚にでも訴えれば光る」

「通訳の女には刷毛で触られただけでも光ったからな。眠り草みたいに触覚にも反応するんだな。だとしたら、男が触れても興奮するんじゃないかな」

「アメリカのドクターたちが裏からも表からもさかんに触ったが、色の変化は少しもなかったじゃないか」

「あの時は敬雄に意識がなかったから、変化が生じなかったのかもしれないよ。とにかく、一応は試してもいいんじゃないかね。医学的な新発見になるかもしれないし。俺の親戚に結婚相手を探している五十すぎの男がいて、最近は女からまったく相手にされないから少し変になって男子中学生を追っ掛けているが、この親戚を敬雄の所に連れていってみようか。多少気はひけるが」

「中学生ならともかく、膨れた敬雄の銀玉に触れるかな?」

「本島か東京に行って、貯まっている分配金で嫁を探しておいでと、年老いた母親がしょっちゅう言っても、あの男は島に来る女なんかいないと泣くんだ」

「気味の悪い男だな」

四十三歳になるのに、まだ独身の池里医師は他人事のように言った。

「とにかく、若い女は島を出たら絶対帰ってこないよ。分配金は移転先の銀行に振り込んでな」

「島に住んでいない者には分配金をカットするというわけにはいかないのかい」

「住民登録はここにしているし、時々は島民ですとばかりに顔を見せるしな。こんな話を出すと、俺はまちがいなく次の村長選は落選だよ。とにかく診療所に二人を呼ぼう。俺が電話する。二人ともブラブラしているから、すぐ来るよ。五時半にな。俺も行く」

「まあ、医学の研究の一端だな。そろそろ患者が待っているから」

池里医師は電話を切った。

午後五時すぎ、池里医師は敬雄を、安富村長は痩せこけた不精髭の親戚の男を家に呼びに行った。敬雄には、輝きの秘密を解明したいと言い、男には、女の乳のような不思議なものがあるからと説得し、診療所に連れてきた。

安富村長と池里医師は敬雄を診療所のベッドに寝かせ、敬雄の銀玉に触れてみろと男をたきつけ、電灯を薄暗くし、ドアを閉め、所長室からガラス越しに中の様子を窺った。しかし、いっこうに部屋の中は光り輝かなかった。安富村長たちは諦め、入院室に入りかけた。すると、敬雄の悲鳴が聞こえ、男が飛び出してきた。廊下を走り、外に逃げた男を安富村長たちは追いかけた。

百メートルほど下ったガジュマルの大木の下に男はしゃがみこんだ。ひどく汗をかき、激しく息をしている男に、「何があった？　どうした？」と安富村長は聞いた。男は息を切らしながら、銀玉を触ったとたん敬雄は痛がり、悲鳴をあげたという。「どうしてくれる。どう責任をとる」と目をむき怒る男を安富村長は必死になだめ、一万円札を握らせた。君と敬雄の恥になるから、きっぱり忘れるように、誰かに話したらただじゃすまさんからなと言い、二人は男の肩を押し、家に帰した。

石垣囲いの路地に男が消えるのを待ち、安富村長と池里医師は強い南風が吹き抜けるガジュマルの木陰に座った。

「やはり、眠り草みたいに触覚の刺激では無理だな。性的な刺激に反応するんだ」

池里医師が首をかしげながら言った。「グラビアモデルになりたいと噂のある中学を出たばかりの目立ちたがりの女の子がいるようだが、試してみようか」

「アメリカ人のギスギスしたインテリ女にも中年のおばさんにも反応したんだから、若い女を持ち出すまでもないさ。若い女はよそう。将来がある分、何かとうるさいからな」

この女の子はどうしたらモデルになれるのかと時々村長室に相談に来た。男っぽい髪型や体つきをしていた。ブラウスから透けて見えるブラジャーが何か似合わないと安富村長は感じた。目鼻立ちがはっきりした女の子だが、腹に無理に力を入れてへこませ、胸を大きく見せようとしていた。

「僕は若い女の刺激と中年の女の刺激に差があるのか、つまり、銀玉の輝きが増したり弱くなったりするのかという点に興味がある」

池里医師が言った。

「輝きはあれぐらいでいいさ。見応え十分だよ」

「女の武器が年をとっても武器になるのか、僕は目に見える形で検証したいと思っている」

女を単なる物としか見ないような雰囲気のある池里医師は言った。

「女は二十代はもちろん、四十代も真っ盛りだ。俺はいつの頃からか、十歳年下の女房に朝も晩も攻められて前立腺炎になったよ。君が診察しただろう?」

「あれはセックス過多が原因ではないよ。まあ、おまえの話はいい」

「俺は敬雄の銀玉が光りだしてから、光り物が妙に気になって、助役の頭にも愛着がわいたよ」

定年まぢかの助役はいつでもどこでも禿げた頭を撫で回す癖がある。後頭部に白髪が残っているが、他はきれいに禿げ上がっている。助役は光り輝く電灯の下にはできるだけ立たないようにしている。

「禿は珍しくもおかしくもないよ」

「敬雄の銀玉は短い時間でいろいろ出てくるな」

安富村長が溜め息混じりに言った。

「まだ何か出てくる可能性はあるよ。人間の体とはそういうもんだ」

妙に悟ったように池里医師が言った。


結局、K島には女子中学生以外の若い女はほとんどいないし、若い女はひ弱な男の銀玉を見たり触ったりはしないという結論になり、安富村長と池里医師は長い結婚生活に退屈している女に目星をつけ、翌日の午後六時すぎに交渉に出かけた。

目当ての女の家に向かう途中にある安富村長の家の前を、襟足を刈り上げた太った中年女がうろついていた。安富村長はとっさに石垣の陰に隠れたが、女に見つかった。池里医師の制止をふりきり、女は安富村長の毛むくじゃらな腕をつかんだ。

「五百万、返してよ」

女は言った。この女の一人息子と安富村長の別れた最初の妻との間にできた一人娘が婚約したが、「あんたは結婚したら、うちの家風を受け継いで貰わなければならないからね。あんたの二人の母親はあんたに何も教えないでいなくなったから、うちがしこむからね」などと姑になる女に言われた安富村長の娘は、結納金五百万を受け取った翌日、急に恐くなったのかK島から逃げてしまった。すでに二カ月になるが、本島にいるのか本土にいるのか、今だに安富村長も知らなかった。十日ほど前、婦人部会定期大会の二次会の席上、この女に問い詰められた安富村長は酔いにまかせ、娘は死んだよとごまかすように言った。死んだならなぜ葬式を出さないね、どうしてあんたは悲しまないねと、女はコップの泡盛を安富村長の顔にぶっかけた。裁判にかけて、必ず結婚させるからねと女は脅した。

「俺も娘の考えが今一つわからないから、いくら親でも何とも言えないよ」と安富村長は女を睨んだ。

女はあれやこれやと安富村長にくってかかった。

女は今も安富村長の腕を強くゆすり、伊達眼鏡を奪った。

「和ねえさん、娘に代わって金は俺がちゃんと返すよ。だけど、娘も何かがあって顔が出せないんだよ」

「何かって、何ね?」

「今はわからないが、近いうちにわかるよ。とにかくどっちに転んでも和ねえさんには迷惑かけないよ。心配しないで。……ひとつ相談だがね」

安富村長はふと中年の女なら誰でもいいと思い、女の青白い顔を覗き込み、一か八か言ってみた。

「敬雄と付き合ってみんかね。敬雄はチャラチャラした女にはもてないが、酸いも甘いも嚙み分けた人には気持ちを開くよ。和ねえさんの一人息子も東京に行ってしまっただろう? な、敬雄を勇気づけてくれないかね? 彼は銀玉問題でそうとうしょげているんだ」

実際、敬雄はしょげてはいないが安富村長は若い頃イナグウーマク(女悪童)の評判の高かった女についつい出任せを言った。

「銀玉問題? 何言っているね、親子ぐらい歳が離れているのに」

「和ねえさんの耳にももう入っているだろうけど、敬雄のアソコが大きく腫れて、外に出ようとしないんだ。俺の口から言うのはなんだけど、和ねえさんにアソコをなでられるとキラキラ輝くと思うんだ。敬雄はきっと元気になる」

「あんたよう、もう何言っているね、恥ずかしいさあ、うちは」

「俺も近くまで一緒に行ってやるよ」

「……でも、父親の弦一がいるんでしょう?」

「いつも夜の十二時まで飲み歩いているよ。習慣だよ」

「いいのかね。じゃあ、人助けをすると思って。でも、絶対誰にも言わんでよ」

「口が裂けても言わないよ。敬雄もたいへん喜ぶよ」

「ほんとに触ったら光るのかね」

「和ねえさんみたいな魅力的な人が触れないと駄目だけど」

「あんたは口がうまいね。じゃあ、うちから言うのははしたないから、あんたから敬雄に言ってよ。敬雄が駄目だと言ったら、うちはすぐ帰るからね」

「もちろん、俺から敬雄に言うよ。じゃあ、行こう」

安富村長は離れたトックリヤシの木陰に立っている池里医師を手招きし、取り返した伊達眼鏡をかけ、女と一緒に歩きだした。二人の立ち話にうんざりしていた池里医師は女に気づかれないように後からついてきた。

まだ暑さの残っている石垣に囲まれたいくつもの路地を通り、二人はまもなく敬雄の木造赤瓦の家に着いた。安富村長は石の門を入り、縁側にぽつんと腰かけ、庭の萎みかけたアメリカシャガの黄色い花を見ている敬雄に単刀直入に言った。安富村長には敬雄が一人前の思考能力のある人間には見えなかった。敬雄は日増しに目が虚ろになり、首もダラリと傾いていた。ほとんど一日中一言もしゃべらなかった。

石の門から出てきた安富村長は、話したら敬雄はとても喜んだと女に嘘を言った。ほどなくLLサイズのトレパンのズボンとSサイズの緑色のTシャツを着た敬雄が出てきた。女は敬雄の手をとり、海岸の方に歩いた。安富村長と池里医師は生け垣や電柱に隠れながら後を追った。

キノコ岩の多い海岸に着いた敬雄と女は、一面に広がっている浜昼顔の草叢に仲良く座り、まもなく横たわった。薄暗くなりかけ、海鳴りが響いている。

横たわってから一分もたたないうちに草叢が灯火を灯したようにぼうっと明るくなった。安富村長たちが目を見張っている間に明かりはしだいに輝きを増した。キッキッキッと妙な女の声が聞こえた。

突然、女は悲鳴をあげ、草叢を駆け降り、白っぽく浮かび上がっている砂浜を走った。敬雄も銀玉を前後左右にゆらしながら女を追った。安富村長と池里医師は顔を見合わせ、すぐ弾かれたように二人を追った。刺激が強すぎたんだ、敬雄はまだ女を知らない純情者だから獣のようになったんだと、走りながら安富村長は言った。池里医師は、女が夢中になり、銀玉に爪を立てたんだと言った。

二人は走りにくそうな敬雄にすぐ追い付き、訳を聞いた。一目散に逃げ去った女は戻ってこなかった。敬雄は息を切らしながら、とぎれとぎれに話した。女は銀玉に触れてから年下の自分の首を抱くように腕を伸ばしてきたという。少し冷たい感じがしたが、夕暮れ時の浜は冷えるからと思いながらじっとしていたら、女の腕がどんどん伸び、まもなく消えたという。この腕は女にも触れたらしく、女は飛び起き、ハブよと叫んだという。

「なぜ家の中でしてもらわなかったんだ」

池里医師があからさまに聞いた。

「あのおばさんが浜の草叢のほうが慣れていると言うから」

ハブを見たせいか、敬雄の銀玉から光はすでに失われている。

「今まで幸運にもハブとは出会わなかったんだな、和ねえさんは」

安富村長が言った。「息子の結納金がどうのとか言っているが、よく遊んでいるじゃないか。いい歳して」

「とにかく、島の中年女が触れても光るというのは証明されたんだ」

池里医師が安富村長にささやいた。

安富村長と結納金云々でもめていた女はハブにひどい目にあったが、敬雄の銀玉を光らしたのをきっかけに翌朝から敬雄を追い掛け回した。長い間後家をとおし、また唯一の希望だった一人息子に東京に逃げられてしまい、人肌に飢えていた女は、自分の手の中でしだいに変化していく生まれたての玉のような何ともいえない感触にうちふるえた。

数日後。「おまえ、よくも俺の大事な息子にひどい女をくっつけたな。あの女は朝も夜も毎日家を覗きにくるんだ。早くどうにかしろ。おまえが貰ったらどうだ」と弦一に怒鳴り込まれた安富村長は驚いた。本気になった女を敬雄から引き離すのに、安富村長は四苦八苦した。あんたが敬雄に会わさなかったらこんなに苦しまなくてもすんだのにと、女は泣きじゃくった。結局、安富村長は謝罪の十万円と自分の娘が持ち逃げした結納金全額を渡し、ようやく解決した。

噂話はすでに広まっていた。ませた女子中学生たちがきれいに光り輝く銀玉の写真を撮りたい、スケッチしたいと言い出した。結婚している女たちは、いくら刺激を与えてもうんともすんともない夫たちを急に軽んじた。

弦一の目を盗み、敬雄に忍び寄る女たちが増えた。女たちは自分の裸を見せると敬雄の銀玉が徐々に光り輝くのを息をつめ、まばたきもせずに見つめた。深く溜め息をつき、うっとりした。痩せた女も太った女も美人も美人ではない人も自分の体に自信がついた。特に毎晩トドのようにすぐ寝てしまう夫に、うちにはもう魅力を感じなくなったのね、他に女がいるのねと怒っていた女たちは、自分の裸にすぐ反応し、銀玉を光り輝かせる敬雄に救いと充足感を求めた。

敬雄の銀玉をより強く光らせようとする女どもの争いはしだいにエスカレートした。敬雄の銀玉は、触れられるより女が大股開きをしたほうが二倍も三倍も強く見事に輝く事実に、数名の女が気づいた。

Ｋ島一大きい雑貨店の前や大きなアカギの下や石垣の陰などに座り、クバ扇で首筋の汗をあおぎながら、私は大股開きをしたとか、うちはバックスタイルでたっぷり見せてやったとか、紺地の着物の裾をめくったらうっとりしていたなどとあっけらかんと大笑いをする女たちの声が、男たちの耳に日増しに飛び込んできた。しかし、男たちは、自信が蘇り生活に張りが出、毎日が楽しいと言う妻や娘や母親に文句は言えなかった。むしろ、夜になると自分にまとわりつかなくなった妻たちに清々した。また、自分の身内以外の女が敬雄を誘い、裸になるのを秘かにのぞき見た。

だが、敬雄の銀玉が光るのを単純に喜ぶ精力の衰えた男もいたが、精力の有り余った男はしだいにのぞき見るだけでは我慢できなくなり、敬雄を妬んだ。

女たちの性的関心が日増しに敬雄だけに向き、自分たちが見向きもされなくなる恐怖を感じ始めた男も出てきた。特に独身の男は、数少ない独身の若い女が敬雄に独り占めされ、自分たちの出る幕がなくなると真剣に考えた。敬雄の銀玉は伝染病だ、非常に危ないとデマをとばしたり、脅したりする男も何人か出てきたが、女たちはいっこうに気にしなかった。

ある意味ではＫ島の男たちが心配する必要はなかった。敬雄は興奮はするのだが、相手の女を抱こうとは一切しなかった。腫れた銀玉は輝くのだが、肝心のサオは少しも起き上がらなかった。裸を見せた女たちの何人かは不満に思ったが、ほとんどの女は後腐れがないと喜んだ。

敬雄の家に強引に押し入り、昼寝をしていた敬雄を起こし、仏壇を背に座らせ、拝んだ老女さえいた。ペンダントなのか数珠なのかよくわからないものを首にかけていた老女は、たまたま外から帰ってきた弦一に叩き出された。しかし、老女は諦めず、今でも毎日のように敬雄の家の方角に向かい、曾孫の安産祈願をしている。

K島は本島から東に三百六十キロ離れているせいか、人口が三百二十五人しかいないからか、どこのマスコミの支局もなく、一人の通信員も配属されていないが、特ダネがあるようならマスコミも記者を派遣するかもしれないと安富村長は考え、敬雄の銀玉の件は絶対島外に漏らさないようにと書いた村人へのビラを配布するために、村役場の二十二人の職員を総動員し、徹底的に個別訪問させた。気が向いた時に本島に卸しに行く漁師にも、本島とK島を結ぶ定期航路の船員にも強く口止めした。

違反者には百万の罰金と五十回の鞭打ちを科したらどうかねと、池里医師が村長室に本気とも冗談ともとれるような電話をかけてきたが、安富村長は、法律違反をしたら俺の首が飛ぶ、村人の島を愛する心に訴えれば十分だと無理に笑った。

「村の男たちが皆、敬雄のように光る銀玉になって、女たちに弄ばれたいと思うようにならないかな、と範子をからかってみたんだがね」

池里医師が言った。

「範子はなんて言っていた？」

安富村長は気になり、聞いた。

「笑ってごまかされたよ」

「ありうる話だよ。万が一クバ島の秘密が村人に知れたら、村の男という男が銀玉を膨らまそうとクバ島に渡りだすんじゃないかな」

「クバ島は毒に侵されているから、何の前触れもなく突然死んでしまうと米軍が言っているという話を流せばいいじゃないか。だが、今、流したら藪蛇になる。情況を見すえながらだよ」

「しかし、女にチヤホヤされるなら、死んでもいいという男も出てくるよ。毎日そうとう退屈しているからな」

「米軍の爆撃機にやられるさ」

「米軍の演習と敬雄の銀玉に因果関係があるとなると一大事だ。全国的な社会問題になって、演習は中止になり、分配金は完全に打ち切られるよ。そうなったら、こんな絶海の孤島で村人はどう生き延びていくんだ」

「おまえ、考えすぎだ。目の前の仕事をすればいいんだよ」

池里医師は電話を切った。


七月の初旬、中年のシゲ子という女から診療所に聞き取りにくい電話がかかってきた。方言と標準語がまじり、ひどく慌てている。受付にいた範子が池里医師と碁を打っていた安富村長を所長室に呼びにきた。安富村長は何度も聞き返し、ようやく話が見えてきた。お祈りが好きなシゲ子は、敬雄の銀玉に触れたまま先祖の名前を呼びながら一人一人の成仏を願っていたが、ふと、「あそこの車を何とかしてちょうだい」と敬雄に言った。乗用車はシゲ子の軽自動車の通り道をふさいでいた。大きなクバの木が一本生えている岬はK島の唯一の拝みの名所になっていた。シゲ子は、あの車の運転手にどかすように注意してちょうだいと言ったつもりだったのに、敬雄はバンパーに手をかけ、軽々と車体を引っ繰り返してしまった。腹が上になった亀の手足のように四個の車輪が空を向いたという。

「車の主はどうなったんだね」

安富村長はシゲ子におちつくように言いながら聞いた。

「車の主はいなかったから、今頃は驚いているはずよ」

シゲ子は言った。

「敬雄は一人で岬にいたのかね」

「浜にいたのをうちが連れてきたのよ」

「敬雄はまだそこに？」

「今、ここにいる。ガジュマルの下の公衆電話だよ」

「シゲ子さん、今の話は内緒だよ。車の主には俺が話をつけてあげるからな。誰にも言ってはいけないよ。いいね」

シゲ子が秘密にできるのかどうか心許なかったが、安富村長は電話を敬雄に替わるように言った。敬雄はシゲ子とは対照的に平然としていた。何が起きたのかよくわからないようだった。敬雄は日増しにぼんやり者になっていくように思えた。安富村長は、今すぐ診療所に来るように言った。どうしたんだと聞く池里医師に安富村長はあらましを話した。

「膨れただけでなく、光りだして、今度は怪力か。敬雄の銀玉は一体どうなっているんだ」

池里医師は目を見開いた。

「僕は仕事柄、女のアソコはたまに見たりしているが、何の力も出ない。腰も足もヘナヘナしている」

ガリガリに痩せた体では無理だよと安富村長は言いかけたが、やめた。

「今時、女に触れられただけで、あんなエネルギーが出るというのは、よほど純粋なんだな、敬雄は。な、範子」

池里医師の椅子にふんぞり返るように座っている安富村長は、三時の茶菓子を出した範子に言った。範子は聞こえないふりをし、所長室を出ていった。

「とにかく敬雄は信じられないくらい初心《うぶ》だな。今まで何をしていたのかな。僕は中学二年の時にちゃんと済ませたのに」

池里医師が碁盤の前に座り、言った。

最初に年増に自尊心を傷つけられたから女に執着できなくなったんだよ君は、と安富村長は言い掛けたが、「少なくとも中学卒業までに済まさないのはK島の男じゃないよな」と言った。

安富村長は池里医師の真向かいに座った。

「敬雄が来たら、どうする?」

「まずは力を確かめよう」

池里医師は続きの碁を打ち始めた。

まもなく、診療所に死んだおじいの紺地の着物を着た敬雄が現われた。連れてきたシゲ子は、孫のような敬雄の銀玉に触ったから二人と顔を合わせられず、すでに帰っていた。

池里医師は白衣をはおり、診察室に入った。範子は二人の生々しい話に憤慨したのか、姿が見当たらなかった。しかたなく池里医師が定石どおり敬雄の脈をとったり、血圧を測ったりした。やはり何の変化もなかった。

シゲ子の話が事実だとすると、敬雄の銀玉が光っている間に命令したら、きっとすごいエネルギーが出る。原因やシステムはわからないが。どうだね?　と安富村長は池里医師に自信たっぷりに言った。妙に押し黙っていた池里医師は素人は黙っておれといわんばかりに返答しなかった。

女が関与しなくても敬雄のエネルギーを引き出す方法があるのではないだろうかとふと考えた池里医師は所長室に入り、机の引き出しの鍵を開け、刺激的な品々を取り出してきた。池里医師はキョトンとしている安富村長を尻目に敬雄に猥褻な写真を見せた。敬雄はおとなしく見ていたが、銀玉はいっこうに光りだす気配はなかった。しかし、もしかすると光らなくても怪力が出るようになったのかもしれないと思った池里医師は、試しに三十キロばかりの本の詰まったダンボール箱を持ち上げるように言った。敬雄は顔を紅潮させて力んだが、まもなく箱諸共、後ろに引っ繰り返った。

池里医師は実際に銀玉に触れたり、大股開きを見せなければだめだと再認識した。

「医学者の立場から観察したいので、誰かにさすって貰いたいが、男では一度失敗しているから、どうしても女が必要だ、村長」

池里医師は言った。「さっきのシゲ子に電話してくれ。ただ敬雄の力をぜひとも証明したいから、協力してくれと頭を下げてくれ。シゲ子の面子をつぶさないように、あくまでも医学のためだと頼んでくれ」「来るかな」と言いながら安富村長は電話をかけに行った。

ほどなく、ばつの悪そうな顔をしたシゲ子が診察室に入ってきた。

ベッドに横たわっている敬雄の銀玉はしだいに光りだした。心なしかトロンとしていた敬雄の二重の目の色も輝きをやどし、皮膚の色もうっすらと赤みを帯びた。ちぢれている髪の毛もいつもより黒々している。敬雄の脳のエネルギーが全部腕の筋肉や銀玉にいっていると判断した池里医師は、「どんな感じだ?」と敬雄に聞いた。頭が熱くなっていると敬雄はもぐもぐと口を動かし、言う。

「耳から入る声は聞こえるかい」

池里医師は敬雄の耳に顔を近づけ、ささやいた。

「……耳元の声はなんとなく聞こえる」

敬雄はぽつんと言った。シゲ子は銀玉をさするのをやめた。

「そのままさすって」

池里医師が言った。シゲ子はまた言われたとおりにした。

「敬雄、僕が言うバーベルを持ち上げろ」

池里医師は光っている銀玉に向かって言い、敬雄を起こし、珊瑚の白い死骸を敷き詰めた玄関に連れ出した。安富村長もシゲ子もついてきた。

八十キロのバーベルを持たしてみるというのが池里医師の最初の目論みだったが、シゲ子に何度も銀玉をさすらせるのは気に染まなかったから、いちかばちか二百キロの重りをとりつけた。安富村長は驚いて目を見開いたが、「持ち上げろ」と池里医師は敬雄の銀玉にささやいた。敬雄は、オリンピックの重量あげの選手がよくやるような深呼吸も行なわず、両頬をたたいたりも、宙を見上げたりもせず、いくぶんうっとりした表情になったかと思うと、何気なさそうにバーベルを軽々と頭上高く持ち上げた。腕の筋肉がブルブル震える様子もなく、足がガクガクふらつく気配も全くなかった。根を張った太い木のようにがっしりとしていた。ただ、全身の力が銀玉に集まっているのか、輝きがさらに強まっていた。

安富村長にも池里医師にも今や敬雄が偉大な男に見えた。二人は陰ではよく敬雄を「銀玉マギー（肥大睾《こう》丸《がん》人間）」と呼んでいたが、これからは面と向かってはもちろん、陰口でも言えないと思った。

池里医師は敬雄を入院室のベッドに寝かせ、安富村長と裏庭に出た。午後六時前だが、まだ夏の陽は強かった。二人は軒下の影の落ちた小さいベンチに座った。

「今度のヒージャーオーラセー（山羊の闘技大会）に敬雄も出場させよう。横綱の大山羊と闘わしてみよう。ほんとうは人間と闘わせたいが、あの力だと相手が危険だ」

池里医師が言った。「あの力は生き物にも効き目があるかどうか、実験をしよう。僕の研究論文のテーマにする」

池里医師は長い間のんべんだらりと過ごしてきたが、ここ数週間妙にやる気が出ている。驚いた安富村長はしばらく何も言えなかった。

「どうだね？」

池里医師は返事を促した。

「しかし、大勢の前で、敬雄の怪力を試すというのはまずいんじゃないかな。公になったら米軍に人体実験用に連れ去られないかな」

「銀玉が光っている間に命令しなければ怪力が出ないという秘密を知っているのは、おまえと僕の二人だけだ。シゲ子はただ驚いただけで、何もわかっていないさ。心配するな」

「……」

「村人は生活に追われていた昔とはわけが違う。米軍からの分配金で遊んで暮らせるようになったが、遊び方がわからないから、おまえが月一回のヒージャーオーラセーを始めたんだろう？　違うかね」

たしかに暇をもてあまし、何をしでかすかわからない若者のエネルギーを発散させるために、五年前に安富村長が提出した「ヒージャーオーラセー」の議案を村議会は採択した。以来、毎月第四日曜日に一度の休止もなく開催してきている。

「こんなおもしろい取り組は滅多にないよ。まちがいなく大受けする。おまえの三期目の村長の地位も確定だ」

「……」

「はっきりしろよ」

銀玉が光っている敬雄に命令したら、分配金を貰っていながら米軍演習に反感を持っている弦一など邪魔な人間を排斥できる、と安富村長はふと思った。村人がいつまでも安泰に暮らせる。

「よし、いちかばちかやろう」

安富村長は言った。「だが、最初は普通の山羊と闘わせたほうがいいんじゃないかな」

「いや、横綱の大山羊が相手だ。あの大山羊は他の山羊の飼い主が嫌がって、最近は対戦相手を探すのに苦労している。いつも村人の度胆をぬくのが村長というものだ。早く電話をしろ」

「電話？」

「大山羊の飼い主の銘苅さんにだよ。もし、拒否されたら、村長の権限を行使して、説得しろよ」

池里医師は立ち上がり、診療所に入り、受付にある電話をかけた。二言三言言葉を交わし、安富村長に代わった。敬雄を殺したら大山羊と一緒に自分も重罪になるかもしれないからと、銘苅は安富村長の提案を断ったが、どのような事態になろうと一切の責任は俺が持つ、明日の朝、自筆の念書も届けると有無をいわさぬように言った。銘苅はまだ躊躇した。すると安富村長は、敬雄が負けたら、俺があんたに二十万円払うが、敬雄が勝ったら、あんたの大山羊を村人にふるまうという条件ならどうかねと言った。大山羊の勝利を完全に信じている銘苅は手の平を返した。

「わしの山羊が勝ったら、金は十五万でいいから、わしの畑の砂糖黍の下葉を敬雄に刈らしてくれんかね。もう伸びほうだいで。人手がないんだ。小柄な敬雄には気の毒だが、わしももう年でな」

まだ砂糖黍なんか作っているのかと安富村長は呆れたが、「いいよ。敬雄と俺と池里医師が刈るよ」と言った。

七月二十二日の日曜日、アロハシャツを着た安富村長と池里医師は、十番ある山羊同士の戦いが残り二、三番の頃を見計らい、午後二時すぎに診療所を出、口を半開きにし、目も虚ろになっている敬雄を連れ出し会場に向かった。

路地の石垣の間に食い込んだオオタニワタリの長い十数枚の葉が丸く広がっている。石垣の上に干された色々な種類の貝殻は定期船の船員に頼み本島の業者に卸している。

「金の落ちる島になったのに、まだこんな小遣い稼ぎをしているんだな」

伊達眼鏡をはずし、汗を拭きながら安富村長が貝殻に顎をしゃくった。「真面目に働いてきた習慣がなかなか抜けないんだな」

「まあ、楽しみを兼ねてだろう。人間は金だけでは生きていけないからな」

痩せているせいか、ほとんど汗をかいていない池里医師が言った。

安富村長が立ち止まった。

「ここを見ろよ。島の人間は体を張っているんだ。金を貰うのは当然だよ」

隣のクバ島が目標なのに、二カ月ほど前この辺りに米軍機が爆弾を落としたために、石垣に十数カ所の穴が開いている。

「僕はそこまでは言っていないよ」

「貰うなどと文句を言うのは弦一だけだよ、な、敬雄」

安富村長は死んだおじいの紺地の着物を着た敬雄を振り向いた。銀玉をユッサユッサゆらしている敬雄は赤い顔をしている。

三人は路地を出た。一本道の左右に雨水を貯める大きなコンクリート造りの貯水池が広がっている。幅二メートルほどの溝が貯水池に繋がっている。

ほどなく周りに台風よけのガジュマルが植えられた広場に着いた。広場の東側の一段高くなった所に大きな石造りの碑が建っている。演習が始まる一年前に米軍の高官が来島したのを記念し、二十歳以上の村人が金を出しあい、造った。金を出さなかった弦一以外の村人の名前は碑の裏に記されている。

この広場が会場になっている。芝生にゴザを広げた出店も並んでいた。家から持ち出した掛け軸や風鎮や白磁の壺など骨董品を売る丸い赤ら顔の青年もいた。

「村長さん、この壺は二百年にはなるよ。本島の業者も喉から手が出るぐらい欲しがっているんだが、せっかく二百年前から島にある物を外に出したくないんだ」

安富村長は無視し、歩いた。青年はついてきた。

「村役場で買ってくださいよ。百万でいいから。文化財だよ」

「君が大切に持っていなさい」

安富村長はきっぱりと言った。青年はしぶしぶ元の場所に戻った。

「無人島だったここに人が移住して、まだ百年しかならないのに。何が二百年前から島にある物だ。島の歴史を教える必要があるな」

安富村長は池里医師に言った。

「だが、あまり島を紹介しすぎると、米軍の分配金が天下に知れ渡るよ。今は知らない人のほうが多いんだからな」

「慎重に考えながらやらんといかんな」

広場の中央に簡単に丸く縄を張ったヒージャーオーラセーのリングがある。縄の外側の炎天下に人々は座ったり、立ったりしている。鋭い鎌を握った老女は、裏庭から採ってきたパイナップルを巧みに一口大に切りながら山羊の闘いを見ている。山羊が激しく角をぶちあてるたびに、小学生が直射日光にキラキラ光るフライパンをたたき、歓声をあげる。木の枝に寝そべり海風に吹かれていたが、くしゃみをしたはずみに落ちた太った青年もいる。スピーカーから流れている民謡や子供たちが走り回っている声が方々から聞こえる。

突然、「イエー、弦一のワラバー（子供）」という大声がし、やつれた老人が空になった一升瓶を振り回しながら敬雄に走り寄ってきた。周りにいた村人が老人を制した。

「まだ、根に持っているんだな」

安富村長が言った。この両頬がくぼんだ老人は何年か前弦一に儲かる事業を一緒にしようと持ちかけられ、大金をすってしまった。

「山羊に勝てば、このおじいにも一目おかれるよ、敬雄」

池里医師が風にゆれる長い髪をかきあげながらずっと黙っている敬雄に言った。横綱の大山羊と敬雄が最終組に決闘するというアナウンスがガジュマルにくくりつけられたスピーカーから流れた。

三人は簡易テントの来賓席に座った。テントの中には米やビールやトロフィーや、鍾乳洞の奥深く寝かせてあった泡盛が置かれている。

山羊はさかんに角と角を激突させ、ガグッという大きな鈍い音が響き渡る。長引いた試合が多く、まだ四番も残っていた。試合の直前にスピーカーから飼い主の名前や、山羊の年齢、体重、戦歴などの紹介が流れた。テントの後ろでは出番を待ちきれない大山羊が高く立ち上がり、テントの柱に頻繁に角をぶっつけている。蹴りあげた土が安富村長たちのテーブルにも飛んできた。「この大山羊だよ」と安富村長が敬雄に言った。敬雄はゆっくり顔を向けた。交配を繰り返した末に誕生した百キロを超す闘技専用の山羊だった。

「こいつは腹がすくと、すぐ暴れて、今までに何度も小屋を壊したそうだ」

安富村長が池里医師に言った。

「敬雄、こいつの正面に立つなよ。こいつの前には飼い主も立てないんだ。すぐ攻撃される」

池里医師は敬雄に言ったが、敬雄は自分とは何の関係もないというふうに黙っている。

この気性の荒い大山羊の後方には人だかりがしている。

ほとんどの男たちが迷彩服や、革の長靴、カーキやグリーンのTシャツを着ている。男たちはこのような米兵のファッションが女にもてると信じている。男たちは日頃から賭け事に興じていたが、ヒージャーオーラセーの時には一段と賭ける金額が跳ね上がった。賭け事は駐在も大目にみた。警官や村役場職員も泡盛の一升瓶などを賭けた。後ろにいる男たちは前代未聞の大山羊と敬雄の闘いに賭け始めている。山羊同士とは違い、みんな一様に戸惑っていた。

電動の車椅子に乗っている老女が安富村長を呼んだ。安富村長は立ち上がり、近づいた。

「村長、あんたは近ごろ狸腹になったね。金が入っているんじゃないのね？」

「おばあの懐にも入っているだろう？」

安富村長が、聞き耳をたてている人々の間から隅の方に車椅子を押しながら言った。

「村長になると米軍から分配金が人の何倍も懐に入るってほんとうかね？」

「何言っているんだ、おばあ。みんな平等だよ。俺もみんなと同じ額しか貰っていないよ。じゃあ、ね、おばあ」

実態を言いあてられた安富村長はあたふたと老女をガジュマルの木陰に置き、テントに戻った。米軍から落ちる金の使途に色々な策を弄し、安富村長は個人的に村人の十倍近くの収入を得ている。

テントの後ろではまだ男たちが賭け事に夢中になっていた。安富村長と視線があった中年男が近づいてきた。

「村長、人と山羊を闘わすというアナウンスを聞いて飛んできたんだ。今、手持ちがないから、これを賭けたいんだが」

野球帽の上からねじり鉢巻きをしているこの男は、軽そうな折り畳み自転車を持っている。

「財布は女房に握られているのかい」

安富村長は聞いた。

「あいつは手を切られても、握った金は離さないよ」

「俺は賭けはしないから、あそこの青年たちに話してみたらどうかね」

安富村長はテーブルについた。

敬雄と大山羊の対戦では九割方が大山羊の勝利に賭けられた。牛の銀玉と似ている敬雄の銀玉には牛の力がこもっていると考えた何人かの男と、神々しい銀玉に惚れ込んだ女が敬雄の勝利に賭けた。

歳は六十前だが、腕や足の筋肉が盛り上がった、次期村長を狙っている男が安富村長のテーブルの前に立った。男はビール瓶の栓を噛んだかと思うと、栓を口からプッと吐き出し、ビールを安富村長のコップに注ぎ、言った。

「俺の三男坊と山羊を闘わせたらどうだ？　あんな痩せっぽじゃ銀玉を突き刺されてしまう。第一、銀玉がユッタイユッタイゆれて、動きがとれないとは思わないのか。あんたはどう責任をとるんだ」

男の三男坊は直射日光に照らされながら、牛の乾肉を齧っている。

「親の俺が言うのもなんだが、あいつは島一番の力持ちだ」

男はビールをラッパ飲みしながら言った。三男の部屋にはボディビルジムにあるような機具が所狭しと置かれている。

「俺が責任を持つから、のんびり見物してくれ」

安富村長はきっぱりと言った。男は、忘れるなよと安富村長を睨み、テントを出ていった。

鼻の下に髭をたくわえた三十代の司会の男が、マイクを手にしゃべりだした。この男は野球は知らないが、プロ球団のマークの入った野球帽をいつもかぶっている。

「敬雄に賭けた金は二十倍になって戻ってきますよ。だが、相手は山羊の中の山羊です」

いくぶん酒の入っている司会者は堂々と賭けを勧めた。今は山羊同士の最後の試合が行なわれている。互いの攻撃は凄まじく、上体を上げ、体重をのせ、振り下ろすように角をぶっつけあう音が安富村長の耳にも響いてくる。懲りずに角をぶっつけあうたびに人々の歓声がわきあがる。

「だが、賭けはほんとに賭けですよ」

司会者は人々を煽るように続ける。「対戦相手の大山羊には牛も逃げ惑う。鍛えられた筋肉を見てください。大山羊も敬雄も大勢の人に注目されて、すでに興奮しているようです。すぐに闘えます。見応えのある勝負になります」

司会者は安富村長の後ろの簡易椅子に座っている敬雄を見た。だが、敬雄の虚脱状態はふだんと変わらなかった。

「じゃあ、敬雄さんも大山羊もそろそろ準備をお願いしますよ」

司会者はまだ闘っている山羊の方を向いた。テントに安富村長の双子の小学生が来た。一人の男の子がはにかみながら安富村長に小遣いをねだった。虫歯だらけだった。安富村長の隣に座っている池里医師は、もう一人の男の子に「笑ってごらん」と言った。しかし、男の子はますます唇を固く結んだ。安富村長は千円札を二人に渡した。唇を結んでいた子も笑った。やはり虫歯だらけだった。

「そろそろ準備しようか、敬雄」

安富村長は立ち上がった。「看護師の範子を連れてきてくれ」と池里医師に言った。

池里医師は「救護班」と貼り紙をした隣のテントに行った。

安富村長と池里医師は敬雄と範子を連れ、会場の隅に停めてある、K島に一台しかない救急車に向かった。

四人は救急車の中に入り、カーテンを閉め、クーラーをかけた。安富村長が範子に敬雄の銀玉を光らすように頼み込んだ。銀玉をさするか、下着を脱いで大股開きをするか、時間がないから早く決めてくれと言った。範子はもろに嫌な顔をしたが、安富村長は必死に説得を続けた。黙っていた池里医師も範子をなだめすかした。「尊敬する先生がそう言うなら」と範子はようやく決心した。「だけど、私の体は結婚相手にしか見せません」と言った。池里医師の何を範子は尊敬しているんだろうと安富村長は訝しがった。

ガラス窓をたたく音がした。池里医師と同じぐらいに痩せた、どこか病的な中年の男が中を覗いている。安富村長がガラス窓を横に引き開け、「何だね」と言った。

「自家製のスープだ」

麦藁帽子をかぶっている男はプラスチックの容器に入った黒っぽい液体をゆすった。

「何だ?」

「だから、精力ドリンクだ。敬雄に飲ましたら、大山羊に勝つ。濃縮スープだから鼻血は出るが、必ず勝てる。一万円だ」

「今、忙しいから向うに行ってくれ」

「効かなければ金は返す。いい女といい仲になってな、一晩中やろうと朝から何時間もかけて煎じたんだが……女は夫に部屋に閉じこめられてしまった。腐れたらなんだから売るよ」

安富村長は腐れたら困るならただにしろよと言いかけたが、時間が押し迫っていたから一万円を出し、スープを受け取り、窓ガラスを閉めた。男は立ち去った。

「じゃあ、範子さん、頼むよ。時間がないんだ。敬雄、ここに座ってくれ」

安富村長は敬雄と席を替わった。範子はさきほどまではひどく嫌がっていたが、髪を耳にかけ、ほとんど躊躇せずに両手をのばし敬雄の銀玉をさすりはじめた。以前、中年のシゲ子がさすった時より何倍も早く銀玉は光りだした。安富村長は銀玉を見るのは嫌だったから、背後から首をのばし敬雄の耳に「今から対戦する大山羊をたたきのめせ」と命令した。

四人は救急車から出た。範子はテントに戻り、三人はリングに向かった。テーブルについた範子は、敬雄の紺地の着物の上からさすったのだが、脱脂綿に消毒アルコールをかけ、何度も両手を拭いた。

司会者が、これが鳴れば大山羊も観衆もますます興奮するからと、敬雄の腰に鈴をつけた。だが、チャチな手を使わなくても人々は熱狂するからと、安富村長がはずさせた。大山羊と敬雄は縄囲いのリングに入った。死に物狂いに闘った山羊たちに踏み荒らされた地面はだいぶ荒れている。大山羊の主の銘苅は興奮し、大柄な女房に勝利の舞を踊るように言った。だが、隣の男が、おまえの女房の踊りなんか邪魔だ、引っ込んでおれと怒鳴った。銘苅はかぶっているパナマ帽をとり、開襟シャツのボタンを全部はずし、男を威嚇した。スピーカーから男女のデュエット曲が流れた。敬雄と大山羊は睨み合っているが、曲が耳に入り、闘いにくそうだった。観衆も熱中できなかった。クレームをつけられたテントの中の放送係はラジカセのスイッチを切った。

大山羊がすぐ仕掛けた。大山羊の激しい頭突きを間一髪かわした敬雄は、すばやく大山羊の両方の角をがっしとつかんだ。大山羊は逃れようと激しく暴れた。四本の足が蹴りあげる土埃が風に舞い、何人かの観衆の目に入った。リングの近くに陣取っていながらずっと喋り続けていた四人の女たちも急に黙り、敬雄と大山羊を見つめた。範子は銀玉を触らされる前は、敬雄さん、大山羊に殺されないかしらと心配したが、今は妙に平然と、汚らしい銀玉を大山羊の鋭い角が突き刺すのを期待しながら、テントの中から試合を見ている。

大山羊がジワジワと敬雄に押し返された。人々の歓声が上がった。すると、前方にいた、大山羊に金を賭けた中年の女が敬雄の背中にコーラをぶっかけた。敬雄に金を賭けた若い女がコーラをぶっかけた女の髪を引っ張り、二人は罵りあいを始めた。すぐ役員の男たちが安富村長に仲裁をさせるために二人をテントに連れてきた。

角をつかんだ敬雄は、大山羊が必死に頭をふり体をゆすろうが、地に根を張った大木のようにビクともしなかった。敬雄の着物の裾が何かの拍子にめくれ上がり、眩いばかりの銀玉が覗いた。歓声とも溜息ともつかぬ声が方々から上がった。大山羊も一瞬キョトンとした。大山羊と敬雄の目が合った途端、大山羊の巨体は高く宙に浮き、次の瞬間地面に叩きつけられた。

大山羊は引っ繰り返ったまま顔を歪めていたが、まもなく起き上がり、足を引きずりながら人々をかきわけるように逃げ去った。子供たちが奇声を上げながら後を追った。敬雄の銀玉の輝きが消えた。銘苅は賭けに負けた人たちに「なんで負けるかヒャー」とか「インチキして大山羊に下剤を飲ませたんじゃないか」とか「いくら敬雄から貰ったんだ」などと罵られた。

「君たち、大山羊の力は知らないのか」

安富村長が銘苅をかばうように立ち、「じゃあ、君たちが闘ってみるか」と言った。

人々はなおも愚痴りながら帰っていった。夏背広を着た村役場の職員は、ひときわ立派なカメラを敬雄に向け盛んにシャッターを切った。引き伸ばして村役場のロビーに飾るという。敬雄の怪力の秘密が米軍や県庁やマスコミに知れ渡らないかと安富村長は危惧したが、敬雄の銀玉は今は光を失っているからだいじょうぶだと考え直した。人間が大山羊に勝ったと涙を流す老人もいた。杖なしには歩けなかった老婆が背筋をのばし、踊りだし、人々を驚かせた。

「あの大山羊は約束どおりつぶすよ、銘苅さん。どうせ一度負けると恐がって、勝負にならない」

安富村長は銘苅に言った。

「だが、人間に負けたのであって、山羊には一度も負けてはおらん」

「大山羊には、人間に負けたのか、別の山羊に負けたのかわからんよ。負けは負けだ。約束しただろう？　銘苅さん。夜、集会場に連れてこなければならないよ。みんな山羊汁を楽しみにしているから」

人々が、今夜はたらふく食えるだろうと胸を躍らせながら杭にくくりつけた大山羊は、いつのまにか縄を切り、近くの民家の仏間に上がり込み、暴れ回った。これは何かの祟りの前触れだと、鍬を担ぎ大山羊を追いかけ回していた家の老女が騒いだ。

「おばあ、迷信だよ」

池里医師が言った。

「おばあ、怒ったり、心配したりしたら、血圧があがるよ。もう薬は切れたでしょう？　明日の月曜日、診療所に貰いにいらっしゃいよ」

池里医師の傍に立っていた範子が老女の背中をさすり、おとなしくさせた。


ヒージャーオーラセーから二日後の二十四日の昼十二時半、頭にねじり鉢巻きをした弦一と、眉が太く睫毛が長いせいか狸の目のように見える中年の女が診療所に来た。範子は二人を安富村長が手製の弁当を食べている所長室に案内した。

「早く言え、村長の前で」と弦一に促された女は、大山羊と闘った後から敬雄の様子が変わったと言ったが、なかなか本題に入ろうとはしなかった。食べかけの弁当に蓋をした安富村長が伊達眼鏡をかけ、敬雄の銀玉の話かね？　と誘いをかけると、女は、自分がいくら刺激を与えても光らなくなった、以前はすぐ光ったのにと残念そうに言った。米軍のドクターは、数日後あるいは数週間後には元どおりの大きさになると言っていたし、もう一カ月になるから治る前兆だろうかと安富村長は思った。若い女が刺激しないとだめなのかな？　と安富村長が何気なく言うと、自尊心を傷つけられたのか、女は急に怒りだした。

「どんな人も敬雄とセックスはできなかったのよ。敬雄はセックスが嫌いだとか、銀玉が大きすぎてセックスはできないとか、どんな絶世の美女でも無理だとか、みんな口々に言っているのよ」

「島の女はみんなおかしくなっている」

弦一が言った。

「やはりプラトニックだったんだな、敬雄は」

安富村長は言った。「銀玉が光るというのは性欲の証ではなかったんだ。もしかすると敬雄はセックスができないのかもしれないな」

「敬雄は子孫は残せないというのか。もう治ってもいい頃なのに、なんでまだ膨れているんだ」

弦一が大声を出した。

「ちくしょう。誰が敬雄をあんなふうにしたんだ。俺は絶対許さんぞ」

弦一は頭に巻いていたタオルを床にたたきつけ、ドアを激しく閉め、出ていった。

「おばさんはいつ敬雄の家に忍び込んだのか」

「昨日。馬鹿力が不気味だったけど、恐いもの見たさで、つい……それで弦一に見つかってしまったのよ」

「説教されただろう？」

「酒を飲みながらね。夜が明けたら村長さんに話しにいく約束をして、ようやく帰されたのよ。じゃあ、うちも帰ろうね」

女は所長室を出ていった。

敬雄の銀玉が輝かなくなったというのは何が原因だろうかと、安富村長は伊達眼鏡をはずし、範子が作ってくれたわかめの味噌汁を飲みながら考えた。大山羊との闘いと関係があるのだろうか。何かを使い果たしたのだろうか。あるいは範子に銀玉を触られたせいではないだろうか。安富村長は、はっとした。さきほど何気なく若い女云々と言ったが、範子も若い女だと気づいた。

午後一時になり、安富村長は村役場に戻った。

午後三時前、ただ敬雄に手料理を食べさせようとしただけなのに、弦一にお湯の入った薬缶を投げ付けられたと、白髪を乱した初老の女が安富村長に苦情を言いにきた。

「うちは銀玉がどうのじゃないよ。ただ一人では淋しいから、敬雄に食べさせたかっただけよ」

女は黄色い薬の滲んだ包帯をした右手の甲を見せながら言った。「年寄りと一緒に食べてくれる若者は、子や孫同様にかわいいもんだよ」

「おばさん、人には身の丈というもんがあるんだ。子がいないもんも、十人いるもんもいる。金がないもんも、有り余るほど有るもんもいる。身の丈があるのがあたりまえだと思えば腹もたたんし、やっかまないし、淋しくも悲しくもならないよ」

「そういうもんかね。だけど、火傷はどうするね？　駐在に行こうかね」

「俺が弦一には強く言っておくよ」

「じゃあ、今すぐ言ってよ」

どうせ酒を飲みに浜に行っているだろうと思いながら、安富村長は弦一の家に電話をかけた。弦一が出た。安富村長は火傷の件を話した。

「敬雄にご馳走を持って来ると言うから、俺も一緒に腹をすかせて待っていたのに、何を持って来たと思う？　ご飯と豚肉の油味噌だけだ。箸を付けなかったから怒りだしたんだ」

「だが、薬缶を投げ付けなくてもいいじゃないか」

「あのおばあが投げ付けようとしたんだ。俺は止めただけだよ。俺が嘘をついていると思うなら、そのおばあに聞いてみろ。敬雄は早く若い女とニービチ（結婚）させんといかんな」

弦一は乱暴に電話を切った。

「おばさん、強く言ってやったからな」

安富村長は女に言った。

「うちは一人もんじゃないよ。本島に子供や孫が何人もいるよ。いつも一緒に住もうと言われているのよ。だけど、今から生活をやり直すのはたいへんだからね。だから、行かないのよ」

女は背中を曲げ、村長室を出ていった。この女が結婚歴もなく天涯孤独なのは安富村長も知っている。

安富村長は柔らかい大きい椅子にのけぞるように座ったまま、長い時間ぼんやりと白い天井を見た。ふと敬雄の「女」を思い出した。中学の同級生が村長だから、何かのついでに挨拶に行ったらいいよと弦一に言われた敬雄は去年の夏、一度彼女を村長室に連れてきた。敬雄はかしこまり、どぎまぎしながら「よろしくお願いします」と安富村長に頭を下げた。若く垢抜けした女をチラチラ見ながら安富村長は敬雄に彼女かと聞いたが、敬雄はただ照れ臭そうに笑った。数日後、口数の少ない温和しい息子を弄ばれたと頭にきた弦一がひどく酔い、安富村長の家に上がり込んだ。「あの女は銀行員だった」と安富村長に言った。K島には年に二度ほど、本島から何社かの銀行員が定期船に何時間も乗ってやってきた。彼ら彼女たちは船酔いに堪えながら一軒一軒丁寧に預金勧誘に回った。弦一の家に来た若い女子行員は敬雄と仲良くなった。弦一は高級ウィスキーを貰ったのに、米軍から支給された分配金は失敗した事業に注ぎ込んでしまっていた。まもなく、女子行員は手の平を返し、敬雄から遠ざかった。日増しに女に思いが募り、心が熱くなっていた敬雄はこの仕打ちに立ち直れず、何日も部屋にこもった。「銀行員がK島に来られないようにしろ。できなかったら。村長を辞めろ」と弦一は凄み、出ていった。

去年のあの出来事以来、敬雄に「女」の話はないが、近頃敬雄はどうしたわけか自分の容姿を気にしはじめていると安富村長は思う。ああでもないこうでもないと鋏と櫛とバリカンを使い、長くのびた髪を刈った。刈りすぎて右耳の上は赤っぽい皮膚が見えている。敬雄は外に出る時は深いクバ笠をかぶっている。

双子を寝かしつけた夜十時すぎ、安富村長の家に池里医師が来た。少し酔っている。

「診療所に来るおばあたちが、敬雄は鏡を見て笑ったり、Tシャツにアイロンをかけたりして、様子が変わったと言うんだ」

池里医師がつまみのイカの塩辛を口に入れた。「これは恋煩いだな」

「誰に?」

「銀玉に精神が籠もっているような徴候も見受けられるから、常識を打ち破るような相手だろうな。とんでもない女かもしれないし、動物の雌の可能性もある。もしかすると自分自身にかもしれないな」

「わけがわからんな。見当はつかないのか?」

「敬雄の光らなくなった銀玉を再び光らせるものが、敬雄の恋の相手だと僕は考えている」

「いちいち敬雄の銀玉を監視するわけにもいかないしな」

「実は、意外に近くにいたんだ。敬雄の銀玉が輝いたわけではないが、たぶん、目は輝いていただろう。誰だと思う？　範子だよ」

「範子なら範子とすぐ言えばいいのに。もったいつけて」

「今日の昼、敬雄が魚の入ったクーラーボックスを範子に届けたんだ。僕が少し潮風を吸いに行っている間に」

「魚を？　敬雄が？」

「範子は魚は嫌いなのに、毒草をクムイ（珊瑚礁の穴）に入れて獲った魚だなんて、自慢そうに言っていたそうだ。子供の頃、父親が教えたんだろう」

「範子の反応はどうなんだ？」

「私は敬雄さんのブヨブヨしている大きなモノがどうも嫌なのよ、だとさ。なんでも子供の頃、歯のない、ブヨブヨしたやもりが顔に落ちて、気を失ったというんだ」

「……」

「あの感触と敬雄の銀玉が似ているというんだ、範子は」

「男女の仲は相思相愛でないとな」

「まあ、しばらく成り行きを見守ろう。とにかく敬雄が変化した理由はわかったんだから」

池里医師と安富村長はコップを合わせた。


ここ一カ月ばかり寄ってきた女はみんな中年や初老だったから、敬雄の恋の相手が看護師の範子というのはさもありなんと思いながら、昼休み、安富村長はネクタイと夏背広の上着を椅子の背にかけ、大きなクバが両側に植えられている村役場の門を出た。

まっすぐ診療所に向かった。すぐ毛むくじゃらな腕や首筋に汗が噴き出した。木の葉や道に乱反射する白い光が眩しく、ピンクのワイシャツのポケットから伊達眼鏡を出し、かけた。村人は金持ちになっているが、海岸のゴロ石を積んだ石垣は何十年も前から何も変わっていなかった。

坂を上がった。昔、斜面に作った人参や豆や葉野菜畑は耕す者もいなくなり、雑草が生い茂っている。今は野菜や果物は定期船が本島産や本土産を大量に運んでくる。

池里医師は白衣のまま所長室のベージュのソファーに棒のように寝そべり、煙草をふかしていた。安富村長の顔を見た池里医師はすぐ起き上がり、「今、おまえに電話をかけようと思っていたんだ」と言った。

「まさか、また誰かの銀玉が腫れたんじゃないだろうな？」

池里医師はカップにインスタントコーヒーを入れ、ソファーに腰をおろした安富村長に手渡した。

「腫れているのは敬雄だけだが……弦一が文句を言いたいそうだ。まずここで話をつけ、その後、村長室に行くという電話だったから、ちょうどいいよ」

「どんな文句かだいたいわかっているが、クバ島の秘密は絶対さとられるなよ」

「この一点さえ押さえておけば、後はどうにでも取り繕えるからな」

「……敬雄と範子はどうなったんだ」

「今朝は敬雄のやつ、鼠を持ってきて、範子は悲鳴をあげたよ」

池里医師が言った。「子供の頃に弦一に教わった罠で獲ったようだ。ほんとにノータリン（阿呆）になったのか。恋心が芽生えたというのに」

安富村長も米軍から分配金がおりる前までは、農作物を守るためによく罠をしかけ、野鼠を獲った。

「敬雄は子供の頃、体で覚えたものを少しずつ思い出してきているんじゃないかな」

池里医師が言った。範子が淹れたてのコーヒーとバタークッキーを持ってきた。

「いい香りだね。敬雄からプレゼントがあったんだって?」

安富村長が範子の二重瞼の黒目がちの目を見た。

「村長さん、敬雄さんを私に近づけないようにしてください。半径百メートル以内には」

「嫌いなのかい?」

安富村長は伊達眼鏡をはずした。

「あの人、気味が悪いわ」

「銀玉がだろう?」

「ブヨンブヨンしているのは何よりも嫌いなのよ」

「俺もあのブヨンブヨンしているのはほんとうに嫌だよ」

安富村長は直接触れてもいないのに、言った。

「あ。弦一さんが受付に来ました。ここに案内しますか」

範子が言った。池里医師と安富村長は同時にうなずいた。

昔、漁に出た時の習慣なのか、弦一は頭にねじり鉢巻きをしている。二人は立ちあがったが、弦一はすぐソファーに座り、「おまえたち、ここに座れ」と言った。「村長、おまえたちは、俺が酔っ払って何も知らないと思っているだろうが、何もかもお見通しだ。俺の息子を俺がどうしようと勝手だろう? 違うか?」

「どうしようというんだい。弦一さん」

安富村長がソファーに座り、身を乗り出し、聞いた。

「敬雄はもともと無口だったが、こんなになったのはクバ島と関係がある。あいつは暇はあるし、遊び友達はいないから、しょっちゅうクバ島に渡っていた。どうだ?」

「クバ島にはたくさんの青年たちが渡ったりしているよ」

安富村長の傍に座った池里医師がとっさに嘘を言った。

「クバ島に渡るのを止めるのがおまえの仕事だろう？　村長」

弦一がねじり鉢巻きをはずし、白髪の交じった長い癖毛を後ろに撫で付けながら言った。「敬雄しか渡っていない。あの銀玉がなによりの証拠だ。クバ島のガスかなんかのせいだよ。米軍はずっと前から何でもかんでも落としているから、わけのわからんものが発生しているんだ」

「敬雄の銀玉が腫れたのは、大昔から絶対水が涸れない神聖な覇茶《はちゃ》ヒジャー（樋）に小便をしたからだと村人は言っているよ」

池里医師が言った。

「おまえは医者のくせに迷信を信じるのか。ヤブ。ヨーガラー（やせっぽ）。俺は酔ったふりをして、おまえたちが敬雄を引っ張り回すのを見張っていたんだ。おまえたちの腹を探るためにな」

「探られる腹は何もないよな」

安富村長が池里医師に言った。

「あんなに銀玉が腫れているのに、大学病院を紹介しないというのはなぜなんだ。魂胆のある証拠だ」

弦一は出目金の目をさらに見開いた。

「あんな所に紹介すると、いい機会だと人体実験されるぞ。敬雄の銀玉は時間がたてば元通りになるよ。僕達も安心しているんだよ。な」

池里医師が安富村長に相づちを求めた。安富村長はすぐ言った。

「それともなにかね、弦一さん、あんたはＫ島をまた貧乏島に戻すつもりか」

「ウネッ、本音が出た。絶対何かあるんだ。銀玉とクバ島の間に」

「銀玉とクバ島が関係あるなどと誰が信じるもんか」

「じゃあ、俺と敬雄で証明して来るよ。関心のある人間はいっぱいいるからな」

安富村長も池里医師も黙った。

「……弦一さん、あんたの腹の底には何があるんだ」

安富村長が聞いた。

「俺はK島から出る理由を前々から探していた。出る理由というのは生きる理由だからな」

「あんたがそんな難しい話をするとは……」

「おまえたち二人は村長や医者になったもんで、俺を能無しだと思っているんだろう。勝負は死ぬまでわからんぞ」

「弦一さん、あんた、酔っているのかい」

「俺は酒に酔うが、おまえたちは金に酔っている。俺は敬雄の銀玉は、米軍のガスにやられたなれの果てだと医者に言う。K島とはおさらばだ」

「時間をかけて話し合おうよ。俺たち三人は同級生じゃないか」

「今頃同級生づらするのか。もうおまえたちの顔も見たくない」

「あんたたち親子はK島の恥だ」

安富村長は急に声を荒らげた。

「何もしないで食っているのは恥じゃないのか。世の中みんな汗を流して働いているのに」

「あんたは何をやっても失敗しているじゃないか」

「何もしないよりはましだ」

「おまえの死んだ女房は子供を妊みすぎた。だからみんな死産だった」

池里医師は我を忘れて言った。「敬雄だけがどうにかこうにか成長したが、どこかに弱いものを持っているんだ。それが今、頭をもたげたんだ」

「腫れた原因をすり替えるのか」

弦一が怒鳴った。かまわず池里医師はしゃべり続けた。

「思春期には持って生まれたものがよく出てくる。おまえの死んだ女房は、よく痛がって大声を出したじゃないか。おまえが子供を妊ませすぎて、下半身が弱っていたんだ。死んだ女房は」

「死んだ女房、死んだ女房と言うな」

弦一は唇をかんだ。「蛙の腹みたいに銀玉が腫れるものを、俺と女房が持っていたというのか、おまえは」

「とにかく、弦一さん、銀玉はあんたが言うクバ島のガスとは何の関係もないよ」

安富村長が平静を装い言った。

「じゃあ、俺が渡ってみる。もし俺の銀玉が腫れなければ、俺は男らしく死んでみせる」

「あんたは今、島を滅ぼそうとしているんだよ。わかっているのかね」

「死んだ女房を侮辱するもんは一生許せん。後三日したら定期船が来るから、俺と敬雄は本島に行くよ」

弦一はタオルをつかみ、所長室を出ていった。

安富村長は、敬雄の銀玉を小さくする方法、光らせない方法、怪力を失わせる方法はないものかと懸命に考えたが、わからず、翌日の昼休みに診療所に出かけ、短い硬い髪をかきながら池里医師に相談した。

「あの時、米軍の医療チームなんか呼ばなくて、おまえが一人で処置しておけばよかったな」

「……いちかばちか敬雄の銀玉をとる」

赤いTシャツを着た池里医師は言った。

「とる？　切り取るのか？」

安富村長は伊達眼鏡をはずし身をのりだした。

「大きな注射器で吸い取るんだ。銀玉の中身は単なるガスと少しの水分だと俺は睨んでいる。またすぐ溜まる可能性はあるが……」

「たとえ、息子の銀玉が小さくなっても、弦一はクバ島に渡って、自分の銀玉を大きくするだろう。狙った獲物は絶対逃がさない男だよ、あいつは。……中学の時はあんまり頭は良くなかったがな」

「……弦一が自分の銀玉を光らせて、怪力を出したら、何をしでかすかわかったもんじゃないよ。村長、おまえが真っ先に握り潰されるよ。弦一は敬雄のように受け身じゃないからな」

午後の診療時間になった。受付の範子が池里医師を呼びにきた。

分配金を目当てにK島に移住してくる者を防ぐために村長に就任した安富村長は、村会議員たちと図り、「平成五年現在、K島に居住しない者には分配金の支給をしない」という条例を、分配金が一・五倍の七億五千万に増額された平成五年に定めた。村人の誰もが、一人当たりの分配金の額は島外には漏らさなかった。繋留式の飛行場の施工が工法的にも金銭的にも可能になったが、K島の人たちは他から人が来るのを嫌い、目もくれなかった。

安富村長は浜沿いの白っぽい道を歩きながら考えた。二日後には本島航路の定期船が入り、翌日の午前中には出ていく。それまでに弦一をなんとかしなければたいへんだ。頭が混乱した安富村長は、村人を集会場に集め、この緊急の事態を話そうかと思った。だが、一言口にしたらパニックに陥った村人は弦一をリンチにかけるだろう。

ふと、よく暴力をふるった父親の姿が安富村長の脳裏に現われた。

昔、安富の父親は、明けても暮れてもほとんど儲けのない沿岸のサバニ漁に嫌気がさしたが、本島や本土に出ていく資金も気力もなく、酒に溺れた。医者だった池里医師の父親が親身に助言したが、まったく耳を貸さず、とうとうアルコール依存症になった。人一倍他人の目を気にする母親は、少しでも夫の病気を隠そう、酒の臭いを消そうと毎日のようににんにくや玉葱を食べさせた。しかし、逆に精力がついたのか、父親はわけもなく母親に暴力をふるった。幼い頃、泣き叫びながら逃げ出す母親に安富は手を引っ張られた。震えていた母親の手の感触は今だに安富村長の手に残っている。

安富が中学三年の時、母親は村役場の福祉相談員を介してようやく離婚したが、離婚後も父親は母親の実家の戸を蹴破り、毎月おりる生活保護費を巻き上げていった。あんな貧乏はもうこりごりだ、死んでもあんな生活には戻りたくないと、安富村長はヨウスーキ（くさとべら）が岩に食い込むように生えている海岸から集落の路地に曲がりながら唇をかみしめた。

いつも伏し目がちだった母親は、安富が税理士事務所の使い走りのアルバイトをしながら本島の定時制高校に在学していた時、病死した。初七日の日、仏壇の元妻の写真をじっと見ていた父親は突然倒れた。診療所に運ばれたが、まもなく息を引き取った。

午後八時すぎ、屋根に赤瓦を葺いた安富村長の家に泡盛の一升瓶を持った池里医師が来た。風呂上がりなのか、長い髪が濡れている池里医師は応接間の畳に座った。白い開襟シャツの胸元から鎖骨の形が浮き出ている。赤いトレパンを穿いた安富村長は、冷蔵庫から青い皮のついたイラブチャー（ブダイ）の刺身とコップを持ってきた。

「……弦一は昔から執念深かったなあ」

安富村長は溜息混じりに言った。「中学二年の運動会の騎馬戦で、対戦相手に足をかけられたと憤慨して、夜、家に乗り込んで大暴れをしたんだ」

「大暴れされたのはおまえだろう？　僕も覚えているよ」

池里医師がコップになみなみと泡盛を注ぎ、安富村長に手渡した。

「酒を飲んでいた俺の父親が弦一と取っ組み合いをしたが、弦一にはかなわなかったよ」

「おまえはどうしたんだ」

「浜に走ったよ」

「敵に後ろを見せたのか」

「浜で決闘するつもりだったんだ。家が壊されないように。だが、弦一は俺の父親を殴って気がすんだのか、追ってはこなかった。二十歳すぎてからも乱暴だったな。俺が島一番の女をものにしようとした時も、嫉妬に狂って踏み込んできたよ。櫂を逆さまに戸に立て掛けてあれば、男と女が頑張っている最中だから入るなという印だろう。だが、弦一は戸を蹴り壊したんだ。……君は昔から女には興味がなかったな」

「いつのまにかズルズルときてしまったんだ。まあ、僕の話はともかく、弦一も今は年のせいか、少しはおちついているが、こうと決めたら誰が何を言ってもどうしようもない性質は変わっていないよ」

「今でも弦一の粗暴ぶりには村人たちも閉口しているよ。俺のブラックリストにも一番最初に載っている」

「おまえはブラックリストも作っているのか」

「……俺たちは一カ月余りも隠蔽したんだ。バレた時の社会的制裁がどんなもんか想像つくだろう？」

「村長と医者だから国中を揺るがすよ」

「弦一が何かしでかして分配金が打ち切られないかと、村人はみんな不安に思っているんだ。弦一が消えようがどうなろうが、原因の追及は誰もしないはずだ」

二人はしばらく目を合わせたまま黙っていたが、同時にうなずいた。

「村人をけしかけて、やらせるのか」

池里医師が声をひそめ、聞いた。「これまでの憎悪と、これからの不安を募らして」

「大掛かりだと後がたいへんだ。……敬雄だよ。女の大股開きを見せたら俺たちの言いなりになる」

「しかし、最近は光らなくなったと……」

「相手が範子なら光るさ。範子を説得するのは君の役目だ。とにかくこの計画は二人だけの絶対の秘密だよ」

池里医師は一つ大きく息をつき、神妙にうなずいた。


翌日、退勤後、安富村長は弦一の家の前のフクギの陰に潜み、じっと中を見張った。

夜九時、村人に気付かれないようにスモールライトだけを点けた軽自動車が静かに近づいてきた。

池里医師は手順どおり範子を助手席に乗せていた。安富村長は後部座席に乗り込んだ。

「元気かね、範子ちゃん」

安富村長は落ち着きのない甘い声を出した。

「私に頼みって何かしら？」

範子は蛍光灯が灯った敬雄の家をチラチラ見ながら聞いた。

「一回俺の頼みを聞いてくれたら、敬雄を君に絶対近づけないよ」

安富村長の声は少しふるえている。

「……」

「敬雄の銀玉をもう一回だけ光らして欲しいんだ。そうしないと、君は今後死ぬまで敬雄に見られたり、追いかけられたり、触られたりするよ」

「私、ブヨブヨするのは嫌だって言ったじゃないですか、先生」

範子は池里医師に顔を向けた。安富村長は黒いトレーニングウェアのポケットから取り出したダイヤの指輪を範子の肩越しに差し出した。

「俺が君にプロポーズするわけじゃないよ。お礼だ」

範子はしばらく見つめていたが、細い中指にはめ、月の光にかざすように助手席の窓から腕を出した。

「五分間、考えていい？」

範子は安富村長を振り返り、聞いた。安富村長は大きくうなずいた。

「敬雄は？」

青い夏物のジャンパーを着た池里医師が前を向いたまま安富村長に聞いた。

「家の中だよ」

「弦一は？」

「裏庭に出した長椅子に寝そべっているよ。飲みながら」

「普段は浜に出て飲んでいるのにな」

「弦一は同級生の中ではただ一人、生きた鶏や家鴨や犬を殺せるよ」

安富村長は唐突に範子に言った。「若い頃浜で、冷凍の肉じゃなくて、殺したての肉をみんなでよく食べたよ」

「犬、殺すの？」

前髪が眉をおおっている範子がバックミラーを直し、安富村長の顔を見た。

「鎖でくくりつけて、バールで殴り殺すんだ。そして広場で焼いて、嫌いな人に山羊肉だと偽って食わすんだ」

「残酷ね。恐い人ね」

「犬を殺したというのは冗談だよ」

池里医師が口をはさんだ。

「五分はまだかな」

「私、ダイヤの指輪を貰ったからじゃなくて、先生の医学的功績の手助けをしたくて。光らせたらすぐ帰るからね」

「もちろん帰っていいよ」

安富村長は軽自動車を降り、助手席のドアを開けた。範子はわりと平然と石の門を通り、家の中に入っていった。

安富村長は助手席に乗り込んだ。弦一を水責めにするというのは了解済みだったが、池里医師は黙っているのが苦しいのか「浜だな」と言った。「浜だ」と安富村長はおうむ返しに言った。

「物事をあまり考えない中年の女を使いたかったが、範子以外の女は使えなかったんだよな」

安富村長が念を押すように言った。「なぜこの島には、男が興奮しないような女ばかりいるんだ」

数人の女たちを寝かせ、一斉に大股開きをさせたらどうだっただろうと安富村長は思った。やはり効果はないのだろうか。本島から若いセックス嬢を連れてきたら、どうだっただろう。銀玉が膨れる前だったが、敬雄は本島から来た預金勧誘の女子銀行員に簡単に惚れたぐらいだから、もしかしたら……だが、K島の秘密が風俗街に広まる恐れがある。

「……だが、いくらなんでも女子中学生ではな。中にはませたのがいるといっても」

安富村長は言った。「とにかく、何も考えない女がよかったんだが……もう、いいよな」

「範子も考えるほうじゃないよ」

「一人息子からひどい仕打ちを受けたら、強気の弦一も本島に渡る気は失せるよ」

「息子に水責めにあわされるショックは図り知れないからな」

「だが、逆効果で火に油を注ぐ事になったら弦一は今まで以上に大騒ぎをするだろうから、その時はその時で対処しよう」

まだかなと安富村長は敬雄の家の玄関を見た。もしかすると、敬雄は範子に惚れているから、銀玉にある判断能力が脳に戻っているのではないだろうかと安富村長は思った。だったら、範子がいくらさすっても、大股開きをしても銀玉は光らず、怪力もでないのではないだろうか。

すらりとした範子が玄関から出てきた。二人は軽自動車を降り、白っぽい道を横切り足早に範子に近づいた。外灯のせいか、範子の顔は紅潮している。

「光ったわよ。先生」

範子は言った。声は少しハスキーになっている。

「ありがとう。じゃあ、君は車に乗って帰っていいよ」

池里医師がすぐ言った。

二人は範子の運転する軽自動車がフクギ並木の道を走り去るのを見届け、家の中に駆け込んだ。敬雄は床の間の松の柱にもたれ掛かり、畳の上に足をなげだして座っている。紺地の着物の裾が大きくめくれている。目を閉じ、顎をあげているが、銀玉は無関係のように見事に光り輝いている。安富村長は気持ちが挫けないように、すぐ敬雄の銀玉に甲に血管が浮き出た手を添え、「弦一を担いで浜に行って、弦一を水責めにせよ」と言った。

恍惚状態の気持ちを中断された無念さが敬雄のぼんやりした目に漂ったが、気持ちと体は別物だというふうにすぐ立ち上がり、砂の敷かれた白っぽい庭に出た。二人は家の陰に隠れながら一六三センチの小柄な敬雄の後を追った。

敬雄は、裏庭にある長椅子に仰向けに寝ている弦一の体を裏返し、首と足をつかみ、軽々と、バーベルを押し上げるように持ち上げた。弦一はなんだといわんばかりに目を白黒させたが、ほとんど身動きできなかった。「何だ？　降ろせ」と言ったが、敬雄の手が弦一の声帯を押さえた。弦一は声が出なくなった。

敬雄は頭上高く、ステテコ姿の弦一を持ち上げたまま浜に続く道を進んだ。銀玉が足元を提灯のように照らしている。安富村長たちは防潮林のモクマオウの幹やアダンに身を隠しながら後をつけた。海浜植物の間から浜が見えた。

弦一を頭上に持ったまま砂浜を静かな水辺に歩いていく敬雄の月明かりを浴びた顔は、笑っているように安富村長には見えた。大山羊にも勝つような力が自分にあったのかという、驚きに満ちた笑いのように思える。銀玉に命令した時の敬雄とは別人に見える。敬雄の目は見開き、酸素が少なくなった水槽の中の金魚のように口をパクパク動かしている。安富村長はぞっとした。

水辺に近づいた敬雄は少し腰を落とした。次の瞬間、白いステテコをはいた弦一の体は大きく弧を描き、飛んでいった。水の音が響いた。安富村長は目を見張った。池里医師も立ち尽くしたまま動かなかった。敬雄はバチャバチャと音をたてながら、月の光の粒が表面に薄く散らばった水に入り、一回浮かび上がった弦一の体を深く沈めた。

数分後、敬雄は砂浜に上がってきた。弦一の体は浮かび上がらなかった。安富村長と池里医師は顔を見つめあった。次の瞬間、池里医師は腰から崩れるように座り込んだ。

白日

砂は白く、細かく、豊かだった。阿檀や福木の木の下も砂だった。防潮林の福木は生皮を剝がれたまま、辛うじて立ちつくしていた。何本かは幹が真ん中から折れ、刃物のような木の芯が突き出ていた。女の足が砂に食い込んだ。足は白く、肉感があった。長い艶やかな髪が激しく揺れた。浜風は吹き荒んできたが、水面は静かだった。水面の方々に緑色や青色の珊瑚礁が散在していた。珊瑚の間からくすんだ焦げ茶色の岩が水の上に露出していた。岩肌に生々しい傷はなかった。ずっと昔、崖から海に転がり落ちたまま微動だにしないようだった。だが、岩の上の海浜植物は一枚の葉さえ残らず焼け、幹や枝だけがもがいたまま固まったように立っていた。

隆起珊瑚礁の岩陰に日本兵は座っていた。両手を剣のように突き出た岩にくくりつけられていた。目もくらむばかりの白い砂に岩の黒い影がくっきり落ちていた。影の中に日本兵は座っていた。女は日本兵に寄り添った。アジア人は両手を腰にあて、水面を見つめていた。彼の全身は鈍い光に包まれていた。輪郭がはっきりせず、見続けると目が痛かった。アジア人は波うちぎわに降り、腰を曲げ、水の中を覗きこんだ。それから、米軍の迷彩服の上着のポケットから固形物を取り出した。アジア人は海面に目を走らせながらピンをはずし、簡単に放り投げ、女に駆け寄った。爆発音と同時に水が破裂した。しぶきが三人の頬にかかった。やがて、水面の動きがおさまった。青や赤い魚がポクリポクリと浮き出した。滑らかな白い腹を見せ、静かに漂った。

アジア人は米軍服を脱ぎ、下着一枚になった。痩せていた。骨の形がはっきりとわかった。色は白いというより青白かった。アジア人は少しふらつきながら、水に入り、泳ぎ出し、魚を手づかみ、岩岸に投げた。投げるたびに、彼は顔まで水に沈んだ。魚は離れ離れに浮いていた。彼は平泳ぎを繰り返し、やっと、次の死んだ魚をつかみ、精一杯の力をこめ、岩岸に投げた。岩の鋸歯に魚のヌルッとした鱗が突き刺さった。

半時間はゆうにかかった。アジア人は岸にたどり着いたが、しばらくは水の中に首まで浸かったまま動かなかった。十数匹の大小の魚は触れるとすぐ激しく跳ねそうなみずみずしい体を黒っぽい岩の方々に横たえていた。女が魚を指さした。アジア人は水の中からゆっくりと立ち上がり、日本兵の縄をはずし、「拾ってくれ」と言った。日本兵は魚に近づいた。女がしゃがみ、ゆっくりと細長い魚を手の平にのせた。鱗が陽に鈍く輝いた。アジア人は濃い緑色の半袖シャツで濡れた髪や顔を拭き、「焼いて食べよう」と女に言った。女は日本兵を見上げた。日本兵は小さくうなずいた。女の白い歯がこぼれた。アジア人は米軍服を着、「持ってくれ」と日本兵に言った。三人は魚を持ち、アジア人の後ろから砂地に降り、乾いた岩陰に入った。「鱗のまま焼いたら、肉もくずれない」とアジア人が言った。「枯れ木を探してきてくれ」

真っ青な空に黄白色の光が充満し、目がしょぼつき、足元がおぼつかなかったのに、なぜかのどかだった。日本兵は木の枝を折り、女に手渡した。木は立ち枯れていた。ポキポキと簡単に折れた。女は枯れ枝を持ちすぎ、岩にあがろうとした瞬間にまえのめりになり、手をついた。日本兵がかかえおこした。白い手の平に赤い一本の小さい傷ができていた。

丸い石で作った囲いの上に数匹の魚が横たわっていた。アジア人は囲いの中に枯れ枝や枯れ草を入れ、ライターで火をつけた。すぐさま、薄い灰色の煙がたちのぼったが、またたくまに海風に吹き飛ばされた。ジリジリと音をたてながらしだいに焦げる魚の目をアジア人はじっと見つめた。アジア人は焼けた魚を最初に女にすすめた。女は日本兵がうなずくのを見、うけとった。女の形がいい小さめの唇が巧みに動いた。魚の白い肉片が女の口の中に吸い込まれるように消えた。日本兵はなかなか魚に手をつけなかったが、やがて、食べだした。

日本兵は満腹した。澄んだ目を閉じたり、ぼんやりと開いたりしていたが、やがて、座ったまま左に首をかたむけ眠った。女は日本兵の右肩に頭をもたせかけ、目を閉じた。日本兵はゆっくりと目をあけた。アジア人は座ったまま、じっと沖を見つめている。海は無数の魚の鱗がひしめいているようだった。太陽は照り輝いていた。空が溶けるようだった。遠い昔に時間が引き戻されるような懐かしくけだるい気分が漂った。日本兵は目を閉じた。閉じている日本兵の目の裏を色々な断片が掠った。

海に死体が浮かんでいる。日本兵は目をあけた。錯覚だった。アジア人が取り残した魚の鱗が生きているようにきらめいていた。静かに流れ着いたようだった。しかし、見続けてもまるで沼に浮かんでいるように動かなかった。海も空も真っ青だった。見続けると座っているまま宙に浮きそうだった。かろうじて白い入道雲に現実感があった。幾重にも重なった驚くほど白い入道雲は水平線すれすれにまでずり落ち、そのまま固まっていた。戦争中に大雨が続いたせいか、終戦後は空が曇る日は一日もなかった。波のあぶくが日本兵の足元の砂に吸い込まれた。泡を顔一杯にふき、死んだ部隊の年下の男がいた。日本兵の右手の傍らに岩の裂けめがあった。水が溜まっていた。中で舟虫が動いた。

十五夜の月のような白っぽい夕日だった。水平線から盛りあがった入道雲を黄金色がふちどっていた。海面を覆い、さんざめいているものは金色の鱗に似ていた。海そのものが薄く、柔らかい光の膜につつまれていた。水中から突き出ている岩もみずみずしく濡れ、丸みを帯びていた。黄色い光が岩に跳ね返ったり、染み込んでいくようにもみえた。風の音も静まっていた。アジア人も日本兵もまるで岩の部分のように固まり、横顔が鈍い赤色に染まっていた。なにもかもが固まっているようだった。今は誰も殺せない。日本兵はふと思った。顔にさしている赤みは妙にわびしげだった。

女はずっと立ったまま夕日を見ていたが、ギラギラと黄金色にうごめく足元の海水を両手ですくい、興味深げにのぞきこんだ。やがて、ゆっくりとこぼし、また、屈み、すくった。と、ふいに日本兵に振り返り、走り寄り、彼の手を引っぱった。日本兵は立ちあがり、女が指さす水面を見た。女は足元にそっと寄る黄色がかった白い波を慌ててすくい、日本兵にさしだした。日本兵は静かにうなずいた。女は何度も同じしぐさを繰り返した。女がのぞきこんでいる水面にアジア人が小さい石を静かにほおった。ポチャと音がした。女は日本兵にしがみついた。日本兵は座った。女も傍らに座ったが、目はおちつかなかった。

「俺も勇者のまねをしてから、散りたい」とアジア人が沈んだ夕日の方角を見ながら言った。「俺の悪運は抜群だ。近くに百キロ爆弾が落ちた時も、爆発音がする前に、地面にはいつくばった俺の腹を、地面がみるみる盛りあがり、ぱんと打った。それだけだ」

アジア人は日本兵に笑いかけたが、笑いにならず唇が歪んだ。

「俺は毎晩、寝ている時、歯ぎしりをしたんだ。この下の歯の先、みんな尖っているだろう。触らんとわからん。触ってみたまえ」

日本兵はぼんやりと指をのばした。

「君じゃない」

アジア人は岩の割れめに溜まっている砂を弄んでいる女をさししめした。日本兵は女を見た。女が笑いかけた。

「俺は凄いやきもちやきだった。俺の女がほかの男と立ち話するのさえ許さなかった。だが、今はどうだ。同じ国の娘が外国人に犯されるのを見ても平気だ」

西の空一面を染めていた薄い青紫色がぼんやりと濁っていた。海の沖も無気味な黒青色に変わっていた。岩陰の闇が濃くなった。腕組みをしたまま座り、こころもちうなだれている日本兵の肩の線も、軍隊帽も、分厚い軍靴も見えにくくなった。なにもかもが黒っぽくなるにしたがい、波の音が大きくなってきた。昼間は聞こえなかった風の音も聞こえた。葉ずれの音、洞穴に吹き込む音、砂を撫でる音。海鳴りは、誰も寝ていないのだが誰かの寝言のように聞こえる。夜風は首すじを冷たく撫でつけた。だが、夕日が落ちきり、透きとおるような灰色の大気が音もなく忍び寄ってきた。高い空に現れた明星が光をましていた。日本兵が瞬くと星も瞬くようだった。

「君はアジアのどこだね」と日本兵が聞いた。

「聞いてどうする」

アジア人は日本兵を向いた。岩にたてかけられている長銃にも闇がくっついている。

「アジア生まれのアジア人というだけで充分だ」

アジア人は空を仰いだ。いつの間にか、星が増えていた。ほのじろい入道雲もわかった。アジア人は長銃をつかみ、立ちあがった。

「……なぜ立たない」

アジア人は日本兵を見た。日本兵の足元でうごめいているのは昼間の舟虫のようだった。

「立ちたまえ。今日も空き家に泊まろう」

アジア人は日本兵に長銃を突きつけた。岩陰を出た。風が強かった。アジア人の声が聞きとりにくかった。女の髪が乱れているのがわかった。闇の空は澄んでいた。空の真ん中に星は群れていた。雲もしっかりと固まっていた。仄かに白く浮かんでいる足元の砂は細かかった。

「信じられない」

アジア人は長銃をおろさない。「君はどこから、この人を連れてきたんだ。何が目的なんだ」

「……」

「どうして、この人を犯したんだ」

「……自分はなにもしない」

「何年も犯しつづけたんだ」

波が鋸歯の岩を激しく嘗める音がする。鈍い海鳴りが響いている。

雑草は若葉だった。若葉に露が懸かっていた。先頭を歩く日本兵のズボンが濡れた。だが、岩肌をさらけだした低い山の向こう側にはすでに白光がまぶしかった。入道雲の縁を白光がつつみ、そのまわりに静かに青い空が忍び寄っていた。

日本兵は五時前に起きた。アジア人を見た。長銃を胸に抱きかかえていた。女は横向きに日本兵を向き、優しい寝息をたてていた。真夏の大気はまもなく家の中でも茹った。日本兵と女は、黒砂糖と薩摩芋を食べ、女が沸かしたお茶を呑んだが、アジア人は何も食べず何も呑まなかった。三人は低い敷居をまたぎ、外に出た。板戸の奥が急に暗くなった。屋根の一本一本の藁の影が地面にくっきりと落ちていた。屋根の下に積まれている薪は端が黒く焦げていた。軒から庭先に斜めに立った棒に紐がのび、袴や着物が下がっていた。庭の夏草の間に幹から上が吹き飛んだ大木の残骸があった。この木がなかったのなら砲弾はまともに家を直撃したにちがいなかった。

小さい山道の途中から、集落の焼け跡が見えた。瓦礫の山が方々にできていた。割れた瓦の山に真っ二つに折れた材木が突き刺さっていた。日本兵は空を見あげた。空は青すぎた。頭がおかしくなるような青だった。アジア人も日本兵も陽に焼けているが、どこか青白いのは空の青さが染み込んでいるからだった。アジア人の米軍服もびっしょりと背中が丸く濡れている。顎は細く、女のように毛が薄い。額にくっついていた汗の粒がふいに頬に流れた。

山の頂上に登った。丸い岩に立ち、日本兵は下の集落を見渡した。のっぺりとした土地に変わっていた。戦争直前、日本兵はよくこの岩に立った、ような錯覚が生じた。その時は小学校も、前の山も遠かった。だが、今はすぐ目の前に見える。妙な感覚だった。アジア人が促した。歩きだした。赤茶けた白い地肌に戦車のキャタピラーの跡がついていた。三つの短い黒い影が這うように動いた。

薩摩芋畑は低い木立に囲まれていた。掘られた形跡がなかった。戦争前と同じだった。薩摩芋の葉は枯れかかっていたが、薩摩芋が地中に埋まっている気配が漂った。

「掘りたまえ」

アジア人が言った。日本兵はゆっくりと屈み、手で土を掘った。畑の土も凶器にさえなる石のように固かった。アジア人は後ろ向きに立っていた。日本兵のひとさし指から少し血が出た。畑の境界の小道はまるで荒々しく耕されたようにほとんどなくなっていた。赤茶けた荒れた土にうごめくものは、土手で激しく揺れ動く丈の高い草の黒い影だった。アジア人は薩摩芋を掘らずに畑を歩き回っていた。白い棒を持っていた。人間の大腿骨だった。日本兵と目があった。日本兵は目をそらせかけたが、アジア人がすぐ言った。

「奇麗な骨だ。清潔だ。見事じゃないか」

アジア人はまた歩きだした。女が雑草の黄色い花を日本兵に近づき、手渡した。日本兵はしばらく香りをかぎ、女にかえした。女は嬉しそうに引き返し、また花を摘みはじめた。薩摩芋は粒は大きくなかったが、何個も出てきた。日本兵は薩摩芋を一箇所にまとめて置き、また進んだ。薩摩芋の葉が青々と茂っていた。人間が埋まっていると日本兵は感じた。女がしゃがみ、石のくぼみに詰まった土をほじくっていた。女は日本兵を見あげ、笑いかけたが、日本兵は笑えなかった。石にはまった頭蓋骨だった。女は眼腔の土をほじくっている。日本兵は女の手を引き、立ちあがらせ、置いてあった薩摩芋を拾い集めた。日本兵は日本軍の鉄兜を見つけた。表面は無気味なほどツルツルしていたが、内側の布地には数本の髪の毛が付いていた。

いたるところの崖の断面が生々しい赤っぽい地肌をあらわにしているが、足元の枯れ草の間からは青々とした雑草が生えている。日本兵の軍靴の中が蒸れてきた。日本兵は崖下を覗いた。砂浜に沿ってゆうなの木が密生している。濃緑の大きな葉の間から黄色い丸っぽい花が数えきれないぐらい咲き出ている。戦争前のゆうながが見えた。少女たちが避難壕の近くに咲いているゆうなの花に糸をとおし首飾りを作っている。日本兵は寄り添うように歩いている女の首を見た。白く、細かった。片手で締めても絶命しそうだった。アジア人は両脇の薄がまつ黒く焼けた山道をまっすぐ進んだ。

「……道がちがう」と日本兵が言った。アジア人は振り返らず言った。

「おとなしく歩きたまえ。道というのは誰かがつくるものだ」

「……この人は、妊娠している」

「芋掘りだ」

「……」

「まだまだ足りない」

アジア人は歩きながら振り返り、女を見た。それから、ゆっくり言った。

「人間は疲れたら、目が覚める」

「……」

「わかっている、わかりきっている」

アジア人は珍しく苦々しく言い、前を向き、足早に歩いた。

「あそこは家じゃない」とアジア人が言った。

日本兵は黙ったまま歩いた。アジア人は強引ではなかった。強引ではないから、なにげもなくこの女の人を撃ち殺す予感がした。何分歩いたか、何十分歩いたか日本兵はよくわからない。入道雲のかなたの空の青さが目に痛かった。目の前をギラギラと無数の星がちらついた。一面に散らばっている石や土の固まりがジリジリと焼け、その上にやはり散らばっている軍靴が誰もまだ一度も履いていない作りたての新品にみえた。軍靴はかなりの数が散らばっているのに、足の骨は一本もなかった。まっ黒い三人の短い影が何者かに引きずられるように動いている。焼け野原の底から涌き、固まっている入道雲はまるで何十年もじっとしているようだった。アジアの言葉が日本兵には呪文のように聞こえた。岩や枯れ木は動かないが、女の柔らかい髪が激しく動いているのが不思議だった。

戦争が始まる少し前だった。日本兵の駐屯基地があった集落に白痴美の少女がいた。日本兵の戦友が少女に何かものを見せびらかしながら、神アシャギ（霊場）に連れてきた。今日のような真昼だった。日本兵は木陰に隠れて見ていた。少女はお堂の広場で丸裸にされ、犯された。偶然通りかかったのか、日本兵のように後をつけてきたのか、少女の父親が、彼も鈍才だったが、この時は鎌を振りかざしながら戦友に襲いかかった。日本兵も叫びながら木陰を飛び出し、戦友と一緒に逃げた。鋳物工場の構内に通じる大きい溝を跳び越えた。だが、戦友のズボンが足に絡まり、転んだ。彼の右腕に鎌が深く刺さった。まっ赤な血が白いシャツを急激に染めた。日本兵は立ちすくんだ。このような大量の血を見るのは初めてだった。足が震え、動けなかった。だが、アジア人のあの少女の父親は血を見たせいか、工員たちが駆け寄ってきたせいか、少女と逃げていった。日本兵の戦友の彼は兵役を免れた。だが、戦争で死んだ。

三人が今歩いている道は畑のようだが、戦車で踏み潰されたせいか、棒も立たないぐらいに堅い。

よく見ると、ところどころの土が盛りあがり、また、大きな穴があいている。畑の向こう側には雑草の野原が広がり、果てには十字架のような電柱がまっすぐに立っている。アジア人は足を止めた。崩れた山肌に穴があいていた。防空壕だった。十体ほどの頭蓋骨が散らばっていた。

「俺の知っているアジア人の娘は黄燐弾に燃える服も脱ぎ捨てずに走った。決して壕には入らなかった。走ったまま死んだ。日本の女たちは着物を脱ぎ捨てて丸裸になって生き残った」

「……日本の女たちもたくさん死んだよ」

「身内が殺されたら、他人を殺してもいいのか」

アジア人の声は不思議と静かだった。だが、じっと日本兵を見つめた。やっと、目を離し、歩きだした。

まるで無数の石垣の石が崩れたように、目の前の岩山は木っ端微塵だった。まもなく野原が広がった。ポツンポツンと葉や枝のない低木が立っていた。草むらに数個の鉄兜が転がっていた。だが、死体は見あたらなかった。

「君、死体が見たいか」とアジア人が言った。「もし、どうしても見たいのなら、真っ暗な壕に入らんといかん」

「……」

「骨になってるから、かわいいもんだよ」

日本兵は背中の麻袋の薩摩芋が重たかった。手がしびれてきた。右肩、左肩に担ぎ変えながら、黙々と歩いた。喉が渇いた。唾液も白くすぼみ、出なくなった。目からも汗が出るようだった。頭がくらくらした。雨の気配は微塵もなかった。戦争中は大雨が続いた。おかげで命が助かった人も多かった。アジア人は女をじっと見つめたまま何やら話しかけた。アジアの言葉だった。女は歩きながら少しよろめいたが、日本兵の指に白い指を絡ませたりした。日本兵にほほえむ女を見るアジア人の目は張りつめ、額に熱が溜まっているようだった。

道端の木々の葉や雑草は色艶もあせ、萎れたまま揺れた。遠くの山の斜面を覆っていた雲の大きな影がみるみる迫り、またたくまに三人をすっぽりと包んだが、すぐ、今度は目もくらむ明るい光が同じような速さで迫って来た。岩の陰から陽に光るものが見えた。飛行機の羽根だった。羽根の真ん中あたりは折れ、先端がまっすぐに立っていた。アジア人はちかづいて行った。草原だった。草は丈が高かった。女は足をとられ、よろめいた。戦闘機の胴体は草に隠れず、丸い印がはっきりと見えた。羽根の付け根の影の部分に一匹の昆虫がくっつき、身動きせずにアジア人たちの方を見ていた。後方の車輪の軸が折れ、金属は陽に焼け、凄く熱かった。

「この飛行機の操縦士は何か勘違いしているんじゃないか。俺が造った飛行場はここじゃない」

アジア人が言った。飛行機の背中は白光が輝き、直視できない。アジア人はしばらく機体を見つめていたが、長銃を肩にかけ、足元の人の頭ぐらいの石を拾い、零の印のあたりに打ちおろした。激しく打ちおろし続ける。金切り声のような音がする。鋲が飛んだ。日本兵がアジア人に寄った。

「鍋もないのに、こんなでかいのを、なぜ造った」とアジア人が言った。

「傷つけずに着陸させたんだよ」

日本兵はアジア人の肩に手をおいた。アジア人は振りはらった。

「自分の体をバラバラにしなかった弱虫だ」

日本兵はゆっくりと首を振り、熱い翼にあがった。よろめいたが、操縦席を覗きこんだ。人が一人乗っていた。だが、飛行服の中の顔や手は白骨だった。日本兵は飛行機の上から言った。

「……自決しているよ」

アジア人は石を足元に落とし、飛行機に登った。

「着陸の時、衝撃をうけ死んだんだ」

アジア人は操縦席を覗いた後、言った。

「ちがう」

「じゃあ、短剣か、拳銃でも探してみろ」

日本兵は窓から首をつっこんだ。何も落ちていなかった。アジア人は翼から飛び下りた。日本兵はまだ中を覗きこんでいる。金属がきしむ音がした。アジア人は生皮を剝ぐように強引に機体を剝がした。アジア人は金属の熱に耐えているようだった。日本兵は飛び下りた。前につんのめった。両手をついた。だが、すぐ立ちあがった。また、よろめいた。

「鍋を作る。ここに連れてこられてから、ろくなものは食べていない」

アジア人は手を休めずに言った。

「彼には、大切なものなんだよ」

「壊さないからといって、俺がこれでどこかに飛んでいけるわけでもないだろう」

アジア人はおもいきり引っ張った。機体の断片が剝がれた。日本兵は断片を見つめた。

「これを持ちたまえ」

アジア人は足元の機体の断片を指さした。

「……ライターを貸してくれ」と日本兵は言った。

「どうする」

「燃やすよ」

「そんなライターは持っていない」

「……じゃあ、彼を埋めたい」

「死人を埋めるより、自分がどう生きるかを考えろ」

アジア人は日本兵に銃口を向けた。「さあ、持ちたまえ」

「埋めたい」

日本兵は翼に登ろうと手をかけた。金属からは湯気がたちこめてさえいるようだったが手をはなさなかった。

「死人も拒否している。生きている自分を助けようとしたまえ」とアジア人が言った。日本兵は屈み、機体の断片を拾いあげた。

「もう、いい。自分を大切にしたまえ」

アジア人は歩きだした。日本兵は機体の断片を静かにおき、麻袋を担いだ。しだいに飛行機の残骸が遠くなった。日本兵は振り返った。尾翼が光った。


アジア人はアジアの言葉の歌を静かに歌った。柔らかい高音は女にささやくようだったが、女は日本兵に寄り添い、あらぬほうをしきりに見ていた。アジア人は女と向かいあい、後ろ向きに歩きながら声高々と歌いだした。女は上目づかいに日本兵を見、笑みを浮かべた。

「諸君、あれを見たまえ」

アジア人は薄が密生した小高い山に長銃の先を突き出した。米軍の戦車が横転している山の傾斜には防空壕の黒い口が開いていた。

「あの穴の中から発電機と女物の櫛を見つけた」とアジア人が言った。「この靴は穴の中からじゃない。もっとこっち側の草むらの中だ。土の中から軍靴がはみ出ていたので引き抜いたら中に骨が入っていた。米兵にも俺より小柄なのもいるんだ。俺の足に入らなかった。だが、本当に不思議なんだが、すぐ近くに同じように二つの足首だけが表面に出たまま埋葬された米兵がいた。二人目のはちょうどいい大きさだった」

誰も何も言わず、うなずきもしなかった。アジア人はまるで女に振られたから、自分のふがいなさを隠すようにしゃべりまくっているようだった。

「あの戦車の下にこの銃はあった。近くに箱詰めの弾もあった。弾はギラギラ光り、目がくらんだ。俺はさっそく、射撃の訓練をした。米軍が捨てた空き缶を、積み上げた石の上に置き、二十数メートル離れ、腹ばいになり、撃つ、まれに弾があたったが空き缶は身動きもしなかった。なぜだと思う？弾の速度が速いからだ」

アジア人が着ている米軍の迷彩服の上着のポケットが丸く膨らんでいる。あの海に投げ、魚をとった時に使った手投弾がまだ残っているのだろうか、と日本兵はぼんやりと思った。何もかもが鋭く、鈍く、白く輝き、日本兵は歩いたまま夢を見そうだった。

「あの壕には音がこもっていたかい」と日本兵がふいに聞いた。

「音？」

アジア人が振り返った。

「自分は小さい頃、夜遅く教室に聞きに行ったよ。気味悪いほどはっきり聞こえたよ。子供たちがパタパタと走るような音だった」

「あの穴でも、音がした」

「どんな？」

「そうだな……」

「兵隊の声かな」

「……女だ」

「なぜ、女の？」

「女の声だった」

「……」

「この鉄砲はできがいい。的にあたるとちょうど弾の大きさの丸い穴が奇麗にあく。もうひとつのでき損ないの鉄砲は横向きのまま飛び、缶には変てこな形の穴があいた」

日本兵の側の道端から数メートル離れた低い木立の下に三個の黒っぽい手投弾が転がっていた。アジア人が立ち止まり、指さした。

「君が探しているのが、そこにある」

日本兵は見た。

「とらないのか」とアジア人が聞いた。日本兵は黙ったまま歩きだした。アジア人は足早に彼に近づき、言った。

「よし、じゃあ、出発だ」

太陽の熱が靴の底から足の裏を焼くようだった。雑草も焼けていた。だが、白い小さな花が咲いている雑草も生えていた。よく見ると方々の赤黒く焼けた土から若い草が顔を出している。アジア人の顔も日本兵の顔も陽にやけているが、どこか青白いのは、このような草の色が映えているせいかもしれない。曲がりくねった坂道を登った。中腹あたりの低い木立の間から五、六件の藁葺きの家が見えた。鬱蒼と茂った木に囲まれていた。無数の木の葉が豊かに輝いていた。炊事の煙は漂っていなかったが、日本兵は炊きたての御飯の香りをかいだような気がした。首筋の汗も奇麗に消えるようだった。

ところが、暴風林の陰からジープが見えた。カーキーや迷彩の軍服姿の男が乗っていた。石垣の向こう側にトラックが見えた。やはり数人、いや、十数人の米兵が乗っていた。戦車も高射砲も見えた。合わせると三十台はくだらなかった。三人は人ごとのようにつったったまま下を覗きこんでいた。坂道は狭く、曲がりくねっていた。崖っ淵は木が密生していたが、集落からさほど離れていなかった。米兵たちは軍服を脱ぎ、上半身裸や白いシャツのまま荷台などにもたれかかっていた。戦争をする気はもう誰にもないようだった。日本兵は思わず手さえ振りたくなった。

福木の下に停まっているトラックの荷台から一人の小柄な米兵がゆっくりと立ちあがり、日本兵たちを指さした。何か悠長な感じが日本兵はした。まもなく、米兵たちは騒ぎだし、手招きをしたり、大声をかけたりした。日本兵とアジア人は顔を見合わせた。屋根に機関銃が据えつけられたジープに数人が乗り込み、坂の麓に向かい動きだした。

「来い」

アジア人は日本兵を促し、先に歩いた。

「駆けろ」

アジア人は言い、三人は駆け、やがて、薮の中に転がるように入りこんだ。足元には草はほとんど生えていなかったが、石ころが散乱していた。木の幹は細く、葉はちょうど日笠のように上の方だけに密集していた。虫もいないようだった。しばらく身を潜めても不都合ではなかった。だが、アジア人はむやみやたらに歩き回り、いつのまにか山の頂の農道に出ていた。

「あのように掃討軍が多いんだから、君のような敗残兵はまだまだいるようだ。骨と皮になっているだろうが、だが、俺を殺し、君を奪いかえすためにあの薮の中で目を光らし虎視たんたんと狙っていたかもしれない」

アジア人が言った。息が弾んでいた。歩き続けた。日本兵の麻袋を担いだ細い肩はまだ大きく息をついていた。

「……君はどうして死んでいたという米兵の服を着ているんだね」と日本兵が言った。

「日本兵の服を着ろというのか」

アジア人は日本兵を向いた。

「米軍の黒い大部隊が整然と徐々にこの島の海岸に迫ってきた時、自分はじっと見ていたが、絵のような、夢のような……自分のあの時の気持ちは自分でもわからない」

日本兵は農道のずっと先を見つめたまま言った。

「夢だったんだよ」とアジア人が言った。


アジア人の足が揺らめいてみえるのは、自分の目がもうろうとしているせいか、アジア人の足がよろめいているのか、日本兵はわからなかった。体を引きずるように歩いた。黒い影だけがしっかりと追ってきた。影の輪郭は生き生きとしていた。白っぽい道が陽に鈍く輝きながら遠くまで続いている。白い道は小高い丘や窪地などに隠れ、とぎれるが、しかし、のらりくらりとずっと北の先まで顔を出している。堅い路面に戦車のキャタピラーの歯の跡が刻まれていた。道の両脇の木や草が焼かれ、長い年月、草や木に覆われていた岩々が方々から露出していた。老人のようなくすんだ色の岩、濃い灰色に白い斑点が塗されたような岩だった。戦争でみるかげもなく風景が変わった、と日本兵は思っていたが、このように長く歩き回ると、何もかもが昔からの風景のようにおもえてきた。戦争の時は大雨だった。両手をすぼめるとすぐ雨が溜まる。だが、雨が染み込むと服が重くなり、顔にあたる雨が痛く、泥に足をとられ、もう一歩も歩けなくなる。アジア人がふいに日本兵の肩に片手を回し、耳うちした。

「怒らないで聞いて欲しいが、一回きりしか聞かないが……この女は気が触れた真似をしているんじゃないだろうか」

「……真似じゃない」

日本兵は低い声で、しかし、きっぱりと言った。

「じゃあ、いい」

アジア人は日本兵の肩から手を離した。

「……どうして、真似などと」

「日本兵は戦争が負けたら、沖縄人の非戦闘員の真似をしたじゃないか」

アジア人は声高々に言い、もう日本兵を振り向かなかった。だだっ広いこの道からは四方八方の遠くが見えた。遠くからでも見つかる。見つかると逃げきれるはずがなかった。

「臆病な者ほど残酷だ」とアジア人が言った。「ある日、アジア人の女が首のない鶏を持っていたと考えたまえ。家畜一頭でも許可なく殺してはいけないという日本軍隊長の命令が出ていた。だが、女は敵の弾にあたって死んだ鶏を持っていたんだ。女は必死に理由を言ったが、隊長は問答無用と女の首を切り落としてしまった。女の首と胴体を海に流し、隊長は首のない鶏を別のアジア人の女に料理させ、真っ昼間の浜辺でアジア人慰安婦を抱きながら、酒の肴にした」

音が無かった。うだるような暑さが染み入り、何もかも寝入っているようだった。アジア人の声がずっと遠くの方から日本兵の耳に入るようだった。

三人の足はほこりをかぶり真っ白く汚れている。周辺の畑も潰れ、岩も砕け、だだっ広い道だった。

「いったん、家に帰ろうと言わないのか」とアジア人は日本兵を見向きもせずに歩きながら言った。

「食糧捜しが必要なら明日出かければいい、とは言わないのか」

「……」

「明日は信用できない」

「……」

「君は約束するというのか。だが、神でもない君の約束なんかなんになる」

土手の下に薩摩芋畑が見えた。

「ここの芋はおいしくない」とアジア人は言った。「歩き回るのは危険だ、まだ地雷が埋まっている、とは言わないのか……地雷なんか踏まなければいい」

「……」

「あと一日か二日、僕たちの家で休みたまえよ、疲れているだろう、とは言わないのか」

「……」

「君は自分の女を客の男に提供しようというのか」

「何をいうんだ」

「俺は泊まるなら、一日二日じゃない。一生だ」

アジア人はずれおちそうな米軍服のズボンをたくしあげ、また歩いた。

「君はこのように引きずり回されても、何も感じないのか」

アジア人は日本兵を向いた。日本兵は何も言わなかった。

「だが、引きずり回されているのは俺たちだ」とアジア人が言った。「……引きずり回されると、頭の中のものが薄らぐような気がする……君も同じか?」

日本兵は黙ったままだった。

「じゃあ、このアメリカ銃は無用の長物というわけか」

アジア人は青い空に向け、長銃の引き金を引いた。煙が吹き飛び、轟音が響いた。女が日本兵にしがみついた。女の震えはなかなか消えなかった。歩きだし、しばらくすると、やっと女の震えはとまったが、唇の色は回復しなかった。

「俺は誰かを殺したいのだが、誰を殺していいのかわからん」とアジア人が言った。「君たちを手初めに殺してみたら、殺す相手がみえてくるかもしれないが……」

「……」

「相手が一人だけなら、俺も迷わないが、無数にいすぎる」

「この人は誰にも悪さをしていないよ」

「何もしないから、殺されるんだ」とアジア人が静かに言った。「引き返したいか」

「……」

「引き返してもいいが、引き返しても、また引き返すぞ」

日本兵は黙ったままだった。

「来た道を戻りたくはないか」

アジア人は日本兵を向いた。

「……同じ道は通りたくない」

日本兵は足元の白い道を見つめたまま言った。

「よし、わかった。アジア人に殺されるか、米軍の捕虜になるか、選びたまえ」

「命令される謂れはない」

日本兵は顔をあげた。

「俺は君たちに命令される謂れはあるのか」

「……君は力を消耗するつもりだね」

「これぐらいで消耗するもんか。人間の一人や二人はいつでも殺せる」

アジア人は幾分急ぎ足になった。

「どこまで歩いて、そこで何をするという目的がなければとうてい歩けない、と君は言いたいのか」とアジア人が言った。「……絶壁まで歩いて、そこから、三人一緒に身投げをする、という目的があるなら歩けるか」

「……この女の人は妊娠しているよ」

日本兵は、脂汗がにじみでた青白い女の顔を見た。

「この女は何百里も引っ張り回された。歩く苦しさには慣れている」とアジア人はちらりと女を見た。

「日本兵は、甘えちゃならん」

「……」

「君は弱さの中に逃げようとしている」

アジア人が哀れむように日本兵を見た。「弱ければ誰にも殺されないと思っている」

アジア人は日本兵を見つめたが、日本兵は首を横にも振らず、うなずきもしなかった。

「そうだろう。戦争中はいくら歩いても疲れなかったじゃないか」

「……この人は妊娠しているんだよ。限界だよ」

「君は戦争中はどこまでも歩いたんだろう」

「もう、命令はされない」

「今も俺の命令に従っているだろう」

「……」

「この女に、この鉄砲を渡したら誰を撃つと思う？」

「……」

「もしかしたら、同じ国の俺じゃないだろうか」

「……」

「この女は悪夢が現実になっているんだ。そうだろう？　こんなに歩いても目が覚めないんだから」

アジア人はまた少し足を速めた。


戦前、この道の両脇には琉球松が鬱蒼と茂っていた。今は一本もない。防空壕や陣地や橋を造るために日本軍が切り倒した。だが、米軍の攻撃で消えた松も多い。集落も焼き払われている。いや、違う。日本兵はぼんやりと思った。自分が見たのは故郷の松並木なのだから。

珍しく長い一本道だった。誰も何も言わなかった。一時間あまりも黙ったまま歩いた。三人の後ろから米軍のジープが白いほこりを撒き散らしながらものすごい速度で近づいてくる気が日本兵はした。水を飲まないせいか、白光にさらされても汗がほとんど出なくなった。汗が出なくなったせいか、濡れた背中や脇をひんやりとした風が掠り、日本兵は身震いがした。日本兵はこの辺りから別の集落に行く道を知っているような気がする。その集落には泉があるような気がする。日本兵は足元を見たまま歩いた。今は太陽を決して見てはいけない。見たら、倒れてしまう。倒れたら、立ちあがれない。

太陽は太陽自身の姿さえ溶かしてしまうように光り輝いている。

足元がふらついている女の前にアジア人が屈んだ。おぶろう、というふうに手招きをする。女は立ち止まり、じっとしている。微かに脅えている。アジア人ははっきりと何か言った。アジアの言葉だった。女の背中がぴくっと痙攣し、慌てて、日本兵の右腕にしがみついた。アジア人は立ちあがり、土もついていない尻をはたきながら歩きだした。日本兵は女をおぶった。女はみかけよりは重かった。アジア人が戻ってきた。黙って日本兵の麻袋を拾いあげ、肩に担いだ。日本兵は歩きだした。ますます、女の重さが全身にのしかかってきた。ずっと遠くの畑の中に破壊された米軍の戦車が見えた。

アジア人がまた日本兵に近寄ってきた。おぶられている女に脇からしきりに話しかけた。早いアジアの言葉だった。女の目はうわのそらだった。顔を寄せたアジア人の声が耳にキンキン響くのか、時々優しく耳をほじくり、アジア人から顔を背け、日本兵の肩に顔をうめた。アジア人はなおも話し続けた。

「この女はアジアの言葉を忘れたか、アジア人を忘れたか、どっちなんだ」

アジア人は言い、やっと女を離れた。だが、女をおろすようにてまねをし、日本兵に麻袋をつきつけた。日本兵はそっと女をおろした。

道端に鳳仙花が咲いていた。民家の庭の跡らしかった。花を見あげるように頭蓋骨が転がっていた。白光にさらされて、額も歯も鈍く光っていた。弟の和ちゃんのはずはない。日本兵はふと思った。故郷の学校は夏休みだった。小学校五年生の和ちゃんと熊蟬を追い、松の木の下を走り回った。松の木の下で樵の若い男たちがおにぎりを食べていた。和ちゃんは物欲しげに彼らに近づいた。日本兵は人見知りが激しかったが、勇気をだし、男たちから二個のおにぎりを乞い貰った。日本兵もとてもひもじかったが、和ちゃんに二個食べさせた。和ちゃんの澄んだ大きい目が、熊蟬の暑苦しい鳴き声と響きあった松を切る斧の音と共に日本兵の脳裏を掠めた。

先を歩いていたアジア人が戻ってきた。日本兵は歩きかけた。

「剝き出しの歯は動かないし、目玉はないじゃないか。何を言いたいのかわからないじゃないか」と
アジア人は日本兵の肩に手をおき、言った。

「君」とアジア人は日本兵に向いた。「袋の中の芋をすてたまえ」

日本兵はアジア人を見つめた。

「いいからすてたまえ」

アジア人は声を強くした。日本兵は静かに芋をこぼした。

「よし、袋にいっぱい骨を探してきたまえ」

「……」

「君の目は、骨は無数にあるんだ。ここだけの骨を探してなんになるんだ、といいたそうだ」とアジ
ア人が言った。「俺はアジア人の骨を供養する義務がある」

アジア人は屈み、日本兵が見ていた頭蓋骨を胸に抱えた。

「これはアジア人だ。持ち帰るから袋に入れてくれ」

日本兵はゆっくりと受け取り袋に入れた。アジア人は近くの草むらから別の頭蓋骨を探しだし、日
本兵にさしだした。

「戦友もいいが、君たちが殺したアジア人だ。手厚く葬ってくれ」

アジア人は頭蓋骨を押しつけ、日本兵は受けとった。

「この骨は」

アジア人は日本兵が持っている頭蓋骨を指さし、「この骨を」と袋の中の頭蓋骨を指さし、「殺して
から、別の骨に殺された。自業自得だ。さあ、行動を開始してくれ。ただ、注意するが、もし、井戸
が見つかっても水を飲んではならん。アジア人が生きたまま放りこまれているんだから、一滴でも飲

んだら死んでしまう。いいか、よし、始め」

赤黒い地面のところどころに濃緑の雑草がこびりつくように生えていた。土が黒っぽいのは火で焼かれた跡のようだった。日本兵の目の数十メートル先には焼け焦げた材木や瓦礫が散乱していた。名残がほとんどない集落の後方には相思樹が密生し、小さい谷を埋め、低い山を覆っていた。日本兵は集落跡の方向に歩いた。ここの男たちの気性は激しかった。確かにこの集落にちがいない。ここには戦争で亡くなった人たちの骨だけが転がっているわけではない、と日本兵は思った。戦前、ここの青年たちが同じ集落の酒乱の大男を撲殺し、集落の中央にあった梯梧の木の脇に埋めた。この事件は遠く離れた日本兵たちの部隊でも語り草になった。

焼け焦げた材木に井戸が隠れていた。つるべはなかった。日本兵は覗きこんだ。水もなく、大きな石が投げこまれていた。

「このへんの骨はひろわんでいい」

ふいに声がした。日本兵は振りかえった。

「どうせ、アジア人の骨はない」とアジア人は井戸を覗きこみながら言った。左手に小さな頭蓋骨を抱えていた。

「どうして、ここには戦争が残っていないんだ」とアジア人は顔をあげた。「こんなに奇麗な骨になってしまって」

「……」

「死んだ時の表情がまるっきりないじゃないか。意味がないじゃないか」

「暑いから、腐敗が早いんだよ」

「君は何をきいていたんだ。こんな島じゃ死んだ者の怨念もすぐ消えてしまう、と俺は言いたいんだ」

「……」

「骨がバラバラに散らばっているからどうだっていうんだ。血が滴る赤肉の上半身が木の枝なんかにぶらさがっているのはなんとも生々しいじゃないか」

女が日本兵に近づいてきた。雑草の黄色い花を握っている。

「この人にも一個持たせたまえ。同国人の骨なんだから」とアジア人が日本兵に言った。「いや、この骨をやろう」

女はアジア人が差しだした骨を怖々と受けとった。だが、しばらく珍しげに見ていたが、やがて、眼腔に指を突っ込み、グリグリとほじくりだした。飽きずに繰りかえしながら日本兵にほほえんだ。女を哀れぶかげに見ていた日本兵は静かに頭蓋骨を受けとり、アジア人に返した。アジア人は黙ったまま女を見たが、また頭蓋骨を渡した。女は今度は鞠遊びをするように宙に放り投げ、手に受け、喜んだ。何回目かに放りあげた頭蓋骨が一メートルほど先の宙に浮かんだ。女の足が何かにつまずき、よろめいた。頭蓋骨はさしだした女の白い手の先に落ちた。下は白い石だった。顎が砕けた。アジア人は女をにらんだ。女は脅え、日本兵の腕にしがみついた。アジア人は頭蓋骨を拾いあげ、日本兵に突き出し、麻袋に入れるように顎でしめした。

「この女は魂を失っている」

アジア人はつぶやき、歩きだした。

頭蓋骨は円く妙に艶があった。むやみやたらと転がっている石には紛れず、遠くからでも見分けがついた。まもなく、アジア人が二人を土手の方に呼んだ。アジア人の足元にカンナが密生し真っ赤な花が咲き乱れていた。アジア人は長銃を振り、茎のほうから切り取った数本のカンナを近づいてきた女にさしだした。女はこころもち身をひきながら受け取り、胸に抱き、日本兵に笑いかけた。

「死者へのはなむけだ」とアジア人は言った。

ところが、少しの隙に女は、日本兵が草の上においてあった麻袋の中の頭蓋骨をこぼし、芋を拾い集め、中に入れた。女は麻袋を抱きかかえ、日本兵に近寄ろうと慌てた。頭蓋骨につまずきよろめいた。アジア人は足元に転がってきた頭蓋骨を拾いあげ、歩きだした。

「この女の骨はきっと白い」とアジア人が言った。日本兵は顔をあげた。

「そうじゃない。骨まで汚れていないという意味だ」とアジア人は日本兵を見つめた。「殺しておきながら供養するというのがいかに馬鹿げているかわかった」

「死んだ日本兵も多い」

「あたりまえだ。殺しあいに来たんじゃないか」とアジア人がすぐ言った。「米軍の死者は確かに少ない。しかし、骸骨になった米兵は勝利の酒に酔えるか、酔えないじゃないか」

日本兵は頭蓋骨を持ちあげた。鈍く光る頭蓋骨の白さと地面に這う濃緑の草を見続けると地面が揺れ動くように感じた。

「アジア人の骨は捨てたまえ」とアジア人が日本兵に言った。「死んだ者を国に連れていってどうするというのか」

「……」

「捨てたまえ」

日本兵は草むらに屈み、ゆっくりと頭蓋骨をおいた。

「生きている人間がますます疲れるだけだ」

アジア人は言い、歩き出した。日本兵は立ちあがった。仰むいた頭蓋骨の眼腔が日本兵を見あげていた。背中の麻袋の中の芋が骨のようにきしむ妙な音がした。

磯の香りを感じたのは日本兵の錯覚だったのかもしれない。どの方角に歩いてもまもなく必ず海につきあたるはずなのだが、この道はまっすぐどこまでも続いているような気がした。ゆくての地表すれすれに入道雲がずれおちているようだった。この道が雲にでも何にでも遮断されて欲しい。漠然と日本兵は思った。この道が大きく裂け、深い谷になっていて欲しいとも思った。だが、歩きに歩いても道端の地中の赤っぽい土があらわになり、割れた岩の断面が生々しく目に迫ったが、道は続いていた。靴が重かった。小石を踏んだ。少しよろめいた。靴を履いているのだが、足の弱い皮膚が切れ、出血したような気がした。麻袋の中の芋も重かった。頭蓋骨のほうが軽かった、と日本兵は思った。アジア人は上半身を前に屈め、足を引きずるように進んでいる。女はカンナの花を抱えたまま歩いている。道の両脇の傾斜がまだ続いていた。傾斜の底には角張った大小の石が散乱していた。日本兵は転がり落ちたい衝動がわいた。

曲がりくねった道だった。雑草もほとんど生えていない原野を横切れば何十歩も近道になった。だが、アジア人は黙々と白い道を歩いた。食べられる実や草がこの世にはなんと少ないんだろう。日本兵は思った。体の水分がなくなったのか、汗もかろうじてにじみ出るようになった。女はしばらくカンナの花を両手にわけ、ぶら下げるように持っていたが、何かが落ちる微かな音を聞き、日本兵が振り返ると、白い地面に鮮やかな赤い花が横たわっていた。日本兵は引きかえし、拾いあげようと思い、女を見た。青白い女の額ににじんでいるのは脂汗だった。日本兵は声をかけようとした。女は下腹部を押さえたまま座りこんだ。日本兵を見あげたが、あの癖のような笑顔は浮かばなかった。

「休ませてくれ」と日本兵が言った。アジア人が振り返った。日本兵は軍隊帽をとり女の首筋を扇いだ。

「歩きたまえ。そうすれば、その女の人も夢から覚めるかもしれないじゃないか」とアジア人が言った。

「君は飲まず食わずだから、悪夢を見ているんだ」

「悪夢を見ない人間がいるのか」

「……この人は妊娠している」と日本兵ははっきりと言った。

「君は妊娠している女をこのように歩かせたのか」

「……」

「なぜ、止めなかった」

「……帰したまえよ」

「今、帰ったら絶望だ」

「無事に生まれるよ」

「無事に生まれたらどうだっていうんだ」

「この人は希望に燃えている」

「赤ん坊は希望に燃えていない」

アジア人は女に近寄り、しきりに聞いた。アジアの言葉だった。女は顔もあげずにうずくまったままだった。アジア人は女の前に屈み、何やら言いながら背負う仕種をした。長い間、両手を後ろにさしだしたままだった。背負ってもらいなさいと日本兵は女に声をかけた。女はやっと顔をあげ、弱々しく首を振り、這うように日本兵に寄った。アジア人は日本兵を見つめたが、すぐ真っ青な空を見あげた。だが、目はおちつかずに丈の短い雑草の原や焼けた岩や自分の軍靴などをさまよった。

「……大きくないじゃないか」

　アジア人は自分の腹部をさすった。

「間違いなのは、君もよく知っている」

「この女はこの骨の重さと変わらない」とアジア人は麻袋を振った。「こんな軽い女からどうして赤ん坊が生まれるというのか」

「きっと、かわいい赤ちゃんが生まれるよ」

「この人は異常だ」とアジア人が女を見た。「この人は小さい昆虫の死骸を見ても心を傷め、泣いた」

「……」

「俺たちが幼い頃、近所の農家の大人たちが鶏の首を切った。この人は十日あまり何も食べなかった。青ざめて泣いてばかりいた」

「……君はなぜ骨なんか見せたんだね」

「君たちが何も見せなければ、気がふれなかったんだ。逆じゃないか」

　日本兵はまた帽子をとった。頭皮から汗や油がにじみ出、髪の毛にべっとりとくっついている。地面からも熱がにじみ出てくるようだった。雲が動かず、太陽が瞬時も隠れなかった。

「この人は決して妊娠しないと思っていた」とアジア人は言った。日本兵は何も言わなかった。

「この人の敵をうちたいんだが、誰を殺せばいい」

「……」

「君たちは何人アジア人の女を妊娠させたか、勝負をしていたんだろう」

　アジア人は日本兵を見つめた。

「この人を日本兵だけが相手にしたわけじゃない」

日本兵の声は小さかったが、鮮明だった。

「君は何を言おうとしているのかね」とアジア人が静かに聞き返した。

「隊長は沖縄出身の軍人にこの女の人を譲った」

「……その軍人の名前は？」

「……」

「君は間違っている。何を言っているのかわかっていない」

「……取り消す」

「君は命乞いがしたいんだ。だから、沖縄人を巻き添えにするんだ」

「……」

「もう、いい」とアジア人がきっぱりと言った。「死刑だ」

日本人は白い地面を見た。光が乱反射した。まぶしくなかった。

「人間は一回しか死なない。だが、この女は何百回も犯された」とアジア人が言った。

この女の人に手をだした兵士たちは戦い、死んだんだよ、許してやりたまえよ。日本兵は言いたかった。

「腹の中の赤ん坊は形がなくなっている」とアジア人が言った。

「……」

「形がなくなった者が生まれるのは不幸だと思わないのか」

「……この人に何か食べさせてくれ」と日本兵は言った。

「赤ん坊が生まれてからだ」

アジア人は日本兵を見つめた。「さあ、歩きたまえ」

「休ませたまえよ」

日本兵は目で女を指ししめした。

「赤ん坊が消えるまでは休ますわけにはいかない」

日本兵は地面の真ん中に座りこみ、あぐらをかいた。

「立ちたまえ」とアジア人が静かに言った。とても低い声だった。日本兵は宙を見つめたまま身動きしなかった。

「立ちたまえ」

アジア人の声の調子は同じだったが、日本兵の脇腹に銃剣の先をあてた。微かに痛んだ。少しでも動くと突き抜かれる気がした。疲れが急激に溜まった。力がぬけていた。立ちあがろうにも立てなかった。日本兵の顔を掠った銃剣が女の微かに膨らんだ柔らかげな下腹に止まった。日本兵は、女が動きだしそうな予感がした。アジア人は両手でしっかりと長銃をささえ、動かない。女のいじらしい腹部に銃剣が深々と刺しこまれる、と日本兵は感じた。だが、ふいに立ちあがってはいけない。日本兵は自分に言い聞かせた。ふいに立つと、女も慌てて立ちあがる。日本兵は女の顔を見ないようにしながら、ゆっくりと立ちあがった。

「よし、行こう」

アジア人は長銃を肩に担いだ。

「この人は沖縄人軍人の前にアジア人に与えられた」

日本兵はじっとアジア人の目を見た。アジア人は何も言わなかった。

「三人のアジア人人夫がこの人をてごめにしていた」と日本兵は続けた。「どこからでも見える原野だった。真っ昼間……この人は裸だった」

「……君はやつらを撃ち殺さなかったのか」

日本兵は首を横に振った。アジア人は帽子をとり、左手で髪を掻きあげた。頭から指を離さない。指に力が入っている。頭皮から髪を剝がそうとするかのように引っ張っている。だが、顔は歪んでいない。日本兵は目をそらせた。アジア人は急に冷静になり、唇の端を歪め、笑った。

「歩きながら、死に場所を選びたまえ」

アジア人は歩きだした。


わずかばかりの傾斜もすぐわかった。足がものすごく重くなった。坂の上の入道雲が今にも崩れ落ちてきそうだった。日本兵は脇の畑に倒れこみたかった。だが、畑は地割れが走り、土が小石のように固まっていた。鳥も昆虫も一羽も一匹もいなかった。女は顔をしかめ、背中を丸めたまま、足を引きずっていた。女を見ていたアジア人がつぶやくように言った。

「この人を見たまえ。我慢強いじゃないか。しっかりと堪えているじゃないか」

「……」

「俺もこの女の国にいる時に両目を潰せば、死体もすぐ腐ってしまうこのような土地を見なくてもよかった。目を失う勇気さえなかった。だから、命を失うはめになった」

「……」

「今まで誰かの言いなりになってきた。だが、もう誰の言いなりにもならない」

「……この人を探していたのか」と日本兵が聞いた。

「何十里もひとづてに聞きながら歩いた。いろいろ親切に教えてもらった。感謝する」

「この人を休ませてくれ」

「アジアにいた頃は豆粕の白い固まりを食べた。だが、もうああいう家畜の餌なんか食べない」

アジア人は目をしきりに瞬いた。さきほどから顎をあげたまま歩いていた。

「休ませてくれ」と日本兵はまた言った。

「松の木の幹と皮の間にある粘っこい澱粉を集めて餅を作った」とアジア人は言った。「あんなもんなのか、もう食べない」

「……」

「俺は君を処刑しなければならないから、御苦労だが、あとひとがんばり歩いてくれ」

日本兵は女を見た。まだ背中を曲げ、足を引きずるように歩いている。

「……俺は歩いたら、何もかも忘れられるかもしれない。この女はもしかすると、ほんのちょっぴり何かを思いだすかもしれない」

「君は何も食べていないから、悪いもんしか思いださんし、悪いもんを忘れない」

日本兵が曲がりくねった白い道の先を見つめたまま言った。アジア人はじっと日本兵を見たが、ふいに唇を歪めた。声のない笑いだった。

「この人の記憶を呼び起こそうとしているんだね」

日本兵がアジア人を見た。

「なぜ、この人の記憶を呼び起こす必要があるんだ」とアジア人はかみしめるように言った。「もっとおかしくなってくれと俺はいつも願っているんだ。だが、今はただものが言えないだけで何もかもわかっているんだ」

「……」

「君も安心してはいけない」とアジア人が言った。「俺は歩きながら君の処刑をどうしようか、ずっと悩んでいるんだ」

「この人は大切な体なんだよ」

「妊娠している女が芋を掘りにいこうとした時、なぜ君は反対しなかった?」

「……無理矢理つれだしたのは自分じゃない」

「君が命がけで抵抗しなかったからだ」

「……」

「この人は今まで何回も日本兵の赤ん坊を堕した。なぜ、戦争が終わったら赤ん坊を産もうとする?」

「……産みたいんだよ」

「この人は赤ん坊を産むと気がふれる……まちがいない」

さきほどから右手で脇腹をおさえ、背中を丸めたまま歩いていた女が地面に座り込んだ。日本兵は屈み、女をおぶり、歩いた。女は痩せていた。だが、日本兵の足の関節は時々ガグッと折れ曲がった。

「どうして、寒くならないんだ」とアジア人は独り言のように言った。しかし、声は小さくはなかった。「俺の国はとても寒かった」

日本兵は振り返らなかった。

「こんなに暑いと何かをしでかしそうだ」とアジア人は手で首の汗を拭った。「この人の目を覚まさせたまえ」

女は目を閉じていた。

「疲れているんだよ」と日本兵が言った。

「こんなところで眠っちゃいけない……アジア人がこんなところで眠っちゃいけない」

「……」

「いや、いまさら目を覚まさせるわけにはいかない。この人の戦争はこれから始まるんだ」

「幸せになるんだよ」

「この可憐な唇も戦争を語ってくれない。これこそが地獄じゃないか」

「……」

「もう、この人は助からん」

「……」

「俺はわからん。だが、歩けば何かがわかってくるだろう」

アジア人は日本兵を見なかった。「だが、戦争が終わって二か月にもならないのに、あの戦争はどこにいってしまったんだ。俺が今見ているのは幻影なのか」

「幻影ではないよ」

「俺は歩きながらも幻影を見る」

「ちがうよ」

「俺の見た幻影はこうだ」とアジア人は目を閉じた。「……赤ん坊はひもじくて泣いた。この女の人は乳が一滴も出なかった。赤ん坊を抱き、優しくいつまでも頭を撫でていた。赤ん坊はだんだん泣かなくなった。うちの子が泣かないよ、と俺に一言言った。なになにちゃん、と呼んでも泣かない……赤ん坊は抱かれたまま飢え死にした」

「赤ん坊は大事にされるよ」

「狂気のまま大事になんかできるもんか」

「誰も狂気じゃない」

「この人をこれ以上狂気にしてたまるもんか」

「何も食べず、少しも休みもしなければ誰だって狂気になるよ」

「君は戦争を見なかったのか。戦争にも戦後にも堪えられないのが本当じゃないのか」

「……この人の名前は？」と日本兵が聞いた。

「君が知る必要もないし、本人も忘れている」

日本兵は白い地面を見つめたまま黙々と歩き続けた。短い影がひきずられた。

「どこかの母親の胸がはだけていた。母乳がにじみ出、固まり、何十匹もの蟻がその上を這っていた。

この人は何時間もじっと見ていた」とアジア人が言った。

熊蟬の声はどこから聞こえてくるのだろう。耳の中からのようだが、やはり違う。隆起珊瑚礁の固まった岩の下にこんもりと茂っている雑木の中からだった。いつのまにか風が強くなっていた。海が近い、と日本兵は思った。道端に榕樹が生えていた。台風の猛威を和らげるこの木はどこの集落もたいていの家に植えられていた。日本兵はゆっくりと周囲を見わたした。集落も家も見えない。このような原野の道端に高さが十数メートルもある、樹齢二、三百年の木が屹立しているのは珍しかった。木は、なにもかも私には無関係ですよ、といわんばかりだった。

「まっすぐ行ったら地獄だ。この細い道は天国への道だ」とアジア人が言った。日本兵は左手の方向を見た。砕け、転がった岩の間から小さな道が雑木林の中に降り、食い込んでいた。

「この人を降ろしたまえ」とアジア人が日本兵に言った。「何かがみえすいているような気がするのだ」

日本兵はゆっくりとおぶっていた女を降ろした。

「まずは木の下に座ろう」

アジア人は榕樹に寄った。「しかし、気をつけたまえ。君には永久に休んでもらうかもしれない」日本兵は女の手をとり、よろめくように木陰に入った。

堅い幹は銃弾でえぐられた跡があったが、石柱のようにビクともしなかった。ただ、傷の跡は黒ずんでいた。しかし、太い何本もの枝に細い枝が錯綜し、堅い小さい濃緑の葉が密集していた。葉や枝はほとんど動かなかった。しかし、冷たい空気が漂っていた。日本兵は力がどんどん抜け、目をあけたり、とじたりした。覆いかぶさるような黒い葉と銀色にきらめく葉が小刻みに騒いだ。女は日本兵の膝を枕にし、少し、背中を曲げ、横向けに寝ている。アジア人は日本兵のように幹にもたれかかり、足を伸ばしている。日本兵はうつむいているが、アジア人は顎をあげている。アジア人は何を考えているのだろう。日本兵は思った。他人を考えると気が楽だった。服はびっしょりと汗で濡れていた。濡れている脇や背中を冷たい風が掠った。ゾクッと身震いがした。二、三秒後に寒気が襲った。アジア人も女も靴を脱いだが、日本兵は履いたまま座っていた。長い間、誰も何も言わなかった。ざわめく木の葉の音のほかは何も聞こえなかった。

日本兵は、アジア人がこの木の下に自分と一緒にいるのが嘘のような気がした。喉の渇きもひもじさも夢のような気になった。座ったまま恐ろしい夢を見そうだった。ふいに眠りの底に吸い込まれそうになるのだが、どうしても眠れなかった。ひもじさと喉の渇きが胃や胸に広がり、軽い吐き気がした。楽しかった昔を思いおこそうと日本兵は必死になった。だが、断片が飛び回り、気が遠くなるような予感がした。

強い風がふいに吹いた。黄色い病葉が狂うように舞いながら落ちた。日本兵は目を閉じた。

家の玄関に父と母が立っていた。日本兵の兄妹を連れていた。日本兵は狂喜した。だが、父も母も黙ったまま悲しげな目をしている。日本兵は胸騒ぎがした。じっと見た。日本兵の兄妹は五人いるはずだが、どうもおかしい。日本兵は指折り数えた。四人しかいない。どうしたわけか、父と母の後ろは真っ黒だった。人影はわかる。だが、誰なのかわからない。日本兵は兄妹の名を一人ずつ呼びながら暗闇に近づいた。誰が死んだのだろう。日本兵は激しい動悸がした。自分の見まちがいであってくれ、みんな一人残らず生きていてくれ。日本兵は願った。だが、誰か一人がいないのは確かだった。

日本兵は目を開けた。冷や汗がひどくにじみ出ていた。自分の両親も兄妹もみんなこの戦争で死んだ。一人生き残った自分をみんながあの世から見つめていたんだ。みんな死んだんだ。みんな死んだんだから、誰もかわいそうじゃない。死の手は、辛くも戦争を生き延びた人たちにも情け容赦なく覆いかぶさった。死はマラリヤや栄養失調の形に化けた。

木漏れ日がところどころに見えたが、堅い榕樹の常緑木の葉はこんもりと茂り、驚くほどの黒い影を落としていた。

日本兵が十歳ぐらいの頃だった。故郷の学校の帰り、広い道の脇に紙幣を見つけた。交番に届けるか、ポケットにしまいこむか、日本兵は長い間悩んだ。一生に一度の大金だった。日本兵は夢に見た餅を買いに走った。数十個の餅を包んだ巨大な紙づつみを渡された日本兵は驚き、そして、店先で大声で泣きだした。

乾いた木のくずが日本兵の首筋に落ちた。首筋の汗はだいぶ乾いていたが、まだべとついた。ふいに首を絞められているような声がアジア人の耳にはいった。いつの間にか横たわっていた日本兵はしきりに寝返りをうった。時々、うめき声を出した。女が傍らに座り日本兵をじっと見ていた。アジア人は日本兵が担いでいた麻袋を枕にし、横になっている。ふいに強い風がふきぬけた。日本兵が何か叫び上半身を起こした。アジア人は目を閉じ、横たわったまま腕組みをしている。女は身を固くし、日本兵を見つめた。日本兵はおちつきのない目を見開いたまま辺りを見回していたが、やがて大きく溜め息をつき、うつむいた。青い顔に恥じらいの赤みが微かににじんだ。首筋も胸元もびっしょりと濡れている。

「……どうした?」

アジア人が小さい声で聞いた。日本兵はアジア人を見たが、すぐ、自分の足元を見つめた。

「殺された夢を見たんだろう」とアジア人が言った。風が涼しく、しだいに日本兵の顔の異常な赤みも薄れた。

「……夢じゃない」と日本兵が言った。「自分は人を殺した」

「俺もよくうなされる」

アジア人は起きあがった。

「君は人を殺していない」と日本兵が言った。

「人を殺すよりも肉親が殺されたほうが、いつまでもうなされる」

「……今はどこにも死骸があるから救われるような気がする。全くなくなると、あの数人の米兵の亡霊に迷わされる。日夜、際限もなく」

「全く知らない外国兵じゃないか。一言も交わさなかったんだろう。そのような人間がなんで呪ったりする?」

「自分は囲まれていると思った。死を覚悟した。だが、なにがなにやらわからなかった。自分は叫びたかったが、声が出なかった。声さえ出しておけば、米兵も身を伏せたかもしれない。自分はものも言わずに四方八方、天にも地にも機関銃をぶっぱなした」

「あの米兵たちは君を殺しにきたんだ」

「自分がそっとしていたのなら、そのまま通り過ぎたはずだ」

「殺しにきた。君は殺されそうになった」

「違う」

「兵隊が敵を殺さずに何を守る」

「敵が死ぬのを見たくなかった」

「敵なんだ」

「鬼畜米英だと自分にいいきかせている」

「……」

「だが、だめだ」

「慣れるよ」

「わかっている。だが、毎晩眠れない」

「君も俺も人間を殺す義務があるんだ」

アジア人は長銃を抱えたまま木の幹にもたれかかり座っている。

「自分は怖かった。だから、夢中で撃ちまくった。気づいたら、死体がごろごろ転がっていた」

「俺は日本兵だと思って鉄砲を撃ったら、豚が死んでいた」とアジア人が日本兵を見つめた。「君は同じようにアジア人も殺したといいたいのか」

「……自分は一人のアジア人も殺さない」

「君は、俺たちアジア人を解放してくれるかもしれない米軍の兵士を数人も殺した。だから、今から銃殺刑に処する」

「……」

「日本兵は誰かのためには喜んで死ぬ」

アジア人はまた日本兵を見つめた。日本兵は瞬きもしなかった。やがて、日本兵は木陰の外を見た。目がくらんだ。目は陰にすっかり慣れてしまった。木陰の回りの地面は水分が蒸発し、血管のようにひび割れている。白光につつまれた小石も干涸らびている。

「君は疲れているから、自決ができないんだ。君を疲れさせているのが俺だとすると、君の命を救っているのは俺なのか」とアジア人が言った。「俺は幾万の日本兵の死骸を並べて海に浮かべ、その上を歩きたかった。そのような夢を何度も見た」

「君は人を殺したことは?」

日本兵はアジア人に向いた。

「武器を与えられていたのなら、殺していた」

「……」

「だが、君が最初の被害者になる」

「死んでしまえば、夢も見なくなるよ」

日本兵はあぐらをかき、両腕も組み、背中を伸ばした。だが、まもなく、肩で大きく息をしはじめ、あげていた顎もしだいに力を失い、うつむいた。女が日本兵の腕にしがみつき、顔をのぞきこんだ。

「君は今一度、死ぬために気力をふりしぼらなければならない。俺が命令した時に浜まで降りなければならない」

アジア人は榕樹の気根をひっぱった。途中から切れ、切り口から木の血が滴り落ちた。粘りのある母乳のような血だった。

「兵隊ならこの木のように貪婪にならんといかん。こんなにたくさんの髭がぶら下がっているじゃないか。一本一本みんな地中の養分を吸いとっているんだ」

「自分も少年の頃は鼻血が出るまで喧嘩したよ。勝負がつかない時は翌日にもちこした」

「気張らなくていい。たった五、六人を殺しただけで何に脅える？　君はどのような教育をうけたんだ」

アジア人は気根を引きちぎった。「どうして俺は気づくのがいつも一歩遅れるんだ。いまさら、いくら、射撃が上達しようが誰を撃てばいい」

「もう、鉄砲はいらないよ」

「敵の人間を殺せば殺すほど、自分の国の人間を愛している人間だ」

アジア人は日本兵を見た。「君みたいな人間は女を好きになる資格なんかない」

「……」

「ない」とアジア人はかみ締めるように言い、日本兵に向いた。「君は殺したくて殺したんじゃないから悩むんだ。俺は君を殺したい。だから、悩みが微塵もない」

「……」

「君はもっと狂わなければならない。アジア人に銃をつきつけられたぐらいで、おとなしくなっちゃいかん。人を殺したのなら、人を殺したらしくもっと堂々としたまえ。自信をもちたまえ」

「……」

「日本兵にこんなに話すのは初めてだ」とアジア人が言った。「今までは一途に命令にうなずいていただけだ……それにしても、この木の下はなぜこんなに涼しいんだ」

アジア人は深い溜め息をついた。榕樹の下は清浄な空気が充満しているようだった。日本兵は死の精みたいなものが吸いとられるような気がした。

何分たったのか、何時間たったのか、日本兵はわからなかった。風景も光の色も何も動いていないようだった。意識はぼんやりとしていた。軽い吐き気がした。蟻が右腕をはっていた。気にはなったが、動くままにさせた。蟻はやっと腕を降り、地面の血管のような細い亀裂の回りをせわしく動き回った。何気なく見ると、十数匹の蟻が一緒だった。手の平に赤いくぼみがたくさんできていた。米粒のような小石がくっついた跡だった。

本当に突然の出来事だったようにしか、日本兵には思えない。女がいつの間に素っ裸になったのか、本当にわからない。濃い木陰の中だったが、白い体がとてもまぶしかった。痩せて鎖骨の形もわかったが、妙にふくよかな肉感が漂った。片手で隠れるような小さい乳房だった。女は裸のままアジア人の足元にしゃがみ、激しく頭を振った。女の背中にも桃色のくぼみができていた。

「ひきはなしてくれ」

アジア人が日本兵を見た。日本兵は立ちあがった。どうしたわけか、日本兵の目は夢見心地のようだった。優しくほほえんでさえいるようだった。女の前髪が垂れ、目を覆っていた。日本兵は後ろを向いた。両腕を組んだまま野原の果て、あらぬほうを見た。

「どうにかしてくれ。君の恋人なんだろう」

アジア人が体をよじりながら言った。日本兵は振り向き、ゆっくりと女に近づき、細い手を引っ張った。女は身を固くし、頭を何度も振った。髪が乱れ、白い顔を隠した。日本兵は女の手をはなし、脱ぎ捨ててある服を拾い、女に着せようとした。女はまた激しくいやがった。日本兵は跡が残るぐらいに女の手を強く引っ張った。女は身をよじり、必死に逃れようとする。日本兵はねじ伏せるように女の両手をつかむ。女はうめくような声を出す。日本兵は歯をくいしばった。

「もう、いい」とアジア人が言った。「はなしてやれ」

日本兵は手を離した。女を見なかった。見るのがつらかった。女はまたすぐアジア人の両足にしがみついた。アジア人は固く目をつぶった。ゴハン、ゴハン。女は哀願するようにアジア人を見上げ、うめいた。

「……君」とアジア人は日本兵を見た。「この人を引きはなしてくれ」

アジア人の目も哀願していた。日本兵は、我を忘れた女がすさまじければすさまじいほど女を見たくなかった。日本兵は女の手を引っ張った。女は引きずられながらもゴハン、ゴハンとうめいた。白い尻や太股に赤っぽい土くれや緑葉の汁がくっついた。女はもがいていたが、やがて、おとなしくなった。日本兵は手をそっと離した。女はおとなしかった。日本兵は溜め息をついた。すると、女は閉じていた目をふいにあけ、腰を浮かした。日本兵は見つめたが、すぐ目をそらせた。女はしきりに腰を上下左右に動かした。アジア人は目を背けた。彼の指先は小刻みに震えている。女はなおしばらく腰を振っていたが、アジア人が目を固くつぶっているせいか、急に傍らに立ちすくんでいた日本兵にいざり寄り、足にしがみつき、片手を小さい口元にもっていき、タベモノヲチョウダイという手真似をした。

「何もないだろう」とアジア人がつぶやくように言った。「泥のついた生芋を食わすのか」

女は立ちあがり、激しくアジア人に体をこすりつけた。白い乳房がアジア人の脇腹でおしつぶされた。とても柔らかげだった。女の体中に白い光が弾けた。

「この人は妊娠している。食べないといけない」と日本兵が言った。

「だが、見苦しいじゃないか」

アジア人の目元は歪んでいた。芋ときいたせいか女の目がますますおちつかなくなった。目の色は黒かったが、なにか目に見えない膜が覆っているようだった。しかし、ふいに異様に輝いた。

「この人は国では水を飲んでひもじさをごまかしていた」とアジア人が言った。「自分の食べ物はいつも幼い妹たちにあげていた」

女はいつの間にか立ちあがり、アジア人の首に激しく抱きついた。

「芋を焼いて食べさせてくれ」

アジア人はさして身じろぎもせず、女のなすがままになりながら、日本兵にライターを投げ渡した。日本兵はライターをポケットにしまいこみ、燃えるものを探した。枯れ木も周辺にはなかった。

「君も探してくれ」

日本兵はアジア人に声をかけた。彼も日本兵と反対方向を探しはじめた。だが、容易には見つからなかった。二人が離れた隙に、女はすばやく麻袋に手をつっこみ、つかみだした土のついたままの芋をむさぼるようにかじった。アジア人は止めようとはしなかった。瞬きもせずに見ているだけだった。女の形のいい、柔らかげな唇に赤っぽい土がついた。白い歯が痛々しげだった。

「早く薪を集めろ」

アジア人が怒鳴った。声には悲痛な響きがこもっていた。日本兵はアジア人から離れた草むらにいた。アジア人の声は聞こえたが、振り向かずに燃えるものを探し続けた。女は唾と一緒に芋の皮を吐き出しながらしきりに食べた。唇の端にくっついている土の粒を落としてやろうとアジア人は手を伸ばした。女は顔を背け、横目でアジア人をにらんだ。なおもアジア人は指を近づけた。女は激しくアジア人の手をふりはらった。

「早くしろ。見つかっただけでいい」

アジア人は顔をあげ、大声を出した。女は土や芋の皮が喉にひっかかったのか、激しくむせた。だが、涙を溜めながらも慌ててかじった。歯が剝き出しになった。鼠が何かをかじるようなガリガリという音がした。アジア人の手は震えていた。堅い芋にたてる女の小さめの歯が折れないのが、アジア人は不思議だった。折れて欲しいと願った。ガリガリという音がアジア人の耳の奥からも聞こえてきた。アジア人は女の手から食べかけの芋を引ったくった。女はしかし、アジア人を見あげもせずに、あっというまに這いつくばい、細長い芋を麻袋からつかみ出し、貪欲に食べた。

日本兵が枯れ枝や草を持って戻ってきた。アジア人は女に背を向け、榕樹の木陰に座った。日本兵は女に近寄った。

「とめるな」とアジア人が言った。「早く燃やせ。希望の火だ」

日本兵は女を見た。アジア人が促した。日本兵は小枝を重ね、ライターをすった。枯れ草にはすぐ火はついた。だが、なかなか枯れ枝に燃え移らない。火はやっと燃え盛った。女は滑らかな裸の背中を曲げ、せきこんだ。慌てて芋を喉に落としたようだった。柔らかげな白い喉が苦しげに小刻みに動いた。日本兵は立ち上がった。

「何もするな」とアジア人は大声をだした。「火を焚け。今は火だけが救いだ」

「火は燃えるよ」

日本兵は何を言っていいのか、よくわからなかった。

「君はこの人の恋人だろう。なぜ俺にしがみつかないように、しっかりつかまえておかなかったんだ」とアジア人が言った。

「……」

「今、火薬が欲しい」とアジア人が言った。「俺は戦車の大砲の弾が山積みされている壕を知っている。防水された黒い紙筒の封を切り、蓋をあけるんだ。すると、ギラギラに光る弾が現れる。長さが八十センチ、太さが十三センチもある。いいかい、恐る恐る抜きだした弾の部分と薬莢の部分のつなぎめを石にぶっつけるんだ。分離した薬莢の中には火薬がぎっしりと詰まっているんだ。これを、いいかい、手の平にのせ、火に投げるんだ。すると、勢いよく燃える。とても奇麗な赤い炎だ。だが、煙は臭い。体にも火薬の臭いが染みつく」

「火は燃えているよ」と日本兵が言った。

「そんな火では、人間は焼けないだろう」

アジア人が独り言のように言った。女が静かになった。日本兵は女を見た。女は喉元や乳房をさすっていた。と、急に腹を強く押さえ、顔を地面すれすれに近づけ、嘔吐した。日本兵は女の背中をさすった。嘔吐物は芋らしかったが、どす黒い血のようなものも混じっていた。何度も吐いた。小刻みに痙攣した。苦しげな声がもれた。女の充血した、しかし虚ろな目に涙が溜まり、とめどもなく流れた。日本兵は目をそらし、アジア人を見た。アジア人はいつのまにか女の後ろに立ち、じっと見つめていた。アジア人の眉間には皺が寄っていた。日本兵と目があった。

「見るな」とアジア人は強く言った。「見るな」自分自身に言い聞かせているようだった。

「服を着せろ」とアジア人は顔をあげ、まぶしい空を見たまま言った。

「服を着せてくれ」

今度のアジア人の声はうってかわり、弱々しかった。日本兵は女の服をつかみ、女をなだめながら、服を着させた。女はおとなしかった。だが、嘔吐物がくっついている唇を歪め、音もなく笑った。

「水を汲みにいきたい。水を飲ませたい」と日本兵はアジア人に言った。

「水なんかない」とアジア人は空を見あげたまま言った。

「あの道を降りていったら、きっと泉か、川があるよ」

「後で一緒に行く」

小さい声が聞こえた。女が泣いている。すすり泣いている。日本兵は女の脇にしゃがんだ。女はいつものように日本兵にしがみつこうとはしなかった。身をちぢめて泣いている。日本兵はふと女の体が小さくなっているような気がした。少女のように見えた。

誰も何も言わなかった。何分、何十分たったのかわからなかった。アジア人がどこを見ているのか、日本兵はわからなかった。視線が定かじゃなかった。すぐ足元を見ているようにも、ずっと遠くの薄の藪を見ているようでもあった。日本兵はさきほど、焼いた芋を食べた。だが、アジア人は日本兵がすすめたが、一口も食べなかった。日本兵は女にも焼けた芋を二つに割り、皮を剝き、差し出した。女は小さく首を振り、食べなかった。今、女は日本兵の傍らに寝入っている。日本兵はアジア人が突然叫び出しそうな気がした。むやみやたらに発砲するような気がした。アジア人はわざと自分の気を狂わすために何も飲まず、何も食べないのだろうか、と思った。

アジア人はゆっくりと立ちあがった。

「これから君を死刑執行する」

日本兵は立つのが凄く億劫だった。寝たままこめかみを撃ち抜かれたかった。夢の中で撃たれ、夢をみたまま死ぬのも悪くはないとぼんやり思った。それにしてもアジア人はまだ射殺する気力があるのだろうか。他人事のような気がした。

「靴を脱ぎたまえ」

アジア人の声が聞こえた。日本兵は夢見心地のまま靴を脱ぎ、立ちあがった。

「上半身裸になりたまえ。真っ赤な血を吹きださせてやる」

日本兵は上着を脱いだ。脇腹が赤黒く腫れていた。まだ青白い膿みも残っていた。

「木の幹に背をあて、じっと立ちたまえ」

アジア人は銃をつかんだ。「そうそう、そのとおり、じゃあ、キョウツケをしたまえ」

女は目を覚まし、立ちあがり、日本兵に寄り添った。

「いいかい、その人に目をそむけさせるな。直視させるのだ」とアジア人が言った。女は日本兵にしがみついてはいるが、変におちついていた。

「何も終わってはいない」とアジア人が言った。

「俺たちは解放された？　馬鹿をいっちゃいけない」とまた、アジア人が言った。

「君は俺を笑っているね」

アジア人が日本兵をにらみつけた。にらんだが、目の奥には弱々しい光が溜まっていた。悲しげな色にもみえた。だが、目つきは冷静だった。日本兵の裸の胸が大きく呼吸していた。青白いような灰色のような顔に冷や汗がにじみ出ていた。アジア人は陰を出、日本兵の正面に立った。剝き出したような赤茶けた土をアジア人の影が動いた。真っ黒だった。不思議と生き生きとしていた。

「目隠しをしてやれ」

アジア人が手拭いを投げた。女は拾ったが、つっ立ったままだった。アジア人はなにやら女に言った。アジアの言葉だった。女は意味はわからないようだったが、やがて、日本兵の後ろに回り、夢遊のまま手拭いを日本兵の目にあてた。その瞬間、今まで閉じていた日本兵の目が開いた。アジア人の胸の鼓動が激しくなった。すぐ日本兵は目を閉じた。歯をかみしめているようだった。歯がきしむ微かな音をアジア人は聞いたような気がした。女は日本兵の腰に軽く手を触れ、日本兵を離れた。アジア人は日本の兵隊にアジア人が殺された無残な情景を懸命に思い浮かべた。だが、思い浮かばなかった。アジア人はゆっくりと日本兵に近づき、指先に土をつけ、日本兵の額に擦り込んだ。

「ここに一発で命中させてやる」

アジア人は日本兵から数メートル離れた。日本兵の目の前に榕樹の焦げ茶色の気根が何十本、何百本もぶら下がっていた。直径が数センチもある太い気根はまっすぐ地面にくいこみ、幹と見まちがえる。日本兵の口が開きかけたが、歯をくいしばった。

「この女の人にちゃんと見せてくれよ」とアジア人が言った。「じっくり見せてくれよ」

女は木の下の日本兵と長銃をかまえているアジア人を不思議そうに見比べた。日本兵は木の幹に背中をこすりつけながら、しゃがみこんだ。

「今、しゃがんじゃいけない」とアジア人が大声を出した。「弾が額にあたりにくくなるじゃないか」

日本兵は背中を曲げ、肩をおとしている。だが、声のするほうに顎をあげた。目隠しの下から見つめている、にちがいないとアジア人は思った。土の粉がついた青白い額の凄い汗を拭いてやりたくなった。女は親指を軽く噛んだまま日本兵を見ていたが、慌ただしくまわりを見回し、一本の雑草の花を摘んだ。アジア人はじっと女のしぐさを見ていた。女は日本兵に近づき、花を差し出した。目隠しをされた日本兵はわからないのか受けとらなかった。アジア人は女に退くように手振りを繰り返した。女はまだ日本兵に花を差し出している。アジア人が女の手を引き、離した。

「構え筒」

アジア人は号令をかけ、長銃の狙いを定めた。日本兵の肩が痙攣した。

「撃ちかた用意」

アジア人はまた大声を出した。女は目を閉じ、耳を片手でおさえた。「撃て」という声とほとんど同時に激しい発射音が聞こえた。女がアジア人にしがみついた。アジア人は長銃を空に向けたままじっとしている。日本兵は首を深くうなだれている。だが、身動きしている。断絶魔のもがきとはちがう。

「目隠しをはずしてやれ」

アジア人が女に言った。女の足は動かなかった。アジア人は日本兵の後ろにまわり、手拭いをとった。日本兵はぐったりとアジア人にもたれかかった。目は見ひらき、おちつかなかった。

「起てるか」とアジア人が言った。

「……死んではいないんだから、起てる」

日本兵は立ちあがった。アジア人はうなずきもせずに日本兵から離れた。


日本兵の足元の固い地面を数匹の蟻がはいまわっていた。

「こんなに暑いところで死ぬのは真っ平だ。俺だってそう思う」とあぐらをかいて座っているアジア人が言った。「埋められた後でも、脳膜炎になりそうだ」

日本兵は何も言わずにうつむいたまま座っていた。

「何を黙っている。君は自分の死体を入れる穴を掘らなければならないのを忘れちゃならん」

アジア人は立ちあがり、二人の前に立った。

「だが、掘る道具がない。そうだ、石を積みたまえ。すると、棺桶になる」

アジア人は日本兵の肩に手をおいた。「さあ、君の頭ぐらいの石を拾い集めたまえ」

日本兵は彼の手を払いのけるようにすぐ立ちあがった。だが、よろめき、榕樹の幹に手をつき、目を閉じた。

「これぐらいで腰をぬかすとは、日本男子として恥ずかしくないのか」

「……」

「まあ、いい、座りたまえ」

日本兵は幹にもたれたまま立ち、座ろうとはしなかった。突然、爆発のような音がした。だが、消えずにますます大きくなる。むらのない濃い青い空を小さい米軍の偵察機が飛んでいた。日本兵はおもちゃのような感じがした。女は脅え、日本兵にしがみついた。

「君たちを皆殺しにするつもりだった」とアジア人は長銃を肩にかけた。「だが、もう皆殺しにする気はない。……この人は生かしてあげたい」

アジア人は女を指さした。女はいっそう日本兵にしがみついた。アジア人が女に近づき、アジアの言葉で語りかけた。女の目は微かに脅えているようだが、虚ろだった。耳にも何もはいらないようだった。アジア人は何も言わなくなったが、じっと女を見つめていた。女はやはり戸惑いも、反応もしなかった。アジア人は振り返り、日本兵を見、言った。

「この人は君を信じているが、君はきっとこの人を裏切る」

アジア人はゆっくりと肩から長銃をはずし、女の胸元に突きつけた。女はこそばゆいのか身をよじりながら、手でふりはらった。アジア人は今度は女のこめかみに銃口をあてた。日本兵が銃身を握った。

「触れるな」

アジア人が激しく長銃を振った。日本兵は手を離した。

「この人の目には戦争が映っているはずなのに、どうして、ここには戦争がないんだ」

アジア人は日本兵に近づいた。「この人は日本軍に銃を突きつけられて、何百里も歩かされた」

「自分は君たちの言葉がわからない」と日本兵が言った。「だが、すぐ近くから、ずっと遠くから、いつも聞こえる」

「生意気言うな」とアジア人が怒鳴った。「それより、石の棺桶はだめだ。通りがかりの人間に見つかり、死姦されてしまう。砂に埋める。さあ、一人残らずみんな歩きたまえ」

榕樹の向かいの雑木の脇から小道が見えた。緩い坂だった。ずっと下りきると海岸に出るようだった。時々、雑木や雑草の陰からむらのない青い水平線が見えた。日本兵の目の前に木立の横枝が迫った。日本兵は屈んだ。だが、アジア人はぼんやりしていた。額を木の枝にうった。だが、額を押えもせず木の枝も見なかった。まもなく、道の右側が急に落ちこんでいる小さい崖っぷちに出た。日本兵は見つめながら歩いた。体が宙に浮きそうだった。今、落ち、体が下の岩にうちつけられても痛くないような気がした。自分が死んでいくのはもしかしたら夢のようなものなのかもしれない。あるいは死んでいきながら夢を見る。どういうわけか、そのような気がした。我にかえった。

「この崖道を降りるのは、この人には無理だ」

日本兵が言った。アジア人が長銃を突きつけた。

「早く歩きたまえ。この人は泳ぐのが好きだったし、得意だった」

「……」

「余所者に何がわかるもんか」

アジア人は日本兵をにらんだ。目の光は妙に悲しげだった。「この人が魚が大好きなのもわからないだろう」

坂はまだ続いた。アジア人の足の関節がガグッと曲がり、前につんのめった。必死に木立の枝をつかみかけたが、まにあわず、そのままズズッと下に滑り落ちた。だが、長銃は離さず、何気ないように立ちあがった。尻をはたこうともしなかった。逆にしばらく行くと、これで汗を拭け、と女に手拭いを投げ渡した。血の色が染み込んでいたが、女は首筋を拭いた。葉が下に、根が上に向いたまま生えている亜熱帯木があった。木が生えた岩が回転したのだった。岩の断面はあきらかに砲弾で裂けていた。女は日本兵の上着の裾をつかみ、木っ端微塵に砕けた石に足をとられ、よろめきながら坂を下りた。木にも焼けたものと焼けなかったものがあるんだなあ。日本兵はぼんやりと思った。なぜ、この女の人は、自分に目隠しをしたのだろう。自分が死のうが生きようがどうでもいいのだろうか。いや、もともとどうでもよかったのだろうか。日本兵は考えた。だが、考えるのが凄く億劫だった。海岸に近づくにつれ、岩は砕かれ、木は吹き飛ばされ、草は焼かれ、歩きやすくなった。群生している阿檀の陰から海が見えた。

「自分はこれと同じ木に隠れて海を見たよ」

日本兵が言った。アジア人は黙っていた。蛸の足が固まったような阿檀の茎は何本も砂地に突き刺さっていた。倒れかかっていたものも斜めに生えたものも多かった。だが、葉は堅く青々としていた。阿檀をまたぎ、くぐりぬけ、浜に出た。一面が砂だった。白く、細かく、足がすぐくるぶしまでもぐった。

激しい磯の薫りがした。夕凪のせいか波はなかった。広大な沼のように静かだった。水は薄い緑色に澄み、汚れがなかった。日本兵は飲みたくなった。砂に足跡が残った。アジア人の引きずるような足跡だった。アジア人は自分たちと違い、飲まず食わずなのによくも砂の深い浜を歩けるもんだ、と日本兵は思った。砂はおしろいのように白く、柔らかかった。女に貝殻でも見つけてやろう。日本兵はこころもち屈みながら歩いた。魚の死骸が波打ちぎわにうちあげられていた。ほとんど白骨になっていた。よく見ると、大きさも形もみんな違っていた。

「ここの虫は貪欲だった。そうだろう」

アジア人がいつのまにか日本兵のすぐ前に立ちどまっていた。

「まだ何カ月もならないのに、こんなに奇麗な骸骨にしてしまうじゃないか」

アジア人の声ははっきりしていたが、どうしたわけか日本兵の耳には曖昧にしかはいらなかった。

日本兵の目は女の肩を見ていた。昔、このような風景を見たような気がした。

「君は自分で死んではいけない」とアジア人がふいに言った。「他人に殺される恐怖や惨めさをあじわわなくてはならない」

「自分は自分の運命を自分で決める」

「戦争が始まる前に言って欲しかった」

日本兵は黙ったが、さして何も感じなかった。あの〈処刑〉の時、自分は一度は死んだという妙な感覚がずっと消えなかった。アジア人も黙ったまま歩いた。時々、パチッと音がした。静かな透きとおるような水面に小さな水しぶきがたった。魚がはねているようだった。波打ちぎわにとても小さい波が静かに寄せた。優しい澄んだ水が砂の細かい粒を撫でながら染み込むようだった。濡れた砂の一粒一粒が残光に鈍く輝いていた。弱くなった白光は固まった入道雲に隠れていた。水平線のすぐ上にも入道雲は多かった。だが、小さかった。しかも、散らばっていた。だから、海の果てが凄く遠くに見えた。入道雲のまわりには薄紫色や澄んだ黄色が広がっていた。何色もの微妙な光を含んだ海面は微かに盛りあがり、いっそう滑らかだった。麻袋を担いだ日本兵は足が棒になった。柔らかい、冷たい砂にうつぶせに倒れこみたかった。日本兵は、大声を出してもすぐ砂や水や木に吸い込まれ消えるような予感がした。日本兵と寄り添うように歩いている女の横顔もぼんやりしていた。〈どうして、君はこの人に花ぐらい摘んであげなかったんだ。もっと優しくしてあげなかったんだ〉日本兵は言いたかった。自分自身に言いたいのか、アジア人に言いたいのか、わからなかった。

「そうそう、もっと強く締めろ。思いきるんだ。アジア人を半殺しにするつもりか」とアジア人が言った。日本兵は耳を傾けた。意味がわからなかった。

「立派に殺さないと、俺はおまえを殺すぞ」

アジア人の独り言のようだった。

「もう、このへんでいいだろう」

アジア人が立ち止まり、振り返った。「穴を掘ってくれ。男らしく自分の穴を掘ってくれ」

日本兵は崩れるように砂に座り込んだ。アジア人もゆっくりと座った。アジア人が着ている米軍の迷彩服が日本兵の目にはいった。目が回るような気がした。長銃を見た。金属部分が鈍い光を溜めていた。日本兵は仰むけに寝そべった。長い間身動きしなかった。何もかもが横たわっているようだった。音そのものが沈んでいた。雲が覆いかぶさった。日はすでに暮れかかっている。地上のいたるところにとても小さい太陽が輝いている。仰むいたまま無限の空をじっと見つめている日本兵の目に海がだしぬけに広がった。幾十万の魚のギラギラ輝く鱗が浮いていた。だが、海は動かなかった。広大な沼だった。波打ちぎわにもわずかの波さえも寄せなかった。海岸の巨大な岩も空に浮かび、岩は日を吸い、光った。白い砂浜が岩をとりまいていた。幹から上が噴き飛んだ巨木の残骸が現れた。まるで根を上にしたまま砂に突き刺っているようだった。首を突っ込み、もがいているようだった。日本兵は目をあけたまま夢を見た。黒い野良犬が砂浜をさまよっていた。死んだ魚を探しているようだった。アジア人は出血するのか、両方の鼻の穴に布きれをつめていた。息が苦しげだった。だが、アジア人の声は妙にはっきり聞こえた。穴を掘ってくれ。男らしく自分の穴を掘ってくれ。日本兵はしばらく考えた。犬に掘りかえされてしまう。日本兵は言った。犬も埋めてやるよ。アジア人が言った。

日本兵はアジア人に促され、手で砂を掘った。砂は細かかった。日本兵は時間をかけ、左手で数十センチ掘ったが、やはり細かい砂だった。日本兵は手を休め、アジア人を見あげた。もっともっと、速く速く掘りたまえ。アジア人は銃口を揺り動かした。どこに逃げても敵ばかりじゃないか。アジア人は日本兵を見つめた。どこにも逃げようがないじゃないか。速く深く掘ってくれ。日本兵は砂を掘り進めた。女はしゃがみ、指で砂になにやら書いていた。日本兵とアジア人の目があった。君は帰っていいよ。アジア人はにべもなく言った。日本兵は小さな溜め息をつき、女を見た。女の胸にアジア人が長銃の銃口を押しあて、すぐ引き金を引いた。轟音がした。女はびっくりしたように白い顔をあげ、少しのけぞり、次の瞬間、地にくずれた。日本兵は訳がわからなかったが、夕暮れにまぎれ這い出てきた虫の声が聞こえた。耳の奥からのようにも思えた。もっと離れてくれ。鉄砲を奪われたら困る。アジア人が女の傍らに立ちすくんでいる日本兵に言った。うわずったような、喉がかれているような、声だった。日本兵はめまいがした。アジア人は死体を抱きあげ、穴に静かに横たえ、砂をかけた。じっと女の顔を見つめ、手だけが別物のように動いた。日本兵は立ちつくしていた。埋め終わるのに長い時間がかかった。やっと、アジア人は立ちあがった。穴は元の砂浜になった。

「俺がいつか一発ぶっぱなした時、この人は脅えていただろう」とアジア人が言った。長銃は砂の上におきっぱなしだった。日本兵はしばらく間をおき、うなずいた。

「あれは命が惜しくて脅えていたんじゃない。戦争が怖くて脅えていたんだ」

「戦争は終わった」と日本兵はぽつりと言った。

「戦争が終わるはずはない。また、あの人は脅える」

「……」

「あの人は安らかな眠りについた。つべこべ俺にいわすな。目を覚ますじゃないか」

「せっかく、この戦争を生きのびてきたのに」と日本兵は顔をあげ、アジア人を見つめた。「君は同じアジア人だから、この人を殺す権利があるというのかい」

「人間を殺す権利は誰にもない。だけど、殺すんだ」

「……」

「……あの人を掘りおこしてくれ」

「掘りおこす？」

「髪を丸坊主に剃ってくれ。顔を泥で汚してくれ」

「……」

「掘りおこされて犯される」

「死人を掘りおこすものはいないよ」

日本兵は言ったが、ふと、西海岸の死体を思い出した。ほとんどの死体が、特に皮膚の硬いかかとや耳が鼠にかじられていた。死体の風下にはいてもたってもいられなかった。今年の夏は暑い。死体はすぐに臭いを放つ。

「日本人なら掘りおこしかねない」

アジア人は屈み、手で砂を掘りはじめた。

「すぐ腐るよ。すぐに顔も形もわからなくなるよ」

日本兵はアジア人の手をひいた。アジア人は振りはらった。女が、顔が焼け、顔が吹き飛ばされた人間と同じように惨めに腐っていくのを日本兵は我慢できなかった。このアジア人が殺さなければ、あと数十年も生きたのかもしれない。色々な人生が待っていたかもしれない。日本兵は長銃を見た。迷った。だが、拾いあげなかった。人を殺したり、死んだり……こんなにも大変だとは思わなかった。

ただ、この女の人が死んだと思うと、まだ野や山に散らばっているはずの死体を見ても何も感じないだろうと思った。自分は悠然と戦後を生きられる、と日本兵は思った。

「焼こうか」

日本兵が言った。アジア人は日本兵を見あげ、立ちあがった。ほとんど砂は掘られていなかった。

「埋めるのが厭なら、焼こう」と日本兵はまた言った。「だが、人一人焼くんだからトラックいっぱいの薪が要るよ」

「……」

「そして、自分たちが薪を深しあぐねているうちに、この人の死体には変化がおきている」

「変化？」

「自分たちがこの人の死体に近づくと何万という蝿がいっせいに飛びあがる」

「君は見たのか」とアジア人は聞いた。

「墓標を建てなければ、ここに人が埋まっているなんて誰もわからないよ」

「……」

「それとも、洗骨したいかい」

「洗骨？」

「奇麗な骨になる」

「奇麗な骨になんかなるものか。みんな君たちの作り事だ」

アジア人は砂の上の長銃をつかんだ。日本兵は少し身を固くした。轟音とともに空に向かい弾丸が発射された。一発、二発……数発が暮れかかった紫色の空の何かに撃ちこまれた。

「君は気が狂っているよ」と日本兵が言った。

「狂っているのは君たちだ」

「この人は、しだいに正気をとりもどしつつあった」

「正気になっちゃいけない」

「君は、この人を殺す前に、死にたいかどうか、聞くべきだった」

「死にたいというに決まっている」

「……」

「俺はおちつかない。もっと人間を殺せば、おちつくような気がする」

「君が、この人の兄だろうが、同じアジア人だろうが、この人を殺す理由は何もないじゃないか」

「理由はある」

「……ない」

「この人はあんなに歩いても目を覚まさなかったじゃないか」

「君はきっと悔やむ」

「一つだけ悔やんでいる。この人は魚が好きだった。あと一回食べさせてあげたかった」

「……」

「変に涼しいから、胸のうちのものが何もかも出てくるんだ」

アジア人は笑った。日本兵はアジア人が笑うのを初めて見た。一、二秒細い唇から白い歯がこぼれたのだが、確かに笑いだった。涼しかった夕闇の風が、肌寒くなっていた。海風が出ていた。なにかとなにかがこすれあう音がした。

「君は、この人の後から死ぬ気はないだろう」

アジア人は日本兵を見つめた。日本兵もアジア人を見つめた。だが、まもなくわずかに目をそらせた。

「弱虫は生き残って幸せにでもなんにでもなりたまえ」とアジア人は言った。「だが、君がこの人のためにこんなに文句を言うとは思ってもみなかった」

「……」

「じゃあ、俺は魚をとってくる。この人に供えよう」

アジア人は日本兵を今一度見、それから波うちぎわに歩いていった。濃青に無数の灰色の粉を塗したような海水にアジア人は服を着、靴を履いたまま入っていった。小さな波が数えられないぐらいに出ていた。遠い外海から押し寄せてきた波は、波どうしで潰れ、あるいは重なり合い、ゆっくりと日本兵の足元に乗りあげ、砂に染みこんだ。アジア人は沖に遠ざかり、ふいに見えなくなった。

又吉栄喜小説コレクション2　巻末解説

文学の力・人間への挑戦

大城貞俊（小説家）

1

又吉栄喜の作品世界は豊かである。文学の力を援用し、人間の可能性や不可能性へ挑戦する世界が可視化されて展開される。読者はこの世界を堪能しながら自らの可能性を発見する。同時に希望を牽引する勇気をも示唆されるのだ。

又吉栄喜は一九四七年沖縄県浦添市に生まれる。戦後間もないころで、特に沖縄は先の大戦で地上戦が行われ多く人々が犠牲になり街や村が破壊された。それだけではない。戦勝国米国の軍隊は沖縄に駐留し続け県民の土地を収奪し米軍基地を建設する。基地被害と称される残酷な事件や事故が多発し、命がおろそかにされ基本的な人権さえ脅かされる。さらに国家間の都合により沖縄は日本国から切り離され亡国の民となる。沖縄には穏やかな戦後は訪れなかったのだ。

又吉栄喜が生まれたのは米軍が設置した浦添城址近くのテント村であったという。浦添城は首里王国の創設に縁のある城だ。それだけではない。浦添城址周辺は先の大戦で首里城地下に構築された日本軍の司令部壕の前線基地となり、前田高地と呼ばれ嘉数高地と共に激戦の地となった。一進一退の攻防が展開され多くの死者たちの血を吸い遺骸をさらした沖縄戦史上でも特筆される地だ。又吉栄喜はいわば琉球王国建国の歴史と沖縄戦の生々しい痕跡が交錯した場所に生まれたことになる。

又吉栄喜の先祖代々の土地は、浦添の一角にあったようだが、数年後に帰郷を許されるものの、すでに多くの村人の土地は米軍に接収され、広大な米軍基地が建設されていた。多くの米兵が村中を闊歩し、基地のゲート前にはどこからかやってきた人々が、米兵相手の商売を営む猥雑な繁華街へと変貌していったのだ。

又吉栄喜はこの土地で幼少期を過ごす。この土地で体験し、この土地で見聞した日々や人間の姿は、少年の脳裏に強く刻印されたに違いない。まして繊細な感受性を持った少年にとっては、毎日がそれこそ大きな事件であったように思われるのだ。

又吉栄喜は、現在もこの土地に住んでいる。この土地で生き、この土地の流転や興廃とともに自らの歳月をも刻んできたのだ。又吉栄喜にとって紡ぎ出される文学の世界は、決してこの土地での体験と無縁ではないように思われる。

2

又吉栄喜の作品は、そのほとんどが沖縄が舞台の作品である。作者自らが語るように「出生の地浦添を中心に半径2キロの世界で体験した出来事」を豊かな想像力でデフォルメして描いている。又吉栄喜はそれを「原風景」と名付けているが、創作との関係については『うらそえ文藝』第22号（二〇一七年一〇月三一日、浦添市文化協会文芸部会）で次のように述べている。

人から聞いたり、取材したりはほとんどしないですね。たまにはしますが……。たいていは原風景をデフォルメといいますか、変形に変形を重ねて、また原風景同士をぶつけて、大昔に小惑星がぶつかって少しずつ大きくなって地球ができたという話がありますが、私の作品も原風景がぶつかりあって、次第次第にイメージが膨らんで、ひとつのいわば統一された世界になるんです。
（中略）
例えばカーミジ（亀岩）を書く場合はカーミジに生えている植物に限らず、そこで蠢いている生物を残らず書き出すんですよ。そして一つ一つに注目して、そのものが持っている何か本質を膨らませて、極端に言えば人格化というか、人間に付与できないかを考えるんですね。ですからある意味では、このような一つ一つの事象がどんどん分裂していって、別の意味ではいろいろな側面をいくらでも書けるという、そういう形式といいますか法則になっているんだと思います。
（35頁）

又吉栄喜は惜しげもなく小説作法を明らかにしているが、このような方法による作品の創出は、文学の可能性を示唆するものだ。

また、又吉文学に持続されているテーマの一つである救いへの挑戦、あるいは自立の可能性を求める姿勢は沖縄文学の大きな課題でもある。自由や自立こそが古今東西の表現者が追い求めてきた課題でもあろう。

又吉文学に登場する人物は、作者が述べているように、ややデフォルメされて不可解な言動をとる。しかし、矛盾を抱いた予測不可能な人物の言動にこそ多くの希望や可能性が秘められているようにも思われる。ここには作者の明確な意図があるように思われるのだ。

さらに、又吉文学には人種や性別を問わず、人間の生きる姿の多様性の提示と寛容さがある。困難時にも泰平時にも人間は生きている。その常体を又吉文学は貴重な命を拾い上げるように掬いとっていくのだ。

もちろん、それは、第一一四回芥川賞を受賞した「豚の報い」（一九九六年）のホステスや正吉らである。また「カーニバル闘牛大会」（一九七六年）の米兵や少年であり、さらに「ジョージが射殺した猪」（一九七八年）の米兵や「ギンネム屋敷」（一九八六年）に登場する多くの人物であり、近作「仏陀の小石」（二〇一九年）や「亀岩奇談」（二〇二一年）に登場する人物たちだ。

例えば「ジョージが射殺した猪」（第八回九州芸術祭文学賞）を見てみよう。作品は沖縄に駐留する米軍基地の兵士ジョージと友人のジョン、ワイルド、ワシントンらが、Aサインバーでホステスを陵辱する場面から始まる。兵士たちはアメリカからやってきた新兵だがベトナムにいつ派遣されるか分からない。死の不安に苛まれる日々の中で、既に精神は病んでいる。兵士たちはホステスの股間を開きヘアをライターで焼くなど暴虐の限りを尽くす。

ところが、ジョージはその仲間に入れない。仲間に入れないことによって、臆病者、弱虫と仲間からだけでなくホステスたちからも馬鹿にされている。馬鹿にされているが、仲間外れにはされたくない。それゆえに彼らの言うがままに小遣い銭をせびられることもある。ジョージは弱虫でないことを証明するために、基地のフェンス沿いで薬莢拾いをしている沖縄の老人を射殺する。ここに至るジョージの心の葛藤と軌跡を描いたのが本作品だ。

作品の特質と新鮮さは、基地の中の兵士を強者としてステレオタイプに描くのではなく、自明として疑わなかったその常識を反転させたことにある。そして心優しいジョージが老人を射殺するほどに変えられていく軍隊のシステムの闇と狂気を明らかにしたことにある。

ジョージは、薬莢拾いの老人を射殺する際に次のようにつぶやく。

「あれは人間じゃない。（中略）獲物だ。餌を探しにきた猪、粗い毛が全身にはえ、鋭い牙を持つ獣、ぶたに似た獣に違いない。俺は猪を見たことがある。間違いない」と。

ジョージが射殺したのは人間ではなく「猪」なのだ。他の場所では「黒い固まり」とも書かれる物体なのだ。だが、悲劇は「猪」であるが故に増幅する。人間を猪と喩えさせ、黒い固まりと喩えさせ、人間の精神を破壊する軍隊のシステム。ここには、米兵も日本人もない。弱い人間がいるだけだ。この狂気のシステムに取り込まれた米国の一兵士ジョージの物語を掬いとったのが本作品である。

3

本巻に収載された八作品は、いずれも又吉栄喜ワールドの魔力に魅入られながら読書の喜びを堪能することができる。幾つかの作品は基地あるがゆえに生みだされた特質をも有しているが、案内書的な感想を記せば次のようにでもなるだろうか。

「ターナーの耳」は表題作だが、ベトナム帰還兵ターナーと少年浩志との交流を基軸に展開する。二人の交流を描いた小宇宙は、人間や沖縄の有する課題を重ねて大宇宙になる。ターナーはベトナムで人を殺し精神を病んでいる。中学三年生の浩志は沖縄戦で爆風を受け耳の聞こえなくなった母親と二人暮らしである。母親が米軍のハウスエリアを回り汚れた洗濯物を受け取って洗濯して日々の暮らしを立てている。浩志が塵捨て場から拾ってきた自転車に乗っているところをターナーの運転する自動車と接触して転倒した。この現場を二十歳の満太郎に目撃され、ターナーを脅して金銭をせびることになる。さらにターナーのハウスボーイとして雇ってもらうことになる。浩志はターナーの日々を垣間見る。ターナーはベトナムで殺した相手の耳を大事に保管し、人を殺した悔いと罪とに苛まれ、麻薬で苦痛を紛らそうとしていたのだ。ターナーの孤独な日々だけでなく、浩志から分け前として金をくすねる満太郎の悲惨な履歴も浮き彫りになる。さらに基地の町で生きる女たちや母親たちの残酷なエピソードも挿入される。やがて浩志は傷ついたターナーの安否を気遣うようになる。兵士であるのに戦場で人を殺したことで気が触れるターナー、そして浩志や満太郎が抱える貧しさや日々の暮らしが象徴する世界は余りにも大きいテーマであるとも言えよう。

「拾骨」は沖縄戦で犠牲になった人々の骨を拾う物語だ。主な登場人物は語り手の「私」を含めて四人。「私」は本土の側の人間として沖縄戦で犠牲になった人々の遺骨を拾う意味を問う。他の三人、和子、松田、宮里は沖縄側の人間だ。大きな物語の中に、四人の絡んだ恋愛関係が浮かび上がってくる。私は松田の子を宿し妊娠中絶した過去を持つ。静謐なガマ（洞窟）の中で死んだ人々と今を生きる小さな虫たちの命の対比。白昼夢かと思われる四人の感情が描く不可解なドラマ。ガマの中で「私」を犯す宮里の行為や戦中に赤ん坊を殺した老婆の行為……。いずれも不可解な人間の行為だが、この行為を描くことによって文学への挑戦、人間への挑戦がなされた作品とも言えるだろう。

「船上パーティー」は基地の町に住む姉と弟の物語だ。基地で働くフィリピン人のマリオが、沖縄からグアムへ転勤することになる。マリオの送別パーティーが大晦日の船上で行われた。マリオのハーニーは「僕」の姉だ。中学生の「僕」は船上パーティーに招待される。語り手は「僕」で、「僕」から見たマリオと姉の関係、姉に対する「僕」の微妙な心理が吐露される。基地の町で大人になっていく少年の心理を描きながら沖縄を発見し沖縄を発信する作品とも言えるだろう。

「崖の上のハウス」は、極めて観念的で形而上学的な実験作だ。すべてが夢の中の出来事のようにも思われる。この特異な空間と時間の中で人間のもつ記憶や祈りが試される。例えば血縁関係が個の自立に有効かどうか、信仰は生きる支えになるかなどだ。夢中劇のように定かでないドラマの中で人間の生き方が描かれていく。それは「崖の上のハウス」と比喩される脆い関係だ。それでも人間は必死に生きていく。何者かに怯えながら、何者かに励まされながら。この答えが、ここではメタファーとしての白い壁に描かれた絵に示されているように思われる。

「軍用犬」は、基地の街で生きる人々の苦悩を軍用犬を殺すという強烈なメタファーで描いている。たじろぐほどの緊迫した比喩だ。大学を卒業したばかりと思われる「俺」と友人の玄三、嘉一との三人の闘いだが、基地の街で主体的に生きることの葛藤を軍用犬だけでなく様々なメタファーを駆使して描いている。作品中には〈革命〉〈植民地化〉〈社会変革〉〈運動〉〈抗争〉〈アジト〉などの言葉が飛び交うが、「なんとか歯どめをかけなければ、十数年後には島中が基地だらけになってしまう」としてこれを阻止する闘いが模索されるのだ。軍用犬は兵士や基地の喩えだと思われるが、諧謔やユーモラスな展開の中で、作者の目は本質的な課題の深部まで抉りだしている。

「Xマスの夜の電話」は悲しい。抑え抑えた筆致で基地の街に住む夫婦の別離を描いている。結婚して一人の娘を得た夫婦は、やがて「彼」の浮気によって離婚を余儀なくされる。離婚後、元妻はベースの中で黒人兵と暮らすようになる。Xマスの夜に元妻から電話をもらう。二人とも今でも互いに愛しあっていることが分かるのだが、もう元に戻ることができない。元妻は黒人兵の子どもを身ごもり米国へ旅立つことを決意しているのだ。少しの誤解が重なってそのような別れを余儀なくされるのだが、元妻の未来に幸せがあるかどうかは分からない。しかし、このような選択肢を余儀なくされる日常が身近にあるのが基地の街、沖縄の現状なのだ。

「落し子」はどのように理解すればいいのだろう。結末で父親を殺す息子の行為はいかようにも解釈できる。思い切りデフォルメされた登場人物が織りなす物語は、現代の神話であり寓話である。とてつもない発想から生まれた作品だ。作品の舞台はK島で、隣には米軍の演習場になっているクバ島がある。立ち入り禁止のクバ島に足を踏み入れた十九歳の敬雄の「銀玉」（K島では金玉のことを銀玉と呼んでいる）がソフトボール大に腫れ、黄金色に光りだすという奇病に取り憑かれる。それだけではない。敬雄には怪力も宿ったのだ。このことにどう対応するか。島の住民たちが我利我欲に囚われながら右往左往する。何しろ住民たちは米軍から多額の補償金を得ているからだ。このことの顚末が面白おかしく語られる。もちろん作品はパロディだが、島人の行動はおかしくもあり哀れでもある。しかし、悲しくとも笑えない。身近なだれかの行為でもあり、自分の行為でもあるかのように思われるからだ。光った「銀玉」は何を意味するか。敬雄は島の「落し子」か、それとも米軍の「落し子」か。敬雄は島の有する神話的世界を比喩し、父親は俗なるものを意味するのか。あるいはどちらも米軍の比喩なのか。多様な解釈が成り立つだろうが、この比喩を読むこと自体が又吉栄喜文学の魅力であり、又吉栄喜ワールドの一つでもあろう。

「白日」も不思議な作品だ。登場人物は三名。日本兵とアジア人とアジア人の女だ。戦争が終わった直後の沖縄が舞台である。アジア人は武器を持っていて敗残兵である日本兵を威嚇し「君を処刑しなければならない」として処刑場所を選ぶために歩いている。アジア人の女は妊娠していて気が触れている。戦時中に日本兵の相手をさせられて「背中には桃色の斑点ができていた」。女はアジア人の男と幼なじみであるか、兄妹であるようにも思われる。物語は「歩行譚」とも喩えられるべき体裁を有して展開されるが、問われるテーマは戦争だ。だが、日本兵を処刑する理由が判然としない。いやすべてが判然としない。「歩けば何かが分かるだろう」として三人は歩き続ける。歩くことによって何かを忘却し何かを甦らせようとしている。何かとはとてつもなく大きな罪のようでもあり、希望につながる美しい記憶であるようにも思われる。モノローグのように発せられる作品中のすべての会話や三人を取り巻く風景描写も広がりや深みのあるメタファーになっているように思われる。

4

ところで今回発刊される『又吉栄喜小説コレクション全4巻』は、多くの読者が待ち望んでいたものだ。文芸誌に発表された未刊行の作品44編を4巻にまとめて出版してくれる企画には快哉を叫びたい。ここから又吉栄喜文学の新しい発見が汲み上げられ、文学の可能性もが浮かび上がってくるはずだ。

又吉栄喜の作品世界は、本巻に収載された八つの作品をみても分かるとおり一筋縄では括れない。敢えて総括的に述べれば又吉栄喜が描く作品世界はたぶん三通りに大別される。一つは沖縄戦で「ギンネム屋敷」に代表されるような記憶の継承のテーマである。本巻に収載された作品「白日」もこの系譜になる。二つ目は基地を題材にしながら政治的にアンバランスな沖縄の現実を描く作品世界である。本巻に収載された作品の多くも、沖縄の基地と対峙する人々の生き方を、時にはパロディ風に、また時には新鮮な感動と哀感を有して鋭く描いている。三つ目は歴史的な時間の中でも消え去ることなく営まれてきた沖縄の人々の特異な日常世界を描く作品群である。それは神話的世界と称してもいいが、民族や土着の世界から汲み上げる普遍的な世界と言い換えてもいい。その代表作が「豚の報い」である。本巻の「落し子」や他の作品にもこの傾向は色濃く反映されている。又吉栄喜は沖縄の今日の時代の激流と営々と流れる地下水脈とを見事に描き続けている作家なのだ。

表現者として自らの出自の土地に刻まれた歴史は生きる苦悩にもなる。反転して大きな僥倖にもなる。出自の土地と対峙した固有の体験をどう文学作品として定着させるか。これこそが表現者の大きな課題である。又吉文学はこの課題に答える多くの示唆を与えてくれているように思われるのだ。

又吉栄喜の文学の特質は、これら以外にも視点を変えれば数多く発見されるはずだ。このことは沖縄文学のみならず普遍的な文学の可能性を牽引するものだ。これらの作品を生みだす拠点となる「原風景」からの飛翔力は、表現活動をする者以外の人々にとっても、勇気づけられる提言となるはずだ。

初出

「ターナーの耳」（すばる　２００７年）
「拾骨」（すばる　１９８１年）
「船上パーティー」（すばる　１９８２年）
「崖の上のハウス」（すばる　１９８３年）
「軍用犬」（沖縄タイムス　１９８６年）
「Ｘマスの夜の電話」（すばる　１９８９年）
「落し子」（すばる　２００１年）
「白日」（月刊カルチュア　１９８８年）

本コレクション収録にあたり、初出から改稿しました。

著者略歴

又吉栄喜（またよし　えいき）

1947年、沖縄・浦添村（現浦添市）生まれ。琉球大学法文学部史学科卒業。1975年、「海は蒼く」で新沖縄文学賞佳作。1976年、「カーニバル闘牛大会」で琉球新報短編小説賞受賞。1977年、「ジョージが射殺した猪」で九州芸術祭文学賞最優秀賞受賞。1980年、『ギンネム屋敷』ですばる文学賞受賞。1996年、『豚の報い』で第114回芥川賞受賞。著書に『豚の報い』『果報は海から』『波の上のマリア』『海の微睡み』『呼び寄せる島』『漁師と歌姫』『仏陀の小石』『亀岩奇談』など。南日本文学賞、琉球新報短編小説賞、新沖縄文学賞、九州芸術祭文学賞などの選考委員を務める。2015年、初のエッセイ集『時空超えた沖縄』を刊行。2022年、『又吉栄喜小説コレクション 全4巻』を刊行。

［映画化作品］「豚の報い」（崔洋一監督）「波の上のマリア」（宮本亜門監督「ビート」原作）

［翻訳作品］フランス、イタリア、アメリカ、中国、韓国、ポーランドなどで「人骨展示館」「果報は海から」「豚の報い」「ギンネム屋敷」等

石炭袋

又吉栄喜小説コレクション２　ターナーの耳

2022年5月30日初版発行
著　者　又吉　栄喜
編　集　鈴木比佐雄・鈴木光影
発行者　鈴木比佐雄
発行所　株式会社 コールサック社
〒173-0004　東京都板橋区板橋2-63-4-209
電話 03-5944-3258　FAX 03-5944-3238
suzuki@coal-sack.com　http://www.coal-sack.com
郵便振替　00180-4-741802
印刷管理　（株）コールサック社　制作部

紅型イラスト　吉田誠子 ／ 装幀　松本菜央

落丁本・乱丁本はお取り替えいたします。
ISBN978-4-86435-506-3　C0393　￥2500E